**Elisabeth
Kabatek**

Spätzleblues

Elisabeth Kabatek

Spätzleblues

Roman

Droemer

Der Abdruck des Zeitungsausschnitts auf S. 341 erfolgt mit freundlicher Genehmigung der Zeitungsgruppe Stuttgart.
Copyright für den Zeitungsausschnitt: © 2009 Stuttgarter Nachrichten

Besuchen Sie uns im Internet:
www.droemer.de

Das vorliegende Werk »Spätzleblues« ist ein Roman, alle darin auftretenden Figuren sind daher rein fiktiv. Jegliche Ähnlichkeit mit lebenden Personen und tatsächlichen Ereignissen ist rein zufällig.

© 2012 Droemer Verlag
Ein Unternehmen der Droemerschen Verlagsanstalt
Th. Knaur Nachf. GmbH & Co. KG, München
Alle Rechte vorbehalten. Das Werk darf – auch teilweise –
nur mit Genehmigung des Verlags wiedergegeben werden.
Redaktion: Michaela Kenklies
Umschlaggestaltung: ZERO Werbeagentur, München
Umschlagabbildung: plainpicture/Yumiko Kinoshita;
CSA Images/Printstock Collection
Satz: Adobe InDesign im Verlag
Druck und Bindung: Druckerei C.H. Beck, Nördlingen
Printed in Germany
ISBN 978-3-426-22613-1

5 4 3

Für Dylan

Am Ende wird alles gut. Und wenn es nicht gut ist, dann ist es nicht das Ende.

Oscar Wilde

1. Kapitel

The moment I wake up
before I put on my make-up
I say a little prayer for you
while combing my hair now
and wondering what dress to wear now
I say a little prayer for you

W utzky! Du bisch so an Vollidiot! Du hosch's echt druff, dich
dodal unbeliebt zu macha!«*
Ich saß auf meinem Hintern und schnappte nach Luft. Keine
gute Idee. Das Riesenvieh stank wie ein Mülleimer. Es war aus
der Haustüre geschossen wie eine Rakete, hatte seine Schnauze
in meinen Magen gebohrt und mich auf mein Hinterteil katapultiert. Nun hing es mit heraushängender Zunge über mir, sah
irgendwie begeistert aus und blies mir seinen Atem ins Gesicht.
Das Tier war nicht furchterregend. Nur ziemlich eklig. Offensichtlich hatte es sich schon ziemlich lange nicht mehr die Zähne geputzt.
»Hosch dr wehdoo?« Harald packte das Viech am Halsband und
zog es mit aller Kraft zurück. Mit der anderen Hand half er mir auf
die Beine. An meinem Po klebten feuchte Blätter. Ich war zum
Glück in einem modrigen Laubhaufen gelandet. Wie gut, dass Lila
und ich es nicht so mit der Kehrwoche hatten!
»Nix passiert«, sagte ich atemlos.

---

* Nein, das ist kein Chinesisch, sondern Schwäbisch. Sollte Ihnen das nicht
so geläufig sein, finden Sie eine Übersetzung der schwäbischen Sätze unter
www.e-kabatek.de.

| 9

»Dud mr echt leid, Line. Offasichdlich hot dr Wutzky dich glei ens Herz gschlossa.«

»Ist das etwa dein Hund?«, fragte ich. War das überhaupt ein Hund? Das Vieh war etwa so groß wie ein Kalb, nur deutlich hässlicher. Es hatte kurze, struppige Haare, einen zu kurzen Schwanz und viel zu große Schlappohren. Es sah ein bisschen aus wie eine missratene Kinderzeichnung. Okay, die Farbe des Fells war ganz hübsch. Verschiedene Brauntöne, die ineinanderliefen wie Strähnchen vom Friseur. Das war aber auch das Einzige, was mir positiv auffiel.

»Lila erklärd dir älläs«, sagte Harald hastig. »Mir gangad derweil oms Viereck. Komm, Wutzky.« Ohne Jacke und Leine zischten Harald und Wutzy ab.

Ich pflückte die feuchten Blätter von meiner Jeans, ließ im Flur Jacke, Schal und Umhängetasche fallen, zog die Stiefel aus und ging in die Küche. Lila, meine Mitbewohnerin und beste Freundin, stand am Herd und rührte in einem Topf.

»Was ist das für ein Hund?«, fragte ich.

»Und auch dir einen schönen Abend, Line. Das ist Haralds Scheidungshund«, sagte Lila. »Seine Frau – Ex-Frau – streikt. Sie hat einen neuen Freund und keine Lust mehr, sich ständig um den Hund zu kümmern. Sie haben ausgehandelt, dass Wutzky unter der Woche in Schorndorf ist und das Wochenende bei Harald verbringt.«

»Soll das heißen, wir haben jetzt jedes Wochenende diesen stinkenden Köter am Hals?«, fragte ich.

»Ich fürchte, ja. Ich bin auch nicht gerade begeistert, aber was soll ich machen. Der Hund gehört nun mal zu Harald.«

»Ich bin allergisch gegen Hundehaare!«

»Quatsch.«

»Doch! Es juckt mich schon am ganzen Körper!« Ich fing an, mich wie wild zu kratzen.

»Das bildest du dir ein.«

»Außerdem hatte ich erst vor ein paar Monaten eine traumatische Erfahrung mit einem Hund. Erinnerst du dich? Darüber bin ich noch nicht hinweg. Seither war ich nie mehr Joggen.« Ein zotteliges Monster namens Klaus-Peter, nicht ganz so groß wie Wutzky, hatte mich auf dem Blauen Weg umgenietet und abgeschleckt.

»Du hast das Joggen nicht des Hundes wegen gelassen, sondern weil du deinen Arsch danach nicht mehr hochgekriegt hast. Und Wutzky ist so ein lieber Hund, er wird dir helfen, dein Trauma zu verarbeiten. Wenn er dich stört, verbringen wir in Zukunft eben jedes Wochenende bei Harald in der Landhausstraße. Wenn dir das lieber ist, gib Bescheid.«

»Das ist Erpressung! Ich will nicht, dass du jedes Wochenende weg bist!«

Vor allem jetzt nicht, wo mein eigener Freund Tausende von Kilometern entfernt war. Im Moment hatten wir nicht mal eine Wochenendbeziehung. Mehr so eine Fernbeziehung. Eine Sehr-weit-weg-Beziehung. Oder eine Skype-Beziehung. Knutschen am Bildschirm war allerdings auf Dauer ziemlich unbefriedigend. Dann doch lieber Lila plus Harald plus Riesenköter, als ganz alleine rumzusitzen.

Ich seufzte, ließ mich auf einen unserer wackeligen Stühle fallen und schenkte mir eine Tasse Kaffee aus der Thermoskanne ein. Die Haustüre öffnete sich, und Harald und Wutzky kamen zurück. Wutzky trabte zu Lila, die gerade Gemüse schnippelte, drückte seine Schnauze an ihr Bein und sah sie bittend an. Als Lila nicht reagierte, schaltete sein Blick – klick – auf flehend um, und als auch das nichts fruchtete – klick – auf leidend.

»Verschwinde«, knurrte Lila. »Das fangen wir gar nicht erst an. Außerdem schmeckt dir Biogemüse sowieso nicht.«

Wutzky trollte sich unter den Tisch. Er schien zu wissen, wann er verloren hatte.

»Wow«, sagte ich. »Gibt's da eine Fernbedienung, mit der man den Gesichtsausdruck umschalten kann?«

»Mei Ex-Frau hot emmr gsagt: Wenn es einen Oscar für Hunde gäbe, hätte Wutzky ihn schon längst bekommen. Er ischt der geborene Schauspieler.«

Harald war in etwas verfallen, das so klang, wie wenn schwäbische Politiker vorgaben, Hochdeutsch zu reden. »Dud mir echt leid,

dass i eich mit dem Hond nerv. Mei Ex-Frau sagt: Ich brauche Zeit
für meinen neien Freund, da will ich nicht von einem Hund ge-
schdört werden«, sagte Harald. Seine Stimme klang bitter. »Machd's
dr ebbes aus, Line?«

Ich ächzte. »Ich hab's nicht so mit Hunden. Aber wenn's nicht
anders geht … ich fände es auch schade, wenn ihr jetzt wegen Wutzky nicht mehr hier aufkreuzt. Er ist nur ein bisschen groß.«

»Du muscht jetzt Verantwortung für den Hund übernehmen,
sagt mei Ex-Frau. Schließlich kümmere ich mich om unsere Töchter. Ond soll der arme Hond jetz ens Dierhoim, bloß weil mei Frau
an Neia hot?«

In Haralds Augen standen Tränen. Auweia. Lila zerkleinerte mit
großer Energie Karotten und schwieg. Wutzky streckte seinen Kopf
unter dem Tisch vor und sah Harald mit einem Blick an, der eindeutig sagte: »Ich weiß, was du durchgemacht hast, Cowboy.«

In diesem Augenblick gab es einen lauten, geräuschvollen Knall
wie aus einer Kinderpistole. Kurz darauf durchzog ein ekelhafter
Gestank die Küche. Harald rannte zum Fenster und riss es weit auf.

»Des isch leider au so a Gewohnheit vom Wutzky. Wenn er
glicklich isch, noo lässt er oin fahra.«

Wutzky sah von einem zum anderen. Sein lächerlich kurzer
Schwanz schlug heftig auf den Boden. Er sah in der Tat sehr glücklich aus und schien sich bei uns ausgesprochen wohl zu fühlen. Besonders sensibel schien er nicht zu sein. Sonst hätten ihn meine
negativen Schwingungen vom Glücklichsein abgehalten.

»Kann i dir ebbes helfa, Lila?«, fragte Harald.

»Ist ja nett, dass mal einer fragt«, sagte Lila.

»Tut mir leid«, sagte ich schuldbewusst. »Ich bin nur vollkommen platt. Ich muss mich erst wieder an diese langen Arbeitstage
gewöhnen.«

»Sozialpädagoginnen haben auch lange Arbeitstage. Trotzdem
lassen sie nicht ihren ganzen Kram einfach im Flur fallen. Sie kochen sogar noch.«

»Ich räum's ja gleich weg«, sagte ich.

»Wie laufd's denn so?«, fragte Harald.

»Im Moment eigentlich ganz okay. Es ist nur so wahnsinnig viel, das ist eigentlich nicht zu schaffen. Da hat sich ein Riesenberg angestaut, weil die Frau, die ich vertrete, fehlt ja jetzt schon länger. Und ich merke eben, dass ich ziemlich lang aus dem Job raus war. Außerdem haben die so eine komische Verwaltungs-EDV, an die muss ich mich erst gewöhnen. Aber was soll's, ich bin froh, dass ich wieder arbeiten darf.«

»Mach uns doch mal ein Fläschchen Wein auf, Harald«, sagte Lila. »Dann läuten wir das Wochenende ein.«

Vor drei Wochen hatte ich einen neuen Job angefangen. Fast ein Jahr lang war ich arbeitslos gewesen. Dann hatte ich durch Zufall wieder eine Stelle als Texterin bei der Werbeagentur *Friends and Foes* gefunden. Im Moment war ich in der Probezeit. Die sollte zwei Monate dauern, und deswegen musste ich ranklotzen. Außerdem war es erst mal nur eine Schwangerschaftsvertretung. Aber nach der langen, deprimierenden Zeit ohne Arbeit war es großartig, morgens wieder aus dem Haus gehen zu können. Außerdem lenkte es mich davon ab, dass mein Freund in China saß.

Ich räumte meine Sachen im Flur auf und lief die Treppe hinauf in mein Zimmer. Auf meinem Bett lag Suffragette, Lilas Katze, und beantragte offensichtlich Asyl. Ich streichelte sie und sagte: »Na, Suffragette, jetzt gibt es hier schon zwei, die den Köter nicht mögen, oder?« Suffragette sprang auf, fauchte, machte einen Katzenbuckel und schoss zur Tür hinaus. Bestimmt roch ich nach Wutzky. Jetzt gehörte ich auch zu den Verrätern.

Ich tauschte meine Klamotten gegen einen schlabbrigen verfärbten Jogginganzug. Hurra, Wochenend-Look! Nicht, dass man bei einer Agentur im gebügelten Blüschen auftauchen oder schick sein musste. Aber man durfte zumindest keine Flecken auf den T-Shirts haben. Oder Löcher. Löcher in den Jeans, das ging durch, aber nur, wenn es vom Hersteller gewollte Löcher waren. Meine Hosen hatten oft ungewollte Löcher und meine T-Shirts ungewollte Flecken. Mir war aber schon aufgefallen, dass auch mein neuer Kollege

Micha morgens mit einem sauberen T-Shirt kam und abends mit einem fleckigen T-Shirt ging. Das hatte etwas Beruhigendes.

Ich ging zurück nach unten in die Küche. Lila goss gerade die Spaghetti ab.

»Wie stellst du dir das mit Suffragette vor?«, fragte ich. Sie zuckte mit den Schultern. »Sie wird sich eben dran gewöhnen müssen. Wutzky jagt keine Katzen. Und er darf nicht nach oben. Unten Hund, oben Katze, wie bei den Bremer Stadtmusikanten. Außerdem ist es ja nur am Wochenende. Und wenn Harald seine Töchter hat, ist er sowieso mit Hund und Töchtern in der Wohnung über der Zahnarztpraxis.«

Auf dem Tisch standen drei riesige Weingläser, in denen Rotwein schimmerte. Sie sahen nicht aus wie die Senfgläser, die wir normalerweise benutzten. Harald hatte sich hinter den Gläsern aufgebaut und platzte schier vor Stolz.

»I han denkd, i spendier eich an ordentlicha Bordeaux und die Gläser drzu, weil i so oft bei eich ben. Den Wei brengd mr a Patient emmr aus Frankreich mit, direkt vom Weigut.« Lila ließ die Spaghetti stehen, küsste Harald auf die Wange und nahm ein Glas. Wir prosteten uns zu, und Harald sah uns erwartungsvoll an. Ich nahm einen tiefen Schluck von dem offensichtlich edlen Tropfen. Leider schmeckte mir der Wein kein bisschen besser als der, den Lila normalerweise von ihren Eltern mitbrachte, »Cannstatter Zuckerle« mit Schraubverschluss, aber um Harald eine Freude zu machen, nahm ich einen zweiten Schluck, gurgelte, schloss die Augen, spülte den Wein im Mund hin und her, nickte mehrmals anerkennend und sagte: »Tolles Bukett. Und so total animalisch im Abgang! Auf das Wochenende. Und von meinem ersten Gehalt zahle ich dir meine Schulden zurück.«

»Des reichd au no noch Weihnachda. Du brauchsch doch des Geld jetz sicher für Gschenkle on so.«

»Ich hasse es aber, Schulden zu haben.«

Kurz bevor ich meinen neuen Job angefangen hatte, war mein Freund Leon nach China abgezwitschert. Na ja, eigentlich war er zu diesem Zeitpunkt mein Ex-Freund gewesen. Ich hatte erst kurz vor seinem Abflug erfahren, dass er sich von seinem Arbeitgeber Bosch ins Ausland hatte versetzen lassen, nach Wuxi in China. Da war mir klargeworden, dass ich ihn immer noch liebte. Reichlich spät, zugegebenermaßen. Harald hatte einen Patienten auf dem Stuhl sitzen lassen, dem er für eine Wurzelbehandlung gerade eine Spritze in den Kiefer gejagt hatte, hatte mich mit seinem Porsche im Affenzahn zum Flughafen gebracht, und ich hatte Leon gerade noch in der Abflughalle erwischt. Dafür hatte ich ein Ticket gebraucht. Jetzt schuldete ich Harald dreihundertzwanzig Euro. Da ich über keinerlei Ersparnisse verfügte, das Arbeitsamt sofort die Bezüge eingestellt hatte und das Gehalt bei *Friends and Foes* mehr als bescheiden war, war das für mich ziemlich viel Geld. Unterm Strich war es aber eigentlich ein Schnäppchen gewesen, dafür, dass es mit der Versöhnung im buchstäblich allerletzten Moment noch geklappt hatte, bevor Leons Flieger nach Wuxi abhob. Leider war uns nach langen Wochen der Trennung nicht viel mehr vergönnt gewesen als eine Umarmung und ein paar Küsse. Manchmal malte ich mir aus, Herr Tellerle und Frau Müller-Thurgau, meine früheren Nachbarn aus der Reinsburgstraße, ohne die ich nie erfahren hätte, dass Leon im Begriff war, das Land zu verlassen, wären eine halbe Stunde früher bei Lila aufgetaucht. Dann hätte es vielleicht noch für einen Quickie auf dem Flughafenklo ...

Natürlich liebte ich Leon. Aber ich vermisste ihn so schrecklich, und es war so schwierig, jemanden zu lieben, der so unendlich weit weg war! Den man nicht anfassen, nicht riechen konnte. Er war so unwirklich. Wie ein Phantom. Oder wie ein von der Polizei weltweit gesuchter Juwelendieb, der im Dschungel von Südamerika untergetaucht war und nur heimlich mit seiner Liebsten kommunizieren durfte. Ich sah ihn auf dem Bildschirm meines Laptops, ich hörte seine Stimme, ich sah sein Grinsen, das ich so liebte, und küsste seine virtuellen Lippen am Ende des Gesprächs. Es war Leon, und es war doch nicht Leon. Ein bisschen so, als würde ich jeden Tag eine riesige Tafel Schokolade essen, nichts schmecken und trotzdem immer dicker werden. Wenn er auf dem Mond gewesen wäre, wäre es mir nicht weiter weg vorgekommen! China. Gab es einen Ort, der noch weiter weg war von Stuttgart als Wuxi?

Selber schuld, Line, dachte ich wütend. Du hast Schluss gemacht, *remember?* Wegen dir ist Leon nach China gegangen. Wenn du dich nicht getrennt hättest, würde er nach wie vor im Stuttgarter Westen in der Reinsburgstraße wohnen. Nicht ganz so weit weg wie China! *True love waits.* Was sind schon zwei Jährchen in deinem hoffentlich langen Leben? Dann kommt Leon wieder, hat sich im Ausland seine Sporen verdient, wird bei Bosch befördert, ihr sucht euch eine gemeinsame Wohnung, Bingo. Bis dahin kannst du dich hervorragend auf deine Karriere konzentrieren. Kannst bis in die Puppen im Büro bleiben, weil es eh kein Schwein interessiert.

O Gott. Wie sollte ich diese zwei Jahre überstehen, ohne an Sehnsucht und Langeweile zu sterben? Da gab es nur eins: Ich würde es als Prüfung ansehen. Wie im Märchen! Es würde meinen Charakter stählen, meine Langmut, meine Geduld. Am Ende würden wir beide so abgehärtet sein, dass nichts unsere Liebe jemals wieder gefährden konnte. Keine intriganten Rivalinnen, keine noch so weite Distanz, kein Katastrophen-Gen …

Auch der Zeitunterschied war ein riesiges Problem. China war uns schließlich sieben Stunden voraus. Wenn ich abends nach Hause kam, war es in Wuxi mitten in der Nacht. Oft stand Leon morgens um fünf statt um sechs auf, um mit mir zu reden, bevor er zur Arbeit ging. Manchmal raste ich in der Mittagspause mit dem Rad nach Hause, um wenigstens eine Viertelstunde mit Leon zu skypen. Insgesamt war das alles ganz schön anstrengend, weil man die Beziehung jeden Tag generalstabsmäßig unter dem Aspekt »Zeitverschiebung« planen musste. Ich war eigentlich mehr fürs Spontane, aber das ging nun wirklich gar nicht mehr. Wenn ich abends unterwegs war, sah ich immer nervös auf die Uhr, damit ich auch ja rechtzeitig zu Hause war. Ich zählte die Tage bis Weihnachten. Dann würde Leon zu Besuch kommen, hurra, und wir würden alles nachholen! Die ersten zwei Tage würden wir komplett im Bett verbringen … mmmh …

»Line, wo bischn du grad? En Wuschi beim Leon?« Harald fuchtelte mit einem Schöpflöffel vor meiner Nase herum.

»Ehrlich gesagt – ja«, sagte ich und blickte erstaunt auf die Riesenportion Spaghetti mit Gemüse, die Harald mir auf den Teller geschaufelt hatte, weil ich nicht rechtzeitig »Stopp« gebrüllt hatte.

»Es schadet dir nichts, wenn du eine ordentliche Portion isst«, sagte Lila und lächelte verliebt ihre Spaghettiportion an. »Du bist schon wieder klapperdürr.«

»Keine Sorge. Ich sitze eben nicht mehr heulend auf dem Sofa und futtere mir wegen der Trennung von Leon Pfunde an.«

»Ich sitze auch nicht auf dem Sofa und bin trotzdem dick. Es ist einfach zu ungerecht!«, seufzte Lila.

»Mir gfallsch, wie d'bisch, Schätzle. Schnauze, Wutzky«, sagte Harald. Der Hund lag vor ihm auf dem Boden, den Kopf zwischen den Pfoten, und gab wimmernde Laute von sich. »Jetzt verzehl amol von deim G'schäft*, Line.«

»Hmm, ich bin ja noch nicht lange da, deswegen kenne ich die anderen noch nicht so richtig. Aber weil wir im Großraumbüro arbeiten, kriegt man doch ziemlich viel voneinander mit. Wir sind insgesamt sechs Leute. Philipp, das ist unser Online-Mann, hat wohl grad Beziehungsstress. Er wohnt mit seiner Freundin im Westen. Wenn er morgens kommt, hat er sauschlechte Laune. Im Laufe des Tages wird sie immer besser, und kurz bevor er abends geht, wird sie wieder schlecht. Ab und zu ruft die Freundin an, dann verdreht er jedes Mal die Augen und versucht, ganz leise zu reden, aber alle wissen, dass sie sich zoffen.

Arminia, die Chefin, sitzt im gleichen Raum, wenn auch ein bisschen abgetrennt hinter einem Paravent. Ich hab irgendwie das Gefühl, alle haben Schiss vor ihr. Ich komme bisher ganz gut mit ihr klar. Einmal die Woche gehen wir zusammen essen, da besteht sie

---

* In Schwaben geht man ins G'schäft, was nicht bedeutet, dass man in einen Laden geht, sondern zur Arbeit.

drauf, wegen der Teambildung und so, und damit man sich informell austauschen kann. Die beiden Male, wo ich dabei war, hat aber nur sie geredet, und sie hat es gar nicht gemerkt. Am nettesten ist Micha, der ist Grafiker und sitzt schräg vor mir. Er ist ein bisschen schüchtern, aber irgendwie auch knuffig. Dann gibt's noch eine Praktikantin. Die steht den ganzen Tag am Kopierer oder wimmelt Telefonate ab, auf die Arminia keinen Bock hat. Was Praktikantinnen eben so machen. War bei mir früher auch nicht anders. Arminia hat auf die meisten Telefonate keinen Bock, so dass die Praktikantin ausgelastet ist.«

»Auf jeden Fall bist du viel besser gelaunt, seit du wieder arbeitest«, sagte Lila.

»Kein Wunder, ich hab ja nicht nur einen neuen Job, sondern auch keinen Liebeskummer mehr.«

Lila holte den leckeren Schokopudding mit Sahne aus dem Kühlschrank, wir nippten andächtig an dem teuren Bordeaux und verplauderten und verlachten den Rest des Abends. Es war herrlich, wieder zur arbeitenden Bevölkerung zu gehören und sich aufs Wochenende zu freuen! Ich bemühte mich großmütig, Lila und Harald das Paarglück zu gönnen und nicht eifersüchtig zu sein. Es gelang mir beinahe. Leider wurde der Frieden ab und zu empfindlich von Wutzkys Glücksfürzen gestört.

»I gang nomol mitem Wutzky naus«, sagte Harald schließlich, als die Abstände zwischen den Fürzen immer kürzer wurden.

Ich sah auf die Uhr. »Oje, es ist ja schon nach zehn. Ich bin mit Leon verabredet, er wartet sicher schon. Lasst alles stehen, ich räume nachher die Küche auf.«

Ich sauste ins Bad, wusch mir den Schokopudding aus den Mundwinkeln, kniff mir in die Wangen, legte mein kurzes Haar vorteilhaft, lief die Treppe hinauf und startete Skype.

Nach ein paar Minuten erschien ein wackeliger, verschlafen aussehender Leon auf dem Bildschirm. Wir küssten uns. Es war praktisch unmöglich, die Lippen des anderen zu treffen. Und besonders erotisch war es auch nicht gerade.

»Guten Morgen, meine Süße«, sagte Leon zärtlich. Mein Herz machte einen kleinen Hüpfer. »Die Nacht war lang ohne dich. Wie war dein Tag?«

»Anstrengend«, sagte ich. »Tut aber auch irgendwie gut.« Mit Grauen dachte ich an die Zeit zurück, als sich die Tage wie Kaugummi gezogen hatten, weil ich arbeitslos war. Ich erzählte Leon haarklein, was ich am Tag alles erlebt hatte. Auch wenn er so unendlich weit weg war, es war einfach schön, alles mit ihm zu teilen, den Stress in der Agentur, den WG-Alltag und Wutzky, unseren neuen Mitbewohner. Es gab nichts, was ich nicht mit Leon besprechen konnte. Er lachte immer an den richtigen Stellen, hakte ein, wenn es nötig war, oder lauschte konzentriert. Eines stand fest: Ein Freund in China war unpraktisch, aber besser als gar kein Freund! Und schon bald würden wir uns wiedersehen!

»Du musst mir unbedingt ein Foto von Wutzky mailen«, sagte Leon. »Ich will wissen, wie das Vieh aussieht.«

»Klar, mach ich. Und du, wie war's bei dir?«

»Ich war gestern Abend mal wieder mit den Kollegen essen«, sagte er. »Ist ein bisschen öd, wenn man tagsüber sowieso miteinander arbeitet, aber die Kontaktmöglichkeiten sind hier eben sehr begrenzt.« Leon hatte meist nicht so viel zu berichten. Seine Arbeitstage in Wuxi waren lang und verliefen ziemlich eintönig. Er wohnte im vierzehnten Stock eines Hochhauses mit dreißig Stockwerken, in einem Appartment, das seinem Arbeitgeber Bosch gehörte. Er war mit dem Notebook durch die Wohnung gelaufen, um sie mir mit der Webcam vorzuführen. Sie war ziemlich steril eingerichtet. Natürlich hatte er von dort eine großartige Aussicht, allerdings hing eine dauernde Smogwolke über der Stadt, und Wuxi schien ziemlich hässlich zu sein. Zumindest sah es auf den Fotos so aus, die Leon gemailt hatte.

»Die anderen haben dann noch angefangen, Maotai zu trinken. Aber ich wollte nach Hause, damit ich früh aufstehen kann, um mit dir zu reden.«

»Leon, wie blöd. Nun hast du sowieso kaum Gelegenheit, etwas zu unternehmen, und dann gehst du auch noch früher weg, wegen mir! Und das noch am Wochenende!«

»Mach dir keine Gedanken. Außerdem konnte ich mir vorstellen, wie der Abend endet. Maotai und noch mehr Maotai und am nächsten Tag ein dicker Kopf. Ich bin sowieso kein großer Schnapstrinker, und das Zeug ist echt heftig. Das Bier hier ist auch nicht so mein Fall. Was gäbe ich für ein ordentliches Flens, ein Tannenzäpfle oder ein Stuttgarter Hofbräu!«

»Ich stell dir an Weihnachten zur Begrüßung von jeder Sorte eines kalt«, sagte ich vergnügt.

Leon schlug die Augen zu Boden und schwieg.

»Was ist los?«, fragte ich schließlich alarmiert, nachdem Leon keine Anstalten machte, etwas zu sagen.

»Line … ich muss dir etwas sagen.« Er klang plötzlich sehr ernst.

»Ja?«, sagte ich und unterdrückte die aufkommende Panik. Leon war doch gerade mal ein paar Wochen weg. Er hatte sich doch nicht etwa in der kurzen Zeit in jemand anderen verliebt?

»Ich … ich weiß nicht, wie ich es dir beibringen soll«, murmelte er.

»Nun sag schon!«, rief ich erregt aus. »Du machst mich total nervös!«

»Es tut mir so schrecklich leid. Ich … ich kann an Weihnachten nicht kommen, Line.«

Im ersten Moment war ich unendlich erleichtert, dass Leon mir keine eindeutig beziehungsgefährdende Mitteilung gemacht hatte. Im zweiten Moment war ich unendlich traurig. Ich hatte Weihnachten so entgegengefiebert!

»Aber … aber warum denn nicht?«, stotterte ich.

»Ganz einfach. Ich bekomme keinen Urlaub«, sagte Leon und sah dabei sehr unglücklich aus. »Den Letzten beißen die Hunde. Ich bin ja erst seit November hier. Dabei war alles schon abgesprochen! Aber der Kollege, der eigentlich erst im Februar Urlaub nehmen wollte, muss nun doch zwischen den Jahren nach Schwieberdingen, um dort irgendeine dringende familiäre Angelegenheit zu regeln.

Und weil die Produktion hier normal weiterläuft, weil es ja kein Weihnachten gibt, müssen ein paar Leute dableiben.«

»Dann komme ich eben!«, rief ich aus.

»Line, das kann ich dir nicht zumuten. Schon allein des teuren Tickets wegen. Ich könnte dir ja den Flug bezahlen, aber meine Arbeitstage sind sehr lang, und meine Wohnung ist klein. Ich würde mich schrecklich fühlen, wenn ich wüsste, du sitzt herum, wartest auf mich und verschleuderst deinen kostbaren Urlaub. Und es ist auch nicht gerade so, dass man in Wuxi alleine viel unternehmen könnte. Lass uns doch lieber schauen, ob wir im neuen Jahr bald mal zusammen hier Urlaub machen. Wir fahren zusammen nach Peking, oder Shanghai ... Da haben wir sicher mehr davon.«

Ich schluckte. »Du hast natürlich recht«, sagte ich. »Es ist nur ... ich vermisse dich so schrecklich ...«

»Ich vermisse dich doch auch, Süße. Jede Nacht vermisse ich dich, beim Aufstehen, beim Frühstücken, wenn ich zur Arbeit fahre, und in der Mittagspause ...«

»Und dazwischen nicht? Ich meine, zwischen zur Arbeit fahren und Mittagspause?«

»Da arbeite ich.«

»Trotzdem. Ich vermisse dich auch, wenn ich arbeite.« Das war mal wieder typisch! Männer konnten eben nicht mehrere Dinge gleichzeitig tun. Ich dagegen vermisste Leon eigentlich vierundzwanzig Stunden am Tag, was ganz schön anstrengend war. Ich schlief viel schlechter, weil ich mich nicht an seinen Rücken kuscheln konnte. Ich aß wieder viel ungesünder, zumindest mittags, wenn ich nicht unter Lilas Aufsicht stand. In der Agentur bestellten wir meistens Pizza oder holten uns einen Döner. Außerdem blieben jetzt wieder alle Reparaturen im Haus liegen. Harald hatte erklärt, er sei Zahnhandwerker. Zähne zu reparieren würde nicht automatisch bedeuten, dass man sich auch mit tropfenden Wasserhähnen auskannte. Ich hatte den Verdacht, dass er zu faul war, weil er irgendwann mal erzählt hatte, dass er sein Haus in Schorndorf, in dem seine Frau und seine Töchter jetzt ohne ihn lebten, selber renoviert hatte.

»Line, wir sehen uns bald, okay? Bis dahin müssen wir eben durchhalten. Das schaffen wir doch, oder?«

»Ja, natürlich«, sagte ich und versuchte, überzeugend zu klingen. Wir bemühten uns beide, zu einem munteren Ton zurückzukehren, aber es wollte uns nicht so recht gelingen. Auch die Verabschiedung fiel nicht gerade fröhlich aus.

Ich schaltete den Laptop aus. Angezogen, wie ich war, legte ich mich aufs Bett und starrte an die Decke.

Ich fühlte mich bedrückt. Bis Weihnachten ohne Leon klarzukommen, war mir schon wie eine Ewigkeit erschienen. Aber noch länger? Leon konnte ja nun wirklich nichts dafür. Sorgen machte mir nur, dass er so wenig Ablenkungsmöglichkeiten hatte und so viel Zeit mit anderen Boschlern verbrachte. Nicht, dass ich ihm nicht traute. Ich war das Vertrauen in Person! Eifersucht war mir völlig fremd! Und ich würde Leon niemals vorhalten, dass er mich schon einmal eine Nacht mit seiner Kollegin Yvette betrogen hatte, dem Rattengesicht im Erotik-Dirndl! Aber was, wenn er sich in eine andere Kollegin verliebte? In eine Chinesin, beispielsweise? Die waren sicher klein, anschmiegsam, pflegeleicht und kochten großartig, im Gegensatz zu mir. Andererseits – aus welchem Grund sollte Leon mir nicht treu sein? Musste ich nicht viel mehr Angst vor mir selber haben? Würde ich Leon auf unbestimmte Zeit treu sein können? Eine Prüfung. Es war eine Prüfung. Wie im Märchen …

Ich stand hinter einem riesigen Herd, neben mir eine bildhübsche, lächelnde Chinesin im enganliegenden Seidenkleid, schlank, jedoch mit Kurven an den richtigen Stellen. Vor dem Herd stand ein blondgelockter Moderator im weißen Anzug, aus dessen rosafarbenem Rüschenhemd dichtes Brusthaar quoll, und strahlte uns an. Er drehte sich zum Publikum um und brüllte enthusiastisch: »Bitte begrüßen Sie mit mir unsere heutigen Kandidatinnen, Pipeline Praetorius aus Stuttgart und Fang-Hui aus Wuxi!«

Das Publikum applaudierte und johlte. Zwei Mädchen in kurzen Jeansröckchen und hochhackigen Stiefeln versuchten mit wackelndem Hintern, den Applaus zusätzlich anzuheizen. Der Moderator schrie: »Unserer heutigen Siegerin winkt ein ganz besonderer Preis. Begrüßen Sie mit mir Leon, unseren Testesser!« Das Publikum tobte. Leon kam in einem T-Shirt mit der Aufschrift »Bosch – Technik fürs Leben« winkend herein, nahm an einem Tischchen vor der Kochstation Platz, griff nach dem Besteck und stellte links und rechts des Tellers erwartungsvoll die Fäuste auf.

Der Moderator rief: »Fang-Hui wird Rindfleischstreifen mit Gemüse im Wok zubereiten. Pipeline Praetorius dagegen wird ein echt schwäbisches Gericht kochen: Zwiebelroschdbroda mit Spätzle, Soß' und Salat!« Er deutete auf meine Seite des Herds, auf ein rohes Stück Fleisch, eine Zwiebel, eine Plastikschüssel mit Teig und eine Schüssel mit Salat ohne Dressing. Leon liebte zwar Zwiebelrostbraten, aber das war trotzdem total unfair, Wok-Gerichte gingen doch viel schneller! Außerdem konnte ich nicht kochen!

»Und nun zum Preis unseres Kochduells. Unser Testesser Leon wird die Kandidatin, deren Essen ihm besser schmeckt« – er holte tief Luft –, »zur Frau nehmen!«

Das Publikum war jetzt nicht mehr zu halten. Es sprang auf, brüllte, tobte und klatschte sich vor Begeisterung auf die Schenkel. Der Moderator hob eine Plastikpistole. Es machte »Peng«, und ein fürchterlicher Gestank durchzog das Studio. Die Chinesin fing sofort an zu brutzeln, warf Gemüse in den Wok und sang dazu mit einem allerliebsten Stimmchen ein Lied, das an die Hintergrundmusik in China-Restaurants erinnerte.

Ich starrte wie gelähmt auf meine Kochplatten, die Pfanne und den Topf mit dem blubbernden Wasser. Wenigstens die Spätzle musste ich hinkriegen, sonst war Leon für immer für mich verloren! Vielleicht gab es ja einen Spätzle-Shaker? Das war so ein neumodisches Ding. Man füllte den Teig in eine Plastikflasche mit Löchern, drückte ihn ins kochende Wasser, fertig! Aber hier gab es nicht einmal eine Spätzlepresse, sondern nur ein Holzbrett und einen Schaber. Die vorsintflutliche Dorle-Methode! Mir blieb keine Wahl. Hektisch tunkte ich den Schaber in die Schüssel und schmierte eine dicke Schicht Spätzleteig auf das Holzbrett. Dann kratzte ich los wie eine Besessene. Dicke Teigfetzen klatschten in den Topf, kochendes Wasser spritzte nach allen Seiten, Teig klebte an meinen Fingern und verteilte sich auf meinen Armen.

Während ich mir eine Schlacht mit dem Teig lieferte, schichtete Fang-Hui längst das köstlich duftende Gemüse auf einen Teller mit Reis, garnierte die Rindfleischstreifen obendrauf und vollendete die Kreation mit einem allerliebsten Stengelchen Minze. Dann eilte sie an Leons Tisch, verbeugte sich und stellte ihm mit einem strahlenden Lächeln das Essen hin. Er spießte ein Stück Rindfleisch mit etwas Gemüse auf, schob es sich in den Mund, kaute andächtig und nickte dann anerkennend. Der Moderator jubelte, das Publikum klatschte frenetisch.

Ich hingegen war mittlerweile von oben bis unten mit Spätzleteig überzogen. Rostbraten und Salat würden warten müssen, aber mit meinen schwäbischen Spätzle würde ich Leons Hamburger Herz gewinnen! Ich goss das, was erfolgreich im Topf gelandet war, ab, füllte es in einen Teller, stolperte zum Tisch und donnerte Leon den Teller hin. Leon sah mich fassungslos an und richtete dann seinen Blick auf den Teller. Er nahm die Gabel, spießte ein Spätzle auf und hielt es hoch. Das war kein Spätzle. Das war ein unförmiger Teiglappen von der Größe eines Pfannkuchens! Das Publikum brach in wieherndes Gelächter aus und deutete abwechselnd auf den Teiglappen und auf mich. Leon würdigte mich keines Blickes mehr und nickte dem Moderator unmerklich zu. Der nahm die zarte Hand der Chinesin und legte sie in Leons Hand. Sie sahen sich verliebt an.

»Fang-Hui hat den Kochwettbewerb gewonnen! Leon wird sie zur Frau nehmen! Ihre Hochzeitsreise wird zur Chinesischen Mauer führen!«, rief der Moderator triumphierend.

»Nein!«, rief ich verzweifelt. »Leon gehört zu mir! Ich reise mit ihm zur Chinesischen Mauer!«

Leon nahm Fang-Hui, in deren Augen Tränen standen, in die Arme und küsste sie, das Publikum tobte, im Hintergrund wiegten sich entzückende Chinesinnen, und der Moderator sang »Tränen lügen nicht ...«.

Ich fuhr hoch. Da war ich doch glatt einen Moment eingenickt! Und was hatte ich bloß für ein großartiges Talent, bescheuert zu träumen! Erleichtert ließ ich mich wieder in die Kissen fallen. Komischerweise war es draußen hell. Ich sah auf meinen Wecker. Es war kurz nach zehn. Zehn Uhr morgens, ganz offensichtlich. Ich hatte fast zwölf Stunden durchgeschlafen! Na ja. Schlafen war gesund, und angezogen war ich auch schon, das war praktisch. Am Wochenende trug ich eh meist nur Jogginganzug. Der Traum allerdings war ziemlich beunruhigend gewesen. Vielleicht war das ja ein Wink von oben, dass ich Leon so rasch wie möglich besuchen sollte, auch wenn er tagsüber arbeitete? Allerdings würde ich ihn dann bitten müssen, mir den Flug zu bezahlen, und dazu war ich zu stolz.

Im Haus war es totenstill. Vor meiner Zimmertür lag Suffragette, putzte sich und würdigte mich keines Blickes. Ich lief die Treppe hinunter zum Bad, machte ebenfalls Katzenwäsche und ging in die Küche. Die sah leider genauso aus wie am Abend zuvor: Komplett unaufgeräumt. Lila und Harald hatten offensichtlich das Geschirr vom Vorabend auf der einen Hälfte des Tisches gestapelt und auf der anderen Hälfte gefrühstückt. Neben dem Frühstücksgeschirr hatten sie mir einen Zettel hinterlassen.

»Hallo, Line, so viel zum Thema! Sieh zu, dass du in die Pötte kommst! Wir sind auf der Waldau auf dem Tennisplatz.« Oje. Ich hatte versprochen, die Küche aufzuräumen! Aber was wollte Lila auf dem Tennisplatz? Dass Harald Tennis spielte, wusste ich. Schließlich war er Zahnarzt. Vor zwei Jahren hatte er auf dem Weissenhof das Tennisturnier »Zahnärzte for Peace« gewonnen und das Preisgeld der Aidshilfe Stuttgart gespendet. Aber Lila? Die machte doch höchstens Yoga oder Qigong. Vielleicht sah sie Harald nur zu? Das konnte ich mir eigentlich nicht vorstellen, schließlich war sie nicht so der anhimmelnde Typ. Außerdem fiel draußen ein ekliger Schneeregen. Wer ging da schon freiwillig vor die Tür?

| 25

Ich stellte einen Kaffee auf und beschloss, als Allererstes zu spülen. Noch vor dem Frühstück. Hurra! Ich war der Traum jeder WG und stand auf der Liste der beliebtesten WG-Mitbewohnerinnen der Welt ganz oben! Ich sammelte die dreckigen Teller ein und stapelte sie neben der Spüle. Ein lautes Schnaufen ließ mich herumfahren. Wutzky! Den hatte ich komplett vergessen. Lila und Harald offensichtlich auch. Der Hund trabte heran, streckte seine Schnauze zwischen meine Beine und schnupperte entzückt. »Pfui, Wutzky!«, rief ich empört und drückte ihn zur Seite. Dann wickelte ich mir Lilas Schürze um die Hüften und ließ Wasser ein. Leider hielt Lila Spülen von Hand für eine wichtige sinnliche Erfahrung, die einem half, sich zu erden. »Und du hast es definitiv nötig, dich zu erden, Line!«

Ich begann mit dem Abwasch, sehnte mich nach einer Spülmaschine und dachte an den saublöden Traum. Wenn die Trennung von Leon schon eine Prüfung war, wie im Märchen, dann brauchte ich dringend eine gute Fee, die mir zur Seite stand. Hmm. Was würde ich mir wünschen, wenn es tatsächlich Feen gäbe und ich drei Wünsche frei hätte? Als Allererstes ein riesiges Lotterbett, auf dem Leon lasziv lümmelte, nur mit einem Lendenschurz aus Leder bekleidet. Als Zweites dreihundertzwanzig Euro, um sie Harald zurückzuzahlen. Und als Drittes jemanden, der den Abwasch für mich machte. Ich konnte mit den Armen nicht einmal wohlig im Schaum wühlen, weil unser Spülmittel nicht schäumte. So machte es wirklich keinen Spaß!

In diesem Augenblick klingelte es. Bestimmt der Briefträger. Ich trocknete die Hände an der Schürze ab, ging zur Haustür und öffnete.

»Holla, i ben die Butzfee! Doo komm i ja grad rechd! Wo isch'd Küche?«

Ich knallte die Tür zu und lehnte mich schwer atmend dagegen. Entweder war ich jetzt völlig verrückt geworden, oder ich träumte noch immer. Oder warum hatte ich sonst Erscheinungen von kleinen, kugelrunden Frauen in samtenen Gewändern unter Schirmen

mit einem Zauberstab in der Hand? Diese ganze verrückte Idee mit
dem Märchen und der Prüfung und der Fee!

Es klingelte wieder. Vorsichtig öffnete ich die Tür einen winzigen
Spalt. Die Erscheinung war immer noch da. Ihr Gesicht war gerötet,
und auf ihrem Kopf thronte ein leicht verrutschtes Krönchen aus
Goldfolie. Irgendwie sah sie ziemlich irdisch aus. Es klopfte energisch. »Lassad Se me nei! 's schneit! 's isch kalt!«

Zögernd öffnete ich die Tür. War das im Märchen nicht auch so? Jemand bat flehend um Einlass und entpuppte sich dann als Monster?

»Wo isch d'Kiche?«, wiederholte die Gestalt, klappte den Schirm
zusammen, lehnte ihn gegen die Haustür, schob mich zur Seite und
marschierte schnurstracks Richtung Küche, als hätte sie den Grund-
riss der Wohnung im Kopf. In der einen Hand schwang sie den Zauberstab, in der anderen trug sie einen Alukoffer, auf dem »Butzfee
International« stand. Das grüne Samtkleid reichte bis zum Boden
und hatte Fledermausärmel, um die ziemlich breite Taille hatte sie
eine goldfarbene Kordel geschlungen, die aussah, als stamme sie
von einem altmodischen Vorhang.

Ohne mich weiter zu beachten, stellte die Fee ihren Koffer auf
dem Esstisch ab, klappte den Deckel hoch und stellte eine ganze
Armada verschieden großer Plastikflaschen in der Farbe ihres Kleides auf den Tisch. Zwischendurch beugte sie sich herunter, um
Wutzky den Kopf zu tätscheln, der sich an sie drängte, als hätte er
sie vermisst. »Du bisch a guder Hond! Diese Küche hat es aber sehr
nötig!«, dozierte sie. »I sag bloß: Simsalabim, on die Kiche isch
clean!« Sie ging zur Spüle und deutete auf die Flasche mit dem Bio-
spülmittel. »Mit dem Glomp kommad Se net weit!«

»Aber es ist zu hundert Prozent biologisch abbaubar«, protestierte ich. »Da legt meine Mitbewohnerin sehr viel Wert drauf.«

»Ach kommad Se, biologisch abbaubar! Interessiert doch koin!
Hauptsach' isch doch, sauberle mit wenig Aufwand! Ond ordentlich
schäuma muss's!«

Sie schubste mich erneut zur Seite, ließ das Wasser in der Spüle
ab, drehte den Hahn auf und gab aus einer der Plastikflaschen

einen kleinen Spritzer Flüssigkeit ins einlaufende Wasser. Innerhalb von Sekunden hatte sich ein riesiger fluffiger Schaumberg gebildet. Die Putzfee versenkte Teller und Arme im Wasser, fing an, abzuspülen, und sang dazu auf die Melodie von »Auf dr Schwäb'sche Eisebahne«: »Dr Dreck isch ons net einerlei, mir butzad älles saubr ond rei, du guggsch zu on hosch dei Ruh, mach'sch endschbannd die Oigla* zu. Trulla, trulla, trullala, trulla, trulla, trullala, Butzfee International, butzd dei Wohnong obdimal.«

Ich fühlte mich etwas hilflos. Es war ja nett, dass diese wildfremde, singende Frau, von der ich nicht wusste, ob sie eine Fee, eine Verrückte oder eine gewöhnliche Hausiererin war, meinen Abwasch machte, und eigentlich gab es keinen Grund, sie davon abzuhalten. Schließlich war sie freiwillig hier. Andererseits war es doch etwas seltsam. Ich fand noch ein paar Oreo-Kekse im Schrank, schenkte mir einen Kaffee ein und setzte mich.

»Sagen Sie ... wer sind Sie überhaupt?«, fragte ich schließlich.

»Annegret Butzer. Butzfee International.«

Sehr aufschlussreich. Ich knabberte weitere Oreos. In Windeseile spülte die Fee das Geschirr weg, putzte mit einem anderen Zaubermittelchen den Gasherd, bis er glänzte, und riss dann die Backofentür auf.

»Isch des schee! Vergruschded on eibrand on verdreckt!«, rief sie triumphierend aus. Das mussten die sterblichen Reste meiner letzten Pizza *Vier Jahreszeiten* sein, die ich vor ein paar Wochen zu lange im Ofen gelassen hatte. Die Fee rannte entzückt zum Tisch, blieb einen Moment davor stehen, fixierte die Flaschen wie ein Raubvogel seine Beute, schlug schließlich zu, schüttelte die Flasche heftig und sprühte den Ofen mit weißem Schaum ein. »Dr klingonische Backofareinigr! So dick wie'd Vergruschdung macha mrs druff! On en Kürze semmr begeischderd, was doo älles rauskommd!«

---

* »Äuglein«

Nach ein paar Minuten Einwirkzeit, in denen nichts passierte, außer dass ich weitere Oreos vertilgte und Wutzky einen heftigen Furz ließ, der die Fee veranlasste, bei einem heiteren Lied Raumspray zu versprühen, beförderte sie eklige braune Schlieren und verkohlte Pizzareste aus dem Ofen ans Tageslicht und wischte dann mit einem weiteren Mittelchen nach. Dann winkte sie mich zu sich und drückte mir eine Taschenlampe in die Hand. »Jetzt kriechad Se amol en Backofa nei zom Gugga!«

Ich bückte mich und leuchtete ganz kurz in das Innere des Ofens, zog aber den Kopf gleich wieder heraus, weil ich der Fee nicht traute.

»Tatsächlich. Ich glaube nicht, dass unser Ofen mal so sauber war! Leider ist meine Mitbewohnerin generell gegen Backofenspray.«

»Weil se 's klingonische Prinzip net kennd. Die Kraft aus dem Weltall!«

»Natürlich«, sagte ich höflich.

Die Fee wusch sich die Hände, schenkte sich einen Kaffee ein und ließ sich auf einen Stuhl fallen. Ich schob ihr die verbliebenen Oreos hin. Aus ihrem Butz-Koffer holte sie einen Block, riss das oberste Blatt ab und schob es mir unter die Nase. Auf dem Blatt stand eine endlose Liste verschiedener Produkte, deren Preise bei zehn Euro begannen und bis in schwindelerregende Höhen stiegen. Die angebliche Fee war also doch bloß eine stinknormale Vertreterin, die mit ihrem Zauberstab eine Show abzog! Okay, sie hatte die Küche geputzt, aber ich hatte sie nicht darum gebeten und deshalb auch nicht vor, etwas zu kaufen.

»Also mir von Butzfee International hen a einzigardige Methode entwickld, die Strahlen aus dem All für das Putzen zu nutzen. Das isch das klingonische Brinzip und wissenschaftlich erwiesen. Desch isch sogar em Färnsäh komma beim Rangar Yogeshwar. Doo brauchad mir faschd koi Chemie meh, ons Butza gohd ruck, zuck, des hen Se ja gsäh.«

Das stimmte allerdings. Bei mir dauerte Putzen viel länger.

| 29

»Außerdem sind unsere Fasern intelligent und lernfähig. Des hoißd, onsre Butzdicher kriegad au Strahla ausem All. Je öfter Sie butzad, desto bessr butzds, weil die Dichla* weltraummäßig trainierd sen wie Aschdronauda, on noo kennad die scho die Umgäbung, wo se butzad. Außerdem lernt dr Dreck, dass er fortbleibd, wäga dr Schwerkraft. Des isch also dobbelde Wirkong: 's Duch lernd ebbes, on dr Dreck au! Deshalb sen die Dichla halt au a bissle deirer als beim Schleckr. Weil sie butzad viel gscheitr!«

Ich warf einen Blick auf die Preisliste. Die lernenden Putzlappen fingen bei achtundzwanzig Euro an.

»Interessant«, heuchelte ich. »Und es ist ja auch sehr nett, dass Sie bei uns geputzt haben, es ist nur leider so, meine Mitbewohnerin, die gleichzeitig meine Vermieterin ist, wäre sicher dagegen. Sie legt großen Wert auf Öko. Außerdem war ich lange ohne Job und arbeite erst seit kurzem wieder. Das klingonische Prinzip ist sicher jeden Cent wert, aber teure Putzmittel kann ich mir nicht leisten.«

Die Fee nickte bedauernd. »Des verschdand i. I han mein Beruf an de Nagl ghängd, weil i mit Butzmiddel viel besser verdiena du. Des isch viel mehr als bloß a lugradiver Näbenverdienschd.«

Lukrativer Nebenverdienst. Hmm. War mein zweiter Wunsch nicht gewesen, meine Schulden loszuwerden?

»Sagen Sie mal, wie viele Mitarbeiter hat denn Ihre Firma?«, fragte ich vorsichtig.

Die Putzfee sah mich alarmiert an. »Wieso frogad Sie?«

»Nun ja … vielleicht brauchen Sie Verstärkung? Gegen einen kleinen Nebenverdienst hätte ich nichts einzuwenden.«

»Ach so!« Die Fee schwieg einen Augenblick. »Also om ehrlich zu sei: I ben die oinzig Mitarbeiderin. I ben sozusaga d'Chefe on dr Verdrieb ond älles en oim.«

»Aber wieso heißen Sie dann *Butzfee International*?«

---

* Duch – Tuch, Dichla – Tüchlein, Butzdicher – Putztücher. Fast kein Unterschied zum Hochdeutschen, oder?

»Ha, weil's mehr hermachd! On mir Schwoba sen doch weitlaifig! Iberall uff dr Welt sen Schwoba, wo butzad! Vom Nordkap bis noch Südafrika! Ond i heiß halt Butzer, on *Fairy* gibd's scho, on die Schwoba hen's ned so mitm Englische.« Sie sah mich mit zusammengekniffenen Augen an. »Wenn i mir's so iberleg ... also i däd scho nomol ebbr braucha. I kennd Sie eilerna. On noo schaffad Sie auf Provision. Sie müssded sich halt selbr a Koschdümle macha, weil vom Vorhang isch nix meh übrig. I han an Haufa Stoff brauchd, weil i so gut beinander ben[*].«

Sie nahm eine Produktliste, drehte sie um, kritzelte eine Nummer darauf und sagte: »Jetz macha mr's oifach so. I denk nomol driber noch, on Sie denkad nomol driber noch, on noo delefonierad mir ons zamma.«

»In Ordnung«, sagte ich.

»Annegret«, sagte die Fee und streckte mir die Hand hin.

»Line«, antwortete ich.

»Doo kriagsch no a Butzerle als Gschenkle«, sagte sie und reichte mir ein eingeschweißtes Erfrischungstuch. »Mir hörad vonanandr. Adele[**]!« Sie lächelte ein zauberhaftes Lächeln, fuhr mit ihrem Zauberstab durch die Luft, machte eine schwungvolle Kehrtwendung, stolperte über ihren Rocksaum und rauschte mitsamt ihrem Köfferchen zur Tür hinaus.

Ich ließ mich ermattet auf einen Stuhl sinken. Was für ein Vormittag! Eine Erfrischung konnte ich jetzt gut gebrauchen. Ich riss die Verpackung des Erfrischungstüchleins auf und fuhr mir damit über das Gesicht. Igitt, das stank ja widerlich! Ich warf einen genaueren Blick auf die Verpackung. Auf der einen Seite war ein Schuh abgebildet. Auf der anderen stand *Butzfee Shoe Polish*. Großartig. Ich lief ins Bad und versuchte, die milchig weiße Flüssigkeit mit

---

[*] Gut beinander – schwäb. Euphemismus für dick sein
[**] Nicht etwa der Name einer Sängerin, sondern ein leider allmählich aus der Mode kommender schwäbischer Abschiedsgruß

warmem Wasser vom Gesicht zu schrubben. Wenigstens war es keine schwarze Schuhcreme gewesen. Meine Güte, war das Zeug hartnäckig! Auf dem Badewannenrand lag ein Einmalrasierer, den Lila wohl zum Enthaaren benutzt hatte. Ich schnappte mir den Rasierer und zog ihn vorsichtig über die linke Backe. Super, jetzt kam das Schmierzeug runter. Schnell noch die rechte Backe. Autsch. Unter der weißen Creme quoll es rot hervor. In der Haustür drehte sich der Schlüssel. Rasch tupfte ich das Blut mit Klopapier ab.

»Line?«

»Hi, Lila, bin im Bad!«

»Kann ich reinkommen?«

»Klar. Wie siehst du denn aus?«

»Dasselbe könnte ich dich fragen. Also *ich* sehe aus wie jemand, der gerade eine Dreiviertelstunde im Schneeregen auf dem Tennisplatz verbracht hat und nichts zum Duschen dabeihatte. Als wir losfuhren, schien die Sonne.« Lila langte an mir vorbei nach einem Handtuch und frottierte sich die klatschnassen langen Haare. Sie schnupperte. »*Du* siehst aus wie jemand, der meine Rasierklinge geklaut hat. Außerdem riechst du etwas streng.«

»*Ich* habe mir gerade das Gesicht mit Schuhcreme poliert. Ist das ein neuer Sportanzug?« Lila trug eine schicke dunkelblaue Funktionsjacke mit passender Hose. Das war ungewöhnlich. Als Konsumhasserin war sie der Meinung, man könne hervorragend in ausgedienten Klamotten Sport machen, und hielt die Erfindung von Funktionskleidung und die damit einhergehende Differenzierung nach Wandern, Trekking, Walken, Nordic Walken, Joggen, Yoga, Pilates, Golfen, Tennis und Mountainbiken für vollkommen überflüssige Geldmacherei.

»Das *war* ein neuer Sportanzug, bevor er auf dem Tennisplatz durchweicht wurde.«

»Seit wann spielst du Tennis?«

»Harald hat mir eine Probestunde geschenkt. Plus den passenden Anzug.«

»Ich dachte immer, du stehst mehr auf so besinnliche Bewegung und tiefer gehende Entspannung. Yoga oder Qigong oder Autogenes Training und so.«

»In einer Beziehung muss man Kompromisse machen und gemeinsame Interessen entwickeln«, deklamierte Lila.

Ich seufzte. »Hatten wir das mit den Kompromissen nicht schon mal? Falls du dich erinnerst, habe ich mir für das Cannstatter Volksfest Leon zuliebe ein Dirndl gekauft. In der gleichen Nacht ist er mit Yvette im Bett gelandet.«

»Das war eine Verkettung unglücklicher Umstände.«

»Wann trittst du bei Wimbledon an?«

»Du wirst es nicht glauben, aber ich hatte einen Riesenspaß! Ich hab seit einer Ewigkeit keinen richtigen Sport mehr gemacht! Also so Sport mit Schwitzen!«

»Aber es wird doch Jahre dauern, bis du mit Harald zusammen spielen kannst!«, protestierte ich. Lila zuckte mit den Schultern.

»Na ja, der Trainer meinte, vielleicht so zwei, drei Jahre.« Aha. Die Beziehung war also längerfristig angelegt.

»Und, macht Harald für dich auch Kompromisse?«

»Klar. Ich habe uns zu einem Wochenend-Seminar *Aktiv ja zur neuen Beziehung sagen* angemeldet. Er hat noch nie ein Paarseminar besucht. Er kennt nur Fortbildungen für Zahnärzte.«

»Hat Harald denn bisher noch nicht aktiv ja zu eurer Beziehung gesagt?«, fragte ich alarmiert. Obwohl ich anfangs skeptisch gewesen war und Lila ungern teilte, konnte ich sie mir ohne Harald kaum noch vorstellen. Die beiden machten immer so einen harmonischen Eindruck. »Ihr habt doch nicht etwa Probleme?«

Lila schüttelte den Kopf. »Nein. Aber man kann schließlich gar nicht früh genug anfangen, die Beziehung zu pflegen.«

»Aber ihr seid doch gerade mal ein paar Monate zusammen!« War das nicht etwas früh für ein Paarseminar? Oder war meine Beziehung zu Leon deshalb nach einigen Monaten erst mal in die Brüche gegangen – weil wir nicht aktiv genug ja zueinander gesagt hatten? »Wo ist Harald überhaupt?«

»In der Praxis, Abrechnungen machen. Line, ich könnte noch

| 33

ewig so mit dir weiterplaudern, aber meinst du, du könntest allmählich aus dem Bad verschwinden? Ich bin nass, und mir wird kalt. Machst du mir einen Kaffee? Und hast du eigentlich die Küche aufgeräumt?«

»Schau's dir selber an«, sagte ich geheimnisvoll.

Ein paar Minuten später kam Lila in ihrem lila Bademantel mit den rosa Punkten in die Küche, ein Handtuch um die Haare gewickelt und die *taz* in der Hand.

»Du meine Güte«, staunte sie. »Hat dich heute Morgen die Putzwut gepackt? So sauber war's hier ja noch nie!« Sie schenkte sich Kaffee ein.

»Nun, ich dachte, ich sage aktiv ja zu unserer Wohngemeinschaft«, behauptete ich unschuldig. Die Feen-Episode würde ich erst mal für mich behalten. »Ich wollt's ja gestern Abend noch machen, aber ich bin eingeschlafen. Die Arbeitswoche war eben zu anstrengend.«

»Was gibt es Neues aus Wuxi?«

»Nichts Gutes«, sagte ich düster. »Leon kann an Weihnachten nicht wie geplant kommen. Er kriegt keinen Urlaub.«

»Line, wie schade!«, rief Lila aus. »Dabei hattest du dich schon so darauf gefreut!«

Ich seufzte. »Ja. Jetzt kann ich mir den Urlaub aufsparen und Dorle nach der Arbeit uneingeschränkt bei der Brutpflege helfen.«

Meine Schwester Katharina hatte sich vor einiger Zeit von ihrem Mann Frank getrennt, weil sie sich in einen Amerikaner verliebt hatte. Max war aber wegen seines Jobs zurück nach New York gegangen. Meine Großtante Dorle hatte angeboten, sich in den Weihnachtsferien um die beiden Kinder zu kümmern, damit Katharina Max besuchen konnte, um zu sehen, wie sich die Beziehung entwickelte. Dorle war schon über achtzig und konnte etwas Unterstützung gebrauchen.

In diesem Augenblick klingelte es. Hoffentlich tauchte die Butzfee nicht wieder auf und machte mein neues Putz-Image kaputt. »Wehe, du lässt jemanden in die Küche, solange ich hier im Bademantel sitze!«, rief Lila drohend, als ich zur Tür ging.

»Hallo, Line. Darf ich reinkommen?«

»Darf Tarik reinkommen?«, brüllte ich in Richtung Küche.»Meinetwegen«, brüllte Lila zurück.

Tarik begrüßte mich mit seinem üblichen Ritual. Er setzte seine Lippen ganz harmlos auf meiner Wange an, aber dann rutschte sein Mund wie zufällig auf meinen und blieb dort deutlich länger liegen, als es sich für eine Frau mit festem Freund geziemte. Ich fand das okay, schließlich hatten Tarik und ich längst das Stadium hinter uns, in dem wir ernsthaft etwas miteinander anfangen würden, und immerhin behielt Tarik seine Zunge bei sich. Außerdem war er ein Mega-Macho, den ich sowieso nicht ganz für voll nehmen konnte. Trotzdem genoss ich das Prickeln im Bauch bei seiner Begrüßung. Das war wenigstens nicht so langweilig wie der gediegene schwäbische Handschlag.

Tarik deutete auf meine Backe.»Was hast du denn da gemacht?«, fragte er.

»Ich hab mich beim Rasieren geschnitten«, sagte ich achselzuckend. Die Geschichte mit der Schuhpolitur würde ich Tarik gerade noch auf die Nase binden.

»Was ist das denn?«, fragte Tarik wie vom Donner gerührt und blieb in der Küchentür stehen.

»Das ist mein lila Bademantel«, sagte Lila würdevoll. »Der ist eigentlich nicht für Publikum gedacht.«

»Das meine ich nicht. Der Bademantel betont deine schönen Kurven. Ich meine dieses … dieses Tier!«

»Das ist Wutzky, Haralds Scheidungshund. Ein gaaanz Lieber. Sag Tarik guten Tag, Wutzky!«

Wutzky stand da wie festgefroren, eine Pfote in der Luft, und starrte Tarik an. Tarik starrte zurück. Beide guckten sehr, sehr böse. Für eine Sekunde blieb die Zeit stehen. Schließlich schloss der Hund die Augen und warf die Schnauze nach oben, als würde er »Du kannst mich mal« sagen, drehte sich um und marschierte hochmütig in die hinterste Küchenecke, wo er sich so hinlegte, dass er uns den Hintern zustreckte.

»Komisch«, sagte Lila und runzelte die Stirn. »So hab ich ihn noch nie erlebt. Er scheint dich nicht zu mögen.«

»Falls es dich beruhigt: Ich mag ihn auch nicht«, sagte Tarik.

»Hast du was gegen Tiere?«, fragte Lila.

»Aber nein. Ich habe überhaupt nichts gegen einen Lammbraten mit Knoblauch und Rosmarin gespickt, der im Backofen lecker vor sich hinschmort. Tiere sind nichts anderes als Fleisch.«

Wutzky knurrte.

Tarik war einer der momentan angesagtesten Künstler in Deutschland, berühmt geworden durch seine Fleischkunstwerke. Die Kunstkritik nannte ihn ehrfürchtig Tarik, den Four-D-Creator (keine Ahnung, was das bedeuten sollte). Außerdem war er Professor an der Kunstakademie, machte mit seinen überwiegend weiblichen Studentinnen spirituelle Tänze in wallenden Gewändern und kümmerte sich nicht nur hinter, sondern auch auf dem Schreibtisch seines Büros intensiv um sie. Wir hatten uns bei der Vernissage seiner Dönerkunstwerke kennengelernt. Damals hatte Tarik mich spontan zu seiner Muse auserkoren, was Leon aus irgendwelchen Gründen nicht so richtig gefallen hatte. Wir waren nach der Trennung von Leon einmal kurz und leidenschaftlich aufeinandergeprallt, aber da ich nur bedingt musentauglich war, waren wir stattdessen Freunde geworden. Zum Glück! Seit Leon weg war, sahen wir uns viel. Tarik lenkte mich davon ab, dass mein Freund in China saß. Er wiederum genoss es, dass ich nichts von ihm wollte. Ich war seine erste und einzige platonische Freundin.

»Magst du einen Kaffee?«, fragte ich.

»Türkischer Mokka wäre mir lieber, aber meinetwegen …« Ich goss Tarik Kaffee ein und klopfte fragend gegen die Plätzchendose. Lila nickte gnädig. Sie hatte schon den Großteil der Weihnachtsbäckerei absolviert. Ich hatte es zwar nicht so mit Vollkornmehl, aber Lilas Spitzbuben, Ausstecherle und Vanille-Kipferl schmeckten großartig. Ich stellte die offene Dose auf den Tisch und sicherte mir schnell einen Spitzbuben. Die waren immer schon lang vor Weihnachten weg.

»Ich wollte dich eigentlich entführen«, sagte Tarik geheimnisvoll.

»Mich entführen? Wohin denn?«

»Wird nicht verraten. Sagen wir mal, du und ich, wir machen eine kleine Spritztour.«

»Heißt das etwa, ich muss meinen Jogginganzug aus- und öffentlichkeitstaugliche Kleidung anziehen?«

»Genau das heißt es.«

Ich seufzte. »Tarik, es ist so schrecklich gemütlich in unserer Küche!«

Das war es tatsächlich. Der Gasofen bullerte heimelig vor sich hin, Kerzen brannten, ich hatte Lila ausnahmsweise mal für mich, und man hätte den Rest des Nachmittags gemütlich Gutsle essen und dabei zusehen können, wie es draußen langsam wieder dunkel wurde. Die Wochen vor Weihnachten waren total gemütlich, wenn man nicht durch die Innenstadt hetzen und Geschenke besorgen musste! Ich war zum Beispiel gar nicht mehr auf dem neuesten Stand, was die europäischen Königshäuser anging! Was machten Felipe und Letizia? Und Brangelina? Und war Penelope Cruz nicht schwanger? Mit Tarik konnte man hervorragend Klatsch austauschen. Und mit Lila sowieso!

»Ich werde nicht mehr lang zur Gemütlichkeit beitragen«, sagte Lila. »Harald kommt nachher wieder, und wir müssen mindestens eine Stunde mit dem Hund raus.« Sie seufzte. »Am liebsten würde ich auch einfach in der Küche bleiben und endlich den Adventsschmuck aufhängen. Diese vielen sportlichen Aktivitäten sind ganz schön anstrengend.«

»Kann ich gut verstehen«, sagte ich. Leon hatte auch ständig Sport machen wollen. Zumindest ein Gutes hatte es, dass er weg war. Niemand hetzte mich mehr durch den Wald oder ins Schwimmbad.

»Also gut, ich zieh mich um«, sagte ich. »Brauche ich irgendwas Besonderes?«

Tarik schüttelte den Kopf. Ich lief in mein Zimmer und schlüpfte schnell in Jeans und Sweatshirt. Mein Blick blieb auf dem Laptop hängen. Leon und ich waren beide so traurig gewesen, dass wir keinen Skype-Termin für heute ausgemacht hatten. Das war nicht gut. Wir mussten deutlicher ja sagen zu unserer Beziehung, auch in schwierigen Momenten! Ich musste nach der Spritztour mit Tarik unbedingt versuchen, ihn zu erreichen.

| 37

2. Kapitel

Samstagmorgen, nach dem Frühstück, fängt das Wochenende an.
Ich brauch dringend neue Schuhe, die mit Riemchen sind jetzt
   dran.
Schnell ins Städtchen zu den Läden, wo sie warten auf dein Geld.
Dafür kriegst du Glitzer, Glamour, Illusion der weiten Welt.
Ich will Schuhe ohne Absatz, gerne schwarz, vielleicht auch grau.
Schuhgeschäfte gibt es viele, also los jetzt, such und schau.

Tschau, Lila!«, rief ich und ging mit Tarik hinaus. Er hielt mir die Tür seines schwarzen Mercedes auf. Ich machte es mir auf dem Vordersitz bequem und blickte hinaus. Der Schneeregen war in Schnee übergegangen und blieb allmählich liegen. Es sah allerliebst aus auf den Puppenhäuschen in der Neuffenstraße, besonders auf unserem efeubewachsenen Häuschen. Warum blieben wir nicht einfach im Auto sitzen und hörten mit Tariks überdimensionierter Anlage Musik? Das war doch auch gemütlich!

»Nun sag schon, wohin fahren wir?«

Tarik ließ den Motor aufheulen. »Wir machen heute Nachmittag mehr aus deinem Typ.«

»Bitte *was* machen wir?«, rief ich empört und griff spontan nach der Autotür.

»Du kannst nicht rausspringen«, sagte Tarik gelassen. »Da ist die Kindersicherung drin.«

»Das ist Freiheitsberaubung! Außerdem hast du doch gar keine Kinder!«

»Mir war schon klar, dass du versuchen würdest abzuhauen.« Der Mercedes brauste mit überhöhter Geschwindigkeit die Haußmannstraße hinunter.

»Wir sind doch hier nicht bei *Brigitte* vorher – nachher!«, stöhnte ich. »Was soll das heißen, wir machen mehr aus deinem Typ?«

»Aus deinem Typ, nicht aus meinem. Aus meinem Typ ist schon alles rausgeholt. Ich ziehe mich meinem Image entsprechend an. Eine perfekte Mischung aus Professor an der Kunstakademie und *enfant terrible* der Kunstszene. Ein bisschen Klischee-Türke, ein bisschen *Spiel mir das Lied vom Tod.* Ich überlasse nichts dem Zufall.«

Das stimmte allerdings. Tariks Selbstinszenierung war perfekt. Er trug einen edlen schwarzen Rollkragenpulli, schwarze Jeans, darüber einen langen schwarzen Mantel aus Glattleder und spitz zulaufende, schwarze Stiefel, die trotz des Matschwetters glänzten. Seine Handgelenke waren mit schwarzen Lederbändchen umwickelt, und am Mittelfinger trug er einen Totenkopf-Ring. Tarik trug immer nur Schwarz. Meine Inszenierung war dagegen eher schlicht. Ich trug eine dicke Fleecejacke über dem ausgeleierten Sweatshirt und ein paar ausgelatschte Turnschuhe, die nur bedingt wettertauglich waren.

»Du bist unmöglich, Tarik«, sagte ich vorwurfsvoll. »Warum gebe ich mich eigentlich mit dir ab?«

Er warf provozierend sein wirres schwarzes Haar zurück. »Weil ein Macho-Türke in Stuttgart immer noch besser ist als ein Hamburger in China. Über Leons Aussehen kann ich mir zwar kein Urteil erlauben, aber ich kann mir nicht vorstellen, dass er so attraktiv ist wie ich. Und er hat bestimmt nicht so viele Freunde auf Facebook.«

»Du meinst wohl Freundinnen. Alles Studentinnen, die du schon mal abgeschleppt hast!«

»Gefällt mir.« Tarik nickte mit einem selbstzufriedenen Lächeln.

Ich stöhnte. Auf der »Liste der eingebildetsten Männer alive« war Tarik auf jeden Fall unter den ersten zehn, noch vor Til Schweiger mit dem Ich-kneif-nur-die-Augen-zusammen-und-schon-willst-du-mit-mir-ins-Bett-hüpfen-Blick. Trotzdem mochte ich Tarik, weil es mit ihm immer so lustig war und wir uns so herrlich streiten konnten. Außerdem war *mein* Selbstbewusstsein nicht gerade ausgeprägt, und ich fand es einfach fabelhaft, mit ihm herumzulaufen und die neidischen Blicke anderer Frauen auf mir zu spüren. Vor allem jetzt, wo Leon nicht da war!

»Was heißt das jetzt konkret, wir machen mehr aus meinem Typ? Schleppst du mich zum ›Botox ohne Voranmeldung‹?«

Tarik schüttelte den Kopf. »Viel banaler. Wir kaufen dir zuallererst ein Paar Schuhe. Dann sehen wir weiter.«

»*Wir* kaufen *dir* ein Paar Schuhe?«

»Dir, nicht mir.«

»Tarik, ich bin doch kein kleines Kind!«

»Nein, aber du profitierst von meinem unfehlbaren Geschmack. Außerdem sollte man im Schneematsch nicht mit Turnschuhen herumlaufen.«

»Das mag ja sein, ich habe aber Schulden! Ich hab kein Geld für neue Schuhe!«

»Ich schenk sie dir zu Weihnachten.«

»Das ist mir peinlich!«

»Muss es dir nicht sein, Schnuckelinchen. Ich nehm's aus meiner Kaffeekasse. Außerdem mach ich das nur für mich. Schließlich zeigst du dich mit mir in der Öffentlichkeit.«

»Schade, dass du einen Mantel anhast, Super-Tarik. Sonst könnte ich mal eben herzhaft in das Granatapfel-Tattoo auf deinem Oberarm beißen!«

Tarik fuhr über die Olgastraße und bog dann nach rechts ins Bohnenviertel ab, die flache Hand lässig auf dem Lenkrad. Ein paar Minuten später standen wir vor dem Züblin-Parkhaus im Stau.

»Tarik, an einem Adventssamstag in die Stadt, das war doch zu erwarten!« Ich hasste Staus, und ich hasste Einkaufsrummel. Wenn es nach mir ginge, würde man die komplette Fußgängerzone von September bis Silvester unter Quarantäne stellen. Meine Weihnachtsgeschenke bestellte ich sowieso im Internet. Man konnte problemlos im Stuttgarter Osten wohnen, im Heusteigviertel arbeiten und monatelang nicht die Innenstadt betreten! Tarik ignorierte mich komplett, ließ die Scheiben herunter, damit auch jeder die türkische Wummermusik aus seinen Monsterboxen hörte, studierte die Nachrichten auf seinem iPhone und grinste, als hätte er gerade einen dreckigen Witz gehört. Zehn Minuten später fuhr er mit Schwung ins Parkhaus und stellte den Mercedes auf einem Frauenparkplatz ab. Er warf mir einen Blick zu, um meine Reaktion zu testen. Ich knuffte ihn kräftig in die Seite.

»Bist du eine Frau, oder bist du keine?«, antwortete Tarik und tätschelte mir den Hintern. »Dem Hintern nach nicht. Der ist viel zu knochig.«

Wir liefen durch die Rathauspassage, fuhren die Rolltreppe zur Eberhardstraße hinauf und landeten mitten in der vorweihnachtlichen Hölle. Auf der Straße stauten sich hupende Autos, Radfahrer rutschten über den Schnee, dazwischen schwankten Fußgänger unter der Last ihrer Einkaufstüten. Der Breuninger hatte sich mit einer roten Schleife in ein überdimensionales Weihnachtspaket verwandelt. Am großen Eckschaufenster, das wie ein nostalgisches Kinderzimmer gestaltet war, klebten brüllende Kinder, die keine Lust hatten, von ihren Eltern weitergezerrt zu werden. Das war wirklich ein total günstiger Tag, um Schuhe zu kaufen.

Tarik nahm meine Hand und bahnte uns mit seiner mächtigen Gestalt mühelos einen Weg durch die Menge. Hinter dem Spielwaren-Kurtz bog er rechts ab. Nun waren wir mitten im dichtesten Gewühle des Weihnachtsmarkts, und es ging nur noch schrittweise vorwärts. Vor uns lief ein Polizist, der wahrscheinlich offiziell wegen der erhöhten Terrorgefahr und inoffiziell wegen der Taschendiebe, die sich an den prall gefüllten Geldbörsen unschuldiger Schweizer bedienten, auf dem Weihnachtsmarkt Dienst schob. Ein kleiner Junge kratzte auf seiner Geige *Stille Nacht*, während ein Mann, der vermutlich sein Vater war, ihn verzückt betrachtete und den Passanten eine Wollmütze entgegenstreckte, in der ein paar Münzen klimperten.

Es roch nach Glühwein, Magenbrot und Waffeln. Lecker! Ich kriegte schon wieder Appetit. Ich schielte hinüber zur Holankaffeebar.

»Wie wär's mit einem Espresso? Klein, stark, schwarz. So wie du ihn gern magst. Der Kaffee bei uns hat dir doch nicht wirklich geschmeckt! Ich lad dich ein. Danach geht das Schuhekaufen bestimmt viel leichter. Oder ein Schlückchen Glühwein mit einem klitzekleinen Würstchen?«

»Tsss. Du bist eine Schande für dein Geschlecht. Normale Frauen haben Angst vor Kalorien, einen Schuhtick und sind Shopaholics!«

»Ich habe auch einen Schuhtick. Setz mich in einem Schuhladen aus, und ich renne schreiend davon! Insbesondere an einem Adventssamstag! Außerdem sind meine Interessen eher von der intellektuellen Art!«

»Wie viel Paar Schuhe besitzt du?«

»Zählen die Turnschuhe, die ich versehentlich beim Streichen gelb eingefärbt habe, mit? Dann habe ich vier Paar Schuhe. Meine schicken Stiefel, die ich mir mal für die Oper gekauft habe. Leider musste ich einen Absatz opfern, als ich am Ostendplatz in einer Stadtbahnschiene hängengeblieben bin und die Bahn kam. Die eingefärbten Turnschuhe, meine nicht eingefärbten halbhohen Turnschuhe« – ich wedelte mit dem rechten Fuß – »und ein Paar Bequem-Hausschuhe, die mir Dorle zum Geburtstag geschenkt hat. Vollkommen ausreichend. Ach ja, ein Paar Sandalen habe ich auch noch. Die fallen aber langsam auseinander.«

Tarik musterte mich interessiert, als sei ich ein Experiment aus dem Chemiebaukasten. »Du wirst jetzt vermutlich umziehen müssen. Wo willst du nur ein weiteres Paar Schuhe unterbringen?«

Mittlerweile hatten wir den Schillerplatz erreicht. Die Dichte von Wurstbratereien hier war beunruhigend. »Tarik, ich brauche jetzt eine rote Wurst. So-fort. Sonst habe ich nicht genug Energie zum Schuhekaufen!« Ohne Tariks Antwort abzuwarten, steuerte ich den nächsten Wurststand an und stellte mich in die Schlange. Hier lagen die allerköstlichsten Würste auf dem Grill. Klassische rote Würste, Nürnberger Rostbratwürstchen, Riesenknacker … Das reinste Paradies! Sollte ich mir vielleicht noch eine Pommes mit Tarik teilen? Ich drehte mich eifrig um und prallte gegen einen stattlichen älteren

Mann. Er trug einen langen wallenden Bart und sah ein bisschen aus wie der Alm-Öhi. Tarik war nirgends zu sehen.

»Was kriaged Sie?«, fragte es von der Wursttheke her. Ich war dran! Schnell drehte ich mich wieder nach vorn, spürte einen heftigen Ruck, jemand rempelte gegen meine linke Schulter, und nahe an meinem Ohr ertönte ein Schmerzensschrei.

»Mie Bart!«, rief eine gequälte Stimme mit unüberhörbarem Schweizer Akzent. Rasch drehte ich mich wieder um und prallte gegen das Gesicht des bärtigen Schweizers, der einen gurgelnden Laut ausstieß. Meine Nase hing vor seinem geöffneten Mund, seine Nase bohrte sich fast in mein rechtes Auge. Ich kapierte gar nichts und wich zurück, spürte wieder einen Ruck, und der nächste Schweizer Schmerzensschrei ertönte. Haare kitzelten meine Wange.

»Mie Bart!«, rief der Schweizer wieder. »Er hängt an Ihrer Jacke!«

Ach du liebe Güte! Ich schielte nach links unten auf meine Schulter. Der Kragen meiner Fleecejacke hatte einen Klettverschluss. Einen sehr starken Klettverschluss. So stark, dass buschige Schweizer Barthaare daran festkleben konnten.

»Chasch mir ächt hälfe?«, flehte der Schweizer die offensichtlich zu ihm gehörende Frau an.

»Nicht bewegen!«, rief die beschwörend. Das stand wegen der Bartfessel, die von meiner linken Schulter zum Schweizer Kinn führte, auch überhaupt nicht zur Debatte. »Äxgüsi!« Vorsichtig machte sich die Gattin an meinem Kragen zu schaffen. Wahrscheinlich versuchte sie, Barthaar für Barthaar des Alm-Öhi-Bartes aus dem Klettverschluss zu lösen. Sehen konnte ich es nicht, ich schielte ja nicht so stark wie Heidi, das Opossum. Trugen Schweizer nicht immer ein Armeemesser bei sich? Damit wäre es schneller gegangen.

Niemand sagte etwas. Ich konnte den Atem des Schweizers auf meiner Nase spüren. Warum roch er nicht nach würzigen Alpenkräutern? Die Schweizer fielen seit Jahren mit organisierten Busreisen auf dem Weihnachtsmarkt ein. Wahrscheinlich sollte ich ein wenig plaudern, um die angespannte Lage zu entschärfen, aber ich kannte mich nicht so aus mit der Schweiz, und mir fiel nichts ein außer Matterhorn, Minarettverbot und Toblerone. Darauf konnte man nun wirklich kein Gespräch aufbauen.

»Woher kommen Sie?«, murmelte ich schließlich gegen das markante Schweizer Kinn.

»Basel«, murmelte der Schweizer. »Basel, sehr hübsch«, sagte ich, obwohl ich noch nie dort gewesen war.

»Stuttgart isch au schön«, antwortete er. »Au wenn d'Lüt uf em Wienachtsmärt vill ellbögle.«

Wir schwiegen wieder. Ab und zu jaulte der Mann auf, wenn die Frau zu sehr am Barthaar ziepte. Ich warf sehnsüchtige Blicke auf die Würste und Pommes, die um uns herum davongetragen wurden. Mein Magen knurrte.

»Hallo«, sagte Tarik in mein rechtes Ohr. Ich konnte das Grinsen in seiner Stimme hören. »Kann ich irgendwie helfen?«

Mir fiel gerade noch rechtzeitig ein, dass ich nicht den Kopf schütteln durfte. Endlich hatte die Schweizerin den Bart vollständig befreit und streifte sich die Haare, die auf der Strecke geblieben waren, von den Händen. Der Bart sah etwas zerzaust aus, schien aber keinen allzu großen Schaden genommen zu haben. Verlegen standen wir voreinander.

»Tut mir leid«, murmelte ich. »Ich hoffe, Sie haben nicht allzu viele Barthaare verloren und behalten den Stuttgarter Weihnachtsmarkt trotzdem in guter Erinnerung.«

Der Schweizer stopfte sich den Bart hastig in den Mantel, packte seine Frau an der Hand und verschwand in der Menge, nicht ohne mir einen letzten panischen Blick zuzuwerfen. Wahrscheinlich würde die Schweiz jetzt eine Reisewarnung nach Stuttgart aussprechen, und ich war schuld daran!

»Schade, dass ich meine Videokamera nicht dabeihatte. Ich schätze mal, bis morgen Abend hätten ein paar hunderttausend das Filmchen auf YouTube angeklickt. Und was hat es denn nun eigentlich mit deinem Katastrophen-Gen auf sich?«, fragte Tarik interessiert.

»Ich finde wirklich nicht, dass man das Katastrophen-Gen dafür verantwortlich machen kann«, sagte ich spitz. »Das kann ja nun wirklich nichts dafür. Mit so einem Bart auf dem Weihnachtsmarkt herumzulaufen, wo schließlich heutzutage massenhaft Leute Outdoor-Jacken mit Klettverschluss tragen, stellt ja nun ein unkalkulierbares Risiko dar.«

Vor dem Alten Schloss, einem besonders beliebten Glühweintreffpunkt, war fast kein Durchkommen mehr. Endlich hatten wir es auf die Planie geschafft. Hier waren auch Stände, aber es ging nicht so eng zu. Nun dudelte und duftete es zur Abwechslung von der Eisbahn auf dem Schlossplatz herüber. Und ich hatte noch immer nichts gegessen!

»Then afterwards we drop into a quiet little place and have a drink or two ... and then I go and spoil it all by sayin' somethin' stupid like I love you ...« Wie ich diesen supersentimentalen Sinatra-Song hasste! Vor allem jetzt, wo ich nicht die geringste Gelegenheit hatte, mit Leon in die Polster einer intimen Bar zu sinken, nur er und ich, wo wir uns in den Augen des anderen verlieren würden, und dann würde Leon »Ich liebe dich« sagen! Das hatte er nur ein einziges Mal getan, nachdem er mir gestanden hatte, dass er mich mit seiner alten Flamme Yvette betrogen hatte. Grrrr! Wobei ich eigentlich gar nicht wusste, wo es in Stuttgart eine zu diesem Song passende Bar gab.

»Wo gehen wir jetzt hin?«, fragte ich.

»Keine Ahnung. Auf der Königstraße gibt es doch bestimmt massenhaft Schuhläden, oder?«

»Entschuldige mal, du zerrst mich aus meiner gemütlichen Wohnung, und jetzt weißt du nicht, wo wir einkaufen sollen?«

»Ich lasse meine Schuhe maßfertigen. Beim Schuhmacher. Feinstes italienisches Leder. Ist natürlich ein bisschen teurer. Ich war als Student zum letzten Mal in einem Schuhgeschäft.«

Ich stöhnte und bog nach links in die Königstraße ein. Am Stand von *Weihnachtsmann & Co.* wurden gerade Kakteen aus der Wilhelma für einen guten Zweck versteigert. Ein riesiger, stacheliger Kaktus. Wäre das nicht das ideale Weihnachtsgeschenk für Tarik?

Die Königstraße war schwarz vor Menschen. »Lass uns in der Mitte laufen, da ist es nicht so voll«, schlug ich vor. Plötzlich flatterte unmittelbar vor uns eine Handvoll Frauen aus verschiedenen Richtungen sternförmig aufeinander zu, als hätten sie einen Tanz einstudiert. In der Mitte trafen sie sich mit lautem Quieken, ließen ihre Einkaufstüten in den Schnee fallen, zerrten Gürtel, Schals und BHs heraus, hielten die Sachen prüfend an sich oder die anderen Frauen und schnatterten aufgeregt durcheinander.

»Bloß fuffzehn Eiro!«

»Guckamol des Blüsle, des wär au ebbes fir di!«

»Beim Karstadt send Schdrimpf reduziert!«

»Des schenk I meim Waltr zu Weihnachda!«

»En oiner Stond wieder hier?«

»On noo ganga mr Kaffee drenga!«

»Mit me kloine Proseggo?«

»Ischokee!«

Sekunden später hatten sie ihre Einkäufe wieder in die Tüten gestopft und waren in alle Richtungen ausgeschwärmt. Der Spuk war vorbei.

»Was war das denn?«, fragte ich.

»Frauen aus Orten mit Doppelkennzeichen«, sagte Tarik. »WN. LB. ES. Fahren am Wochenende zum Einkaufen in die Stadt und treffen sich in regelmäßigen Abständen, um sich gegenseitig ihre Beute vorzuführen. Kommt relativ häufig vor.«

»Woher weißt du das?«, staunte ich. Tarik zuckte bloß mit den Schultern und grinste.

»Guck mal, da ist ein Schuhgeschäft! Hoffentlich ist nicht so viel los. Schlimmer als das Gewühle auf der Königstraße kann es ja nicht sein.«

Leider hatte ich mir da falsche Hoffnungen gemacht. Im vorderen Teil des Ladens bei den Sonderangeboten tobte wildes Kampfgetümmel, und es sah aus wie auf einem Schlachtfeld. Mädchen-Cliquen belagerten die Regale, rissen wild Schuhe heraus, diskutierten aufgeregt schnatternd den Stylefaktor, stützten sich auf die

Schultern ihrer Freundinnen, um hineinzuschlüpfen, hüpften auf einem Bein umher und kickten dann die Schuhe achtlos wieder von sich, weil sie ein interessanteres Objekt erspäht hatten. Das mussten die Töchter der Frauen aus den Orten mit den zweistelligen Kennzeichen sein. Überall waren einzelne Stiefeletten, Ballerina und Halbschuhe verstreut. Verkäuferinnen mit wirrem Blick krochen auf dem Boden umher und versuchten verzweifelt, einzelne Schuhe wieder einzusammeln.

»Tarik, ich will hier raus!«, rief ich panisch.

»Was hast du für eine Schuhgröße?«, fragte Tarik unbeirrt.

»Eigentlich vierzig, aber meistens einundvierzig.«

»So groß?«

»Ja, Tarik. So groß, obwohl Line selber nicht so groß. Du nicht müssen Line reinreiben, dass sie haben Füße wie Charlie Chaplin, okay?«

»Schon gut, schon gut.«

Tarik ging voraus. Natürlich waren die großen Größen ganz hinten, und sicherlich war weit und breit keine Verkäuferin zu finden, die einem den zweiten Schuh brachte. Da hatte ich jedoch nicht mit Tariks Charme-Offensive gerechnet. Er warf sich einer Verkäuferin in den Weg, die gerade mit einer Schuhschachtel unter dem Arm durch den Laden pflügte und auf deren gerunzelter Stirn in unsichtbaren Lettern geschrieben stand: »Wagen Sie es ja nicht, mich anzusprechen, sonst brate ich Ihnen mit der Schachtel eins über.«

Tarik wölbte die Brust, lächelte breit, beugte sich vor und flüsterte ihr etwas ins Ohr. Die nicht mehr ganz junge Verkäuferin warf den Kopf zurück, kicherte kindisch und segelte volle Kraft voraus zu einem Regal, auf dem 40 / 41 stand. »Guckad Se sich oifach om«, sagte sie. »I ben glei wieder bei Ihne.«

»Was hast du ihr ins Ohr geflüstert? Nun sag schon.«

Tarik zog ein Paar schwarze Stiefeletten aus dem Regal. Von vorne sahen die Schuhe ganz nett aus, aber an der Seite hatten sie alberne Cowboyfransen und hinten einen Zehn-Zentimeter-Killerabsatz. »Was hältst du davon?«

| 47

»Tarik, ich glaube, wir sollten erst einmal eine Arbeitsgruppe bilden und unsere unterschiedlichen Vorstellungen von Schuhen diskutieren.«

»Schade. Die hätten gut zu meinem schwarzen Mantel gepasst.«

Die Verkäuferin tauchte wieder auf. Sie strahlte Tarik an. Mich ignorierte sie komplett. »Was für Schuh dürfad's denn sei?«, fragte sie ihn.

»Was Schickes«, sagte Tarik.

»Was Praktisches«, sagte ich.

»Drodörs, Stiefele oder Schnürschuh?«

»Schnürschuhe«, sagte ich. »Flach.«

»Stiefeletten«, sagte Tarik. »Mit Absatz.«

Die Verkäuferin sah erst Tarik, dann mich an. »Also schickbraktische Stiefele zom Schnüra mit a bissle Absatz. Wie gfallad Ihne die? Schbordlich-elegant. Gibd's außer en Braun au no en Gridscho.« Sie streckte mir eine Stiefelette aus weichem braunem Leder hin. Ich drehte den Schuh um.

»Haben Sie die auch in einundvierzig?«

»Die hemr bloß no en vierzig. Aber die fallad groß aus.« Ich schlüpfte aus meinem rechten Turnschuh. Zum Glück trug ich ausnahmsweise eine schwarze Baumwollsocke ohne Löcher an den Zehen. Ich zog den Socken hoch, um besser in die Stiefelette zu kommen. Ratsch, machte es. Betroffen starrte ich auf meine nackte Ferse, die keck aus dem Socken herausguckte. Das Loch war so groß wie ein Ei.

»I breng Ihne oin von onsre hygienische Brobierschdrümpfla«, sagte die Verkäuferin.

»Was für Schlümpfe?«, fragte Tarik verwirrt. Er konnte nicht so gut Schwäbisch, weil in seinem Kindergarten in Stuttgart-Nord nur Migrantenkinder gewesen waren.

»Schdrumpf, net Schlumpf«, sagte die Verkäuferin. »Obwohl mr heitzudag vom Mänägement her oghalta sen, Try-on-socks zu de Brobiersocka zu saga.«

Sie verschwand hinter dem nächsten Regal und kehrte mit einem Bastkörbchen voller Feinstrumpfsöckchen zurück, aus dem es streng roch. Die Socke war eigentlich ein Schlauch und ging mir grade so über die Ferse.

»So, jetz schlupfad Se nei!« Mit Mühe quetschte ich meinen Fuß in die Stiefelette. Wenn ich die Luft in der Fußsohle anhielt und mich nicht bewegte, ging es.

»Ha, der sitzt doch wie ogossa! Laufed Se mol a bissle rom! Was hen Se für a Gfühl?«

»Wir müssten vorne die Zehen ein bisschen kürzen, dann passen sie perfekt.«

»Des isch echtes Lädr. Des gibt no noch!«

»Ruckediguh, Blut ist im Schuh«, murmelte ich. Ich war nicht Aschenputtel, sondern ihre Stiefschwester, was bedeutete, dass ich den Prinzen nicht bekommen würde. Leon. Ich musste Leon heute unbedingt noch sprechen!

»Oder Sie brobierad zwoiavierzig. Den hemr au no doo.«

»Schuhgröße zweiundvierzig ist mir viel zu groß!«

»Noo macha mr a Eilägle nei. A Söhle! Odr a Halbsöhle!«

Eine Dreiviertelstunde und siebenundzwanzig Paar Schuhe später war ich vollkommen erschöpft, und meine Füße schmerzten, als sei ich einen Halbmarathon gelaufen, während sowohl Tarik als auch die Verkäuferin putzmunter waren. Leider passten mir nur die Modelle, die Tarik gefielen. Aus Sicht der Verkäuferin passten sowieso alle Schuhe. Die zu kleinen würden sich weiten, und die zu großen konnten mit Einlagen, Sohlen oder Halbsohlen passend gemacht werden, wofür sich besonders Einlegesohlen aus Leder und Kork zur Fußreflexzonenakupressur empfahlen, mit denen man in null Komma nichts Übergewicht, Kopfschmerzen und Frauenleiden loswerden konnte.

Vorne im Laden tobte nach wie vor die Schuhschlacht der Teenies. Ab und zu erschien eine vorwurfsvoll guckende Verkäuferin, wohl, um ihre Kollegin aufzufordern, sich zur Abwechslung um das Getümmel zu kümmern, worauf diese dann mit den Augen Zeichen in meine Richtung machte und etwas von »schwierige Kundin« tuschelte. Ich hatte schon längst keine Lust mehr, und mein Magen knurrte immer lauter. Andererseits konnte ich wirklich nicht auf Dauer mit Turnschühchen durch den Schneematsch laufen. Ich ging noch einmal alle Regale von Größe vierzig, einundvierzig und zweiundvierzig durch und landete neben der Tür zum Lager. Hier standen mehrere mannshohe Schuhkartontürme nebeneinander. Vielleicht war das neue Ware, die noch nicht einsortiert war? Da hatte man bestimmt noch alle Größen zur Auswahl!

Ich warf einen fragenden Blick zurück. Am anderen Ende der Regale erzählte Tarik gerade wild gestikulierend eine Geschichte, und die Verkäuferin bog sich vor Lachen. Mich hatten sie offensichtlich komplett vergessen. Ich reckte mich und bekam den obersten Karton von einem Schuhturm zu fassen. Darin war ein scheußlicher Tarik-Schuh mit Plateausohle. Im mittleren Turm fand ich dagegen ein paar schmal geschnittene dunkelbraune Stiefelchen mit Reißverschluss und einem niedrigen Absatz, die meinen schlicht-unprätentiösen Typ unterstreichen würden. Außerdem hatten sie innen ein kuscheliges Fell. Hurra, das war genau mein Schuh! Wenn auch nicht in Größe fünfunddreißig. Einundvierzig war natürlich ganz unten. Weil ich keine Lust hatte, den ganzen Berg abzutragen, während sich die Verkäuferin mit Tarik amüsierte, hielt ich den Turm mit einer Hand fest und zog mit der anderen den untersten Karton mit einem kräftigen Ruck heraus. Der Turm schwankte und stand dann wie eine Eins. Na also, ging doch, man brauchte nur den richtigen Ruck, wie Herr Melcher in »Ferien auf Saltkrokan«!

Ich schlenderte zurück zu Tarik und der Verkäuferin. »Ich habe noch ein Paar schicke Schuhe gefunden«, sagte ich cool. »Dahinten.« Am besten war es doch immer noch, die Dinge selber in die Hand zu nehmen! Die Verkäuferin blickte nachdenklich auf den Karton, dann Richtung Lager. Plötzlich schrie sie: »Des blotzd älles nonder!«*, und spurtete los. Ich drehte mich um. Der mittlere Turm schwankte. Die Verkäuferin rannte und reckte ihre Arme verzwei-

---

* Nonderblotza hochdt.: herunterfallen

felt dem Turm entgegen, aber sie kam zu spät. Die Kartons rutschten in alle Richtungen und lösten einen Domino-Effekt aus. Heftig rumpelnd stürzte das komplette Karton-Gebirge ein und begrub die Verkäuferin unter sich.

Für einen Moment blieb die Zeit stehen. Selbst die Teenies hielten die Luft an. Es war mucksmäuschenstill. Der Einzige, der reagierte, war Tarik. Geschmeidig wie eine Raubkatze hatte er mit wenigen Sprüngen den Ort der Schuh-Katastrophe erreicht und räumte mit raschen Bewegungen Kartons, Pappdeckel und herausgefallene Schuhe zur Seite. Ich rannte ihm nach. Unter der Lawine kam die Verkäuferin hervor. Sie lag mit ausgestreckten Armen, hochgerutschtem Rock, zerzaustem Haar und geschlossenen Augen auf dem Boden und rührte sich nicht. O mein Gott. Ich hatte sie umgebracht! Das Katastrophen-Gen hatte seinen ersten Mord begangen. Ich schloss die Augen und wünschte mich nach Timbuktu. Obwohl. Stuttgart-Weilimdorf würde auch schon reichen.

Ich öffnete die Augen wieder. Neben der Verkäuferin kniete eine Kollegin, tätschelte ihr die Wange und rief beschwörend: »Jetz sag doch ebbes, Frau Maier!«

Frau Maier öffnete die Augen und flüsterte: »Doo brauchsch Nerva wie broide Nudla.«*

---

* Nerven wie breite Nudeln – Breite Nudeln sind, wie der Name schon sagt, plattgewalzte Nudeln und eine schwäbische Spezialität.

3. Kapitel

Samson went back to bed
Not much hair left on his head
Ate a slice of Wonder bread and
Went right back to bed
And the history books forgot about us
And the Bible didn't mention us
Not even once

Das war wirklich ein anregender Nachmittag«, sagte Tarik etwa zehn Minuten später vergnügt und schwenkte die Tüte mit den Schuhen. Wenigstens hatten sie gepasst. Frau Maier hatte sich erstaunlich schnell erholt und den Rest des Schuhkaufs souverän abgewickelt, als sei nichts geschehen. »Brauchet Se no a Pfläge? A Cremle oder a Spray? Mit richdiger Pfläge hot mr lang Freid an seine neie Schuh.« Unser Angebot, beim Aufräumen zu helfen, hatte sie dankend abgelehnt.

»Tarik, das war nicht witzig! Ich bin tausend Tode gestorben! Stell dir vor, Frau Maier hätte sich verletzt!«

»Ihr ist doch nichts passiert, außer dem Schreck. Jedenfalls fühle ich mich sehr inspiriert. Du taugst ja doch zur Muse! Vielleicht versuche ich es mal mit einer Schuhinstallation? Dazu müsste man natürlich den Gestank der Probiersocken in die Luft pumpen. Aber sag mal, erst der Bart des Schweizers, dann das Schuh-Erdbeben. Solltest du mich nicht mal etwas ausführlicher über dein Katastrophen-Gen aufklären?«

»Tarik, jetzt nicht! Ich brauche sofort etwas zu essen, und dann muss ich dringend nach Hause, mit Leon reden.«

Tarik schüttelte den Kopf. »Wir sind noch nicht ganz fertig.«

Ich stöhnte. »Findest du nicht, das war Aufregung genug?«

»Wenn du brav bist, kriegst du anschließend eine Pizza.«

»Vier Jahreszeiten?«

»Von mir aus. Also: Wann hast du dir zum letzten Mal die Augenbrauen zupfen lassen?«

»Der Einzige, der an mir zupfen darf, ist Leon, und der ist gerade gefühlte zweiunddreißigtausend Lichtjahre entfernt.«

»Du willst also diesen undurchdringlichen Amazonasdschungel, der deine eigentlich sehr hübschen Augen überwuchert und für den eine Kosmetikerin vermutlich eine Machete benötigt, behalten?«

»Lieber Haare über den Augen als auf den Zähnen.«

»Lenk nicht ab.«

Hmm. Damit hatte er mich. Tatsächlich waren meine Augen das Einzige, was ich an mir attraktiv fand. Mein Haar war kurz und struppig und mausgrau und mein Körper völlig ohne erotische Rundungen. Ich wollte nicht, dass meine Augenbrauen aussahen wie eine Amazonasexpedition!

»Ihr deutschen Frauen kümmert euch einfach nicht ums Äußere. Türkinnen gehen einmal die Woche zum Friseur. Spitzen schneiden, Augenbrauen zupfen, Maniküre, das volle Programm.«

»Sollen sie meinetwegen. Meine Mutter ist Russin, mein Vater Schwabe. Wir gucken mehr auf innere Werte. Und überhaupt. Wie sieht es denn mit dir aus? Du erzählst mir was von Styling, dabei kannst du mit deiner Zottelfrisur bei *Fluch der Karibik* anheuern!«

»Das gehört nun mal zu meinem Image. Ich muss meine Haare zurückwerfen können, wenn ich ein Seminar halte. Das beeindruckt meine Studentinnen. Und nicht nur die. Pass auf.« Tarik blieb inmitten des zähen Stroms der Passanten stehen, senkte den Kopf und warf seine Haare zurück. Mindestens drei Frauen gafften Tarik bewundernd an. Ich verdrehte die Augen.

»Wie peinlich war das denn? Ich gehe nur mit, wenn du dir die Haare schneiden lässt.«

»Was soll ich? Niemals!«

»Okay. Du behältst deine Haare, ich behalte meine Augenbrauen.«

| 53

»Ich bin aber abergläubisch. In den Haaren steckt meine Manneskraft! Wie bei Samson in der Bibel! Und meine Männlichkeit ist sowieso gerade bedroht!«

»Du bist Muslim. Was interessiert dich die Bibel?«

»Ich bin Multikulti-Stuttgarter. Ich stamme aus dem ärmlichsten Anatolien, wohne am Killesberg bei den Reichen, tanze Tango und glaube je nach Bedarf an den Koran, die Bibel, Steve Jobs oder an gar nichts. Man muss da offen bleiben.«

»Wenn du dich weigerst, komme ich nicht mit.«

Tarik sah mich einen Moment finster an.

»Na schön.«

»Wohin gehen wir überhaupt?«

»In die Tübinger Straße.«

Wir standen am Ende der Königstraße und blickten auf einen nicht enden wollenden Strom von Stuttgart-21-Gegnern, die mit Fahnen und Plakaten über die Eberhardstraße zogen und dazu »Mappus weg« und »Oben bleiben«[*] skandierten.

»Schau mal, da sind Lila und Harald!«, rief ich. Die beiden marschierten in einer Gruppe von Frauen und Männern in weißen Kitteln. Sie überspannten die Straße mit einem riesigen Banner, auf dem ein Gebiss abgebildet war, das seine Zähne wie ein Bagger in einen Tiefbahnhof schlug, und auf dem *Zahnärzte gegen S 21* stand. Harald hatte Wutzky an der Leine, der in ein viel zu enges grünes Parkschützer-T-Shirt gezwängt war und mit selbstgefälligem Blick über die Straße trabte, als sei er der Anführer des Widerstandes persönlich. Wir winkten und liefen in den Demozug hinein.

»Guckamol, der Hond, wie siaß!«, rief jemand. Stolz reckte Wutzky den Kopf noch etwas höher. Kaum erblickte er Tarik, setzte er seinen »Du-kannst-mich-mal«-Gesichtsausdruck auf.

---

[*] Oben bleiben: Motto und Schlachtruf der Protestbewegung gegen den Tiefbahnhof Stuttgart 21.

»Alles klar?«, rief ich gegen den Lärm der Trillerpfeifen und Vuvuzelas an. »Du machst wohl ein Aktiv-Wochenende?« Lila nickte. »Die Demo verpassen, das geht ja nun gar nicht!«, brüllte sie. »Wir sind nur ziemlich durchgefroren von der Kundgebung. Wir sehen uns später!«

Tarik und ich liefen auf der anderen Seite wieder aus dem Zug heraus und bogen in die Tübinger Straße ein. Hier gab es viele Kneipen und Geschäfte, die überwiegend von Türken frequentiert wurden. Nach ein paar Metern blieb Tarik stehen. »Hier ist es«, sagte er. »Jedenfalls gehen alle meine Cousinen hierher.« Im Schaufenster hing ein Schild: »Augenbrauen zupfen – nur fünf Euro.«

Tarik drückte mir einen Euro in die Hand.

»Das ist das Trinkgeld«, sagte er. »Das schiebst du deiner Friseurin nachher kommentarlos in die Gesäßtasche.«

»Interessant«, murmelte ich.

Wir betraten den Laden. Hinter einer Art Empfangstheke stand ein kleiner, tiefgebräunter Mann mit zahlreichen Goldohrringen und langen, dunkelblonden Haaren, die ihm in Föhnwellen auf die Schultern fielen. Tarik sagte ein paar schnelle Worte auf Türkisch, der Mann antwortete ebenso schnell und machte eine Handbewegung nach oben.

»Erster Stock«, sagte Tarik und ließ mich vorgehen. Ich stieg die Treppe hinauf und hatte den Eindruck, wie Alice im Wunderland in einer komplett anderen Welt gelandet zu sein.

In dem riesigen Raum ging es zu wie im Taubenschlag. Vor unzähligen Spiegeln saßen Frauen mit langen Haaren und Männer mit auffälligen Koteletten. Sie wurden von überwiegend männlichen Friseuren bedient, die alle Schwarz trugen. Da wurde mit großen Bewegungen abgeschnitten, mit schwungvollen Strichen gebürstet und mit dramatischen Gesten geföhnt, mit einer Hingabe, die ich dergestalt von deutschen Friseursalons nicht kannte, so, als sei es das Wichtigste auf der Welt, die Menschen, die da saßen, schön zu machen, und als gäbe es keinen würdigeren und wichtigeren Beruf als Friseur. Der Lärmpegel war gewaltig, weil die Leute alle durcheinanderredeten und dabei gegen die laut dudelnde türkische Popmusik anbrüllten.

Tarik wurde von einem großen schlanken Mann mit kurzen schwarzen Haaren in Empfang genommen und warf mir einen anklagenden Blick zu, der ganz klar sagte: »Ich bin eine Kuh, und du hast mich ins Schlachthaus gebracht.«

»Hallo, ich bin Aylin. Augenbrauen zupfen?«, fragte eine kleine Frau in einer enganliegenden schwarzen Hose und einem glänzenden Top. Ich nickte.

»Dauert noch 'nen Moment«, sagte sie. »Willst du so lange bei deinem Freund warten?« Sie deutete auf einen Stuhl in der Nähe von Tarik.

»Äh – ja«, sagte ich und hatte angesichts des schmachtenden Blicks, den sie Tarik zuwarf, eigentlich nichts dagegen, für seine Freundin gehalten zu werden.

Der Friseur fuhr mit den Händen durch Tariks Haare. »Wie kurz soll es denn werden?«, fragte er.

»Kurz«, sagte ich.

»Nicht so kurz«, sagte Tarik.

»Also kurz, aber nicht zu kurz.« Der Friseur grinste, dann winkte er Tarik zum Waschbecken und ließ das Wasser laufen.

»Ist es so angenehm?«, fragte er. Tarik antwortete nicht und hielt die Augen geschlossen, während der Friseur seine Haare wusch. Er schien vollkommen entrückt. Mit langsamen, fast zärtlichen Bewegungen massierte der Friseur seine Kopfhaut. Dass Tarik so lange die Klappe hielt, war ziemlich ungewöhnlich.

»Kommst du mit?«, fragte Aylin, führte mich durch den Lärm und das Chaos zum anderen Ende des Raums und deutete auf einen Stuhl.

»Kopf anlehnen, bitte«, sagte sie. Dann nahm sie einen Faden und steckte sich das Ende in den Mund. Was wurde das denn? Zupfte man Augenbrauen nicht mit einer Pinzette?

»Augen zu«, befahl Aylin. Gehorsam schloss ich die Augen. Sekunden später durchfuhr mich ein brennender Schmerz, und reflexartig riss ich die Augen wieder auf. Aylin stand über mich gebeugt, ein Ende des Fadens im Mund, mit dem anderen Ende rupfte sie offensichtlich die Augenbrauenhärchen heraus. Das war ja Folter! Ich war doch kein Knopf, den man annähen, oder Gras, das man mähen musste!

»Entschuldigung …«, fing ich vorsichtig an. Schließlich wollte ich nicht als deutsches Weichei dastehen.

»Ja?«, sagte Aylin.

»Äh, ist das normal, dass das so weh tut?«

Aylin schüttelte den Kopf. »Das tut nicht weh«, sagte sie mit Nachdruck. »Die Beine mit Wachs rasieren, das tut weh. Das fühlt sich an, als ob dir die Haut bei lebendigem Leibe abgezogen wird. Vor allem im Bikini-Bereich.«

»Ach so«, sagte ich schwach, wischte mir die Tränen vom Gesicht und klammerte mich mit den Händen an der Stuhllehne fest.

Endlich war Aylin fertig und korrigierte die Augenbrauen mit einer Pinzette nach. Sie hielt mir einen Spiegel vor die Nase. Meine Augenbrauen waren zwar fast verschwunden, dafür hatten sie einen eleganten Schwung. Da, wo die Haare gewesen waren, war es jetzt knallrot.

»Okay so?«, fragte die Frau.

»Super«, sagte ich lahm.

»Ich glaub, dein Freund ist noch nicht ganz fertig. Du kannst unten warten.«

Sie ging voraus Richtung Treppe. War das jetzt der Moment, wo ich den Euro in die Gesäßtasche schieben musste? Leider hatte Aylins Hose keine Gesäßtasche. Ich hoppelte um sie herum und schob ihr den Euro in die Brusttasche ihres Tops. Sie quittierte es mit einem Kopfnicken.

Ich wartete im Erdgeschoss neben der Theke. Endlich kam Tarik im Schlepptau seines Friseurs die Treppe herunter. Die kürzeren Haare machten ihn jünger, aber irgendwie war die Frisur ein bisschen schief. Vielleicht war das jetzt modern.

»Du siehst super aus«, sagte ich. »Und so kurz, dass du das Haar nicht mehr werfen kannst, ist es auch nicht.«

Tarik schnaubte und kniff dann die Augen zusammen.

»Dir hat's auch nicht geschadet«, sagte er schließlich.

Der Friseur haute Tarik kräftig auf die Schulter. »Tschüss dann«, sagte er grinsend und drehte sich um. Tarik schob ihm einen Schein in die Gesäßtasche, und wir traten hinaus auf die Straße. Mittlerweile war es dunkel.

»So, und jetzt kriegst du zur Belohnung deine Pizza. Das *Punto Fisso* ist gleich um die Ecke.«

»Tarik, vielen Dank für die Einladung, aber lass uns die Pizza ein andermal essen. Ich muss noch heute mit Leon reden. Er kann Weihnachten nicht kommen, und wir haben uns gestern so ungut getrennt deshalb. In China ist es schon mitten in der Nacht. Leon wird warten.«

»Line, ich muss auch mit dir reden, und es ist auch sehr dringend.« Tarik sah mich bittend an. Er war plötzlich gar nicht mehr überheblich. Das war ungewöhnlich.

»Du kannst Leon doch eine Mail von meinem iPhone schicken, damit er Bescheid weiß.« Klar. Wenn ich Leon jetzt eine Mail schickte, *kann mich grad leider nicht melden, war mit Tarik beim Schuhekaufen und Augenbrauen-Zupfen, und jetzt gehen wir lecker Pizza essen,* kam das sicher super an. Es gab zwar keinen Grund zur Eifersucht, aber Tarik hatte schon wiederholt zu Spannungen zwischen Leon und mir geführt. Ich zögerte.

»Line, bitte. Ich brauche deine Hilfe!«, flehte Tarik. Hmm. Das klang gar nicht wie Super-Tarik. Vielleicht war er krank?

»Na schön«, seufzte ich.

»Danke! iPhone?«

»Lieber nicht.« Wir gingen die wenigen Meter bis zum *Punto Fisso.* Um diese Zeit hatten wir noch freie Platzwahl und suchten uns einen Zweiertisch mit Blick auf die Christophstraße aus.

»Kleiner Prosecco?«, schmeichelte Tarik. »Und vielleicht ein paar Antipasti vor der Pizza?«

»Warum nicht?« Wenn ich schon nicht mit Leon reden konnte, wollte ich wenigstens großzügig dafür entschädigt werden. Auf dem

Tisch brannte eine Kerze. Draußen war es bereits dunkel. Wären Tarik und ich ein Paar gewesen, ich wäre vor lauter Romantik dahingeschmolzen wie Kerzenwachs. Was hätte ich dafür gegeben, Tarik nach China und Leon an meinen Tisch zu beamen!

Tarik sah verzweifelt aus. Im Schein der Kerze war sein Gesicht fahl, und seine Augen lagen tief in den Höhlen. Bestimmt war er krank! Schwerkrank, und da war niemand, mit dem er darüber reden konnte! Nur mir vertraute er sich an, seiner einzigen, wahren Freundin. Männer bekamen es doch immer an der Prostata. Hmm. Hatte Tarik nicht irgendwie angedeutet, seine Männlichkeit sei bedroht? Das passte doch! Bestimmt hatte er es an der Prostata. Aber war er dafür nicht noch ein bisschen jung?

Der Prosecco kam. Tarik stieß zerstreut mit mir an. Dann fuhr er wie gewohnt durch sein Haar. Sein nicht mehr vorhandenes Haar. Unglücklich ließ er die Hand sinken und starrte hinaus ins Dunkel. Ausgerechnet er, der Sexprotz, bekam es an der Prostata! Vielleicht war das in türkischen Familien ein Tabu? Bestimmt wollte er, dass ich es seiner Familie beibrachte! Aber wie sollte das gehen? Seine Mutter konnte doch kaum Deutsch! Was hieß Prostata auf Türkisch? Ich musste jetzt stark sein und Tarik helfen, über sein Problem zu reden.

»Tarik«, sagte ich und schluckte. »Brauchst du vielleicht meine Hilfe? Die Hilfe einer echten Freundin? In deiner Familie?«

»Ja, genau«, sagte Tarik erstaunt. »Woher weißt du das?«

»Du kannst auf mich zählen«, sagte ich todesmutig und nahm einen tiefen Schluck Prosecco. Ich war einfach eine tolle Vertraute! Das war doch ein ganz anderes Niveau als Tariks Sex-Gespielinnen!

»Das ist ja wunderbar!«, rief Tarik und sah schon viel fröhlicher aus. »Danke! Dabei weißt du doch noch gar nicht, um was es geht!« Er hob sein Glas und stieß vergnügt mit mir an. Wie schön, ich hatte ihn aufgemuntert! Die Antipasti kamen, und Tarik machte sich mit sichtlichem Appetit darüber her. Wie konnte er essen, wo es ihm doch so schlechtging?

| 59

»Also, es ist so: Jeden zweiten Samstagnachmittag besuche ich meine Eltern. Wir treffen uns immer im kleinen Kreis, mein Vater, meine Mutter, meine Schwestern, in ganz seltenen Fällen kommt noch meine Cousine Leyla aus Untertürkheim. Insgesamt vielleicht fünf, maximal sechs Leute.«

O nein. Und vor all diesen Menschen sollte ich verkünden, dass Tarik todkrank war?

»Das ... das kannst du nicht von mir verlangen!«, rief ich verzweifelt aus. »Alle werden heulen und schluchzen, und ich kann doch gar kein Türkisch!«

Tarik sah mich verwirrt an. »Na ja, sie werden nicht gerade glücklich sein, das stimmt. Aber heulen und schluchzen werden sie erst, wenn wir weg sind. Dafür sind sie dann doch zu höflich.«

»Du musst mir dann aber die entsprechenden Wörter beibringen«, wandte ich ein.

»Eigentlich musst du nicht viel reden. Es reicht, wenn ich dich küssen und ein bisschen befummeln darf. Du musst eigentlich nur lächeln und vielleicht ein paar Tränen des Glücks verdrücken.«

Moment mal. Was redete Tarik da? Befummeln? Tränen des Glücks?

»Natürlich wäre ihnen eine Türkin lieber, und du bist für türkische Verhältnisse ziemlich flach, aber so schlecht siehst du nun auch wieder nicht aus.«

»Hast du sie noch alle? Was hat mein Aussehen mit deiner Prostata zu tun?«

»Meine Prostata? Seit wann interessiert dich meine Prostata?«

»Ich dachte, du hättest Krebs! Prostatakrebs!«, stöhnte ich.

Tarik tätschelte beruhigend mein Knie. »Line, du hast zu viele Krankenhaus-Soaps gesehen«, sagte er. Nur weil ich ab und zu *In aller Freundschaft* guckte! »Soweit ich weiß, erfreut sich meine Prostata bester Gesundheit. Ich habe jedenfalls nichts Gegenteiliges bemerkt.«

»Warum sitzen wir dann hier?«, rief ich wütend.

»Ganz einfach. Ich wollte dich bitten, am Samstag zu meinen Eltern mitzukommen, damit ich dich als meine deutsche Verlobte

vorstellen kann. Bei jedem Treffen kommt nämlich ganz zufällig irgendeine Cousine dritten oder vierten Grades vorbei, die mir dann
als potenzielle Heiratskandidatin präsentiert wird. Sie sitzt dann
stundenlang lächelnd neben mir auf dem Sofa, und ich versuche
verzweifelt, Smalltalk zu machen. Mit dieser Tortur muss ein für
alle Mal Schluss sein!«

»Du willst was?«, jaulte ich. »Tarik, wir sind doch hier nicht im
Kino!«

»Line, nur für dieses eine Mal!«, flehte Tarik.

»Deshalb dieses ganze Theater mit dem Schuhkauf und den Augenbrauen! Du wolltest, dass ich eine passable Schwiegertochter ab-
gebe!«

»Äh ... nein. Ich wollte dir wirklich Schuhe schenken. Der Zeitpunkt war einfach günstig, so kurz vor dem nächsten Treffen.«

»Tarik, du kannst mich mal! Ständig schlägst du mir irgendwelche schrägen Deals vor. Erst soll ich deine Muse werden, dann deine
Verlobte spielen, und dafür muss ich mir auch noch anhören, dass
mein Busen nicht deinen Qualitätskriterien entspricht! Mach doch
ein Casting mit deinen Uni-Mäuschen und such dir Germany's next
Busenwunder aus!«

Der kleine italienische Kellner brachte Rotwein und die Pizza
und musterte mich beunruhigt von der Seite, weil ich ziemlich laut
geworden war. Ich schnitt ein riesiges Stück Pizza mit Salami ab und
überlegte kurz, ob ich es Tarik in den Mund stopfen sollte, aber dafür sah die Pizza dann doch zu lecker aus.

»Das geht nicht. Die Studentinnen würden sofort denken, ich
will sie wirklich heiraten. Line, ich brauche eine Freundin. Jemanden, der mir hilft.«

»Tarak, ach haba anan Freund!«, sagte ich mit vollem Mund.

»Das weiß ich doch. Du sollst meine Verlobte ja nur spielen!« Das
hatte man bei *Selbst ist die Braut* mit Julia Roberts ja gesehen, wohin
das führte. Da wurden ruck, zuck aus Scheinverlobten Liebesver-
heiratete! Ich spülte die Pizza mit einem großen Schluck Wein hinunter.

| 61

»Damit du anschließend wieder ungestört deine Studentinnen vögeln kannst?«

»Tss, Line, das klingt aber hart. Sagen wir mal, ich will meinen Seelenfrieden, und den bekomme ich erst, wenn meine Mutter glaubt, ich sei verlobt.«

»Und was bekomme ich dafür – außer Ärger mit Leon?«

»Er braucht es ja nicht zu erfahren. Du wirst türkisch essen, soo lecker, wie du noch nie in deinem Leben gegessen hast! Du wirst an einem Nachmittag drei Kilo zunehmen, was dir nicht schadet.«

»Das ist alles?« Ich nahm gleich noch einen Schluck Wein, für die Nerven.

Tarik schob sich ein Stück Pizza in den Mund und überlegte.

»Kostenlose Einblicke in die türkische Migrantenkultur in Stuttgart.«

»Interessant, aber ein bisschen wenig.«

»Ich führe dich nächste Woche groß zum Essen aus.«

»Du führst mich doch gerade schon zum Essen aus.«

»Na schön.« Tarik beugte sich vor. Seine dunklen Augen bohrten sich in meine. Auch wenn unsere Beziehung rein platonisch war, diese Nummer zog bei mir immer. Mein Herz begann zu klopfen. Tariks Stimme war nur ein Flüstern.

»Ich schenke dir ein Flugticket nach China.«

4. Kapitel

Sometimes I take a Halbe
or a Tannenzäpfle
wenn's zu heiß ist
ein Radler
ein Schnitzel ohne Soße
Maultaschen geschmälzt
was ist das denn
ein Schüpfnüdel
Mein Freundin liebt Fischbrötchen
ich kann nicht das essen
mein perfekter Dinner bleibt
Käsespätzle
Ich liebe meine Käsespätzle – ey

Line, stell jetzt endlich diesen Scheiß-Wecker ab!«
Bumm, bumm, gegen die Tür. Ohrenbetäubendes Klingeln. Ich fuhr hoch. Wie sollte man bei diesem Krach schlafen? Sonntag. Heute Sonntag. Warum Wecker? Leon. Ich war mit Leon verabredet! Ich taumelte aus dem Bett und die Treppe hinunter. Schnell aufs Klo, drei Tropfen Wasser ins Gesicht. Eine Sekunde Spiegel reichte. Uäh. Sah so eine glückliche junge Braut aus?

Harald und Lila saßen gemütlich beim Frühstück. Harald bestrich das von Lila gebackene Früchtebrot mit Butter, Lila köpfte gerade ein Bio-Ei. Offensichtlich hatte sie gestern doch noch den Adventsschmuck hervorgeholt. An den Fenstern hingen Strohsterne, und an Zweigen in einem großen Krug baumelten Kugeln und Engelchen. Auf dem Adventskranz brannten zwei Kerzen. Im Hintergrund lief klassische Musik. Wutzky lag neben Haralds Stuhl und wackelte heftig mit seinem zu kurzen

| 63

Schwanz. Trotz des morgendlichen Idylls war die Luft ausnahmsweise sauber.

»Schick«, sagte Lila und deutete auf mein AC/DC-Shirt, das nicht zur hellblauen Pyjama-Frotteehose passte. »Frühstückst du mit uns?«

Ich schüttelte den Kopf. »Würd ich ja gern, aber ich bin mit Leon verabredet. Ich habe ihn gestern versetzt, und jetzt bin ich auch schon wieder zu spät dran.«

»Kein Wunder. Der Wecker klingelt seit mindestens zwanzig Minuten. Unglaublich, wie fest du schläfst.«

»Könnte am Rotwein liegen.« Ich schenkte mir hastig eine Tasse Kaffee ein und gab Milch und drei Teelöffel Zucker dazu. »Seid mir nicht böse, aber ich habe Leon gestern Abend noch eine Mail geschickt, dass ich mich um zehn melde.«

»Zwanzig nach zehn«, korrigierte Lila. Ich seufzte. Rasch lief ich mit der Kaffeetasse in der Hand die Treppe hinauf, warf den Computer an und öffnete Skype. Die Wolke neben Leons Foto war grün. Ich drückte auf den »Video call«-Button.

Nach kurzer Zeit erschien Leons eindimensionaler Kopf auf dem Bildschirm.

»Hallo, meine Süße«, sagte er zärtlich. »Endlich!«

»Es tut mir so leid«, sagte ich schuldbewusst. »Sicher hast du gestern darauf gewartet, dass ich mich melde, oder?«

Leon nickte. »Natürlich hätte ich gern mit dir geredet. Aber ich wusste ja, dass Samstag ist. Wir können uns nicht permanent vom Zeitunterschied unter Druck setzen lassen und deshalb nicht mehr vor die Tür gehen! Das tut uns beiden nicht gut. Hast du was Schönes unternommen?« Sein Lächeln traf mich mitten ins Herz. Was hätte ich dafür gegeben, jetzt mit ihm im Bett zu liegen! Sonntagmorgen, keine Eile aufzustehen, Schmusen und Knutschen und Streicheln und …

»Ich – ich war mit Tarik unterwegs.« Leon zog ganz langsam die Augenbraue hoch. Das war immer ein schlechtes Zeichen. »Es ging ihm nicht gut. Er brauchte jemanden zum Reden«, fuhr ich hastig fort. »Du bist mir doch nicht böse? Oder eifersüchtig? Da ist nichts zwischen Tarik und mir. Man kann sich gut die Zeit mit ihm vertreiben, das ist alles.« Und seine Verlobte mimen und sich ein bisschen vor der türkischen Cousine betatschen lassen. Mist, Mist, Mist! Es war wohl besser, wenn Leon nichts davon erfuhr. Er seufzte. »Nein, natürlich nicht. Ich kann ja nicht von dir verlangen, dass du am Wochenende nur zu Hause sitzt wie eine Nonne im Kloster.« Na wunderbar. Jetzt nur schnell das Thema wechseln, bevor es brenzlig wurde!

»Das Katastrophen-Gen hat mal wieder zugeschlagen.«

Ich berichtete Leon von der Schweizer Bartfessel und vom Schuh-Dramolett. Leon kringelte sich auf dem Bildschirm. »Hör auf zu lachen, Leon! Verstehst du denn nicht, was das bedeutet?«

Er mühte sich sichtlich, ernst zu bleiben. »Tut mir leid, Line. Ich kann mir vorstellen, wie elend du dich gefühlt hast. Aber es ist doch nichts wirklich Schlimmes passiert.«

»Noch nicht! Aber ich mache mir Sorgen. Bisher hat das Katastrophen-Gen immer nur mich selbst in Schwierigkeiten gebracht. Jetzt fängt es plötzlich an, andere Menschen zu gefährden! Wer weiß, was als Nächstes passiert! Vielleicht ist das Gen ja mutiert?«

»Mach dir nicht so viele Gedanken. Es ist doch schon mutiert. Es kann wohl kaum zweimal mutieren, oder? Ist das Katastrophen-Gen eigentlich wissenschaftlich erforscht?«

»Keine Ahnung. Mir reicht's, dass ich es habe. Ich hab's bisher vermieden, mich damit zu befassen.«

Wir plauderten noch über dies und jenes und vermieden beide stillschweigend das Thema Weihnachten. Es tat so gut, mit Leon zu reden! Wie gern hätte ich ihm verraten, dass ich vielleicht schon bald zu ihm fliegen würde!

»Es tut mir leid, Line«, sagte Leon schließlich. »Ich muss Schluss machen, ich bin noch verabredet.«

»Klar«, sagte ich und schluckte meine Enttäuschung herunter. Ich war noch gar nicht dazu gekommen, ihm von der Butzfee zu erzählen! »Du sollst ja auch nicht wie ein Mönch leben. Aber ich vermisse dich so sehr, so sehr …«

»Ich dich doch auch, mein Spätzle«, sagte Leon.

»Spätzle?«, fragte ich erstaunt. »Seit wann nennst du mich Spätzle?«

Leon grinste sein Leon-Grinsen. »Ich wollte dich mit meinen Schwäbisch-Kenntnissen beeindrucken. Ich habe eine neue Kollegin von Bosch Feuerbach. Ich habe sie gefragt, was es denn für schwäbische Kosenamen gibt.«

»Spätzle. Wie süß«, sagte ich schwach.

»Sie kennt sich noch gar nicht aus hier«, redete Leon unbekümmert weiter. »Ich zeig ihr gleich ein nettes Hot-Pot-Restaurant. Wir *Expats* müssen ja zusammenhalten.«

»Natürlich. Dann ... dann wünsche ich euch einen schönen Abend«, sagte ich.

»Danke. Kuss?«

Ich spitzte die Lippen und zielte mit dem Mund auf den Bildschirm. Leons Lippen kamen näher, verwackelten zusehends und verwandelten sich in nicht mehr identifizierbare Objekte. Schmatz. Seufz. Früher war mehr Erotik.

Ich legte mich aufs Bett und starrte an die Decke. Leon ließ sich also von einer neuen Kollegin schwäbische Koseworte beibringen. Um sie dann demnächst direkt bei ihr anzuwenden, oder was? Wurde meine Beziehung jetzt nicht mehr von einer lächelnden Chinesin bedroht, die Wok-Gerichte zauberte, sondern von einem Expat-Hot-Pot aus Stuttgart-Feuerbach mit einem schier endlosen Repertoire an schwäbischen Kosenamen? Jetzt, wo ich mir endlich keine Sorgen mehr um meine Erzrivalin Yvette machen musste, weil die sich irgendeinen Geschäftsführer von Bosch geangelt hatte?

Und nun gingen sie auch noch zusammen essen. Sicher würde Leon ihr zeigen, wie man mit Stäbchen aß! Sie würde sich absichtlich besonders ungeschickt anstellen. Die glitschigen Mie-Nudeln würden ihr immer wieder von den Stäbchen rutschen, und sie würde Leon hilflos anlächeln. Er würde sich hinter sie stellen und ihr die Hand führen müssen. Ihre Finger würden sich berühren, und dann würde sie beide der Blitzschlag der Liebe treffen! »Wie rührend du dich um mich kümmerst, Leon«, würde sie hauchen. »Spätzle essen ist eben einfacher!« Ich war ja nun wirklich nicht der eifersüchtige Typ, aber das ging zu weit! Wütend sprang ich vom Bett auf und gab bei Google »Schwäbische Koseworte« ein. Bei Wooby gab es eine Liste der beliebtesten schwäbischen Kosenamen. »Spätzle« war mit zwanzig Komma sieben Prozent auf Platz eins. Total originell also, die Frau! Auf Platz zwei kam »Bärle«, dicht gefolgt von »Mäusle«, »Schnuggel«, »Scheißerle« und »Fürzle«. Ich stöhnte. Wenn Leon mich beim nächsten Skypen »Fürzle« nannte, würde ich ihn mitsamt dem PC aus dem Fenster werfen! Um mich abzulenken, klickte ich auf »Die besten Synonyme für Arschgeweih«. Am besten gefiel mir »Schlampenstempel« und »Tussilenker«.

Ich ließ mich wieder aufs Bett fallen. Wusste Leon überhaupt, wie fundamental es in einer Sehr-weit-weg-Beziehung war, die Grenzen zum anderen Geschlecht einzuhalten? Nun gut, ich hatte gestern nach drei Gläsern Rotwein auch eingewilligt, Tariks Verlobte zu spielen. Aber da ging es um Freundschaft. Das war etwas ganz anderes.

Erst hatte ich Tarik für verrückt erklärt. Ein Flugticket, das war doch vollkommen verrückt! Finanziell war das für jemanden, dessen Kunstwerke mittlerweile Höchstpreise erzielten, zwar kein großes Opfer. Aber machte ich mich dadurch nicht total abhängig? Nach dem dritten Glas Wein jedoch hatte Tarik mich weichgeklopft. Er versprach mir zudem hoch und heilig, dass sich die Aktion auf einen Nachmittag beschränken sollte.

Jetzt, im nüchternen Zustand, kamen mir wieder Zweifel. Auf was hatte ich mich da bloß eingelassen! Sollte ich Tarik nicht besser wieder absagen? Oder Leon gegenüber mit offenen Karten spielen? Ohne lang zu überlegen, nahm ich das Handy.

»Hallo, Line. Gut geschlafen?«

»Tarik, ich hab es mir noch mal überlegt. Ich glaube, ich komme doch nicht mit am Samstag. Es tut mir wirklich leid, aber das ist mir zu heiß.«

»Tja, leider habe ich meine Mutter schon vor einer guten halben Stunde angerufen. Sie freut sich sehr, dass du am Samstag mitkommst. Wenn du jetzt einen Rückzieher machst, blamierst du mich vor der ganzen Familie. Sie hat mittlerweile bestimmt mindestens siebzehn Telefonate geführt, davon die Hälfte nach Anatolien, und allen die große Neuigkeit verkündet. Stellt euch vor, Tarik bringt eine Frau mit! Und die Cousinen im heiratsfähigen Alter überlegen bestimmt, wie sie dich mit einem Giftcocktail aus dem Weg räumen.«

Na großartig. Ich stöhnte. »Tarik, ich glaube wirklich nicht, dass es eine gute Idee ist.«

»Nun mach dir nicht so einen Kopf. Es ist doch nur eine einmalige Aktion, dann ist die Sache erledigt.«

Ojeojeoje! Ein Geheimnis vor Leon, zwei Geheimnisse vor Lila: die Butzfee und die Sache mit Tarik. Das mit der Butzfee war ja nicht schlimm. Aber ich konnte mir schon vorstellen, was sie von der falschen Verlobung halten würde. Leider kriegte Lila fast immer alles raus, was ich vor ihr verbergen wollte. Ich beschloss, erst einmal unter die Dusche zu gehen und mir selber den Kopf zu waschen, bevor es jemand anderes tat. Ich lief barfuß die Treppe hinunter und streckte den Kopf noch mal in die Küche. »Ich dusche jetzt. Muss jemand vorher noch ins Bad?«

Lila saß allein am Tisch, knabberte Weihnachtsgutsle und las die *taz*. Sie schüttelte den Kopf. »Nein, geh ruhig. Ich lege mich später in die Badewanne, meinen Muskelkater von gestern auskurieren.« Suffragette kam zur Tür hereinspaziert. Sie schlug einen Haken, als Lila sie streicheln wollte, ließ sich vor dem Gasofen nieder und begann, sich zu putzen.

»Geht Harald mit Wutzky Gassi?«

»Harald ist auf dem Weg nach Schorndorf. Wutzky lässt er gleich dort. Seine Ex will das gemeinsame Haus verkaufen. Sie sagt, das Haus mache zu viel Arbeit, und sie will gerne etwas Kleineres, Schickeres.«

»So eine neumodische Twinset-Wohnung?«

»Maisonette.«

»Und deshalb muss Harald nach Schorndorf?«

»Ja, weil heute potenzielle Käufer anrücken. Harald muss die Technik erklären. Das ist so ein kompliziertes Niedrigenergiehaus, und seine Frau versteht nichts davon. Behauptet sie jedenfalls. Die Männer, die das Haus anschauen, wollen immer die technischen Details wissen. Dabei sind Männer doch meist zufrieden damit, wenn man ihnen sagt, dass sie das im Internet nachlesen können.« Lila sah genervt aus. Ob Wutzky in der neuen Wohnung überhaupt Platz hatte, oder sollte er langfristig nach Stuttgart entsorgt werden?

»Schade um euren gemeinsamen Sonntag, oder?«

»Das kannst du laut sagen. Aber wir beide könnten endlich mal wieder einen gemütlichen Fernsehabend machen.«

»O ja!«, rief ich entzückt. Unsere gemeinsamen Abende waren selten geworden. Früher hatten wir regelmäßig Sonntagabend gekocht, Prosecco oder »Cannstatter Zuckerle« getrunken, wichtige und unwichtige Themen durchgehechelt und dazu Rosamunde Pilcher geguckt. Dann war Leon aufgetaucht. Dann war Leon verschwunden und Harald aufgetaucht. Supi! Heute musste ich allerdings das Thema Tarik vermeiden.

Ich ging ins Bad, schälte mich aus meinen Schlafklamotten, kletterte in die Badewanne, ließ das herrlich heiße Wasser über meinen Körper laufen und wartete darauf, dass Lila gegen die Tür bollerte, wegen der Wasserverschwendung. Lila bollerte gegen die Tür.

»Line, Telefon!«, brüllte sie. »Dorle!«

»Ich ruf zurück!«, brüllte ich. »Muss aber erst föhnen!« Dorle erwischte mich immer, wenn ich unter der Dusche stand. Das war so eine Art Naturphänomen. Dorle war meine achtzigjährige Großtante. Ich liebte sie wirklich sehr, aber ihre regelmäßigen TÜV-Anrufe, in denen sie meinen allgemeinen und moralischen Zustand überprüfte, waren manchmal ganz schön anstrengend. Vor ein paar Monaten erst hatte sie sich verlobt, mit ihrem Freund Karle aus der Theatergruppe des Obst- und Gartenbauvereins. Jetzt warteten wir alle auf die Hochzeit, das junge Glück wartete dagegen auf die Touristenmesse CMT, um sich dort Unterlagen für die Hochzeitsreise zu besorgen. Die

| 69

CMT fand immer im Januar oben auf den Fildern statt. Nur mir hatte Dorle ihr seltsames Geheimnis anvertraut, und ich hatte schwören müssen, niemandem etwas davon zu sagen. Alle anderen Familienmitglieder warteten ratlos auf die Hochzeitseinladung, besorgt, einer der potenziellen Eheleute könne noch vorher das Zeitliche segnen.

Ich trocknete mich ab und schlüpfte in meinen Jogginganzug. Heute würde ich definitiv nicht vor die Tür gehen! Fast war ich erleichtert, dass ich schon mit Leon gesprochen hatte und mich den Rest des Tages entspannen konnte. Hmm. War das jetzt ein schlechtes Zeichen?

Meine kurzen Haare waren ruck, zuck geföhnt. Dann nahm ich das Telefon, ging in mein Zimmer und legte mich wieder aufs Bett.

»Hallo, Dorle, hier ist Line.«

»I han denkt, i leit dir vor am Middagesse a«, sagte Dorle. »I will eich jonge Leit* jo net störa.«

»Wir halten uns nicht so an Essenszeiten, Dorle. Ich hab noch nicht mal gefrühstückt.«

»Des isch abr ogsond!«, rief Dorle aus. »Koi Wondr, bisch bloß Haut on Knocha!«

»Ich werd mir gleich ein paar von Lilas leckeren Gutsle genehmigen.«

»Zom Friehschdick! On was machd dei G'schäfd?«

»Es gibt viel zu tun, aber es ist ganz okay.«

»On dr Leon? Kommdr an Weihnachda?«

»Er kriegt leider keinen Urlaub. Die gute Nachricht ist, ich kann dir mit Katharinas Kids unter die Arme greifen.«

»Des isch schee. Das dr Leon net komma ka, isch net schee.« Dorle und Leon hatten sich immer prächtig verstanden, auch wenn sie aus dialektalen Gründen nicht wirklich kommunizieren konnten. Das lief irgendwie auf einer anderen Ebene ab.

---

* Dorle »leitet bei Line a«, d. h., sie läutet / ruft sie an, was nichts mit Leit = Leute zu tun hat.

»Und wie geht es dir?«

»Danke. I komm grad vo dr Kirch. Glei kommd dr Karle zom Essa. Zwiebelroschdbroda, Spätzle, Soß' on Salat.«

»Mmm, lecker«, sagte ich und erinnerte mich mit Schaudern an die Spätzle aus meinem Traum.

»Musch hald bald amol wiedr komma.«

Ich verbrachte den Nachmittag damit, auf meinem Bett liegend »Walt Disney's Lustige Taschenbücher« zu lesen, heiße Schokolade mit viel Zucker zu trinken und Lilas Gutsledose leer zu futtern. So musste ein Sonntag sein! Niemand, der einen vor die Tür zerrte! Irgendwann trollte ich mich in die Küche. Lila sichtete gerade unsere Vorräte. »Hmm. Tofu-Würstchen mit Salat?«

»Äh – klingt superlecker, aber haben wir nicht noch Pommes?« Lila öffnete das Dreisternefach im Kühlschrank und nickte. »Okay. Pommes mit Salat und selbstgemachtem Zaziki.«

Ich holte eine Flasche »Cannstatter Zuckerle« aus dem Vorratsschrank. Mit einem Schluck Wein kochte es sich gleich viel besser. Ich schenkte uns beiden ein, setzte mich und dachte daran, dass ich das Thema Tarik vermeiden musste.

»Was machst du nächsten Samstag?«, fragte Lila und holte das Blech aus dem Backofen. »Unglaublich, du hast ja sogar den Backofen geputzt! Harald und ich wollten kochen und ein paar Leute einladen. Tarik kann natürlich auch gern kommen.«

»Ich … ich hab leider schon was vor«, sagte ich hastig. Ausgerechnet! Ich liebte Lilas Kochabende. Es gab immer tonnenweise leckeres Essen, genug zu trinken, und meist war es sehr lustig. Okay, leckeres Essen würde ich auch bei Tariks Familie bekommen. Aber ob es lustig wurde …

»Wie schade!«, rief Lila bedauernd. »Vielleicht hat Tarik trotzdem Lust? Du könntest ja später dazustoßen.«

»Äh, wohl kaum«, sagte ich ausweichend. »Wir sind zusammen unterwegs.«

Lila musterte mich prüfend. »Du bist zurzeit ganz schön viel mit Tarik unterwegs.«

| 71

»Na und? Wir sind nur Freunde! Nicht mal Leon hat ein Problem damit. Er freut sich sogar, dass ich jemanden habe, mit dem ich etwas unternehmen kann.«

»Was habt ihr denn vor, geht ihr ins Kino? Das könntet ihr doch auch verschieben.«

Meine Güte, musste Lila so hartnäckig sein? »Äh – nein. Wir besuchen seine Familie.«

»Ihr besucht seine Familie?«, rief Lila erstaunt. »Wieso das denn? Werden sie nicht denken, das ist der Antrittsbesuch seiner Zukünftigen?«

»Ach was«, murmelte ich. »Das sind doch nur Klischees. Tariks Familie ist sehr modern. Da bedeutet so ein Besuch überhaupt nichts. Das ist auch nichts anderes, als wenn ich mit dir zu deinen Eltern nach Cannstatt zum Kaffee gehe.«

»Warum wirst du dann so rot?«

»Es – es ist eben sehr warm hier drin. Nein, es ist einfach so, Tarik hat mich um einen Gefallen gebeten, den ich ihm nicht abschlagen konnte. Wozu sind Freunde schließlich da?«

»Soso. Und was ist das für ein Gefallen?«

»Ach, halb so wild. Er will mich am Samstag vor seinen Eltern als seine Verlobte ausgeben, weil er genug davon hat, dass ihn seine Familie immer mit irgendwelchen türkischen Cousinen verkuppeln will.«

»Das ist jetzt nicht dein Ernst!«, rief Lila.

»Doch«, sagte ich. »Und was ist schon Schlimmes dabei? Das ist – wie Theaterspielen. Total harmlos.«

»Hat Leon damit auch kein Problem?«

»Das … das weiß ich nicht. Also, ich hab's ihm nicht gesagt. Bisher. Er kann aber gar nichts dagegen haben. Schließlich wird er davon profitieren.«

»Was soll das heißen?«

»Dass mir Tarik zum Dank für die Aktion ein Flugticket nach Wuxi schenkt. Ich möchte ihn überraschen.«

Lila stöhnte. »Du hast dich verkauft!«

»Na hör mal, ich bin doch keine Nutte!«, rief ich empört.

»Du willst also nach Wuxi fliegen, aus einer Torte hüpfen und ›Überraschung, Überraschung‹ brüllen, und Leon wird dich bestimmt nicht fragen, woher hast du das Geld für den Flug?«

»Natürlich wird er fragen!«

»Und was sagst du dann?«

»Keine Ahnung. Das überlege ich mir, wenn es so weit ist. Im Lotto gewonnen?«

»Du weißt doch nicht mal, wie man einen Lottoschein ausfüllt! Line, es geht mich nichts an. Aber findest du, dass es so gut ist für deine Beziehung zu Leon, wenn du Tariks Verlobte spielst? Ihr müsst das Spielchen dann doch weiterspielen! Was, wenn sich einer von euch verliebt?«

»Du glaubst doch nicht im Ernst, ich würde mich in diesen Obermacho verknallen! Und dann noch vor den Augen seiner Familie! Und Leon ist zu weit weg, um mit ihm Paarseminare zu besuchen! Und überhaupt, es reicht, wenn ich Dorle als Moral-Wächterin in meinem Leben habe!«

»Keine Sorge«, sagte Lila kühl. »Dein Leben, dein Stress, dein Ding. Dann sieh aber auch zu, dass du allein damit klarkommst, und wenn du Hilfe brauchst, kannst du ja Windows einen Problembericht senden, aber komm nicht bei mir angewinselt.« Lila donnerte mit Schmackes die Ofentüre zu, stemmte die Hände in die Seiten und sah mich böse an. Wenn wir jetzt beide beleidigt waren, war der Abend im Eimer. Und zu essen würde es auch nichts geben!

Ich holte tief Luft. »Bitte, Lila, lass uns nicht streiten. Wir haben schon so lange keinen gemeinsamen Abend mehr gehabt. Ich weiß, was ich tue, glaub mir.«

Lila seufzte. »Na schön. Thema Tarik abgehakt.«

Irgendwie schafften wir es doch noch, einen gemütlichen Abend mit Pommes, Zaziki, Cannstatter Zuckerle und Inga Lindström auf die Reihe zu kriegen. Nachts, im Bett, dachte ich an Tarik und die falsche Verlobung, an Leon und sein Feuerbacher Zuckerle und hatte Bammel.

5. Kapitel

Männer nehm'n in den Arm
Männer geben Geborgenheit
Männer weinen heimlich
Männer brauchen viel Zärtlichkeit
Oh Männer sind so verletzlich
Männer sind auf dieser Welt einfach unersetzlich

Ich hatte mir vorgenommen, die neue Woche als Büro-Superstar zu beginnen. Schließlich war ich noch in der Probezeit. Ich musste nur knapp vor allen in der Agentur sein und dann, wenn die anderen nach und nach eintrudelten, zerstreut hochgucken und etwas von »saumäßig viel Arbeit, bin seit sieben da« murmeln. Ein guter Plan. Ein hervorragender Plan! In Werbeagenturen tauchte in der Regel sowieso niemand vor neun auf. Wenn ich um fünf vor neun da war, reichte das völlig. Arminia kam sowieso fast immer als Letzte.

Leider wurde ich erst um zehn vor neun wach. Das war ja auch kein Wunder, wo es doch im Winter morgens so scheußlich dunkel war! Mein schöner Plan war jetzt allerdings zunichte. Im Haus war es still. Lila war bestimmt längst weg. Ich sprang hastig aus dem Bett, schlüpfte in irgendwelche herumliegenden Klamotten, spritzte mir im Bad ein bisschen Wasser ins Gesicht und zischte aus dem Haus. Eine dünne Schicht Schnee war auf dem Fahrradsattel angefroren. Ich wischte sie mit bloßen Händen weg. In der Eile hatte ich meine Handschuhe nicht gefunden.

Glücklicherweise ging es zu meiner Agentur fast nur bergab. Zehn nach neun war ich in der Heusteigstraße und holte mir beim Bäcker Weible noch schnell eine Butterbrezel. Die Lage unseres Büros auf der Best-Bäcker-Meile zwischen Bäcker Hafendörfer und

Bäcker Weible war einfach fantastisch! Ich schloss das Rad mit steifen Fingern im Hof des Gründerzeithauses an den Fahrradständer an und keuchte über die knarzende Treppe in unser Loft im zweiten Stock. Die Chefin war schon da. Doof. Immerhin war ich nicht die Letzte. Der schnuckelige Micha fehlte noch.

Ich grüßte in alle Richtungen, legte meine Tasche auf meinen Stuhl, die Butterbrezel auf den Schreibtisch und hängte meine Jacke auf. Philipp hatte nur ein Brummeln zur Antwort gegeben. Bestimmt hatte er wieder Beziehungsstress.

Ich ging hinter die Theke, um mir erst einmal einen Kaffee zu machen. Arminia grüßte mich knapp, sah bedeutungsvoll auf ihre Uhr, nahm einen Zug aus ihrer Selbstgedrehten und konzentrierte sich dann wieder auf ihren Bildschirm. Arminia rauchte immer, obwohl wir alle in einem Raum saßen, aber weil sie die Chefin war, traute sich keiner, etwas zu sagen. Hinter ihrem Paravent sah sie zwar nicht auf die Schreibtische, die überall in dem riesigen Raum verteilt waren, kriegte aber trotzdem irgendwie alles mit, vor allem das, was in der Kaffeeküche passierte. Micha hatte mir irgendwann zugeflüstert, dass sie Strichlisten führte, wer wie oft und wie lange Pause machte, und dass sie auch alle unsere Gespräche belauschte, die privaten und die mit Kunden, obwohl sie immer so locker tat.

Wenn das stimmte, konnte Arminia nicht besonders viel arbeiten, weil den lieben langen Tag Kaffee gemacht wurde, was sicher auch daran lag, dass die Agentur Espresso, Milch und Zucker bezahlte. Außerdem lohnte es sich, die Küche regelmäßig zu checken, weil ständig irgendwer Schokolade, Gummibärchen, Kekse oder Kuchen von zu Hause anschleppte. Im Augenblick lag ein letztes Stück Sonntagskuchen auf einem Teller. Ich schnitt mir ein großes Teil ab und ließ noch einen winzigen Rest liegen, damit ich den Teller nicht aufräumen musste.

Unsere Kaffeemaschine war supermodern. Das war für mich ganz ungewohnt. Lila brühte den Kaffee ja manchmal sogar noch von Hand auf! Hier dagegen konnte man die Milch blitzschnell aufschäumen wie beim Italiener. Ich beschloss, mir einen Latte zu machen, schüttete ordentlich Milch in ein hohes Glas, stellte dann die Düse an und sah voller Vorfreude zu, wie der Dampf die Milch in herrlich fluffigen Schaum verwandelte. Der Schaum erinnerte mich an Annegret, die Butzfee. Sie hatte mich am Sonntag noch angerufen. Morgen würde ich sie besuchen, damit sie mir das klingonische Prinzip erläuterte.

»Hi, Line. Alles klar?«

Ich fuhr herum. »Huch, hast du mich erschreckt, Micha!«

»Vorsicht!«, rief er warnend. »Die Milch!« Zu spät. Aus dem Glas in Schieflage schoss die Milch wie ein Geysir senkrecht nach oben, um dann sanft auf mich, die Kaffeemaschine, die Theke und Micha herabzuregnen.

»Powerdüse«, murmelte Micha. Milch tropfte von seiner hohen Stirn. Er hatte nicht mehr besonders viel Haare.

»Shit«, sagte ich, nahm ein Geschirrtuch und wischte Michas Kopf und Kapuzenjacke damit ab. Die Milchflecken auf der Jacke wurden noch größer.

»Nicht schlimm«, sagte Micha und lächelte mich an. Er schien nichts dagegen zu haben, dass ich an ihm herumputzte. »Ich hätte dich nicht ablenken sollen. Mir passiert das ziemlich oft.« Das erklärte, warum er abends immer mit Flecken nach Hause ging.

Aus den Augenwinkeln sah ich, wie uns Arminia spöttisch beobachtete.

»Ich … ich glaub, du machst das lieber selber«, sagte ich hastig und drückte Micha das Geschirrtuch in die Hand. »Muss ja noch die Küche sauber machen.« Ein paar Minuten später hatte ich die Küche und mich leidlich geputzt. Noch einmal Kaffee zu machen, wagte ich nicht. Nun musste ich aber wirklich anfangen zu arbeiten! Schließlich war ich in der Probezeit. Ich guckte in meinen Mailaccount. Vierunddreißig Mails. Uäh. Schnell machte ich das Postfach wieder zu, öffnete Google, sah mich verstohlen nach links und rechts um und gab dann »Katastrophen-Gen« ein. Tatsächlich! Hundertdreiundzwanzig Treffer! Ich überflog die Einträge. Die musste ich mal in Ruhe zu Hause durchsehen. Es gab viele englische

Einträge und sogar drei Romane, in denen das Katastrophen-Gen vorkam. Fürs Erste konzentrierte ich mich auf den Wikipedia-Eintrag.

Katastrophen-Gen

Das **Katastrophen-Gen** ist ein seltenes Beispiel für eine _Genmutation_. Auf der ganzen Welt sind nur 15 Fälle bekannt. Eine Vererbung würde somit in 1:470.000.000 Fällen erfolgen. Allerdings wird von einer weitaus höheren Fallzahl ausgegangen. In Deutschland sind zwei Fälle bekannt.

(Oje, war ich etwa auch bekannt? Oder gehörte ich zur Dunkelziffer? Ich musste Dorle fragen!)

Bei jedem Menschen existiert jeweils ein Gen für Ordnung, Chaos-Verhinderung und Nicht-Verkettung unglücklicher Zufälle. Alle drei Gene liegen nahe beieinander auf dem X-Chromosom. Das Katastrophen-Gen entsteht durch Fehler beim _Doppel-Crossover_, die zu falschen Genkombinationen führen. Dies hat zur Folge, dass der Träger des Katastrophen-Gens unverschuldet ständiges Chaos produziert. Das Katastrophen-Gen folgt vermutlich einem rezessiven X-chromosomalen Erbgang und wurde deshalb bisher nicht bei den Nachkommen seiner Träger beobachtet.

Das Katastrophen-Gen ist immer angeboren und kann seine Intensität im Laufe der Zeit vermindern oder verstärken. Äußere Einflüsse spielen keine Rolle. An der renommierten _Yale University_ wird seit Jahren erfolglos an einem Medikament zur Unterdrückung des Katastrophen-Gens geforscht. Das Katastrophen-Gen hat zwar keine direkten gesundheitlichen Auswirkungen auf den Betroffenen und verringert auch nicht direkt dessen Lebenserwartung; allerdings ist die Gefährdung der betroffenen und anderer Personen durch Auswirkungen von selbst verursachten Katastrophen hoch, so dass die Lebenserwartung letztlich doch niedriger ist.

In die Schlagzeilen geriet das Katastrophen-Gen nach dem sogenannten »Apfelanschlag« (Apple attack). Einem New Yorker Pizzabäcker fiel im Dezember 2001 eine Pizza »Vier Jahreszeiten« aus dem Fenster der 73. Etage des Chrysler Buildings in Midtown Manhattan. Die Pizza landete auf der Windschutzscheibe der Limousine des damaligen Präsidenten George Bush, der Fahrer konnte nichts mehr sehen außer Salamischeiben, und die Limousine krachte in die aufgeschichteten Äpfel eines Lebensmittelladens. Obwohl der Präsident mit dem Schrecken davonkam, wurde der Pizzabäcker wegen des Verdachts auf einen islamistischen Anschlag vor Gericht gestellt. Er beteuerte jedoch seine Unschuld, verwies darauf, dass bereits sein neapolitanischer Großvater am Katastrophen-Gen gelitten habe, und wurde aufgrund eines medizinischen Gutachtens freigesprochen.

Ich starrte auf den Text. *Apple attack?* Von der Geschichte hatte ich bisher noch nie gehört. Einerseits war es ja beruhigend, dass es sogar Freisprüche wegen des Katastrophen-Gens gab. Sollte mir also irgendwann etwas Ähnliches passieren, konnte ich mich auf den Präsidenten-Präzedenzfall berufen. Wegen des Katastrophen-Gens hatte ich schon einmal eine Nacht in einer Zelle verbracht. Weniger beruhigend war, dass sich das Katastrophen-Gen verstärken konnte, andere Menschen gefährdete und ich vielleicht nicht besonders alt werden würde. Ich schluckte.

»Katastrophen-Gen?«, flüsterte eine Stimme.

So ein Mist! Hinter mir stand Micha und starrte auf meinen Rechner. Konnte der Kerl nicht husten, wenn er sich heimlich anschlich? Schon zum zweiten Mal heute! Blitzschnell klickte ich die Seite weg und drehte mich um. Micha war kreidebleich.

»Katastrophen-Gen. Haha«, sagte ich und lachte künstlich. »Gibt's natürlich nicht. Das … das ist so eine Art Witz-Wikipedia. Total lustig. Nicht das echte. Ich dachte, es inspiriert mich vielleicht zu einer Idee.«

Micha musterte mich mit weit aufgerissenen Augen und schwieg. »Ich … ich habe dir einen Kaffee gemacht«, sagte er schließlich und stellte den Becher vor mich hin. Dann schlich er weiter und setzte sich schräg vor mir an seinen Schreibtisch. Ich war knallrot geworden. Was für ein Pech! Niemand durfte im Büro erfahren, dass ich das Katastrophen-Gen hatte. Sonst bestand ich die zweimonatige Probezeit nicht! Dies war erst meine dritte Woche. In den ersten beiden Wochen waren der Laserdrucker und der Kopierer mehrmals ausgefallen, ohne dass es dafür einen technischen Grund gab. Irgendwie hatte sich aber niemand darüber gewundert.

Ich nahm die Butterbrezel aus der Tüte, brach sie auseinander, tunkte den Butterbauch in den Kaffee und sah zu, wie sich auf dem Kaffee eine Fettschicht bildete. Dann beobachtete ich Micha von hinten. Warum war er so rot am Hals? Hoffentlich kam er nicht mehr auf das Katastrophen-Gen zu sprechen! Micha war eigentlich ein netter Kerl. Er war so groß wie ich, also nicht besonders groß, schmal gebaut und eher schüchtern. Sonst wusste ich wenig über ihn. Ich fegte die Brezel-Krümel vom Schreibtisch. Ich musste jetzt endlich anfangen zu arbeiten!

»Teamsitzung!«, brüllte es in diesem Augenblick hinter dem Paravent hervor. »In fünf Minuten im Meeting Room!« Die anderen stolperten los, um sich vor der Besprechung noch einen Kaffee zu machen.

Ein paar Minuten später saßen alle außer Arminia um den großen Glastisch, die Tür stand offen. Das Besprechungszimmer war, abgesehen vom Klo natürlich, der einzige abgeschlossene Raum im Loft. Ich hatte einen Block und einen Stift dabei, um engagiert zu wirken. Die anderen lümmelten auf ihren Stühlen und nippten an ihrem Kaffee. Absätze klapperten. »Auftritt der AD!«, flüsterte Philipp. »Art Director?«, fragte ich. Philipp schüttelte den Kopf, grinste und sagte leise: »Abgehalfterte Diva.«

Alle setzten sich gerade hin und guckten konzentriert und kompetent. Philipp hantierte geschäftig mit dem Beamer und nickte Arminia zu, die, den fetten Hintern ausgestreckt wie eine Ente, mit Papierstapeln unter dem Arm hereingestöckelt kam und die Tür donnernd hinter sich zuwarf. Sie ließ sich auf einen Stuhl fallen und schlug ihre kurzen Beine übereinander. Ein Wunder, dass sie das in dem knallengen Rock überhaupt hinkriegte.

| 79

Arminia zündete sich eine Selbstgedrehte an und nahm einen tiefen Zug. Nach wenigen Sekunden stand die Luft in dem engen Raum. Auf dem interaktiven Whiteboard erschien die Überschrift »Teamsitzung«.

»Guten Morgen. Ich möchte wissen, wie es um eure Projekte steht, und die Stallwache besprechen. Wer führt Protokoll?«

Alle starrten interessiert an die Decke. Arminia schob Julia, der Praktikantin, den interaktiven Stift zu. Sie sprang auf, lief zur Tafel und schrieb das Datum hinter »Teamsitzung«.

»Stallwache?«, fragte ich.

»Wer zwischen den Jahren die Stellung hält«, erklärte Philipp. »Ich nicht. Ich habe schon längst Urlaub beantragt. Meine Freundin hat eine Kreuzfahrt auf dem Nil gebucht.« Er verdrehte die Augen und sah nicht besonders begeistert aus.

»Ich muss nach Lanzarote zur Jahresschlussklausur, wie jedes Jahr«, sagte Arminia, seufzte und klimperte mit den Augendeckeln. »Pflichttermin. Also wird's mal wieder nichts mit Bielefeld. Man kann es sich eben nicht aussuchen. Jemand muss hierbleiben. Wegen der Kunden oder falls Hamburg uns braucht.« In Hamburg war der Hauptsitz von *Friends and Foes*. Vor den Chefs dort hatte Arminia einen Heidenrespekt. Ich hatte einem der obersten Chefs mal geholfen, als er im Paternoster im Stuttgarter Rathaus steckengeblieben war, und deshalb den Job in der Stuttgarter Agentur bekommen.

»Line, du bist in der Probezeit, und den Letzten beißen die Hunde.« Sie nickte Julia zu. Julia schrieb »Stallwache: Line« an die Tafel.

»Kein Problem«, sagte ich. »Hatte ich mir schon gedacht.« Eigentlich wollte ich noch ergänzen, dass ich gerne irgendwann im neuen Jahr Urlaub nehmen wollte, um meinen Freund in China zu besuchen, aber Arminia redete schon weiter.

»Wie sieht es mit den anderen aus? Line kann nicht alleine dableiben. Dafür ist sie zu kurz da.«

Michas Arm schoss in die Höhe. »Ich habe sowieso nichts vor an Weihnachten«, sagte er. »Ich mache lieber Urlaub, wenn's wärmer ist.«

Arminia nickte, und Julia schrieb »Micha« an die Tafel. »Schön, dann hätten wir das ja geklärt. Ich wollte euch beiden sowieso ein gemeinsames Projekt übertragen. Line macht den Text, du die Grafik. Suse, du koordinierst das Ganze.«

Suse nickte eifrig. Sie hieß eigentlich Susanne und fand die Abkürzung grauenhaft, aber sie traute sich nicht, sich zu wehren. Sie war das Modell Klassenbeste. »Ich muss auch nicht unbedingt Urlaub nehmen«, sagte sie. »Um was geht's bei dem neuen Projekt?«

»Shampoo«, sagte Arminia. »Shampoo für die Generation Silver Ager. Ich maile euch nachher alle Infos. Nach den Weihnachtsferien will ich erste Ideen von euch und Mitte Januar eine Kundenpräsentation. Bis dahin sollte auch Benny zurück sein.«

»Supi«, sagte ich. »Shampoo. Generation Silver Ager. Klingt prima. Genau mein Ding. Und wer ist Benny?«

»Benny ist sozusagen meine rechte Hand. Er durchläuft gerade in Hamburg das Trainee-Programm für den besonders begabten Werbenachwuchs«, sagte Arminia. »Die Führungskräfte von morgen. Ein absolutes Ausnahmetalent ... ich habe ihn entdeckt und ausgebildet. Er wird ab Herbst unsere neue Agentur in Leipzig leiten. Dann werden wir ihn endgültig verlieren.« Sie seufzte theatralisch. Philipp verdrehte die Augen, so, dass Arminia es nicht sehen konnte.

Arminia ließ sich über die laufenden Projekte Bericht erstatten, dann marschierten wir zurück an unsere Schreibtische. In meinen Klamotten hing der Zigarettenqualm. Ich setzte mich und öffnete meine Mails.

»Das mit dem Shampoo ...«

Ich machte einen Satz auf meinem Stuhl. »Micha!« Jetzt hatte er mir den dritten Schrecken des Tages eingejagt. Micha stand dicht neben mir. Er wirkte nervös. Er beugte sich zu mir herunter und murmelte: »Wir ... wir könnten uns mal abends treffen. Ein kleines Brainstorming machen. Tagsüber ist es immer so hektisch, da kann ja kein Mensch in Ruhe nachdenken.«

»Abends?«, sagte ich verdattert. Ach du liebe Güte!

| 81

»Abends. Vielleicht mal – bei einem netten Glas Wein?« Wein? Oje. Das lief irgendwie komplett in die falsche Richtung. Hatte ich Micha gegenüber eigentlich schon erwähnt, dass ich einen Freund hatte? Ich dachte fieberhaft nach.

»Mal sehen. Jetzt vor Weihnachten ist doch immer so viel los.«

»Nein, tut mir leid. Abends skype ich immer mit meinem Freund, der ist gerade in China.«

»Nein, tut mir leid. Ich habe einen festen Freund und würde die Beziehung zu dir gerne auf einer rein professionellen Ebene halten.« Schnell, ich musste aus diesen drei Optionen die beste Antwort auswählen! Leider kam keine davon aus meinem Mund. »Äh – ja, warum nicht«, sagte ich stattdessen und hätte mich gleichzeitig ohrfeigen können. Micha strahlte. Er strahlte so sehr, dass ich es nicht übers Herz brachte, ihm wieder abzusagen. Nicht jetzt, jedenfalls. Ich musste einen günstigen Moment abpassen, um Leon beiläufig zu erwähnen und dann in den höchsten Tönen von ihm zu schwärmen. Und zwar möglichst bald, damit sich Micha das abendliche Treffen aus dem Kopf schlug. Sonst kriegte ich bloß noch mehr Paarprobleme!

Den Rest des Tages verbrachte ich damit, meine Mails abzuarbeiten, das Protokoll unserer Besprechung abzuspeichern, Philipp beim Telefonieren mit seiner Freundin zu belauschen und die Unterlagen für das Shampoo zu sichten. Das heißt, ich öffnete die Datei, stellte fest, dass es viel zu viel Material war, um damit noch am späten Montagnachmittag anzufangen, und machte die Datei wieder zu. Morgen war auch noch ein Tag.

Die Post lag noch im Briefkasten, Lila war also noch nicht da. Ich schloss die Tür auf und rief fröhlich: »Huhu, jemand zu Hause?« Keine Antwort. Ich scannte die Schuhkollektion auf dem Holzregal im Flur und entdeckte Lilas Hausschuhe. Harald hatte seine schicken italienischen Halbschuhe sorgfältig danebengestellt.

Harald hing auf Halbmast am Küchentisch, um den Hals einen scheußlichen Strickschal. Seine Augen waren glasig, sein Mund stand halboffen, und er röchelte. Auf dem Tisch lagen ein paar zerknüllte und ziemlich gebraucht aussehende Tempotaschentücher.

»Hallo, Harald. Was ist los mit dir?«, fragte ich. »Hast du dich erkältet?«

Harald iahte wie ein Esel. »I ben krank«, krächzte er und schneuzte sich. »Schwäääärkrank.«

»Um Himmels willen, was hast du denn?«

»I woiß es net«, sagte Harald. »I ben schließlich Zahnarzt, koi Allgemeinmediziner. Vielleicht brauch i heit no an Notarzt.«

»Aber was ist es denn? Hast du Schmerzen?«, fragte ich alarmiert. »Vielleicht der Blinddarm?«

»Schmerza isch gar koin Ausdruck. Geschdern Obend ben i vo Schorndorf komma, doo hot's ogfanga«, schniefte Harald. »Doo han i blezlich Halsschmerza krigd. On heit Morga, wo i uffgwachd ben, doo hot mr älles wehdoo. Dr Kopf on Glieder. I han mi dann trotzdem end Praxis gschleppt. I kann doch meine Patienda net em Stich lassa. Bloß, jetz han i, glaub i, hohs Fiebr. Ond mei Nas laufd. Des war beim Behandla ganz schee obragdisch*.«

Ich sah Harald unsicher an. Bestimmt nahm er mich auf den Arm. Das konnte er doch nicht wirklich ernst meinen?

»Harald, ich kenne mich zwar nicht so aus. Aber für mich klingt das … nun ja, wie eine stinknormale Erkältung. Das geht gerade um. Bestimmt hast du dich bei der Demo am Samstag verkühlt.«

Harald lachte bitter auf. »A stinknormale Erkäldong. Schee wär's. Line, i ben Arzt. I woiß, wie sich a Erkäldong aführd. Desdohanna isch viel schlemmr. Des isch irgend a gfährlicher Virus.«

»Solltest du dann nicht lieber zum Arzt gehen?«

»Zom Arzt? I trau koim Arzt!«, rief Harald verächtlich.

»Weißt du was? Ich mache dir jetzt erst mal einen Tee«, sagte ich und versuchte, aufmunternd zu klingen. Harald hustete und hob die Augen zum Himmel, so als sei er schon dabei, sich auf sein Ableben

---

* Falls Sie sich schwertun mit dem Schwäbischen: Es reicht eigentlich, zu wissen, dass Harald entsetzlich leidet.

vorzubereiten. Ich stellte den Wasserkocher an, nahm unauffällig mein Handy aus der Tasche und schlich damit ins Bad.

»Hallo, Line. Was gibt's?«

»Wann kommst du nach Hause, Lila?«, flüsterte ich.

»Ich mache mich gerade auf den Weg. Fünfzehn, zwanzig Minuten. Warum, soll ich noch was einkaufen?«

»Nein. Es ist nur … kannst du dich bitte beeilen? Harald sitzt in der Küche und ist krank.«

»Krank? Gestern Morgen war er doch noch putzmunter. Und was hat er?«

»Meiner Meinung nach eine ganz normale Erkältung. Halsweh, Schnupfen und so. Er glaubt aber, dass es was ganz Schlimmes ist.«

Lila seufzte ins Handy. »Männer. Es gibt nichts Wehleidigeres auf dieser Welt als kranke Männer. Mein Vater ist genauso. Ich komme, so schnell ich kann. Kannst du ihn so lange irgendwie bei Laune halten?«

»Ich versuch's«, sagte ich. Ich ging zurück in die Küche. Das Wasser kochte. War Kamille nicht die beste Medizin bei Erkältungen? Dorle hatte uns als Kinder den widerlich schmeckenden Tee immer aufgezwungen. Ich kramte im Schrank nach Teebeuteln, fand ein ziemlich alt aussehendes Exemplar und goss eine Tasse auf.

»Lila wird bestimmt gleich da sein«, sagte ich betont fröhlich. »Vielleicht hat sie irgendwas Homöopathisches für dich.«

»Des isch schee«, sagte Harald matt. »I wollt se net arufa, damit se sich koine Sorga machd. Aber wenigschdens kann i se noo no a ledschdes Mol säha.«

»Ein letztes Mal sehen? Aber Harald, an einer Erkältung stirbt man doch nicht!«, protestierte ich und stellte die dampfende Tasse vor ihm ab.

»Hosch du a Ahnong«, sagte Harald düster. Dann blickte er stirnrunzelnd auf das Zettelchen an dem Teebeutel. »Kamillatee. Willsch mi ombrenga?«

»Wieso umbringen?«

»I *hass* Kamillatee!«

»Aber das ist das Beste bei einer Erkältung!«, protestierte ich. Harald schüttelte den Kopf.

»Des gilt scho lang nemme. 's Beschde beira Erkäldong isch Ladde macchiado. Mit me großa Schdickle Schoklad. Des stärkd Abwehrkräfd on die Psyche. Sagd die neieschde Forschong. I ben schließlich vom Fach! Hen er en Schoklad doo? Zartbiddr zom Beispiel? Proseggo soll au helfa. Wenn iberhaubd no ebbes hilfd.*«

Harald sank wieder in sich zusammen. Ich stöhnte. Wo blieb Lila?

»Wie war's in Schorndorf?«, fragte ich, um Harald abzulenken. »Interessiert sich jemand für das Haus?«

»Schorndorf«, murmelte Harald. »Doo war i geschdern beschdimmd zom ledschde Mol en meim Läba.«

Ich beschloss, Harald zu ignorieren, schlug die *taz* auf und vertiefte mich in einen Bericht über die Großdemo letzten Samstag, ohne wirklich etwas wahrzunehmen. Die *taz* war von Lila abonniert, und eigentlich las ich sie nie, aber Harald hatte sie nicht mehr alle, das war ja offensichtlich, und ich traute mich nicht, ihn allein zu lassen. Warum kam Lila nicht endlich? Schließlich war es ihr Freund! Wir saßen uns gegenüber. Ein gewisser Sicherheitsabstand, was auch immer Harald hatte, war bestimmt kein Fehler. Ich blätterte gedankenverloren in der Zeitung und schwieg, Harald hustete, schniefte, schneuzte und trank mit Todesverachtung in kleinen Schlucken den Kamillentee.

Endlich ging der Schlüssel im Schloss, und Lila rauschte herein. Ich atmete erleichtert auf. Harald knipste sofort wieder den leidenden Gesichtsausdruck an. Offensichtlich war er auf derselben Schauspielschule wie Wutzky gewesen.

»Was höre ich da? Du bist krank?«, rief Lila energisch, drückte Harald einen Kuss auf die Backe und legte ihm eine Hand auf die Stirn. »Du hast ein bisschen Temperatur. 38,5, würde ich schätzen.«

---

* Harald empfiehlt bei Erkältung Latte macchiato, Zartbitter-Schokolade und Prosecco. Er muss es ja wissen, schließlich ist er Arzt.

Harald sah sie an und flüsterte: »Des glaub i net. Des sen mindeschdens vierzig Fieber.«

Lila marschierte ins Bad und kam mit unserem altmodischen Quecksilber-Fieberthermometer zurück. »Wir haben leider kein digitales«, sagte sie. »Du müsstest also ...«

»Die sen verboda«, erklärte Harald düster, nahm ihr das Thermometer aus der Hand und verschwand im Bad. Lila schnüffelte.

»Wahnsinn, wie du nach Rauch stinkst«, sagte sie.

»Arminia raucht Kette, und wir hatten heute ein Meeting in unserem kleinen Besprechungszimmer«, sagte ich. »Da gibt's nicht mal ein Fenster.«

»Warum tut ihr euch nicht zusammen und redet mit eurer Chefin?«, fragte Lila. »Das ist doch gesundheitsgefährdend!«

Ich seufzte. »Die haben alle viel zu viel Schiss vor ihr. Und ich kann es mir schon gleich gar nicht leisten.«

In diesem Augenblick kam Harald zurück. »Neunonddreißig fünf«, krächzte er verzweifelt. »I han's gwissd!«

»Lass mal sehen«, sagte Lila. Harald sah nicht so aus, als würde er das Fieberthermometer freiwillig hergeben, aber Lila schnappte es ihm aus der Hand. »Achtunddreißig vier«, sagte sie triumphierend. »Gut geschätzt.«

»Des ... des kann net sei«, sagte Harald schwach. »Bestimmt isch des alte Thermomedr kabud.«

Lila tat so, als hätte sie den Einwand nicht gehört. »Harald, ich koche uns allen jetzt eine heiße Suppe. Danach gehst du in deine Wohnung und schläfst dich aus. Ein guter Nachtschlaf wirkt Wunder.«

Harald sah sie entsetzt an. »I ... i han denkt, i bleib bei dir heit Nacht. Was isch, wenn's mir's mitta en dr Nacht so schlechd gohd, dass i an Notarzt brauch?«

»Dann rufst du an, und ich bin in zehn Minuten da«, sagte Lila unerschütterlich. »Ich lasse das Handy an. Du wirst in deinem eigenen Bett viel besser schlafen. Und ich auch, wenn mir nicht ständig jemand ins Ohr hustet. Ich komme morgen früh vor der Arbeit schnell vorbei, sehe nach dir und koche dir noch einen leckeren Kamillentee.«

Harald warf Lila einen vernichtenden Blick zu, der ganz eindeutig sagte, was er von einer Freundin hielt, die ihm in der Stunde der Not nicht beistand.

Lila fabrizierte in kürzester Zeit eine sehr gesund schmeckende Suppe. »Gibd's vielleichd a Gläsle Wei zur Supp?«, fragte Harald vorsichtig. »In dene scheene neie Gläsr? Noo däd i sichr bessr schlofa.«

Lila tätschelte Harald liebenswürdig die Wange. »Alkohol und Kranksein verträgt sich nicht. Vor allem, wenn es jemanden so schlimm erwischt hat wie dich. Vielleicht möchtest du stattdessen noch ein Tässchen Kamillentee? Hast du eigentlich schon Bescheid gegeben, dass die Praxis morgen geschlossen bleibt?«

Harald schüttelte den Kopf. »I han net gwissd, was i saga soll. I moin, wer woiß, wie lang i ausfall.«

Lila musste sich sichtlich bemühen, ernst zu bleiben, was Harald in seinem leidenden Zustand zum Glück entging.

»Warum rufst du nicht deine Praxismanagerin an und sagst ihr, du bleibst jetzt erst mal im Bett, und sie soll die Termine für die nächsten zwei Tage absagen. Übermorgen früh siehst du ja, wie es dir geht und ob du überübermorgen wieder auf den Beinen bist.«

Harald nickte ergeben. Kurze Zeit später zog er mit Lila ab, während ich, die perfekte Mitbewohnerin, mich um die Küche kümmerte. Lila kam nach einer guten halben Stunde zurück. Sie ging schnurstracks zu dem Küchenschrank, in dem unsere Weinvorräte lagerten, zog eine Flasche heraus und knurrte: »Wenn ich nur eine Sekunde länger geblieben wäre, wäre es gefährlich geworden, und ich wäre ihm an die Gurgel gegangen. Es ist doch unglaublich, wie sich vernünftige Menschen verändern, bloß weil sie eine Erkältung haben! Wie kleine Kinder! Wenn Männer Kinder bekommen müssten, wäre die Menschheit nach Adam und Eva ausgestorben! Ist Leon auch so, wenn er krank ist?«

»Keine Ahnung. Ich habe ihn noch nie krank erlebt. Und im Moment wäre mir sogar ein kranker, wehleidiger Leon lieber als gar keiner.« Ich seufzte. Lila sah mich entschuldigend an. »Du hast ja recht.«

»Du musst den Wein ohne mich trinken, ich gehe jetzt hoch zum Skypen«, sagte ich. »Ich hoffe nicht, dass du heute Nacht als Notfallkommando zu Harald ausrücken musst.«

Lila schüttelte energisch den Kopf. »Der wird schlafen wie ein Baby, schätze ich.«

Ich lief die Treppe hinauf, schlich in Lilas Zimmer und klaute ein dunkelrotes Seidentuch aus der umfangreichen Tüchersammlung, die an einer Stange innen an der Tür hing. Ich war schon ganz aufgeregt! Ich hatte mir etwas ausgedacht, um Leon von seiner Feuerbacher Mieze abzulenken. Heute würden wir mal nicht reden. Das hatte auch den Vorteil, dass mir nichts Beziehungsgefährdendes herausrutschen konnte wie: »Am Samstag spiele ich übrigens Tariks Verlobte.« Stattdessen würde ich einen kleinen Softporno vor der Kamera abziehen. Das war ja das Schöne am Skypen, dass man sich auch sehen konnte! Wir hatten die unbegrenzten Möglichkeiten der neuen Technologie noch längst nicht ausgereizt. Wir saßen immer nur brav vor dem Bildschirm.

Da ich noch nie einen Porno gesehen hatte, überlegte ich, ob ich mir erst im Internet einen anschauen sollte, um ein paar Anregungen zu bekommen. Ich wusste jedoch aus Erfahrung, wie ich Leon so in Stimmung bringen konnte, dass er sich in mein Bett wünschen, Wuxi verfluchen und das Feuerbacher Zuckerle sofort vergessen würde. Schließlich war er ein Mann, da konnte man doch auch als Laiendarstellerin punkten!

Ich öffnete meinen Schrank und sah meine Unterwäsche durch. Leider besaß ich nichts, was auch nur im mindesten an Reizwäsche erinnerte, weil ich in der kurzen Zeit mit Leon meist ohne Wäsche im Bett gewesen war. Meine Unterhosen waren mehr von der Sorte viereckig und verwaschen, Dessous oder Strapse besaß ich nicht. Hmm. Vielleicht sollte ich das Ganze auf morgen verschieben und erst zum Beate-Uhse-Shop in der Marienstraße gehen? Aber einen

String-Tanga konnte man ja ganz einfach selber herstellen, ohne dafür teures Geld auszugeben!

Ich nahm meine am wenigsten verwaschene schwarze Unterhose von C&A und schnippelte drauflos. Es war gar nicht so einfach, die Kastenform in einen hauchdünnen Streifen Stoff zu verwandeln, ohne die Unterhose komplett zu zerlegen. Ich zog alle meine Klamotten bis auf meinen Push-up-BH aus und schlüpfte in den String-Tanga. Bequem war das Ding nicht, wie es da zwischen den Pobacken klebte, aber bestimmt unglaublich sexy, und so, dass ich einen Wahnsinns-Effekt erzielen würde, wenn ich mir den Fetzen auf dem Höhepunkt meines Strips vom Hintern riss.

Zum Tanga zog ich meine schwarzen Stiefel an. Ohne Leder, das ging gar nicht, und dass die Absätze futsch waren, war ja egal. Dann malte ich mir die Lippen rot an. Wie üblich traf ich nicht so richtig, aber das würde den Porno-Effekt nur verstärken. Strapse basteln wäre vielleicht irgendwie gegangen, mit Wäscheklammern zum Beispiel, aber die waren unten im Bad, und das war mir zu riskant. Ich schielte etwas ratlos nach unten auf meinen Busen. Der war leider etwas flach geraten, aber das war ja kein Grund, ihn nicht aufzuhübschen. Vielleicht sollte ich mir doch noch im Internet Anregungen holen? Ich gab »Flachbusen verführerischer machen« ein und fand einen Anbieter, der »Nipple Covers« verkaufte. Dabei handelte es sich um schwarze Lederteile für die Brustwarzen, in Herzchenform und mit Troddeln dran. Das sah ziemlich cool aus, bloß, wie waren die befestigt? In der Küche hatten wir so Saugnapfhaken für die Geschirrhandtücher, die ständig von der Wand fielen, aber in der Küche saß Lila und trank Wein. Ich öffnete vorsichtig meine Zimmertür. Im Bad rauschte die Dusche. Super! Der kaputten Absätze wegen fiel ich beinahe die Treppe hinunter, schlich mich in die Küche, sammelte zwei Haken vom Boden auf und machte, dass ich zurück ins Zimmer kam. Einer der Saugnäpfe war grün und der andere durchsichtig. Leider hafteten die Teile auf meinen Brustwarzen genauso schlecht wie an der Wand. Ich machte ein bisschen Nivea-Creme drauf, und dann hielten sie einigermaßen.

Auf die Troddeln würde ich verzichten, die Handtuchhaken an den Saugnäpfen waren schon scharf genug.

Als Nächstes hängte ich ein knallrotes T-Shirt über die Schreibtischlampe und das dunkelrote Tuch von Lila über die Nachttischlampe. Der Effekt war großartig. Puff-Licht wie in der Tabu-Bar im Leonhardsviertel! Dann kroch ich mit dem Computer unter die Bettdecke. Dort fiel mir ein, dass ich noch irgendetwas um den Hals brauchte, das nach Fesselspielen aussah, und krabbelte wieder hervor. Ich besaß selber keine Tücher, und meine Winterschals hingen im Flur. Ich schlich mich aus meinem Zimmer heraus und ganz leise in Lilas Zimmer hinein.

Unten ging die Badtür auf. Oje, Lila durfte mich in diesem Aufzug nicht sehen! Ich zog den nächstbesten Schal vom Haken und sauste zurück in mein Zimmer. Blöderweise hatte ich keinen erotischen Seidenschal, sondern ausgerechnet Lilas »Oben bleiben«-Schal der Stuttgart-21-Gegner erwischt. Nach Fesselspielen sah der Schal aus giftgrünem Fleece zwar nicht unbedingt aus, aber egal. Ich wickelte mir das Ding um den Hals. Damit würde ich nachher verführerisch wedeln. Leider besaß ich keine Peitsche.

Ich öffnete Skype. Leon war schon online. Ich klickte seinen Namen an und schlüpfte wieder unter die Bettdecke. Nach kurzer Zeit tauchte ein Gesicht auf, verschwommen erst, dann scharf.

»Hallo, mein Schatz! Line, bist du da? Line? Ich kann dich nicht sehen. Stimmt was nicht mit deiner Verbindung? Ich habe kein Bild.«

»Hallo, Leon«, hauchte ich und bemühte mich, meiner Stimme einen möglichst erotischen Klang zu geben. Ich war nicht Pipeline Praetorius aus Stuttgart, sondern Jackie the Stripper, die legendäre Porno-Queen aus dem Sündenpfuhl von Shanghai. Ich fühlte mich ganz anders als sonst. Ich fühlte mich großartig!

»Line, hörst du mich? Du klingst so dumpf!«

»Ich höre dich«, gurrte ich. Dann machte ich grollende Geräusche tief in meiner Kehle, wie eine sich anschleichende Löwin. Das würde die Spannung noch etwas steigern, bevor ich mit meiner Show begann.

»Line, ich hör nur Störgeräusche, und der Bildschirm ist dunkel!
Bist du da?«

»O ja, ich bin da. Und wie! Ich hoffe, du hast den Vollbildmodus
eingestellt, denn jetzt geht's los!«

Ich warf mit einer raschen Bewegung die Bettdecke weg, nahm
den Laptop und fuhr damit langsam von den Füßen nach oben über
meinen Körper, so, dass die eingebaute Kamera eigentlich jeden
Zentimeter von mir zeigen musste. Dazu machte ich leise stöhnende Geräusche. Wenn das Leon nicht anturnte, dann war er kein ech-
ter Mann!

»Line, hast du technische Probleme? Ich sehe nur Flecken. Irgendwas stimmt mit der Helligkeit nicht.« Diesmal stöhnte ich laut.
Das war ja nicht zu fassen!

Ich stellte den Computer auf den Tisch mit der Kamera Richtung
Bett. Dann ging ich auf dem Bett in den Vierfüßlerstand, schnurrte
wie eine Katze und wackelte mit dem Hintern. Dazu spitzte ich ver-
führerisch die Lippen. Aus dem Lautsprecher kam nicht einmal ein
Pieps. Wahrscheinlich kämpfte Leon schon mit kaum zu zügelnder
Lust.

»Leon, bist du da? Kannst du mich jetzt sehen?«

»Ich kann dich sehen. Ich traue nur meinen Augen nicht.«

Das klang vielversprechend. Ich wedelte mit dem Schalende, als
sei es ein Lasso.

»Mit was wedelst du da?«, fragte Leon interessiert.

»Mit Lilas ›Oben bleiben‹-Schal.«

»Und was ist das auf deinen Brüsten?«

»Nipple Covers. Na ja, eigentlich die Haken für die Geschirrtü-
cher aus der Küche.«

»Super.« Leon kicherte doch nicht etwa?

»Du sollst dich erregen, nicht lachen!«, rief ich.

»Ich lache gar nicht«, glsckste Leon. »Ich finde, du machst das
großartig, und weiß dein Engagement für unsere Beziehung sehr zu
schätzen. Aber ich muss leider gleich los und bin deshalb nicht so
richtig entspannt.«

Engagement sehr zu schätzen? Das klang irgendwie ziemlich wissenschaftlich-norddeutsch unterkühlt und nicht so, als würde Leon gleich vor wilder Lust explodieren. Meine Güte, was sollte ich denn noch machen, um den Kerl in Fahrt zu bringen? Ich setzte mich frontal vor die Kamera auf die Fersen, stützte die Hände auf die Oberschenkel und warf mich aufreizend in die Brust. Leider fielen dabei die Saugnapfhaken herunter. Dann streckte ich Leon den Hintern hin, damit er den String-Tanga und das, was darum herum war, bewundern konnte, wackelte und fauchte dazu wie eine sibirische Tigerin. Weil ich keine Peitsche hatte, haute ich mir selber mit der Hand auf den Hintern.

»Und?« Ich warf einen Blick über die Schulter. Leon hatte seine Krawatte gelockert und knöpfte sich langsam das weiße Hemd auf. Na also! Jetzt wurde mir selber ganz heiß um den String-Tanga herum! Dazu war ich ja bisher vor lauter Konzentration gar nicht gekommen!

»Wow. Ich habe dich schon ewig nicht mehr nackt gesehen. Ich … ich würde dich jetzt wirklich sehr gerne anfassen. Und weißt du, was ich dann mit dir machen würde?« Leons Stimme klang heiser.

»Nein«, schnurrte ich entzückt. »Sag's mir.«

Meine Augen klebten am Bildschirm. Leon stand auf, öffnete hastig den Gürtel seiner Anzughose, die Hose glitt nach unten und …

Es klopfte heftig gegen die Tür. Ich hörte auf, mit dem Hintern zu wackeln, und erstarrte.

»Line, was ist bei dir los?«, rief Lila.

Ausgerechnet jetzt! Ich legte den Zeigefinger auf die Lippen, um Leon zu warnen. Der zog sich hastig die Hose wieder hoch, noch bevor ich sehen konnte, ob ich ihn in andere Umstände gebracht hatte. Mist! Lila verdarb mir komplett die Nummer! Ich würde mich einfach schlafend stellen. Es klopfte noch heftiger. Plötzlich wurde die Tür aufgerissen, und Lila stürmte ins Zimmer.

»Es brennt!«, kreischte sie.

Ich drehte mich um, völlig perplex. Da, wo das Seidentuch auf der Nachttischlampe gelegen hatte, klaffte ein großes Loch. Kleine Flammen züngelten außen an der Lampe hoch. Lila packte todesmutig den Fuß der Lampe, riss mit einer ruckartigen Bewegung das Kabel aus der Wand, rannte zum Fenster, riss es auf und pfefferte die Lampe und das, was vom Tuch übrig war, hinaus in die Dunkelheit. Zurück blieb ein bestialischer Gestank.

»Ich fass es nicht!«, brüllte Lila. »Ich rieche bis nach unten, dass du uns hier die Bude abfackelst, und das auch noch mit meinem zweitliebsten Seidentuch, und du merkst es nicht einmal!« Dann holte sie tief Luft. »Hallo, Leon«, sagte sie in völlig normalem Ton Richtung Bildschirm.

»Hallo, Lila, lange nicht gesehen.« Leon winkte lässig. Sein Hemd war zugeknöpft, die Krawatte saß perfekt.

»Sorry, dass ich euer virtuelles Schäferstündchen unterbrochen habe.«

»Ja, sehr schade. Line war richtig gut. Was ist denn passiert?«

»Sie hat ein Seidentuch auf die Nachttischlampe gelegt. Mein Seidentuch, übrigens. Vermutlich, um eine authentische Beleuchtung zu erzeugen.«

Das war dann wohl das vorzeitige Ende von Jackie the Stripper. Ich zog mir rasch mein AC / DC-T-Shirt über. Das Tanga-Teil war mir selbst vor Lila ein bisschen peinlich, und außerdem wurde mir kalt. »Entschuldige«, murmelte ich. »Ich kaufe dir natürlich ein neues Tuch.«

»Musst du nicht. Harald schenkt mir ständig Seidentücher, seit er mitgekriegt hat, dass sie mir gefallen.«

»Das ist doch nett.«

»Aber auch nicht besonders originell. Deine Nachttischlampe kannst du wegschmeißen.«

»Die ist sowieso vom Flohmarkt«, sagte ich.

»Ich unterbreche euch nur ungern, aber ich muss gehen«, kam es aus dem Computer.

»Schade«, murmelte ich. Dabei hatte ich mir so viel Mühe gegeben!

»Ich geh raus«, sagte Lila. »Dann könnt ihr euch ungestört verabschieden.«

»Bleib ruhig da, Lila, ich muss wirklich sofort los. Line?«

»Ja?«

»Danke.«

»Bitte.«

»Tschüss.«

»Tschüss.« Das war alles? Für den Aufwand, den ich betrieben hatte? Danke, tschüss, als hätte Leon gerade eine Cola bezahlt? Ich ließ mich erschöpft aufs Bett fallen.

»So eine heiße Nummer hätte ich dir gar nicht zugetraut.« Lila grinste. »Sah ziemlich professionell aus. Wo hast du denn den Tanga her?«

»Selbstgebastelt.« Ich seufzte. »Allerdings hatte ich mir den Höhepunkt etwas anders vorgestellt.«

Lila verschwand Richtung Bett. Ich blieb liegen und starrte an die Decke. Eiskalte Luft strömte vom Fenster herein. Irgendwie hatte das mit dem Softporno nicht so richtig hingehauen. Und wäre von Leons Seite aus nicht etwas mehr Euphorie angebracht gewesen?

6. Kapitel

Jedes Töpfchen find' sein Deckelchen
jeder Kater seine Katz
jedes Knöpfchen find' sein Fleckelchen
jedes Mädel seinen Schatz

Am nächsten Morgen schaffte ich es, trotz des nächtlichen Ausflugs ins Rotlichtmilieu früher aufzustehen. In den Büschen vor unserem Häuschen hing das verkokelte Tuch, die Lampe lag daneben. Ich pfefferte beides in den verschneiten Mülleimer, schloss den Deckel so heftig, dass der Schnee nach allen Seiten stob, und begrub damit symbolisch meine Laufbahn als Softpornogirl. Ich war immer noch enttäuscht. Da riss man sich ein Bein aus, um nicht zu sagen, man beklebte sich mit Saugnäpfen, und bekam für seine Anstrengungen nur ein lapidares »Danke« für das »Engagement für unsere Beziehung«, so, als säße man beim Paartherapeuten?

Ich war tatsächlich als Dritte im Büro, noch vor Philipp, Micha und Arminia. Gut gemacht, Line! Es geht aufwärts! Vor dir liegt eine steile Karriere! Suse starrte angestrengt auf ihren Computer, und Julia stand am Kopierer. Sie trug ein gepunktetes Haarband in ihren langen braunen Haaren.

»Hallo, Julia«, rief ich fröhlich. »Hübsches Haarband!«

Julia sah mich kurz an und drehte sich dann sofort wieder Richtung Kopierer. »Hallo, Line«, flüsterte sie. Bildete ich mir das ein, oder schwammen ihre Augen in Tränen?

»Ist was passiert?«, fragte ich alarmiert.

Julia nickte. »Ich ... ich hab mich bis auf die Knochen blamiert«, schluchzte sie, ohne mich anzusehen.

»Aber wie das denn?«

»Hast du das Protokoll nicht gelesen, das ich gestern an alle verschickt habe?«

»Äh – ehrlich gesagt, nein. Ich lese nie Protokolle von Besprechungen, bei denen ich dabei war und weiß, was besprochen wurde.«

»Wenn du es gelesen hättest, wüsstest du, was passiert ist«, flüsterte Julia, während eine dicke Träne ihre Wange hinunterkullerte.

»Nun sag schon!«

»Ich kann's nicht aussprechen!«, rief Julia verzweifelt. »Dafür bin ich zu gut erzogen!«

»Na schön«, sagte ich, raste zu meinem Computer, schaltete ihn an und zog mir erst dann die Jacke aus. »Weißt du, was los ist?«, rief ich Suse zu, während der PC hochfuhr. Suse verdrehte die Augen, seufzte resigniert und starrte dann wieder auf ihren Bildschirm. Fieberhaft rief ich das Protokoll auf und überflog es. Projekte … Stallwache … oh Shit, Shit, Shit. Julia stand vor meinem Schreibtisch. Ihre Unterlippe bebte.

»Arminia hat mich zu sich zitiert, als du schon weg warst. Sie hat mich rundgemacht, es war einfach schrecklich. Ich dachte, sie wirft mich auf der Stelle raus. Ich hab mich tausendmal entschuldigt, aber es hat rein gar nichts genützt. Und dann bin ich auch noch in Tränen ausgebrochen. Es war so entwürdigend!«

»Wie kamst du denn überhaupt da drauf?«

»Philipp. Er erzählte mir irgendwann, in den Agenturen würden alle, außer den Chefs natürlich, im Zusammenhang mit der Jahresschlussklausur nur von …« Sie schluckte und schloss erschüttert die Augen. »Irgendwie muss mir das ins Protokoll gerutscht sein. Dabei habe ich mir so viel Mühe gegeben, keinen Fehler zu machen!«

»Arminia kann zwischen den Jahren nicht im Büro sein, weil sie an der Jahresbumsklausur auf Lanzarote teilnimmt«, las ich vor und merkte, dass ich gleich einen Lachkrampf bekommen würde. Julia jaulte auf wie ein getretener Hund. Ich versuchte, mir das Lachen zu verbeißen. »Natürlich ist es saupeinlich, aber meinst du nicht, Arminia hat sich bis heute beruhigt?«

»Ich bin nicht sicher«, flüsterte Julia.»Philipp meinte, sie kann sehr nachtragend sein.«

Interessant. Philipp schien Arminia ja ziemlich gut zu kennen.

»Komm, wir machen uns einen Kaffee«, sagte ich aufmunternd und zog Julia hinter mir her Richtung Kaffeemaschine. Ich konnte mich so gut an meine eigenen schrecklichen Zeiten als Praktikantin erinnern und würde mich deshalb ein bisschen um Julia kümmern. Früher war ich nie fürsorglich gewesen. Aber jetzt wurde ich allmählich reif und erwachsen!

»Eigentlich kann ich gleich ganz gehen, weil Arminia mir sowieso ein sauschlechtes Zeugnis schreiben wird«, schluchzte Julia, während ich an der Maschine hantierte, in der Hoffnung, diesmal keine Milchfontäne zu produzieren.»Und ich kann mir nicht viele unbezahlte Praktika leisten, weil ich jobben muss, um mir das Studium an der ›Hochschule der Medien‹ zu verdienen. Bisher habe ich nur kopiert, Telefonate abgewimmelt, Briefe zur Post gebracht, Protokolle geschrieben und für Arminia Kaffee gemacht. Seit drei Wochen! Am Freitag hatte sie mir noch versprochen, dass ich ab dieser Woche bei einem Projekt mitarbeiten darf. Jetzt hat sie es sich bestimmt anders überlegt!«

»Jetzt wart's doch erst mal ab«, sagte ich besänftigend.»Vielleicht wird es ja gar nicht so schlimm. Ich rate dir, gleich zu ihr hinzugehen, wenn sie kommt. Sei offensiv! Sei selbstbewusst! Das wird ihr bestimmt imponieren!«

»Meinst du?«, fragte Julia und sah mich so hingebungsvoll an, als hätte ich das Buch»Hexen in High Heels – schwierige Chefinnen souverän meistern« geschrieben.

»Klar, du wirst schon sehen. Vertrau mir!«

In diesem Augenblick wurde die Tür aufgerissen, und Arminia rauschte herein. Sie trug einen knallroten Wintermantel aus glänzendem Leder mit einem Pelzkragen von der Sorte, wie ihn Tierschützer gern mit Farbe besprühten. Sie hängte den Mantel an die offene Garderobe, watschelte an ihren Platz, grüßte knapp und ließ sich des engen Rocks wegen auf dem äußersten Rand ihres Schreibtischstuhls nieder. Sie öffnete ihre Handtasche, nahm einen Taschen-spiegel heraus und zog sich die feuerroten Lippen nach, während ihr Computer hochfuhr. Julia blickte mich ängstlich an. Ich nickte ihr aufmunternd zu. Sie schluckte und ging langsam zu Arminias Platz.

»Guten Morgen, Arminia. Ich … also … ich habe nichts mehr zu tun.«

Arminia wartete geschlagene fünf Sekunden, bevor sie den Kopf vom Bildschirm löste. Erst dann sah sie Julia an. Sie lächelte zucker-süß, aber ihre Stimme klang wie ein Eiswürfel.

»Im Keller haben wir einen Abstellraum mit alten Aktenordnern. Die müssten dringend durchgesehen werden. Alles, was älter ist als zehn Jahre, kannst du aussortieren und schreddern. Damit bist du vermutlich bis Ende der Woche beschäftigt.« Sie machte eine Pause, zog bedauernd die Schultern hoch und ergänzte: »Früher hatte man einfach mehr Papier.« Sie beugte sich vor, öffnete eine Schublade, angelte einen Schlüssel heraus und streckte ihn Julia hin. Julia stand da wie festgefroren.

»Noch Fragen?« Arminias Lächeln wurde noch süßer.

Julia schüttelte stumm den Kopf, nahm den Schlüssel und schlich davon, aber erst, nachdem sie mir einen jämmerlichen Blick zuge-worfen hatte. Toll. Da hatte ich sie ja super beraten.

»Julia!«, rief Arminia hinter ihr drein.

»Ja?« Julia drehte sich um. In ihren Augen lag ein Hoffnungs-schimmer.

»Bevor du im Keller verschwindest, mach mir doch bitte noch einen Latte. Die Milch sehr heiß und sehr aufgeschäumt, danke.«

Julia stand da wie vom Donner gerührt. Ich hielt den Atem an. Auch Suse hatte offensichtlich das Atmen eingestellt. Arminia hin-gegen hackte auf ihre Tastatur ein, ohne uns weiter zu beachten. Julia steckte den Kellerschlüssel in ihre Jeanstasche und schlich Richtung Kaffeeküche. Meine Güte. Dass Arminia so ein Biest sein konnte! Himmel und Hölle liegen hier dicht beieinander, hatte sie zu mir gesagt, als sie mich eingestellt hatte. Langsam begriff ich, was damit gemeint war.

In diesem Moment kamen Micha und Philipp fröhlich plaudernd herein. Typisch Männer! Machten keine originellen Geschenke, waren wehleidig, und die atmosphärischen Störungen im Büro bemerkten sie auch nicht, obwohl sie schuld daran waren, dass arglose Praktikantinnen in Ungnade fielen!

Ich setzte mich an meinen Computer und öffnete die Datei mit den Shampoo-Infos. Ab und zu strich Micha um meinen Schreibtisch herum. Bestimmt wartete er auf ein Zeichen von mir. Ich ignorierte ihn hartnäckig. Tarik konnte ich Leon gerade noch so als Kumpel verkaufen. Aber noch ein Mann, das ging nun wirklich nicht.

Ich versuchte, mich auf das Shampoo-Thema zu konzentrieren. Der Hersteller hatte zunächst einen Haufen Geld in Marktforschung gesteckt und verdeckte Seniorenermittler in Altenheime, auf Tanztees und Begräbnisse eingeschleust, um herauszufinden, was sich »Golden Oldies« von einem Shampoo wünschten. Nach monatelangen Undercover-Forschungen war herausgekommen, dass das Haar der Frauen auch im Alter schön, voll und glänzend sein sollte. Weil immer mehr ehemalige Altachtundsechziger ins Rentenalter kamen, gab es zunehmend ältere Frauen mit rotgefärbten Haaren, die sich spezielle farberhaltende Pflege wünschten. Männer waren froh, wenn sie überhaupt noch Haar zum Waschen hatten und es nicht der hinterhältigen androgenetischen Alopezie, kurz AGA, zum Opfer gefallen war. Offensichtlich handelte es sich dabei um Haarausfall. Bei der Studie war auch herausgekommen, dass Männer, die alle Haare verloren hatten, auch bei noch so gutem Marketing nicht mehr zum Kauf eines Shampoos zu bewegen waren und deshalb als potenzielle Zielgruppe ausschieden. Für sie war stattdessen eine Art Politur entwickelt worden, mit der man die Glatze auf Hochglanz polieren konnte und die man two-in-one-mäßig auch für Parkettböden benutzen konnte. Die Politur sollte zusammen mit dem Shampoo vermarktet werden.

Mir fiel Annegret Butzer ein, die mich heute Abend in die Geheimnisse des Putzmittelverkaufs einweihen würde. Ich hatte Lila immer noch nichts davon erzählt. Sie hätte bestimmt versucht, es mir auszureden, weil sie meine hausfraulichen Fähigkeiten für eher begrenzt hielt. Dabei stimmte das gar nicht! Ich hatte nur andere, intellektuellere Prioritäten im Leben, wie zum Beispiel Musik und Literatur. Ich liebte die Oper! Deswegen hatte ich auch so oft Zweifel gehabt, ob Leon und ich wirklich zusammenpassten. Er war leider kein bisschen intellektuell oder schöngeistig veranlagt. Während sich neben meinem Bett Goethe, Proust und Joyce stapelten (natürlich nur im übertragenen Sinne), lag neben Leons Bett, wenn überhaupt, nur der »Kicker«. Jetzt allerdings, wo Leon so weit weg war, hatte ich immer mehr das Gefühl, dass es ums nackte Beziehungsüberleben ging und nicht mehr um solche Feinheiten. Und mittlerweile war ich mir auch gar nicht mehr so sicher, ob die modernen Technologien so hilfreich waren, und wünschte mir manchmal ein altmodisches Telefon zurück.

Ich loggte mich schnell in meine privaten Mails ein. Hurra, Post von Leon!

Line, mein Sonnenschein! Es tut mir so leid wegen heute Morgen, aber ich musste wirklich weg, und außerdem war es etwas schwierig mit Lila im Zimmer. Dabei hätte ich dir so gerne noch gesagt, wie fantastisch dein Strip war und was für eine riesige Freude du mir damit gemacht hast. Ich sehne mich unendlich nach dir und nach deinem süßen schlanken Körper. Ich liebe dich so sehr. Leon.

Mir wurde vom Kopf bis in die kleinen Zehen ganz warm vor lauter Glück. Also war meine Aktion doch nicht ganz umsonst gewesen! Ich fühlte mich gleich viel entspannter und sah mich ein bisschen um, was die anderen so trieben. Da Arminia niemanden hatte, der ihre Telefonate abwimmelte, hing sie schon den ganzen Morgen am Telefon. Das war die Strafe dafür, dass sie Julia in den Keller verbannt hatte. Philipp, der ausnahmsweise gutgelaunt im Büro aufgekreuzt war, telefonierte anscheinend mal wieder mit seiner Freundin. Ich spitzte die Ohren. Leider redete Philipp sehr leise und Arminia sehr laut, aber wenn ich mich anstrengte, konnte ich es verstehen.

»Nein, ich kann in der Mittagspause nicht mal eben kommen.« (Pause) »Weil ich zu viel zu tun habe.« (Pause) »Das weiß ich, du hast es ja heute Morgen mehrmals erwähnt.« Sieht sich um, ob jemand lauscht, senkt Stimme, murmel, murmel, murmel. Konnte Arminia nicht leiser reden? »Nein, es geht wirklich nicht!« (Stimme schon deutlich lauter und genervter und auch besser zu verstehen, weil Arminia aufgelegt hat) »Ich kann jetzt aber nicht in der Mittagspause kurz nach Hause kommen (Stimme wird sehr laut), bloß, weil du deine fruchtbaren Tage hast!«

Philipp donnerte das Handy auf den Tisch. Hui, jetzt war die Katze aus dem Sack! Im Büro herrschte Grabesstille. Philipp sah sich hektisch um. Ich zog den Kopf ein und starrte stur geradeaus auf meinen Bildschirm, Micha schräg vor mir spitzte einen Bleistift und pfiff schrecklich falsch dazu, und Suse hinter mir machte keinen Mucks.

Philipp sprang auf und rief wütend:

»Auch gut, nun wisst ihr ja alle Bescheid. Ich informiere euch auch gleich per SMS, wenn's geklappt hat.«

Arminia kam hinter ihrem Paravent hervor, stützte eine Hand auf die Hüfte, lächelte milde und sagte: »Philipp, ich bitte dich, reiß dich zusammen. Niemand hier interessiert sich für dein Sexleben.«

Also, ich schon, dachte ich. Philipp fluchte leise vor sich hin und ließ sich wieder auf seinen Stuhl fallen. Demonstrativ verstaute er das Handy in seinem Rucksack.

Um die Mittagszeit kam Julia aus dem Keller. Sie sah bemitleidenswert aus. Ihre Lippen waren blaugefroren, und auf ihren Kleidern und Haaren lag eine dünne Staubschicht. Sie ging aufs Klo und schlich dann zum Kaffeeautomaten. Das konnte man ja kaum mit ansehen! Ich schickte Philipp eine Mail.

Hallo, Philipp, kannst du nicht bei Arminia ein gutes Wort für Julia einlegen, du hast doch einen guten Draht zu ihr. Gruß, Line.

Nach ein paar Minuten hatte ich eine Antwort, ohne Hallo und Gruß.

Arminia lässt sich nicht dreinreden, und Julia ist erwachsen. Sorry.

Feigling!, dachte ich erbittert. Wahrscheinlich war er schlecht drauf wegen seiner Freundin!
Ich checkte zur Abwechslung mein Handy und fand eine SMS von Tarik.

Hallo line brauchst du noch einen friseurtermin am samstag ich bezahle eltern ganz aufgeregt weil ich dich mitbringe gruss tarik.

Keine zeit fuer friseur musst mich nehmen wie ich bin, antwortete ich. Samstagmorgen war schließlich die perfekte Zeit, um Putzmittel zu verkaufen, da konnte ich nicht beim Friseur herumtrödeln! Außerdem konnte man meine kurzen Haare sowieso nicht auf Lockenwickler oder um Lockenstäbe wickeln!

Zwischen Julias Verzweiflung, Philipps Genervtsein, Michas Herumgeschleiche, Suses Strebertum und Arminias Arroganz verlief der Nachmittag zäh. Irgendwie hatte ich in den langen Monaten der Arbeitslosigkeit vergessen, wie anstrengend Chefs und Kollegen manchmal waren! Ich war froh, als ich endlich verschwinden konnte.

Der Fünfzehner schraubte sich langsam hinauf in die besseren Wohnlagen des Ostens. Bubenbad, Payerstraße. Unten leuchteten die Lichter der Stadt und weit oben die Kuppel des Fernsehturms. Annegret hatte mich gewarnt, dass ihr Haus schwer zu finden sei, vor allem im Dunkeln. An der Haltestelle Geroksruhe sollte ich ein kleines Stück zurücklaufen, dann nach rechts Richtung Waldebene Ost gehen und kurz nach der Merzschule und noch vor den Tennisplätzen links in den Wald abbiegen und dem Weg etwa dreihundert Meter folgen. Sie hatte auch angeboten, mich abzuholen, aber ich hatte ihr gesagt, das sei nicht nötig, wegen ein paar hundert Metern. Da hatte ich noch nicht gewusst, wie einsam und dunkel es hier oben war! Ein einzelnes Auto kam mir entgegen. Sonst war rein gar nichts los. Außerdem fing es auch noch an zu schneien. Das hatte den Vorteil, dass der Abzweig in den Wald besser zu erkennen war. Auf keinen Fall nach links oder rechts vom Weg abbiegen, hatte mir Annegret eingebleut. Es ging leicht nach links hinunter in eine Senke und dann gleich wieder hinauf. Es war stockdunkel, der Wald rauschte, und weit und breit war kein Haus zu sehen. Mir war ganz schön mulmig zumute, ohne Taschenlampe, und blöderweise hatte ich auch wieder nur meine dünnen Turnschühchen an, die langsam durchweichten. Endlich kam links ein großer Holzstoß. Rechts davon musste das Haus liegen, und tatsächlich schimmerte schwaches Licht durch die Bäume. Ich entdeckte ein Holztörchen und eine Klingel und atmete auf.

»Komm rei, 's Dörle isch offa!«, rief Annegret. Ich drückte gegen das klapprige Holztor und ging über festgetretenen Schnee die wenigen Meter zum Haus. Links und rechts des Wegs bildeten Büsche und Bäume eine undurchdringliche Mauer. Annegret stand im Schein der Außenbeleuchtung an der Haustür. Durch einen mit Regalen und aufeinandergestapelten Kisten zugebauten Flur führte sie mich ins Wohnzimmer. Die Regale an den Wänden waren vollgestopft mit Büchern, Versteinerungen, Quarzen, getöpferten Frauenfiguren, Muscheln, Kerzenständern, Dosen und sonstigem Nippes. Überall im Raum brannten Teelichter. Am einzigen regalfreien Fleck an der Wand hing das Bild einer Weltkugel. Die Weltkugel war eine Frau mit langem Haar, die in ihrem Körper die Kontinente, Berge, Wälder und Flüsse vereinigte.

»Die Pachamama«, flüsterte Annegret ehrfürchtig. »Mutter Erde. Sie ist der Anfang, die Schöpfung, der Ursprung alles Weiblichen, von dem du und ich herkommen. Du bist doch hoffentlich in Kontakt mit deinem inneren Weib?«

»Äh – ja«, sagte ich und dachte an den gestrigen Abend. Da war ich eigentlich in wirklich engem Kontakt mit dem Weib in mir gewesen, bevor Lila ins Zimmer gestolpert war.

Annegret trug ihr grünes Butzfee-Gewand und um den Hals eine schwere Kette mit einem Amulett, auf dem seltsame Runen abgebildet waren. Von irgendwoher kamen sphärische Klänge, und ein schwerer Geruch lag in der Luft. Ach du liebe Zeit! Wo war ich denn hier gelandet? Ich hatte niemandem gesagt, wo ich hinging. Nachbarn gab es hier auch keine. Und wenn Annegret nun keine Fee, sondern eine Hexe war? Sie würde mich in einen Stall sperren und mästen, wie bei Hänsel und Gretel, und irgendwann verspeisen! Und weil ich so dünn war, würde das Mästen ewig dauern!

Annegret stellte mir ein Glas hin, das mit einer hellroten Flüssigkeit mit Schaum obendrauf gefüllt war. Sie hatte es offensichtlich mit Schaum. Oder war das Molekularküche? »Was ist das?«, fragte ich neugierig. Hoffentlich kein frisch gepresster, supergesunder Karottensaft! Annegret lächelte geheimnisvoll, zuckte mit den Schultern und sagte nur: »Grombiera. Brobiera.« Kartoffelsaft? Igitt! Vorsichtig nahm ich einen Schluck. Es schmeckte erstaunlich süß. Lecker!

Mittlerweile hatte Annegret ihren Butz-Koffer aufgeklappt und die grünen Flaschen auf dem Tisch aufgereiht. Sie deutete mit dem Finger darauf.

»Schbielmiddl. Gschirrschbielmiddl. Backofareiniger. Kalkleser. Laminadreiniger. Parkettreiniger. Butzlomba.*« Sie machte eine Pause. »Wichdig isch's Iberraschongsmoment. Des erreichsch mitm Kostümle ond em Zaubrschdab. Wenn d'Hausdier** uffgohd, so-

---

* Butzlomba = Putzlumpen. Warum tragen Schwäbinnen keine String-Tangas? »Weil mr koine Butzlomba draus macha ka.«

** Im Schwäbischen klingen die Wörter »Haustür« und »Haustier« gleich. Das kann zu Verwechslungen führen, z. B. ist im folgenden Satz nicht eindeutig, um was es geht: »Mei Hausdier kratzd.« Kratzt hier ein Meerschweinchen oder eine Katze ihren Besitzer, oder kratzt die Haustüre über den Boden? Katzen bzw. Kater sind dialektal sowieso gefährlich, was Line einmal im Gespräch mit einer alten Dame in folgende peinliche Situation brachte: »I han an kloine Kadr«, sagte die Alte. Ich lächelte und wunderte mich ein bisschen über ihre Ehrlichkeit. »Nun ja, im Alter darf man ja ruhig mal abends ein Viertele trinken«, sagte ich verständnisvoll. »Sie hen mi falsch verschdanda! I han an Kadr! A Kätzle!«

fort nei. Mir isch no nie bassierd, dass i wo net neikomma ben. On wennd' amol ofanga butza dusch, schickt die eh koiner meh fort.«

Das stimmte natürlich. Ich war jedoch nicht besonders scharf darauf, anderer Leute Wohnung zu putzen. Ich würde mich bemühen, den Putzpart möglichst kurz zu halten.

»Senga isch au wichig. On Sprichle uffsaga. On Dialekt. Senga, Sprichle on Schwäbisch, des schaffd Vertraua.«

»Tut mir leid. Ich kann zwar Schwäbisch, aber nicht singen.« Mit Schaudern erinnerte ich mich an meinen Job als Taco-Ausliefererin. Meine Version von »La Cucaracha« war nicht besonders gut angekommen. »Aber manche Leute verstehen doch kein Schwäbisch?«, wandte ich ein.

»Dann schalte ich eben ruck, zuck auf Hochdeutsch um.«

»Ach. Woher beziehst du eigentlich die Putzmittel?« Annegret legte den Finger auf die Lippen.

»Pscht. Selber entwickelt. In meinem Kellerlabor. Geheimformel. Bissle Magie, bissle Chemie ...«

»Und das funktioniert?«, staunte ich.

»Du hast es doch selber gesehen. So, und jetzt an die Arbeit!«

Annegret erklärte mir zunächst die verschiedenen Produkte und dann die Verkaufsargumente, mit denen ich sie anpreisen sollte. Das klingonische Prinzip und die Kraft aus dem Weltall galten schon mal grundsätzlich für alles, das war gut zu merken. Aber dann gab es noch zusätzliche Punkte zu beachten wie Saug- und Reinigungswirkung, Wiederanschmutzungsverhalten, Bakterienlangzeitverhinderung, Verkrustungstypen, Nebelfeuchtigkeit, Poliervermögen, gigantische Tenside und wissenschaftliche Langzeitstudien. Ich hörte konzentriert zu, aber nach einer Weile schwirrte mir der Kopf, und ich war froh, als Annegret zum zweiten Teil überging. Wir verbrachten den Rest des Abends mit Rollenspielen. Annegret war die Kundin, ich spielte die Butzfee. Sie schickte mich immer wieder vor die Haustüre und versuchte, mich abzuwimmeln, wobei sie mit praxisnahen Situationen arbeitete, für die ich mir eine

Lösung ausdenken musste. Einmal behauptete sie, sie sei nicht angezogen, ein andermal gab sie stöhnende Geräusche von sich, als hätte sie Besuch von einem Lover.

Irgendwann war ich völlig erschöpft und durchgefroren, weil ich die meiste Zeit draußen im Schneegestöber vor der Tür stand und erst Überzeugungsarbeit leisten musste, damit Annegret mich hereinließ.

»Annegret, ich muss jetzt wirklich nach Hause. Ich bin total k. o., und morgen früh muss ich normal arbeiten.«

»Tss, tss. Wenn du nebenher Geld verdienen willst, brauchst du vor allem Ausdauer. Sonst wird das nämlich nichts.«

»Es ist eben alles neu für mich. Das wird schon. Wann kann ich anfangen?«

»Wann immer du willst. Ich gebe dir heute deinen Butzfee-Starterkoffer mit. Hast du eigentlich schon ein Kostüm?«

»Nein, aber da wird mir schon noch was einfallen. Wir haben übrigens noch nicht über die finanzielle Seite gesprochen.«

»Von allem, was du verkaufst, bekommst du eine Provision von zehn Prozent.«

»Ist das nicht ein bisschen wenig, bei dem Aufwand?«

Annegret zuckte mit den Schultern. »Die Produkte sind knapp kalkuliert, und du bist ja noch vollkommen unerfahren. Wir müssen erst einmal sehen, ob du überhaupt Verkaufstalent hast. Wir können gerne neu verhandeln, wenn du den Job eine Weile gemacht hast.« Sie reichte mir einen Alukoffer, der genauso aussah wie der, mit dem sie letzte Woche bei uns angerückt war, und dazu eine Quittung.

»Bitte überprüfe den Inhalt des Koffers und quittiere mir den Inhalt.« Wie förmlich! Ich sah auf die Uhr. Es war schon nach Mitternacht. Nun war es mal wieder zu spät, um mit Leon zu reden!

»Ich muss jetzt wirklich los, das glaube ich dir auch so«, sagte ich und unterschrieb.

»Du kannst mich jederzeit anrufen, wenn du Fragen hast«, sagte Annegret. »Und jetzt erst mal: Willkommen im Butzfee-Kosmos, und viel Erfolg!«

Sie drückte mich so fest an ihren mächtigen Busen, dass mir die Luft wegblieb. Ich machte mich hastig los und schlüpfte in meinen Anorak. Der leise Schneefall war in dichtes Schneegestöber übergegangen. Eigentlich liebte ich Schnee, schließlich war ich im tiefsten Sibirien gezeugt worden. Aber jetzt war ich todmüde, hatte definitiv die falschen Schuhe an, schleppte den schweren Butz-Koffer und war mutterseelenallein in einem tiefen, tiefen Wald, in dem es rauschte und raschelte. »Reiß dich zusammen, Line«, sagte ich laut und gruselte mich vor meiner eigenen Stimme. »Das ist der Stuttgarter Stadtwald und nicht der Wald vom großen bösen Wolf!« Zum Glück war der schneebedeckte Weg gut zu sehen.

Ich atmete auf, als ich aus dem Wald auf die Straße kam, aber nur für eine Sekunde. Der Fünfzehner rauschte gerade den Berg hinunter. Nun musste ich auch noch ewig in der Kälte warten und würde mir den Tod holen! Ich ging zur Haltestelle und sah auf den Fahrplan. Pech gehabt. Die nächste Bahn fuhr um sechs nach fünf. Wie sollte ich jetzt nach Hause kommen? Theoretisch konnte ich in etwa einer halben Stunde zu Fuß in der Neuffenstraße sein, aber bei der Kälte und mit durchweichten Schuhen? Unsicher, was ich tun sollte, lief ich los. Da sah ich die Lichter eines Autos, das aus dem Wald kam. Ich warf mich auf die Straße, winkte wild, hüpfte wie ein Hampelmann und schloss dann die Augen. Bremsen quietschten. Ich öffnete die Augen wieder und blickte auf eine Kühlerhaube, die etwa anderthalb Zentimer von meinen Beinen entfernt war. Eine ziemlich verbeulte Kühlerhaube, soweit ich das im Dunkeln erkennen konnte. Ich blieb eine Sekunde stehen und wartete darauf, dass das Seitenfenster herunterfuhr und mich jemand anbrüllte, ich sei ja wohl lebensmüde und ob ich nichts Besseres zu tun hätte, als in der Dunkelheit vor fremde Autos zu springen. Nichts geschah. Der Fahrer hatte den Motor abgestellt.

Ich zögerte einen Moment. Da stand ich nun vor einer Kühlerhaube, reichlich bedeppert, in der Kälte und der Dunkelheit. Und wenn das jetzt ein Massenmörder war, der sich diebisch freute, dass er sein nächstes Opfer gleich in den Wald zerren und mit einem

Hackebeilchen in Einzelteile zerlegen konnte? Ich lief um das Auto herum zur Fahrerseite. Das Fenster war beschlagen. Ich schluckte die Angst hinunter und klopfte mit den Fingerknöcheln gegen die Scheibe. Aus dem Innern drang Musik. Bob Marley hatte mal wieder den Sheriff, aber nicht den Hilfssheriff erschossen. Ich atmete auf. Jemand, der Bob Marley hörte, war doch bestimmt kein Massenmörder? Oder hörte er etwa ritualmäßig immer Bob Marley, bevor er seine Opfer folterte? Langsam wurde die Scheibe heruntergekurbelt. Mein Herz klopfte.

»Hey, du. Alles easy, alles cool?«, sagte eine tiefe, leicht kratzige Stimme. Ein bisschen Joe Cocker, etwas Adriano Celentano und eine Prise Tom Waits. Ein Gesicht tauchte auf. Viel sehen konnte man davon nicht, weil der Typ trotz der Dunkelheit eine große schwarze Sonnenbrille trug. Ein Wunder, dass er mich mit dem Ding auf der Nase nicht überfahren hatte! Seine wilden Rastahaare waren zu einem schweren Zopf zusammengebunden, um den ein buntes afrikanisches Tuch geschlungen war. Er nahm einen tiefen Zug aus seiner selbstgedrehten Zigarette und stützte dann seinen Ellbogen lässig auf dem heruntergekurbelten Fenster ab. Es roch süßlich.

»Entschuldigen Sie«, sagte ich. »Aber mir ist die letzte Bahn vor der Nase weggefahren. Sie sind nicht zufällig auf dem Weg runter in die Stadt und können mich ein Stück mitnehmen?«

»Klaro, no problem«, sagte der Typ achselzuckend. »Allerdings müsstest du die Messer vom Sitz räumen und dich irgendwie mit meinem Beifahrer arrangieren. Wo musst du hin?«

Messer? Ich schluckte.

»Neuffenstraße, unten im Osten. Fährst du zufällig über die Haußmannstraße? Von dort wären es nur noch ein paar Meter.«

»Eigentlich nicht. Ich wollte direkt runter, so, wie der Fünfzehner fährt. Aber was soll's, mach ich eben ein paar Meter Umweg, ich kenn mich aus. Kein Ding, *Sista*. Steig ein.« Er ließ den Wagen an.

»Wirklich? Das wäre wirklich super. Vielen Dank«, sagte ich erleichtert. Wenn ich die Messer vom Sitz räumen sollte, hatte er doch bestimmt nicht vor, mich damit umzubringen?

108 |

Ich lief auf die andere Seite. Der Beifahrer entpuppte sich als riesiger Kochtopf, der fast den kompletten Sitz einnahm. Nach hinten auslagern konnte man ihn nicht, denn die Rückbank war umgeklappt, und das ganze Auto war mit Töpfen, Pfannen und sonstigen Küchenutensilien vollgestopft. Unter dem Kochtopf lag ein Messerset in einer Plastikhülle. Ich verstaute es so weit weg wie möglich auf der Rückbank. Dann nahm ich Annegrets Koffer auf den Schoß, stellte den Topf darauf und quetschte meine Füße neben eine Schüssel. Sehen konnte ich jetzt nichts mehr, aber hören. Und riechen. Schränkten Joints die Fahrtüchtigkeit ein? Aber konnte ich darauf Rücksicht nehmen, mit Füßen, die zu Eisblöcken gefroren waren? Bis in die Haußmannstraße würden wir es wohl schaffen.

»Wo kommst du denn her, unter der Woche, um diese Zeit?« Wir fuhren um eine Kurve. Die Kochtöpfe klapperten.

»Ich war bei einer Bekannten, sie hat ein Häuschen im Wald.«

»Häuschen im Wald? Wo soll das sein?«

»Gegenüber von der Merzschule führt ein Weg in den Wald, von dort sind es noch ein paar hundert Meter. Kennst du dich hier aus?«

»Ja. Ich bin Koch. Best koch in town, übrigens. Ich werde ab und zu angeheuert, oben, im Waldheim Cassiopeia, bei ganz speziellen Feiern. Heute Abend, zum Beispiel. Helgas sechzigster Geburtstag, achtzig Gäste, zehn verschiedene Suppen. Willst du mal?«

Zwischen dem Suppentopf und meinem Gesicht tauchte der glimmende Stengel auf. »Warum nicht«, sagte ich und griff danach. Ich hatte schon seit Jahren keinen Joint mehr geraucht. Vielleicht erinnerte sich dann mein Körper daran, dass er Füße hatte. Ich nahm einen Zug und spürte, wie mir schwummrig wurde. Hatte ich eigentlich etwas zu Abend gegessen? Ich inhalierte noch einmal tief und fühlte mich schon viel besser. Widerstrebend gab ich den Joint zurück.

»Das Kochen ist so ein Megastress über mehrere Stunden, da kannst du nicht mal was essen zwischendurch. Danach muss ich mich immer erst mal entspannen«, sagte der Typ und blies wieder süßlichen Rauch in die Luft. Entspannen, das klang wunderbar. Ich wollte mich auch entspannen! Ich streckte die Hand nach dem Joint aus und zog ein drittes Mal daran. Hey, das Leben war doch eigentlich total cool. Ich war cool. Der Typ war cool. Der Kochtopf war cool. Musste ich den Joint wirklich zurückgeben?

»Ich bin übrigens Line«, sagte ich und spürte, wie ein Glucksen in mir aufstieg.

»Und ich Georg. Nenn mich George, das klingt mehr nach Jamaica. Line, kommt das von Caroline?«

»Nein, von Pipeline. Ist das nicht superlustig?« Eigentlich hatte ich meinen Namen noch nie witzig gefunden. Eigentlich hatte er mich immer nur genervt. Was hatten sich meine Eltern nur dabei gedacht, mich nach einer sibirischen Pipeline zu benennen! Aber irgendwie hatten sie damit ja auch Humor bewiesen. Wer wollte schon Susanne oder Julia heißen? Allerweltsnamen! Heute Abend jedenfalls lachte ich zum ersten Mal seit zweiunddreißig Jahren wieder darüber. Ich kicherte und steckte George damit an.

»Pipeline«, prustete er. »Das ist wirklich der lustigste Name, den ich je gehört habe!«

Der Joint wanderte wieder zu mir. Viel war nicht mehr dran. Ganz schön ungerecht. Auf keinen Fall lohnte es sich, ihn noch mal zurückzugeben. Ich inhalierte tief. Und warum hatte ich schon so lange nicht mehr Bob Marley gehört? Seine Stimme war so warm, so liebevoll, so intensiv! »Get up, stand up ...« Langsam löste ich mich vom Beifahrersitz und schwebte mitsamt dem Kochtopf ein paar Zentimeter nach oben, bis kurz unters Autodach. Überhaupt, der Kochtopf! Er war so rund, so vollkommen! Ein Töpfchen, das sein Deckelchen gefunden hatte. Dass es so etwas Schönes gab! Tränen stiegen mir in die Augen. »George, ich schwöre dir, noch nie in meinem ganzen Leben habe ich so einen schönen Kochtopf gesehen«, flüsterte ich. Ich fing an zu schluchzen. Um nicht vor Rührung zu zerfließen, klopfte ich mit dem Kochlöffel kräftig gegen den Topf. George schüttete sich aus vor Lachen, drehte die Musik auf und fuhr im Rhythmus meiner Kochtopf-Percussion Schlangenlinien. Was für ein lustiger Abend. Hatte ich jemals gefroren? War ich jemals müde gewesen? Und dann hatte ich auch noch George getroffen! Ich liebte George. Dschooo-ortsch. Wie hatte ich bisher ohne ihn leben können? Ich wollte ihn heiraten. George würde jeden Tag eine andere Suppe für mich kochen, bis ans Ende meines Lebens, und ich würde nie mehr frieren.

»Get up, stand up …«, sang George. »Da vorne sind übrigens die Bullen. Ist das nicht witzig?«

»Total witzig«, wieherte ich. »Stell dir nur vor, die erwischen uns mit dem Joint!«

»Yeah, man. Dann ist mein Führerschein weg!«, kicherte George. »Vielleicht wirfst du den Rest von der Fluppe noch schnell zum Fenster raus! Und mein restliches Marihuana dazu, auch wenn's verdammt schade drum ist!« Er kruschtelte herum und reichte mir ein in Packpapier eingewickeltes Päckchen.

»Ich hab eine viel bessere Idee!«, lachte ich.

»Es wird sowieso immer besser! Jetzt halten die uns auch noch an!« George machte eine Vollbremsung. Ich landete wieder auf dem Sitz, der Kochtopf wirkte wie ein Airbag und verhinderte, dass ich nach vorne flog. Ich brüllte vor Lachen.

»Was passiert jetzt?«, rief ich atemlos. »Ich kann doch nichts sehen!«

»Links steigt ein Bulle aus. Und rechts 'ne Frau! Und sie kommen näher!«

Auf Georges Seite wurde gegen die Scheibe geklopft. Er kurbelte das Fenster herunter, und der Lichtkegel einer Taschenlampe wanderte durch das Auto.

»Ein Tierfreund klopft nicht gegen die Scheibe«, sagte George würdevoll, und wir prusteten beide los.

»Okay. Wie viel haben Sie getrunken?«, fragte eine männliche Stimme. Das musste der Polizist sein.

»Ich habe nichts getrunken«, sagte George. »Überhaupt nichts! Nur Sprudel! Unglaublich, was?« Er bekam einen Lachanfall, und ich konnte nicht anders, ich musste mitlachen. George fing an zu japsen und kollabierte auf dem Lenkrad.

»Aha. Offensichtlich haben wir es hier nicht mit Alkohol zu tun.

| 111

Ihren Ausweis, bitte, und die Papiere vom Auto. Setzen Sie die Sonnenbrille ab. Und stellen Sie mal die Musik leiser!«

»Wo ist mein Aus-weis ...«, schmetterte George auf die Melodie von »Could you be loved« und schob sich in Zeitlupe die Sonnenbrille auf die Stirn. Ich lehnte mich gegen den Kochtopf, weil ich so kichern musste.

»Kannst du mal nachschauen, wer die Kichererbse hinter dem Kochtopf ist?«, fragte der Polizist.

»Vorsicht, Bullette auf drei Uhr«, flüsterte George, und wir brüllten wieder los. Der Strahl einer Taschenlampe traf mich von rechts. Ich presste das Gesicht gegen den Kochtopf.

»Tun Sie den Kochtopf weg!«, befahl eine schneidende weibliche Stimme.

»Hmmnöö.«

»Ich habe gesagt, tun Sie den Kochtopf weg! Und zwar sofort!«

»Ätschbätsch, kein Platz!«, rief ich triumphierend.

»Dann machen Sie die Tür auf, und stellen Sie den Kochtopf raus!« Meine Güte, hatte die Frau schlechte Nerven! Ich öffnete die Seitentür, beförderte dann den Kochtopf mit Schwung nach draußen auf den Gehweg und krähte: »Überraschung!«

Der Polizist leuchtete mir ins Gesicht.

»Ich. Fass. Es. Nicht!«, stöhnte er. »Pipeline Praetorius!«

»Ja! Ist das nicht toll? Dass wir uns endlich wiedersehen, Simon! Ich hab deine Stimme gleich erkannt! Die ist nämlich so süß. Du bist so süß!« Ich strahlte Simon an. Er sah noch besser aus, als ich ihn in Erinnerung hatte. Die blaue Uniform stand ihm so gut. Viiiel besser als die grüne! Und das Blau war so unbeschreiblich intensiv. So blau wie das griechische Mittelmeer an einem Sommermorgen! Simon war der bestaussehende Polizist der Welt. Und der netteste! So nett, dass ich fast mal irgendwie ein klitzekleines bisschen in ihn verliebt gewesen war!

»Pipeline Praetorius, total bekifft!«, klagte Simon, hob die Hände hilfesuchend zum Himmel und schlug mit der Faust gegen das Wagendach.

»Hey, du kennst den Typen auch noch?«, rief George begeistert aus.

»Ja! Wir sind uns schon ziemlich oft total zufällig über den Weg gelaufen. Ich hab doch mal versehentlich einen Kinderwagen entführt. Dabei konnte ich überhaupt nichts dafür, das Katastrophen-Gen war schuld!«

»Katastrophen-Gen? Kinderwagen entführt? Ey, wie cool, *Sista!*«

»Und dann haben wir auf dem Marienplatz *Guerilla Gardening* gemacht. Alle anderen sind rechtzeitig abgehauen, bloß mich hat die Polizei erwischt!« Ich deutete stolz erst nach links auf Simon und dann nach rechts auf die Polizistin mit ihren blöden blonden Locken.

»*Guerilla Gardening?* Das ... das ist super«, japste George und klatschte mich ab.

Simon schaute durch das Fenster zu uns herein und sagte sarkastisch: »Du hast die Dirndl-Hatz im Breuninger vergessen, Line.«

»Diese Frau ist eine Landplage, Simon! Und sie verfolgt dich!«, rief die Polizistin böse über das Autodach.

»Das ist jetzt aber ganz schön ungerecht!«, sagte ich spitz. »Und Sie haben wohl auch nichts Besseres zu tun, als Simon hinterherzurennen, weil jedes Mal, wenn er aufkreuzt, hocken Sie bei ihm im Streifenwagen!«

»Was für eine bodenlose Frechheit!«, brüllte die Polizistin. »Wollen Sie noch eine Anzeige wegen Beamtenbeleidigung? Simon und ich sind erstens Kollegen und zweitens verlobt!«

»Wie jetzt – verlobt?«, fragte Simon und sah im Licht der Straßenlaterne ziemlich verdattert aus.

»Na ja, so gut wie!«, sagte die Polizistin achselzuckend.

»Darüber sprechen wir vielleicht lieber ein anderes Mal«, sagte Simon hastig.

»Vanessa, ich schlage vor, dass ich Line in der Streife nach Hause bringe und du mit dem Herrn in diesem Wagen hier zur Wache fährst. Dort sollen sie entscheiden, was mit ihm passiert. Auf jeden Fall das Auto durchsuchen, ob da noch irgendwo Marihuana ist.«

»Da ist kein Marihuana, da ist kein Marihuana …«, sang ich fröhlich auf die Melodie von *For he's a jolly good fellow.*

»Wie wär's umgekehrt?«, zischte Vanessa. »Du fährst auf die Wache, und ich bringe die Dame nach Hause?«

»Von mir aus gern«, sagte Simon achselzuckend. »Aber hattest du nicht vorhin gesagt, du musst dringend aufs Klo und wolltest aufs Revier?«

»Wie wär's erst mal mit einem Alkoholtest? Oder vergisst du vor lauter Pipeline Praetorius deine Pflichten?«

»Sie ist eifersüchtig!«, rief George begeistert. »Dabei gibt es gar keinen Grund! Schließlich gehört Line zu mir!« George drehte sich zur Seite und warf sich in meine Arme. Seine Rastahaare rochen ranzig.

»Interessante Information«, sagte Vanessa drohend zu George. »Sie gehören also zusammen? Und konsumieren vermutlich regelmäßig gemeinsam Marihuana. Fahrverbot und Entziehung der Fahrerlaubnis für beide, Geldbuße und Punkte in Flensburg. Für den Fahrzeughalter fällt die Strafe natürlich etwas härter aus. Paragraph 316 StGB, Fahrfehler unter Drogeneinfluss. Wir machen da bestimmt noch so eine kleine MPU. Medizinisch-psychologisches Gutachten!«

»Das war jetzt aber irgendwie ganz schön gemein, George! Ich liebe dich sehr, aber erst seit zehn Minuten, und das war mein erster Joint seit Jahren!«, rief ich anklagend und schob den ranzigen Kerl von mir weg.

Simon hob die Hände zum zweiten Mal flehend zum Himmel. »Das ist ein Irrenhaus. Ein Irrenhaus auf der Straße! Dagegen ist das Wegtragen von Stuttgart-21-Gegnern geradezu Erholung, selbst wenn man sich das Kreuz dabei ausrenkt! Also: Sind Sie damit einverstanden, dass wir jetzt erst mal einen Alkoholtest machen?«

»Klar!«, rief George. »Ich bin ein Rastaman. Ich bin cool, man!« Simon holte das Pustegerät aus dem Streifenwagen, öffnete die Fahrertür und streckte George das Gerät hin. George pustete kräftig hinein.

»Null Komma null«, sagte Simon.

»Hab ich doch gesagt!«, rief George fröhlich und trommelte auf das Lenkrad. »*Rastaman vibration,* uhu!«

»Ich will auch mal pusten!«, bettelte ich.

»Du!«, rief Simon und zeigte mit dem Finger auf mich. »DU kannst froh sein, wenn du ohne Geldbuße davonkommst!«

»Aber ich habe kein Geld übrig für Geldbußen!«, rief ich aus. »Ich hab sowieso schon Schulden!«

Simon ignorierte mich und sagte zu George: »Führen Sie mal Ihren Zeigefinger an die Nase!«

George hielt sich den Zeigefinger der rechten Hand vors Gesicht, als sähe er ihn zum ersten Mal in seinem Leben. Dann vollführte er mit dem Arm einen weiten Bogen und tippte Simon, der noch immer neben der Autotür stand, mit dem Zeigefinger kräftig gegen die Brust. Wir wieherten vor Lachen.

»Jetzt reicht's mir aber endgültig!«, rief Simon. »Hast du dich jetzt entschieden, was du machen willst, Vanessa?«

»Okay, ich fahre mit ihm auf die Wache«, sagte Vanessa hochmütig. »Dann kannst du mit deiner Kichererbse nach Hause fahren.«

»Gut, dann sehen wir uns auf dem Revier. Line, kommst du bitte mit zum Streifenwagen?«

Ich stellte den Alukoffer neben den Kochtopf in den Schnee und stieg aus.

»Lassen Sie den verdächtigen Koffer hier! Der kommt mit auf die Wache!«, befahl Vanessa und grabschte nach dem Koffergriff.

»Den Koffer geb ich nicht her! Ich hab dafür unterschrieben!«, rief ich.

»Ach, nein! Bei der Drogenmafia?« Wir zerrten beide am Griff.

»Es reicht!«, brüllte Simon. »ICH nehme den Koffer und durchsuche ihn!« Er nahm mir entschieden den Koffer aus der Hand.

»Wir müssen uns noch verabschieden«, sagte George und schloss mich in die Arme. »Es war so schön mit dir. Wenn auch nur kurz. Aber umso intensiver!« Er küsste mich auf den Mund. Der Mund schmeckte nach Marihuana. Wir gingen hinüber zum Streifenwagen, und ich drehte mich noch einmal um und winkte George fröhlich zu, der gerade um sein Auto herumlief. Sekunden später brauste Vanessa mit George davon. Auf dem Gehweg blieb ein großer Kochtopf im Schnee zurück.

Ich stieg auf der Beifahrerseite des Streifenwagens ein. Simon stellte den Koffer mit den Putzmitteln auf seinen Fahrersitz und schaltete die Innenbeleuchtung an.

»Vanessa mag mich nicht«, sagte ich vorwurfsvoll. »Und sie passt nicht zu dir. Ü-ber-haupt nicht! Du bist doch kein Verkrustungstyp.«

»Verkrustungstyp?«, fragte Simon zerstreut und durchwühlte weiter die Dosen und Flaschen.

»Weißt du, wir haben uns jetzt so lange nicht mehr gesehen. Aber jetzt, wo du so nah bei mir bist, werde ich ganz nebelfeucht und würde zu gerne mal dein Poliervermögen testen. Oder deine Saugwirkung.«

»Line, du hältst jetzt die Klappe. So-fort, hörst du?«, sagte Simon drohend. »Und nimm die Hand von meinem Arm! Sonst muss ich dich wegen sexueller Belästigung anzeigen!«

»Du verstehst gar keinen Spaß mehr!«, sagte ich und zupfte tadelnd an dem blauen Uniformärmel. »Wir könnten es so lustig haben, wir beide!«

Simon klappte den Koffer zu, stellte ihn auf den Rücksitz und ließ den Wagen an.

»Danke, es reicht. Erstens bist du bekifft und zweitens, ich habe meine Erfahrungen mit Pipeline Praetorius gemacht. Lustig waren die nicht. Wir waren verabredet. Ich hatte mich darauf gefreut. Sehr gefreut. Und dann hast du mich versetzt.«

»Ich weiß«, flüsterte ich bekümmert. »Das war nicht nett.«

»Nein, war es nicht«, sagte Simon mit Nachdruck.

»Ich musste auf den Flughafen. Leon abpassen und mich mit ihm versöhnen.«

»Aha. Irgendwie habe ich den Eindruck, du organisierst dein Liebesleben eher spontan. Hat es noch geklappt?«

»Ja. Aber jetzt sitzt er in China. Sehr-weit-weg-Beziehung auf unbestimmte Zeit. Es ist so traaauurich.« Ich schniefte und rutschte auf meinem Sitz ein klitzekleines bisschen näher an Simon heran.

»Mir kommen die Tränen«, sagte Simon und fuhr sehr konzentriert den Berg hinunter. Wie zufällig ließ ich meinen Kopf auf seine Schulter kippen.

»Line!«, rief Simon drohend. Beleidigt rückte ich wieder von ihm ab.

»Wieso verlobt sich Vanessa mit dir, und du weißt nichts davon? Das ist doch auch traaauurich.«

»Line, das geht dich nichts an. Ü-ber-haupt nichts. Sag mir lieber noch mal, wo du genau wohnst, ich hab's vergessen.«

»Neuffenstraße. Aber sie passt wirklich nicht zu dir.«

»Bist du jetzt endlich still, bevor du noch mehr Dinge sagst, die du morgen bereust?«

»Ist ja gut, ist ja gut. Aber du bist der süßeste Polizeibeamte in ganz Stuttgart. Das maile ich auch gern deinem Chef, dann wirst du bestimmt befördert.«

Simon gab ein verzweifeltes Winseln von sich.

Den Rest der Strecke legten wir schweigend zurück. Ab und zu kicherte ich vor mich hin. Simon hielt vor Lilas Häuschen.

»Schlaf dich aus«, sagte er und starrte stur geradeaus. »Du wirst von uns hören.«

»Bitte keine Geldbuße. Büttebüttebüttebütte!«, flehte ich.

»Ich bin nicht derjenige, der darüber zu entscheiden hat.«

»Aber du kannst ein gutes Wort für mich einlegen. Auch wenn ich dich zum Abschied noch ein bisschen sexuell belästige«, gurrte ich total sexy, wie ich fand, beugte mich zu Simon hinüber, strahlte ihn an und küsste ihn auf die Wange. Er starrte weiter stur geradeaus und reagierte nicht.

»Spielverderber«, murmelte ich, holte den Alukoffer vom Rücksitz und kroch aus dem Auto. Simon brauste davon, und ich winkte ihm eifrig hinterher. In unserem Häuschen war es totenstill. Die nassen Schuhe und die Strümpfe ließ ich im Flur liegen und stellte den Alukoffer daneben. Meine Füße waren von der Kälte ganz rot, aber ich verspürte einen unglaublichen Heißhunger auf Süßes und konnte nicht ins Bett, ohne vorher noch etwas zu essen. Ich stopfte mir in der Küche ganz schnell eine Handvoll Gutsle in den Mund. Dann schlich ich durch das dunkle Treppenhaus in mein Zimmer, zog meinen dicken Frottee-Schlafanzug an, dazu drei Paar Socken übereinander, fiel ins Bett und war nach drei Sekunden eingeschlafen.

7. Kapitel

I smoke two joints in the morning
I smoke two joints at night
I smoke two joints in the afternoon
and it makes me feel alright
smoke two joints in time of peace
and two in time of war
smoke two joints before I smoke two joints
and then I smoke two more

Irgendetwas hatte ich vergessen. Ich lag im Halbschlaf und wusste, dass ich irgendwas vergessen hatte. Bloß was? Ich musste unbedingt draufkommen, was es war, aber es wollte mir einfach nicht einfallen. Ich öffnete die Augen und sah auf meinen Wecker.

Es war zehn vor elf. Ich hatte leider vergessen, aufzustehen.

Aaaaarggggh! Ich sprang aus dem Bett. Vor dem Bett knickten mir die Beine weg, mir wurde schwarz vor Augen, ich plumpste wieder auf die Bettkante und wartete darauf, dass mein Zimmer aufhörte zu schwanken. Mir war schlecht. Die Ereignisse der letzten Nacht kamen in einer einzigen Bilderflut zurück. Wald, Butzfee, Wald, George, Simon. Simon ... Moment. Ich hatte Simon angebaggert. Und wie. Gott, wie peinlich war das denn? Vanessa. Kochtopf. Der Kochtopf! Und der Joint, der vermutlich daran schuld war, dass ich mich fühlte wie durch eine Spätzlepresse gedrückt. Meine Glieder waren schwer wie Blei. Meine Nase lief. Mein Hals schmerzte. Ein trockener Husten schüttelte mich. Wie sollte ich in diesem Zustand arbeiten gehen?

Moment. Mein Kopf funktionierte zwar noch nicht so richtig. Aber das war nicht der Joint. Na ja, jedenfalls nur zum Teil. Ich hatte schlicht und ergreifend eine Erkältung! Wahrscheinlich hatte ich

| 119

mich bei Harald angesteckt, und die Nacht mit den durchweichten Schuhen hatte mir den Rest gegeben. Hurra! Wenn ich erkältet war, konnte ich zu Hause bleiben!

Ich zog meine Fleecejacke an und kletterte langsam die Treppe hinunter ins Bad. Jeder Schritt war anstrengend. Ich ließ Wasser über Gesicht und Hände laufen, füllte den Zahnputzbecher und trank ihn in einem Zug aus. Das Schlucken tat weh. Ich sah in den Spiegel und beschloss, dass ich mindestens drei Tage warten würde, bis ich den nächsten Blick in den Spiegel wagte. Ich kramte das alte Quecksilber-Thermometer heraus und steckte es mir in den Hintern. 38,1. Okay, richtig Fieber war das jetzt nicht. Aber auch nicht unbedingt Normaltemperatur! Die lag doch bei den meisten Menschen sogar unter 37 Grad! Hatte Harald nicht auch das Thermometer manipuliert? Ich schüttelte es probehalber. Anstatt hochzugehen, ging es runter. Versuchsweise hielt ich es an die Heizung. 38,6. Na also, ging doch.

Und nun? Ich musste so schnell wie möglich Arminia anrufen. War es klug, sich in der Probezeit krankzumelden? War es nicht besser, meinen Hintern in die Agentur zu bewegen und damit bedingungslose Hingabe an den neuen Job zu demonstrieren, mit leidendem Gesicht leise vor mich hinzuschniefen und alle anzustecken? So, wie das mittlerweile viele Leute machten, die Angst um ihren Job hatten? Nein, klug war es sicher nicht, zu Hause zu bleiben, und ich würde bei Arminia dafür einen dicken Minuspunkt kassieren. Dann fiel mir die miese Stimmung ein, die gestern im Büro geherrscht hatte. Jeder wusste doch, dass man zum Gesundwerden positive Vibes brauchte! *Rastaman vibration.* Ich dachte wieder an George und an den Kochtopf, den ich retten musste.

Ich schleppte mich in die Küche und wählte Arminias Nummer. Sie war sofort am Telefon. Das bedeutete, dass Julia immer noch in der Kellerverbannung war.

»Hallo, Arminia. Hier ist Line.«

»Guten Morgen. Oder sollte ich besser sagen: Guten Mittag?«

»Es tut mir schrecklich leid, Arminia, aber ich habe eine fürchterliche Erkältung. Husten, Schnupfen, das volle Programm, und 38,6 Fieber.«

»Aha. Du hättest dich nicht zufällig etwas früher melden können?«, fragte Arminia spitz. »Man sollte nicht meinen, dass du in der Probezeit bist!« (Ich wusste es!)

»Ja, natürlich«, sagte ich und bekam glücklicherweise in diesem Augenblick einen Hustenanfall, den ich nach Kräften nicht unterdrückte. »Es tut mir wirklich leid. Ich habe die halbe Nacht nicht geschlafen« – (das war nicht mal gelogen) – »und bin dann erst gegen Morgen eingeschlafen« – (das war auch nicht gelogen) – »und habe deshalb verschlafen« – (eigentlich hatte ich bis hierher gar nicht gelogen). »Soll ich zum Arzt gehen, wegen des Attests?«

»Du brauchst nur eine AU, wenn du am Montag auch noch fehlst.«

»Vielleicht geht es mir ja morgen schon besser.« (Aufopfernder Tonfall, hust, hust)

»Bleib lieber zu Hause, bevor du mir hier den kompletten Laden ansteckst.« (Ja! Ja!) »Ich weiß zwar nicht, wie wir ohne dich klarkommen sollen mit der vielen Arbeit. Julia hat sich heute Morgen auch krankgemeldet. Wozu stellt man eine Praktikantin und eine Schwangerschaftsvertretung ein, wenn man dann die Arbeit doch selber machen muss?«

»Du hast natürlich recht, Arminia. Ich will euch ja auch nicht hängenlassen. Am besten hole ich mir in der Apotheke ein starkes, fiebersenkendes Mittel und komme, so schnell ich kann, weil daheim hätte ich ja eh keine Ruhe.« (Poker, poker)

»Nein. Ich habe am Samstag eine Abendeinladung. Vielleicht springt ein wichtiger neuer Kunde für uns dabei raus. Da will ich nicht krank im Bett liegen deinetwegen.« (Yippiii!)

»Bist du ganz sicher?«

»Lieber ist mir, du bist am Montag wieder richtig fit und steckst keinen mehr an.«

»Wie du meinst, Arminia«, (ergebener Tonfall), »bitte grüß alle herzlich von mir.«

| 121

Ich ließ mich auf den nächsten Küchenstuhl fallen, atmete tief durch und wurde sofort wieder von einem Hustenanfall geschüttelt. Ich war zwar krank, hatte aber jetzt von Mittwoch bis Sonntag arminiafrei! Kein Micha, den ich abwimmeln, keine Julia, die ich bemitleiden musste. Die Arme. Ob sie wirklich krank war? Oder hatte sie es einfach nicht mehr ausgehalten und kam gar nicht mehr wieder? Das Beste am Kranksein war jedoch, dass ich jetzt alle Zeit der Welt hatte, um mit Leon zu skypen, zu Zeiten, die für uns beide kein Problem waren. Aber jetzt brauchte ich erst einmal etwas zum Frühstück. Bestimmt gab es noch irgendwo ein paar Beutel von dem grässlichen Kamillentee, den ich Harald angedreht hatte. Aber hatte Harald nicht selber gesagt, Latte macchiato sei die beste Medizin bei Erkältung? Harald war Arzt. Zahnarzt, okay, aber trotzdem Fachmann.

Ich stellte unsere kleine Espressomaschine auf den Gasherd und schlug mit dem Schneebesen Milch schaumig. Dann gab ich vier Löffel Zucker in die Tasse, weil ich ja wieder zu Kräften kommen musste, füllte sie mit Espresso und Milch auf, beschloss, später aufzuräumen, und schleppte mich wieder hinauf in mein Zimmer, nicht ohne vorher bei Lilas Plätzchendose vorbeigeschaut zu haben. Ich drehte die Heizung hoch, legte eine zusätzliche Wolldecke über das Federbett und kuschelte mich dann tief in die Kissen. Herrlich, auch wenn ich abwechselnd husten und meine Triefnase putzen musste. Was hatte ich mir für einen leckeren, genesungsfördernden Kaffee gemacht! Und die Milch war nicht mal übergekocht wie sonst! Ich nahm den letzten Schluck, leckte mir den Milchbart von den Lippen und beschloss, einen Moment auszuruhen und dann in aller Ruhe zu überlegen, wie es weitergehen sollte.

Es klopfte. Ich fuhr schlaftrunken hoch.

»Line, bist du da?«

»Komm rein, Lila!«, krächzte ich. Von meiner Stimme war nicht mehr viel übrig.

Lila öffnete meine Zimmertür und schaltete das Licht an. Licht? Ach du liebe Güte, wie lange hatte ich denn geschlafen?

»Was ist los mit dir, bist du krank? Hier drin ist es ja bullenheiß.«
»Ich habe eine Erkältung. Nichts Dramatisches. Wie spät ist es?
Ich muss eingeschlafen sein.«

»Kurz vor sechs.«

»Kurz vor sechs? Das ist ja nicht zu fassen. Das heißt, ich schlafe
jetzt ungefähr seit zwölf Uhr heute Mittag!«

»Wenn du krank bist, ist Schlafen doch sowieso das Beste, was du
tun kannst. Und ich verzeihe dir ausnahmsweise, dass deine nassen
Schuhe und Strümpfe im Flur liegen und der Kaffeekram in der Küche rumsteht. Wieso läufst du bei dem Wetter mit Turnschuhen
rum? Kein Wunder, dass du dir eine Erkältung eingefangen hast.«

»Das ist eine ziemlich lange Geschichte«, seufzte ich.

»Erzähl sie mir nachher, okay?«, bat Lila. »Ich war letzte Nacht
bei Harald. Hoffentlich hat er dich nicht angesteckt! Ihm geht es
langsam besser, zum Glück. Er hat so lange herumgenörgelt, dass er
nicht alleine sein wollte, bis ich bei ihm übernachtet habe. Jetzt
muss ich erst mal dringend ein paar Sachen erledigen. Ich bringe dir
nachher einen Kamillentee und koche uns was Leckeres. Du hast
doch bestimmt nichts gegessen.«

»Kamillentee, prima«, heuchelte ich. »Tut mir leid, jetzt hast du
schon wieder einen Kranken an der Backe.«

»Das ist nun mal so in der Erkältungszeit. Wenn's mich als Nächstes erwischt, erwarte ich aufopfernde Pflege von dir. Soll ich das
Licht anlassen?«

»Ja, bitte.« Ich ließ mich zurück in die Kissen fallen und versuchte, langsam zu mir zu kommen. Mein Schlafanzug war komplett
durchgeschwitzt, und die feuchten Haare klebten mir auf der Stirn.
Das Halsweh war schlimmer geworden, meine Nase lief schon wieder, und der trockene Husten tat weh, aber die Gliederschmerzen
waren etwas besser.

Was war denn nun eigentlich letzte Nacht passiert? Zuerst war
ich bei Annegret gewesen und wusste glücklicherweise noch ziemlich genau, was sie mir beigebracht hatte. Außerdem hatte ich mir
zu den wirklich wichtigen Begriffen Notizen gemacht. Hach, was

war ich perfekt organisiert! Dann hatte ich George angehalten und mit ihm zusammen den Joint geraucht. Danach verschwamm alles zu einem bunten Bilderbrei. Ich konzentrierte mich, und der Bilderbrei sortierte sich trotz Brummschädel zu hintereinandergeschalteten Einzelbildern, wie in einem Comic, und zu den Bildern gesellten sich Sprechblasen, so dass ich mich fast wieder wörtlich daran erinnern konnte, wer was gesagt hatte. Leider. Lieber hätte ich alles vergessen. Ich war peinlich gewesen. Sehr peinlich, vor allem Simon gegenüber. Als ob es nicht Hunderte von Polizisten in Stuttgart gäbe! Seit der Kampf um Stuttgart 21 tobte, sowieso! Und ich musste an den einzigen Polizisten in ganz Stuttgart geraten, den ich ziemlich persönlich kannte, und oberpeinlich werden! Ich hatte mich ihm ja geradezu an den Hals geworfen. Und würde Leon nicht eifersüchtig auf Simon werden, so wie schon einmal, wenn ich ihm die ganze Geschichte erzählte?

Andererseits konnte ich nichts dafür. Der Joint war schuld. Und das Katastrophen-Gen. Mein Leben geriet manchmal ein winziges bisschen aus den Fugen. Man schmierte ein bisschen Moltofill drauf, rückte es wieder an die richtige Stelle, ließ es trocknen, und dann hielt es wieder eine ganze fabelhafte Weile. Jetzt würde ich einfach ein paar Tage zu Hause bleiben. Hier war ich vor jeglicher Art von Katastrophe gefeit und konnte mich mal so richtig ausruhen, am Samstag würde ich ganz entspannt Tariks Verlobte spielen und am Montag erholt wieder zur Arbeit gehen.

Weil ich so verschwitzt war, beschloss ich, erst einmal zu duschen und in der Zeit das Zimmer zu lüften. Ich öffnete das Fenster sperrangelweit. Es schneite schon wieder. Der Weg die Treppe hinunter war schon deutlich weniger anstrengend als noch vor ein paar Stunden. Ich warf einen Blick in die Küche, winkte Lila zu, die gerade telefonierte, und machte mit beiden Händen Bewegungen wie von fallendem Regen. Lila nickte und deutete dann mit dem Kinn auf eine dampfende Tasse Kamillentee, die neben dem Herd stand. Auf dem Herd stand ein Kochtopf. Kochtopf. Nein. Das konnte doch wohl nicht wahr sein! Ich hatte Georges Kochtopf komplett vergessen!

Ich trug den Kamillentee ins Bad und nahm einen winzigen Schluck. Ich beschloss, dass sich mein Genesungsprozess auch ohne Kamillentee nur unwesentlich verzögern würde, kippte den Tee ins Waschbecken und ließ Wasser hinterherlaufen, damit Lila es nicht merkte. Dann zog ich den verschwitzten Schlafanzug aus und kletterte in die Badewanne. Die heiße Dusche tat gut. Ich trocknete mich schnell ab, ging mit herumgewickeltem Handtuch wieder hinauf in mein Zimmer, schloss das Fenster und kramte lange Unterhosen, Jeans und Pulli aus dem Schrank.

»Was wird das, wenn's fertig ist?«, fragte Lila von der offenen Tür her. Trotz ihrer Körperfülle hatte sie eine geradezu unheimliche Begabung, sich anzuschleichen, ohne dass ich es merkte.

»Wie meinst du das?«

»Ich dachte, du bist krank. Jetzt stehst du halbnackt in deinem bitterkalten Zimmer und suchst Klamotten zusammen?«

»Ich … ich muss noch mal los«, krächzte ich und bekam den nächsten Hustenanfall.

»Was soll das heißen, du musst noch mal los? Du bist krank. Du gehörst ins Bett. Und außerdem koche ich gerade für uns beide!«

»Das weiß ich. Ich muss aber ganz dringend etwas erledigen.«

»Es schneit. Es ist saukalt. Was soll das?«

»Ich muss einen Kochtopf suchen. Hilfst du mir?«

»Einen Kochtopf. Interessant. Und wo hat er sich versteckt, dieser Kochtopf?«

»Auf der Halbhöhe. Ich weiß nicht mehr genau, wo.«

»Superpräzise Angabe. Vor allem in Stuttgart, wo es ja so wenig Halbhöhe gibt. Und was macht der Kochtopf da, auf der Halbhöhe?«

»Er steht rum. Im Schnee. Auf dem Gehweg. Das hoffe ich jedenfalls, dass er da noch steht. Er ist ziemlich groß. Man müsste ihn eigentlich schnell finden, wenn ihn niemand weggenommen hat. Wenn du mir hilfst, ist es ruck, zuck erledigt, und wir sind ganz schnell wieder zurück in der warmen Küche.« Ich schlüpfte in meinen dicksten Pulli.

Lila stöhnte. »Vielleicht kommst du doch erst mal runter in die Küche und erzählst mir die ganze Geschichte?«

»Können wir das nicht auf später verschieben? Ich erklär's dir im Auto. Je länger wir warten, desto größer ist die Gefahr, dass jemand anderes den Topf findet.«

»Jetzt mal langsam. Erstens, wenn du Auto sagst, nehme ich an, du meinst mein Auto, weil du keins hast. Oder meinst du Haralds Porsche? Er hat mich noch nie damit fahren lassen. Zweitens, mein Auto ist, wie du weißt, eine klapprige Ente ohne Winterreifen, die seit zwei Wochen am selben Fleck steht. Ich weiß nicht mal mehr genau, wo. Da müsste mittlerweile etwa ein halber Meter Schnee draufliegen. Drittens, unten kochen Nudeln. Viertens, seit wann sammelst du Kochtöpfe, und fünftens, wieso muss der Topf so dringend von der Straße?«

»Es geht nicht um den Kochtopf, sondern um das, was in dem Topf ist.«

»Und das wäre?«

»Versprichst du mir, dass du nicht ausflippst?«

»Nein.«

»Ein Päckchen mit Marihuana.«

8. Kapitel

Coldest days of my life
They were the coldest days of my life
I had to run for cover, yeah, yeah, yeah
The cold-coldest days of my life
I thought there was no other, no, no

Eine Stunde später verließen Lila und ich dick vermummt das Haus. Lila war zunächst in aller Ausführlichkeit ausgeflippt und hatte sich dann strikt geweigert, die Tortellini mit der Sahnesoße erst nach der Kochtopfrettung zu essen. Eigentlich war ich froh darüber, weil ich fürchterlichen Hunger hatte, auch wenn ich nach der Pasta schrecklich müde wurde und mich ziemlich elend fühlte. Die Gliederschmerzen waren wieder da. Aber darauf konnte ich jetzt keine Rücksicht nehmen.

Lila hatte im Keller noch ein Paar alte Gummistiefel für mich aufgetrieben. Die Schuhe, die mir Tarik geschenkt hatte, wollte ich nicht bereits vor der Feier ruinieren. Nasse Füße würde ich heute keine bekommen, aber ich fror schon wieder erbärmlich, trotz langer Unterhose, Mütze, Schal und Handschuhen. Wir hatten uns mit einem großen Reisigbesen und einem kleinen Kehrbesen bewaffnet, da Lila sich beim besten Willen nicht mehr daran erinnern konnte, wo sie ihre Ente abgestellt hatte. Eine Menge sehr vernünftiger Leute war in den letzten Tagen Lilas Beispiel gefolgt, das Auto stehenzulassen. Diese Autos parkten jetzt als schneebedeckte Ratespiele auf der Straße. Lilas Ente »I fly bleifrei« war giftgrün. Wir fegten den Schnee von einem grünen Corsa, einem grünen Fiat und einem grünen Golf, bis sich Lila an den Kopf schlug und ihr einfiel, dass die Ente um die Ecke in der Rechbergstraße stehen musste. Dort fanden wir sie tatsächlich. Bis wir sie mit dem Kehrbesen freigekehrt und die Scheiben gekratzt hatten, waren meine Füße schon wieder Eiszapfen. Mir tat alles weh, und eigentlich gab es nur einen Ort auf der Welt, an dem ich wirklich sein wollte: im Bett.

Leider war die Ente so dickköpfig wie ihre Besitzerin und weigerte sich, anzuspringen, obwohl ihr Lila gut zuredete, was normalerweise immer funktionierte. Enten waren zwar leichte Autos, aber zum Schieben hatte ich im Augenblick wirklich keine Kraft. Großzügig überließ mir Lila das Steuer und verdonnerte eine unschuldige Passantin, ihr zu helfen. Die Ente musste erst einmal um die Ecke gebracht werden, weil die Rechbergstraße keine Hanglage hatte. In der Rotenbergstraße schlitterte sie dann aber ganz schnell den Berg hinunter, Lila brüllte, die Passantin kreischte, der Motor sprang endlich an, und ich streifte die Litfaßsäule nur ein ganz kleines bisschen.

Ich ließ den Motor laufen, und wir wechselten wieder die Plätze.

»Eine Ente ist nun mal kein Winterauto«, keuchte Lila und tätschelte freundlich das Lenkrad. »Nicht wahr, meine Guteste?«

Das stimmte allerdings. An allen Ecken und Enden pfiff der eiskalte Winterwind herein.

»Und wohin jetzt?«, fragte Lila.

»Ich weiß es doch nicht mehr genau. Am besten fährst du zur Geroksruhe, und ich versuche, von dort den Weg zu rekonstruieren.«

»Na schön. Ich hoffe, wir schaffen es den Berg hoch ohne Winterreifen, und ich hoffe, ihr seid auf größeren Straßen den Berg runtergefahren, weil die kleineren Straßen nicht geräumt werden.« Lila schob eine Kassette in den uralten Kassettenrekorder. »No woman, no cry.« Na, das passte ja prima zum gestrigen Abend. Vor uns fuhr ein Streuwagen die Schwarenbergstraße hinauf, und Lila heftete sich an seine Fersen.

»Weißt du, gegen einen Joint ist an sich ja nichts zu haben. Aber wie konntest du nur so dämlich sein, das Päckchen mit dem Marihuana in einen Kochtopf zu stecken und den Topf auf der Straße stehenzulassen, anstatt das Zeugs möglichst weit aus dem Fenster in den Vorgarten irgendeines soliden Halbhöhen-Bewohners zu pfeffern?«

»Lila, ich war bekifft! Ich hatte einen Riesenspaß. Erst daran, dass Vanessa den Kochtopf vor ihrer Nase hatte, ohne reinzugucken. Und dann habe ich mich fast weggeschmissen, als ich mir ausgemalt habe, wie sie auf dem Revier völlig entnervt Kochtöpfe aus Georges Auto räumt und jeden einzelnen untersucht, ohne etwas zu finden, während der Topf mit dem Marihuana offen auf der Straße herumsteht!«

»Das war ganz schön hoch gepokert. Ich wette mit dir, er steht da nicht mehr herum.«

»Wer weiß. Der Stuttgarter an sich ist doch ein diskreter Mensch. Der räumt nicht einfach irgendwas weg.«

»Nicht, wenn es um seinen Gehweg geht und die Räum- und Streuordnung eingehalten werden muss. Wir nehmen es ja nicht so genau damit, aber eigentlich müssen die Gehwege an Werktagen morgens bis sieben Uhr schneefrei sein. Ich wette mit dir, irgendjemand hat Schnee geschippt und den Kochtopf gefunden – und hoffentlich nicht das Marihuana, denn dann bist du geliefert wegen Drogenbesitz, und George sowieso. Wie groß war denn das Päckchen?«

»Ich kann mich nicht mehr so genau erinnern. Wie eine ziemlich große Bonbontüte, würde ich mal sagen.« Die Ente fuhr im Schneckentempo den Berg hinauf. Der Streuwagen war längst verschwunden.

»Auweia. Das klingt nach ziemlich viel Marihuana.«

»Eigentlich ist es ja Georges Problem. Aber das müsste ich erst mal beweisen. Und Vanessa wird alles dransetzen, mich in die Pfanne zu hauen«, seufzte ich.

»Warum hast du dich eigentlich so auf diese Vanessa eingeschossen?«

»Sie geht mir fürchterlich auf die Nerven. Typ Hans-Dampf-in-allen-Klassen, Karate und Kung-Fu, sie hat zu viel Bizeps, ihre Locken sind zu blond, und sie passt nicht zu Simon.«

»Man könnte fast meinen, du seist eifersüchtig. Was interessiert dich Simon, wo du doch einen Freund hast?«

Ich schlug mir mit der flachen Hand gegen die Stirn. »Leon! Gut, dass du mich an ihn erinnerst. Bis wir zu Hause sind, ist es schon wieder zu spät zum Skypen. Den zweiten Tag hintereinander!«

Lila warf mir einen seltsamen Blick zu und sagte nichts mehr.

»Hier musst du abbiegen«, sagte ich. »Da ist das Schild ›Waldebene Ost‹.«

»Das ist der Weg zum Waldheim Cassiopeia. Da kann man gut essen und schwofen.«

»Ich weiß. George kam ja von dort. Kannst du hier umdrehen?«

Lila hielt an und wendete vorsichtig auf dem verschneiten Waldweg. Außer uns war fast niemand unterwegs. Hier oben sowieso nicht.

»Erst sind wir so gefahren wie der Fünfzehner.«

Lila fuhr parallel zu den Stadtbahnschienen den Berg wieder hinunter bis zur Kreuzung an der Haltestelle Payerstraße. Wir standen mutterseelenallein an der roten Ampel.

»Und hier ist George abgebogen. Ich weiß bloß nicht mehr, in welche Richtung.«

»Der logischste Weg zu uns ist nach rechts, über die Planckstraße.« Die Ampel wurde grün, und Lila bog nach rechts ab. Die Ente kam wieder gefährlich ins Rutschen, und Lila drosselte das Tempo.

»Okay. Wie weit seid ihr dann noch gefahren, bis euch die Polizei angehalten hat?«

»Hier stimmt was nicht, Lila. Ich kann mich überhaupt nicht dran erinnern, dass es so steil abwärtsging. Später schon. Simon könnte hier runtergefahren sein.« Lila hielt am Straßenrand.

»Versuch, dich zu konzentrieren. In welche Richtung ist George gefahren?«

»Ich weiß es nicht mehr«, sagte ich unglücklich. Lila seufzte, wendete, fuhr den Berg wieder hoch bis zur Geroksruhe und wendete erneut.

»Keine Panik. Noch mal von vorn.« Sie fuhr langsam wieder bis zur Kreuzung Payerstraße und hielt an, obwohl die Ampel diesmal

Grün zeigte. Es gab nur zwei Alternativen, entweder halblinks oder links.

»Seid ihr weiter den U-Bahn-Gleisen gefolgt oder links abgebogen?« Hinter uns tauchte ein Auto auf und hupte.

»Wenn ich das nur wüsste, Lila. Ich war bekifft! Probieren wir es mal scharf links.«

Lila bog nach links ab in eine kleine Anwohnerstraße. »Erstaunlich gut geräumt hier«, sagte sie. »Erkennst du irgendwas wieder?«

»Ich bin nicht sicher. Moment mal ... da vorne sind wir rechts abgebogen. Ich erinnere mich an das komische blaue Schild mit der gelben Krone. Hier muss es sein!«

»Das ist aber nicht der Weg zu uns!«

»George hat behauptet, er kennt sich aus, aber er war ja noch viel bekiffter als ich.«

Die Straße machte eine leichte Biegung. Auf der linken Straßenseite waren gar keine Häuser. Unter uns funkelten die Lichter der Stadt. Nicht die schlechteste Lage.

»Wie weit seid ihr dann noch gefahren?«

»Keine Ahnung. Ich hatte irgendwie überhaupt kein Zeitgefühl mehr. Warte! Der Zaun kommt mir bekannt vor. Ich erinnere mich an die fiesen Speerspitzen obendrauf«, sagte ich.

»Da ist auch Stacheldraht.«

»Hinter dem Zaun wohnt bestimmt ein superreicher Halbhöhenfuzzi in einer Monstervilla.«

»Und wo war jetzt das Polizeiauto?«, fragte Lila.

»Wenn ich das bloß wüsste! Fahr mal noch ein Stück weiter. Das muss ein riesiges Grundstück sein, der Zaun nimmt ja gar kein Ende!«

Nach einer Weile ging der Zaun in eine Mauer über, dann kam eine Einfahrt und ein Tor.

»Kannst du dich da dran erinnern?«, fragte Lila.

»Ja!«, rief ich aufgeregt. »Hier ist Simon mit dem Streifenwagen vorbeigefahren. Irgendwo an diesem Zaun habe ich den Kochtopf auf dem Gehweg zurückgelassen.«

| 131

Lila guckte nachdenklich auf das Tor. Dann fing sie an zu glucksen.

»Kein Wunder, war hier eine Streife«, sagte sie.

»Wieso?«

»Hier wohnt kein reicher Halbhöhenfuzzi. Das ist die Einfahrt zur Villa Reitzenstein. Du hast den Kochtopf mit dem Marihuana vor dem Amtssitz von Ministerpräsident Mappus stehenlassen.«

Lila fuhr ein paar Meter rückwärts um die Biegung und parkte die Ente so am Zaun, dass man sie von der Einfahrt zur Villa Reitzenstein aus nicht sehen konnte.

»Wir suchen den Topf zu Fuß weiter«, sagte sie. »Hoffentlich kommt keine Streife.«

Zuerst wollte ich protestieren. Ich fühlte mich so elend! Aber schließlich war das meine Rettungsaktion. Und eine Anzeige wegen Drogenbesitz, möglicherweise sogar von Herrn Mappus höchstpersönlich, war im Moment wirklich das Allerletzte, was ich gebrauchen konnte. Von sämtlichen dämlichen Abstellplätzen in Stuttgart hatte ich mir den allerdämlichsten für den Kochtopf ausgesucht.

»Meinst du, Mappus ist heute Morgen bei Dienstbeginn über den Topf gestolpert?«, fragte ich Lila ängstlich.

»Mappus geht bestimmt nicht außen am Zaun lang. Das machen nur die, die draußen parken müssen.«

»Dann steht der Topf vielleicht noch da«, sagte ich hoffnungsvoll und hatte immer noch keine Lust, aus der lauwarmen Ente zu steigen. »Hörst du auch so ein seltsames Brummen?«

»Ja. Klingt wie ein Motor. Außerdem piepst es.«

Wir lauschten angespannt. Die Geräusche wurden lauter, und ein beleuchtetes, piepsendes Etwas bog von der Villa Reitzenstein her auf dem Gehweg um die Ecke. Es kam rasch näher.

»Die Außerirdischen sind im Anmarsch«, sagte ich und versuchte, mich nicht zu gruseln.

»Was auch immer da kommt, es ist auf dem Gehweg und könnte deine Kochtopfrettung gefährden!«, rief Lila. »Los jetzt, wir haben keine Zeit mehr zu verlieren!« Wir stolperten aus dem Auto, und ich wurde von hellem Licht geblendet. Das Piepsen erstarb.

»Halt!«, brüllte eine männliche Stimme. »Was machad Sie doo?« Ich blinzelte in das Licht. Es war der Scheinwerfer eines kleinen Traktors, so eines Geräts, das sich echte Männer gerne zum Rasenmähen zulegten, weil sie nicht Baggerfahren durften. Dieses Exemplar hatte vorne dran eine Schaufel wie ein Schneepflug und schob Schnee vor sich her. Wer oder was auf dem Sitz thronte, war in der Dunkelheit nicht zu erkennen.

»Wir ... also wir gehen spazieren«, sagte ich hastig. »Es ist ja so schön, bei dem Schnee.«

»Niemand gohd om die Zeit ohne Grond vor am Schdami schbaziere!«, rief der Mann und richtete den Strahl einer Taschenlampe auf uns.

»Stasi?«, fragte ich verwirrt.

»StaMi! Schdadsminischderiom! Sen Sie vielleicht Aktivischda gega Schduagert oisazwanzich?«

»Aber nein!«, rief ich und bemühte mich, empört zu klingen. Der Lichtkegel der Taschenlampe zuckte unruhig, blieb schließlich auf Lilas Anorak kleben und tanzte dann weiter zum Kotflügel der Ente.

»Ihr Kollegin hot abr an ›Oba Bleiba‹-Asteckr an dr Jack!«, rief der Mann anklagend. »Ond uff ihrm Auto isch a Bäbberle* mit ›Stuttgart 21‹ durchgstricha! Sie sen vo dene militande Parkschützer on planad an Oschlag gega dr Herr Minischderpräsidenda! I ruf d'Bolizei!«

»Nein, bitte keine Polizei!«, rief ich panisch. Es war aber schon zu spät. Der Hausmeister, oder was immer das auch war, zückte sein Handy.

---

* Bäbberle: Ein »Bäbber« ist etwas, das bäbbt, will heißen klebt, sprich: ein Aufkleber. Das angehängte -le bedeutet nicht automatisch, dass der Aufkleber klein und niedlich ist, schließlich neigt der Schwabe an sich auch sprachlich zum gepflegten Understatement. So kann ein »Hondle« (Hund) durchaus ein Rottweiler und ein »Häusle« eine Villa mit Swimmingpool sein.

| 133

»Das ist unsere letzte Chance«, flüsterte Lila und gab mir einen energischen Schubs. »Parole Kochtopf!« Ich rannte notgedrungen los, was blieb mir schon anderes übrig, und Lila hinterdrein.

»Schdanda bleiba!«, brüllte der Hausmeister und nahm mit seiner Schneefräse die Verfolgung auf.

»Oben bleiben!«, brüllte Lila böse zurück. Keuchend liefen wir den Weg entlang. Der Rotz lief mir aus der Nase, mein Brustkorb würde in der kalten Luft gleich explodieren, und auf meinem Rücken breitete sich kalter Schweiß aus. Das Piepen des Schneetraktors kam viel zu rasch näher. Bumm. Meine Knie krachten gegen einen metallischen Gegenstand, meine Füße rutschten in den Gummistiefeln weg, ich flog mit vollem Karacho über den Topf und landete im Schnee. Ich schnappte nach Luft.

»Super, du hast den Kochtopf gefunden!«, brüllte Lila. »Los, zurück zum Auto!«

Ich rappelte mich auf, ignorierte meine schmerzenden Knie, wir nahmen den riesigen Kochtopf an den Henkeln zwischen uns und spurteten auf der Straße zurück Richtung Ente. Durch den überraschenden Richtungswechsel hatten wir zwar wertvolle Sekunden gewonnen, aber der Schneetraktor hatte ebenfalls gewendet und war uns schon wieder dicht auf den Fersen. Keuchend stürzten wir auf die Ente zu, Lila ließ den Topf los, und ich sprang ins Auto, so schnell das mit dem Kochtopf ging.

»Der Vollidiot versucht, uns den Weg abzuschneiden!«, stöhnte Lila. Der Traktor hatte uns überholt und blockierte vor uns die Straße. Der Hausmeister drohte wild mit der Faust. Lila legte den Rückwärtsgang ein und schoss nach hinten. Der Traktor rückte nach. Tatütata. Die Polizei war da.

»Mist!«, keuchte Lila. »Streife von hinten, Schneebagger von vorne und klitzekleine Ente dazwischen!« Sie gab Vollgas rückwärts, krachte beinahe in das Polizeiauto, legte dann blitzschnell den Schaltknüppel in den ersten Gang, schlug einen Haken um den Schneetraktor und gab wieder Vollgas. Soweit man bei einer Ente von Vollgas reden konnte. »Wenn uns der Streifenwagen verfolgt, haben wir keine Chance!«, rief sie.

Ich warf einen Blick zurück. »Die sind schon wieder hinter uns her!«, rief ich panisch. »Sie haben nur einen Augenblick gehalten, wahrscheinlich, um sich auf den aktuellen Stand bringen zu lassen!«

Lila raste bis zum Ende der Straße und schlitterte nach rechts. Die Ente rutschte und schlingerte, hing nur noch auf zwei Reifen, ich hielt den Atem an, Lila fing sie gerade noch auf, machte eine Vollbremsung, fuhr wieder nach rechts in eine private Einfahrt, schaltete Licht und Motor aus und ließ die Ente weiterrollen.

»Nicht sonderlich originell, aber es muss einfach funktionieren!«, rief sie. »Mit Sommerreifen entkommen wir denen nicht.« Das Polizeiauto raste an der Einfahrt vorbei.

»Puuh«, sagte Lila. Wir holten beide tief Luft. »Und jetzt nichts wie weg hier!« Sie wendete ohne Licht, fuhr zurück an die Straße und wollte nach links abbiegen. Leider blockierte dort der Traktor die Ausfahrt. Wir hörten das irre Lachen des Hausmeisters und sahen, wie er auf seinem Sitz triumphierend auf und ab hüpfte.

»Der Typ ist ja vollkommen durchgeknallt!«, stöhnte Lila. »Dann eben nach rechts!« Von dort kam gerade die Polizei zurück, die offensichtlich bemerkt hatte, dass wir sie abgehängt hatten. Der Streifenwagen hielt mit quietschenden Reifen. Links Schneetraktor, rechts Polizei – wir saßen in der Falle.

»Sollen wir aussteigen und die Hände aufs Dach legen?«, fragte ich resigniert.

»So schnell kriegen die uns nicht«, sagte Lila zähneknirschend und ließ den Motor der Ente drohend aufheulen.

9. Kapitel

Ihr könnt uns nicht vertreiben
Wir wollen oben bleiben

L ine? Ich muss zur Arbeit. Hier, ich habe dir einen Kamillentee gemacht. Trink ihn am besten gleich, er hat schon die richtige Temperatur. Ruh dich aus, wir sehen uns heute Abend.«

Diesmal trank ich den Tee brav. Meine Glieder schmerzten, mein Hals schmerzte, meine aufgeschlagenen Knie schmerzten und mein Herz auch, weil ich jetzt schon seit zwei Tagen nicht mehr mit Leon gesprochen hatte. Ich nahm erschöpft den letzten Schluck und schlief sofort wieder ein.

Ich wachte erst wieder auf, als ich Lila und Harald miteinander lachen hörte. Vorsichtig wackelte ich mit Armen und Beinen. Die Gliederschmerzen waren verschwunden, und auch das Halsweh war besser. Ich wollte meine Nachttischlampe anmachen, aber die war ja bei meiner Cyber-Sexaktion draufgegangen. Wenige Minuten später klopfte es an die Tür.

»Line? Bist du wach?«

»Ja, komm ruhig rein!« Lila öffnete die Tür. Hinter ihr stand Harald und winkte.

»Wollt bloß gschwind noch onsrer Kranga gucka ond hallole saga!«, rief er und trampelte dann die Treppe hinunter.

»Wie geht es dir?«, fragte Lila.

»Viel besser, denke ich. Ich habe den ganzen Tag geschlafen.«

»Hast du Fieber?«

»Ich glaube nicht. Schnupfen, Halsweh, Husten. Erkältung eben. Aber ich bin nicht mehr so fix und fertig wie gestern Abend.«

»Da war's ja auch kein Wunder, nach unsrer wilden Verfolgungsjagd. Lies das.« Sie streckte mir die *Stuttgarter Zeitung* hin und deutete auf einen Artikel im Lokalteil. Auf einem Foto thronte der Hausmeister auf seinem Schneebagger und strahlte.

Anschlag auf Ministerpräsident Mappus vereitelt?

Durch sein mutiges Eingreifen hat der Hausdienst des Staatsministeriums möglicherweise einen von Stuttgart-21-Gegnern geplanten Anschlag auf Ministerpräsident Mappus verhindert. Beim Schneeräumen stieß eine wegen des heftigen Wintereinbruchs eingestellte Aushilfe gestern Abend in unmittelbarer Nähe der Einfahrt zur Villa Reitzenstein auf zwei Aktivistinnen. Als der Mann die beiden Frauen zur Rede stellte, die vermutlich aus den Reihen der sogenannten »Aktiven Parkschützer« stammen, ergriffen sie die Flucht. Er alarmierte sofort die Polizei und verfolgte die beiden Verdächtigen anschließend mit seiner Schneefräse. Im Gespräch mit unserer Zeitung sagte er, die Aktivistinnen seien sehr aggressiv gewesen und hätten Parolen gegen den Tiefbahnhof gerufen. Zudem seien sie schwarz vermummt gewesen. Deswegen konnte er auch keine Personenbeschreibung abgeben. Bei einer anschließenden Verfolgungsjagd entkamen die Verdächtigen in ihrem schnellen Fluchtauto.

Die CDU im Landtag äußerte sich entsetzt darüber, dass die Protestbewegung mittlerweile wohl offensichtlich nicht einmal mehr vor Leib und Leben des Ministerpräsidenten zurückschrecke. Ein Sprecher sagte, damit habe die Auseinandersetzung um das umstrittene Bahnprojekt eine neue Stufe der Eskalation erreicht. Gleichzeitig lobte er die Zivilcourage des Mannes. Fleißige Menschen, die sogar bei der Kehrwoche oder beim Schneeräumen ihrer Bürgerpflicht nachkämen, seien das moralische Rückgrat unseres Landes. Ministerpräsident Mappus selbst zeigte sich erschüttert und will dem Mann den Verdienstorden des Landes Baden-Württemberg verleihen, die höchste Auszeichnung des Landes. Die Untersuchungen dauern an.

»Was für ein absoluter, vollkommener Schwachsinn!«, stöhnte ich.

»Ja, nicht wahr?«, sagte Lila und grinste. »Nur du, ich und Harald kennen die Wahrheit. Ist das nicht großartig? Im Parkschützer-Blog herrscht helle Aufregung. Alle wollen wissen, wer die beiden Aktivistinnen waren und was sie vorhatten.«

»Und was willst du jetzt tun?«

»Gar nichts.«

»Und wenn sie uns erwischen?«

Lila zuckte mit den Schultern. »Werden sie schon nicht«, sagte sie. »Zum Glück war ja das Nummernschild der Ente zugefroren. Und der Schneemann kann uns nicht beschreiben. Super, was?«

»Simon könnte auf mich kommen.«

»Aber mich kennt er nicht, und er weiß nicht, dass ich eine Ente fahre. Außerdem, wenn er dich auch nur ein bisschen mag, hält er die Klappe. So, und jetzt kochen wir. Meinst du, du kannst zum Essen aufstehen?«

»Ja, klar. Ich habe einen Bärenhunger.«

»Und nach dem Essen gucken wir Johannes B. Kerner. Der Hilfshausmeister ist zum Interview geladen.«

Lila grinste und verschwand. Ich sah auf die Uhr. Halb sieben! Das hieß, in China war es mitten in der Nacht. Schon wieder zu spät, um mit Leon zu reden! Ich holte das Notebook ins Bett und rief meine Mails auf. Da waren drei Mails von Leon. In der ersten stand: Na, du bist wohl vielbeschäftigt, die zweite hatte einen leicht besorgten Unterton, und die dritte klang schon ziemlich besorgt.

Line, es ist hoffentlich alles ok bei dir, weil ich so gar nichts von dir höre ...

Ich bekam ein entsetzlich schlechtes Gewissen. Was für ein Tag war heute überhaupt? Donnerstag. Das hieß, dass ich am Montag zuletzt mit Leon gesprochen hatte! Na ja, eigentlich nicht wirklich gesprochen, sondern einen Strip hingelegt und meine Nachttischlampe verkokelt. Ich schrieb Leon eine Mail, so rasch ich das mit zwei Fingern konnte.

Leon, Liebster, es ist schrecklich viel passiert seit Montag, ich war fast nicht zu Hause, und wenn ich zu Hause war, war ich krank. Nicht schlimm, nur Erkältung. Melde dich, sobald du am Freitag von der Arbeit kommst. Ich bin zu Hause. Du fehlst mir sehr, Line.

Was hätte ich darum gegeben, Leon sofort brühwarm und haarklein zu erzählen, was Lila und ich gestern Abend erlebt hatten! Ich schaltete den Computer wieder aus, zog ein Paar dicke Socken und meine Fleecejacke an und ging die Treppe hinunter. Am Fuße der Treppe standen der Alukoffer und der Kochtopf einträchtig nebeneinander und erinnerten mich an die nächtlichen Abenteuer. Ich schaute eine Runde im Bad vorbei, ohne in den Spiegel zu sehen, und ging dann in die Küche. Es war kuschelig warm, Kerzen brannten, Lila rührte in einem Topf auf dem Herd herum, und Harald schnippelte. Suffragette lag eingerollt vor dem Gasofen. Es war ein vertrautes, heimeliges Bild, in dem nur Leon fehlte. Ich öffnete den Schrank und holte die Oreos heraus.

»Das Essen ist gleich fertig, Line. Da wirst du dir doch hoffentlich nicht den Appetit mit Keksen verderben!«, protestierte Lila.

»Keine Sorge, heute nimmt mir nichts so schnell den Appetit. Ich habe ja seit gestern Abend nichts mehr gegessen!«, antwortete ich mit keksvollem Mund. »Was gibt's denn?«

»Sojaschnitzelchen, Bulgur und Salat«, antwortete Lila. »Vollwertiges, gesundes Essen, damit du schnell wieder auf die Beine kommst.«

»Klingt total lecker«, log ich und stopfte mir schnell noch einen Keks zwischen die Zähne. Ich füllte den Wasserkocher und stellte ihn an.

»Kamillatee?«, fragte Harald.

»Kaffee«, antwortete ich. »Bist du wieder ganz gesund?«

»Faschd«, antwortete Harald. »Weil sich d'Lila so gut om mi kümmerd hot. I ben zumindeschd de halba Dag en dr Praxis gwä. I han di wohl agsteckt?«

Ich zuckte mit den Schultern. »Ist doch egal. Die Viren fliegen grad eh überall rum. Immerhin hat es mir drei arbeitsfreie Tage verschafft.«

»Ond die hosch offasichdlich ausgnuzd«, grinste Harald. »Die Schdory mit dem Marihuana isch oifach subr.«

»Du hättest Lila gestern Abend erleben sollen«, sagte ich. »Sie war absolut großartig. Wie sie bei dem Schnee trotz Sommerreifen alles aus der Ente rausgeholt hat ... da kannst du deinen Porsche glatt dagegen vergessen.«

Harald lachte, zog Lila vom Herd weg und tanzte mit ihr einen Spontan-Walzer durch die Küche. »I kann's mr vorstella. Doo wär i zu gern drbei gwäsa!«

Lila walzerte mit, kicherte wie eine verliebte Dreizehnjährige, und die beiden strahlten sich an. Nein. Ich würde jetzt nicht eifersüchtig sein. Niemand verdiente dieses Glück mehr als Lila. Außerdem hatte sie gestern Abend meinen Arsch gerettet.

»Als der durchgeknallte Typ mit seinem Schneeschaufelbagger links die Straße blockierte und der Streifenwagen von rechts angebraust kam und wir dazwischenhingen, da hatte ich schon aufgegeben. Und was macht Lila? Fährt rückwärts, nimmt den Gehweg und brettert an der Streife vorbei. Ich hätte zu gern die Gesichter der Beamten gesehen!«

»Na ja, so eine Ente ist nun mal sehr klein und sehr schnuckelig, und der Gehweg war sehr breit, und zur Straße hin standen Bäume«, gab sich Lila bescheiden. »Der perfekte Fluchtweg. Und es war ein glücklicher Zufall, dass hinter der Polizei der Streuwagen aufgetaucht war und die Straße versperrte, so dass wir Zeit genug hatten, abzuhauen, auch wenn uns der Schneebagger auf dem Gehweg weiter verfolgt hat, bis er dann leider einen Moment nicht aufgepasst hat und in einen riesigen Schneehaufen gerauscht ist, den das Räumfahrzeug am Straßenrand aufgetürmt hatte.« Sie stellte

Topf und Pfanne auf den Tisch, und Harald holte Teller aus dem Schrank.

»Wo ischn jetzt des Marihuana?«, fragte er.

»Das müsste noch im Topf liegen, wenn Lila es nicht verhökert hat«, sagte ich. »Gestern Abend war ich zu erledigt, um mich weiter darum zu kümmern.«

»Ich musste sie fast die Treppe hinauftragen, so wackelig war sie auf den Beinen«, erklärte Lila.

»Na ja, mit einer Mordserkältung durch den Schnee zu rennen, war wahrscheinlich auch nicht ideal. Aber eigentlich schon erstaunlich, dass niemand den Topf angerührt hat«, sagte ich.

»Das Ding ist doch ziemlich verbeult, bestimmt haben die Leute gedacht, das ist Sperrmüll.«

»Sperrmill vo dr Villa Reitzenstoi?« Harald lachte. »Doo kendsch no mehr entsorga.«

»Sollen wir uns das Marihuana mal ansehen?« Ich stand auf, ging in den Flur und nahm den Deckel vom Kochtopf. Das Päckchen lag so unschuldig am Boden des Topfes, als sei überhaupt nichts geschehen. Ich klaubte es heraus und ging zurück in die Küche. Lila häufte gerade meinen Teller mit Essen voll. Ich streifte die grobe Schnur ab und wickelte dann vorsichtig den Inhalt aus. Zum Vorschein kam eine ziemlich große, durchsichtige Plastiktüte, die mit einem grünlich braunen, getrockneten Kraut prall gefüllt war.

»Kamillentee«, sagte ich. Harald nahm mir die Tüte aus der Hand und hielt sie prüfend gegen das Licht. Dann schnüffelte er an dem Kraut.

»Des isch gwieß koi Kamillatee«, sagte er. »Des isch Marihuana. Ziemlich saubr aussähends Marihuana.«

»Kennst du dich da aus?«, fragte Lila interessiert.

»I ben Arzt«, sagte Harald und zuckte mit den Schultern.

»Aha«, sagte Lila und schob sich einen Löffel Bulgur in den Mund. Auch Harald und ich machten uns über das Essen her.

»Was hosch jetzt drmit vor?«, fragte Harald.

»Keine Ahnung«, sagte ich. »George denkt, ich habe es wegge-
worfen, und wird nicht scharf drauf sein, es wiederzukriegen, solange ihn die Polizei am Wickel hat. In den Biomüll damit?«

»Eigendlich schad drom. A baar hondert Eiro oifach so wegwer-
fa.«

»Ein paar hundert Euro?«, rief ich schockiert. »Da wäre ich ja alle
meine Schulden los! Und außerdem muss ich vielleicht noch ein
Bußgeld bezahlen!«

»Denk nicht im Traum daran!«, sagte Lila und drohte mir mit
dem Löffel. »Diesmal ist es gutgegangen. Aber wenn jemand ohne
jegliche Erfahrung versucht, in Stuttgart für mehrere hundert Euro
Marihuana zu dealen, das ihm nicht gehört, und dieser Jemand
Pipeline Praetorius heißt und das Katastrophen-Gen hat, dann
kann ich dir jetzt schon vorhersagen, wie die Geschichte ausgeht.«

»Und – wie geht sie aus?«, fragte ich.

»Mit Heulen und Zähneklappern. Säääähr viel Heulen. Säääähr
viel Zähneklappern.«

10. Kapitel

Te recuerdo Amanda
la calle mojada
corriendo a la fábrica donde trabajaba Manuel
La sonrisa ancha
la lluvia en el pelo
no importaba nada
ibas a encontrarte con él
Son cinco minutos
La vida es eterna en cinco minutos

A m nächsten Morgen war ich zwar immer noch schrecklich er-kältet, aber fühlte mich schon viel kräftiger. Um mich ein biss-chen einzuschleimen, rief ich im Büro an und versicherte Arminia, dass ich auf jeden Fall vorhatte, am Montag wieder auf der Matte zu stehen. Ich konnte mir schon denken, dass sie die Gelegenheit nut-zen würde, um ein ausführliches Klagelied anzustimmen.

»Gestern Abend ist hier niemand vor zehn rausgegangen. Alle Kunden kommen gerade gleichzeitig an und wollen vor Weihnach-ten irgendetwas Dringendes erledigt haben. Und Julia ist auch im-mer noch krank.«

Ich hielt mir den Hörer vom Ohr weg und verlor mich in Tag-träumen. Leon. Heute musste ich unbedingt ausführlich mit Leon reden! Vielleicht sollte ich noch einmal strippen? Aber eine Strippe-rin, deren Nase lief, als ob sie dafür bezahlt würde, war vermutlich nicht sonderlich erotisch.

»Line. Line?«, rief Arminia. »Ich hab dich was gefragt!«

»Sorry«, stotterte ich. »Ich habe auch noch eine Ohrenentzün-dung und höre schlecht.«

»Hoffentlich ist das bis Montag weg!«, brüllte Arminia und legte auf.

| 143

Nach dem Telefonat packte ich mich dick ein und marschierte zum Blumenladen am Ostendplatz. Die Sonne strahlte vom blitzblauen Winterhimmel, in unserer Siedlung war weder geräumt noch gestreut worden, und es war einfach herrlich, durch den Schnee zu stapfen. Ich hatte Lila noch nie Blumen geschenkt. Eigentlich war keine Blumensaison, und Lila legte Wert auf lokale, fair gehandelte Produkte. Aber ich wollte mich unbedingt angemessen bei ihr bedanken! Ohne ihre Hilfe hätte ich den Kochtopf mit dem Marihuana niemals wiedergefunden. Ich kaufte einen schönen Rosenstrauß, ging schnurstracks zurück nach Hause und war trotz der Kürze des Ausflugs vollkommen erledigt. Ich stellte mir vor, ich sei gerade durch den Garten meines englischen Herrschaftshauses gelustwandelt, hätte hier und da ein Röslein abgeschnitten und wäre mit dem Weidenkorb unter dem Arm in meine Landhausküche spaziert. Ich brauchte nicht einmal zwanzig Minuten, um die Rosen in Lilas selbstgetöpferter Vase so zu arrangieren, dass es aussah wie zufällig. Dann drehte ich den Gasofen in der Küche hoch, machte mir einen zweiten Kaffee und wählte Tariks Handynummer. Die Mailbox sprang an.

»Hallo, Tarik, Line hier. Damit du schon mal Bescheid weißt, ich bin schrecklich erkältet und gebe mit meiner Triefnase morgen vielleicht nicht das allerattraktivste Bild ab. Gibst du mir noch wegen der Uhrzeit Bescheid? Tschau.«

Mittlerweile war es kurz vor elf. Sechs Uhr in Wuxi. Ich holte das Notebook aus meinem Zimmer, stellte es auf den Küchentisch und öffnete Skype, um Leon nur ja nicht zu verpassen. Hoffentlich hatte er an seinem Freitagabend nichts vor! Um die Wartezeit zu überbrücken, würde ich ein bisschen Nostalgie-TV gucken. Das war in letzter Zeit vor lauter Arbeit viel zu kurz gekommen. Ich sang gerade zum zweiten Mal völlig falsch »Flipper ist unser bee-ster Freund ...« mit, als sich Leon meldete. Hurra! Ich stellte den Fernseher aus und wartete darauf, dass Leon auf dem Bildschirm erschien.

»Hallo, meine Süße! Ich bin eben nach Hause gekommen. Was war denn los mit dir?«, fragte Leon besorgt. Ach, es war einfach herrlich, dass sich jemand außer Lila und Dorle Sorgen um mich machte, und dass dieser Jemand ein unglaublich gutaussehender Ingenieur aus Hamburg war! Mit einem kleinen Bauch, okay, aber den sah man ja in der Regel beim Skypen nicht.

Ich holte tief Luft. »Ach, Leon, du kannst dir nicht vorstellen, was mir in den letzten Tagen so alles passiert ist!«

Er grinste. »Line, es gibt ziemlich wenig, was ich dir nicht zutraue«, sagte er. »Du hast anderthalb Stunden, dann ziehe ich noch mal los, um die Kollegen im *Blue Bar Café* zu treffen. Sie sind essen gegangen, aber ich habe gesagt, ich will erst mit dir reden und komme dann nach.«

»Wie lieb von dir«, sagte ich und hatte schon wieder ein schlechtes Gewissen, weil Leon vor seinen Kollegen ohne Umschweife aktiv ja zu unserer Beziehung sagte, während ich im Büro noch nicht einmal beiläufig erwähnt hatte, dass er existierte.

Ich erstattete Leon einen minutiösen Bericht über die Ereignisse der letzten drei Tage. Ich ließ wirklich gar nichts aus, weder die Butzfee noch George noch den Kochtopf. Das Einzige, was ich nicht erwähnte, waren Michas Annäherungsversuche und dass ich Tariks Verlobte spielen würde. Dass uns nicht irgendein Polizist erwischt hatte, sondern ausgerechnet Simon, ließ ich ebenfalls weg, weil es nicht nett gewesen wäre, Leon zu beunruhigen, wo es doch überhaupt keinen Grund dafür gab, und womöglich hätte er es falsch verstanden, dass ich mich Simon in meinem bekifften Zustand an den Hals geworfen hatte, als ob ich keinen Freund hätte. Sonst erzählte ich wirklich alles.

Leon lauschte mit sichtlichem Vergnügen. Erst, als ich den Marihuana-Beutel beschrieb, wurde er ernst.

»Line, ich hoffe, du wirfst das Kraut in den Müll und lässt die Finger davon.«

»Das hat Lila auch gesagt. Keine Sorge«, versicherte ich. »Ich habe nicht die geringste Lust, schon wieder in Konflikt mit der Polizei zu geraten.«

»Wenn das Zeug so viel wert ist, wird George es dann nicht

zurückhaben wollen? Nicht, dass du noch Ärger mit ihm bekommst.«

»Er denkt, ich hätte das Gras aus dem Fenster geschmissen.«

Wir redeten weiter. Erzählten und turtelten und neckten uns und kicherten und lachten und sahen uns tief in die Augen und redeten eine Weile gar nichts, und ich merkte erst jetzt, wie sehr ich Leon in den letzten Tagen vermisst hatte.

»Sag mal, wird das nicht ein schreckliches Weihnachten, in einem Land, in dem es eigentlich kein Weihnachten gibt?«, fragte ich.

»Ach, wir werden das Beste daraus machen. Und mittlerweile gibt es hier sogar Weihnachtsmänner in den Kaufhäusern und Plastik-Weihnachtsbäume, weil alles schick ist, was aus dem Westen kommt. Wir deutschen Kollegen haben uns auch schon so ein Plastikding besorgt und werden irgendwo zusammen feiern. Vielleicht im Hofbräuhaus, mit ein paar Leuten von Volvo und Siemens.«

»Hofbräuhaus?«

»Ja, es gibt hier einen Ableger. Chinesinnen im Dirndl ...« Leon grinste. »Meine Eltern sind natürlich auch sehr enttäuscht, dass ich nicht komme, aber sie werden's verschmerzen. Und ich auch. Nur du wirst mir schrecklich fehlen.«

»Lena und Salomon werden ihre Mutter auch schrecklich vermissen. Am Sonntag fahre ich nach Gärtringen, um mit Katharina alles wegen Weihnachten zu besprechen. Dorle kommt auch.«

»Sag ihr ganz liebe Grüße von mir.«

»Line ...« Leon räusperte sich und fummelte an seinem Hemdkragen herum. Er wirkte nervös. »Heute wollte ich dich mal überraschen. Moment.« Er stand auf, verschwand vom Bildschirm, und Sekunden später hatte sich das helle Licht in seiner Wohnung in Schummerbeleuchtung verwandelt. Ich kriegte ganz große Augen. Würde Leon jetzt für mich strippen? Er tauchte wieder auf und stellte sich so hin, dass ich seinen Oberkörper sehen konnte. Anstelle des ordentlichen weißen Hemdes trug er jetzt ein schwarzes T-Shirt.

»Es ist nicht das, was du denkst. Einen Strip hinzulegen, das ist nicht so meins. Aber ich habe mir etwas anderes für dich ausgedacht. Ich … ich wollte mich revanchieren. Ein kleines bisschen, wenigstens.«

»Da bin ich aber sehr gespannt!« Ich wurde ganz aufgeregt.

Leon wischte sich den Schweiß von der Stirn, fuhr sich durch sein blondes Haar und räusperte sich erneut. »Ich habe so was noch nie gemacht«, sagte er. »Versprich mir, dass du nicht lachst.«

»Ich weiß zwar nicht, was du vorhast, aber ich verspreche es dir.« In meinen Armen und Beinen begann es zu kribbeln.

Leon räusperte sich zum dritten Mal, schloss die Augen, und plötzlich ertönte von irgendwoher Musik. Sie kam mir bekannt vor. Leon hatte die Augen noch immer geschlossen. Und auf einmal begann er, zu der Musik zu singen. »You're a falling star, you're a get away car, you're the line in the sand when I go too far …« Leon sang. Ich hatte ihn noch niemals singen gehört. Noch nicht einmal unter der Dusche! Leon sang, und er sang für mich.

»And in this crazy life, and through these crazy times, it's you, it's you, you make me sing, you're every line, you're every word, you're everything …« Leons Stimme, am Anfang noch ein bisschen wackelig, wurde mit jedem Ton sicherer. Sie klang warm und wunderbar und so, als ob er die Worte wirklich meinte, und ich konnte gar nicht anders, die Tränen begannen, mir über das Gesicht zu laufen. La-La-La-La-La … die letzten Töne verklangen. Einen Moment stand Leon nur da, so, als ob er sich fürchtete, die Augen zu öffnen. Dann sah er mich unsicher, beinahe flehend an.

»War's sehr schlimm?«, fragte er leise. Das war nicht der dauergrinsende Leon, der mich so gerne auf den Arm nahm und immer ein klitzekleines bisschen hanseatisch-distanziert wirkte. Hier stand ein Mann, der mir gerade seine Seele auf einem Tablett präsentiert hatte, nackt und verletzlich.

Ich schüttelte heftig den Kopf.

»Es war ganz einfach wunderbar«, heulte ich und wischte mir mit dem Ärmel über die Nase.

»Das freut mich«, sagte Leon. Seine Stimme brach.

»Noch nie hat jemand für mich gesungen«, schluchzte ich.

| 147

»Noch nie hat jemand für mich gestrippt«, flüsterte Leon. Dann sagten wir beide erst einmal gar nichts, weil wir so schrecklich ergriffen waren, und schnieften und schneuzten.

»Ich wusste ja gar nicht, dass du singen kannst!«, rief ich schließlich aus.

»Ich auch nicht«, grinste Leon und war wieder ganz der Alte. »Ich musste bei dem Song irgendwie an dich denken. Ich habe mir in einem Karaoke-Schuppen das Playback besorgt und die letzten beiden Tage heimlich geübt. Die Wände hier sind ziemlich dünn, ich fürchte, meine Nachbarn haben etwas gelitten.«

»Danke«, sagte ich leise. »Das ist das schönste Geschenk, das ich jemals bekommen habe.«

»Nimm's als vorgezogenes Weihnachtsgeschenk. Und jetzt muss ich leider los. Wir sprechen uns bald wieder, ja?«

Leon war weg. Ich blieb unbeweglich sitzen, um die Magie des Augenblicks nicht zu zerstören, und badete in der Freude, die mir Leon gemacht hatte. War das nun das, was man Liebe nannte? Dass ich mich Leon so nahe gefühlt hatte, obwohl Tausende von Kilometern zwischen uns lagen? Dass mein ganzer Körper schmerzte vor Sehnsucht, weil wir nicht zusammen sein konnten? Wie hatte ich nur jemals an Leon zweifeln können?

Morgen würde ich Tarik zu seinen Eltern begleiten und mir mit dem selbstlosen Einsatz für einen Freund ein Flugticket nach Wuxi verdienen. Ich würde Leon nichts verraten, sondern am Werktor von Bosch stehen und geduldig auf den Schichtwechsel warten. Schon aus der Ferne würde ich Leon erkennen, weil er ja viel größer war als seine chinesischen Kollegen. In einem Strom von chinesischen Arbeitern in blauen Kitteln würde er zum Schlagbaum herangespült werden. Ich würde dahinter stehen und auf keinen Fall rufen, sondern einfach nur lächeln, lächeln, und auf den Moment warten, wenn Leon mich erblickte. Leon würde mich ansehen, als sei ich eine Erscheinung, ungläubig, fassungslos, er würde mich anfassen müssen, um zu begreifen, dass ich aus Fleisch und Blut war, und dann würde sich sein zweifelnder Blick in ein überglückliches

Strahlen verwandeln, er würde mich in seine Arme reißen und leidenschaftlich küssen, und um uns herum würden Hunderte Chinesen in Jubel ausbrechen und ihre Mützen begeistert in die Luft werfen …

Das Telefon klingelte.

»Kend, bisch scho drhoim?*« Bumm. Der schöne Chinatraum verpuffte, und ich konnte mir gerade noch die Bemerkung verkneifen, nein, ich bin noch im Büro.

»Ich war gar nicht arbeiten, Dande Dorle. Erkältung.«

»Jetz sag bloß, mei arms Mädle!«

»Halb so wild. Es geht mir schon viel besser.«

»I han dr gsagt, du musch gscheid essa! Koi Wondr, wirsch krank! Du hosch mr au gar net gfalla, wo mr ons ’s ledsch Mol gsäh hen! Du bisch viel z’dinn! Du holsch dir no de Dod! Am Sonndich breng i dir ebbes zom Essa mit, fir nägschd Woch!«

Ich ließ Dorle weiterreden, so wie Arminia vorhin. Wahrscheinlich würde sie das Thema »vernünftig essen« ziemlich erschöpfend abhandeln, und ich konnte mich so lange zurück an das Werkstor von Bosch und hinein in Leons leidenschaftlichen Kuss inmitten jubelnder Chinesen träumen. Mmmh … Leon war ein wirklich fantastischer Küsser … aber Moment mal, wieso küsste er nicht mich, sondern die bezaubernde Chinesin im Dirndl, die sich an Heiligabend mit der Maß Bier in der Hand so über ihn gebeugt

---

* Fragen wie diese (»Sen Sie au scho doo?«, oder auch der Vermieter im Hausflur, »Sen Sie au scho uff?«) sind in Schwaben häufig und kommen Nicht-Schwaben seltsam vor, weil es ja eigentlich offensichtlich ist, dass man schon da oder bereits aufgestanden ist. Tatsächlich handelt es sich hierbei jedoch um rein rhetorische Fragen und letztlich um die schwäbische Form des Smalltalks. Eine ernsthafte Antwort erwartet niemand. Wenn Sie jedoch den Ball überraschend zurückspielen wollen, dann könnten Sie beispielsweise auf die Frage »Au scho onderwägs?« »Scho isch nemme!«, also »schon ist nicht mehr« antworten, um damit auszudrücken, dass Sie als hart arbeitender Mensch mit den Vögelein aufgestanden sind und es deshalb für Sie nicht mehr früh am Tag ist.

hatte, dass er in aller Ruhe ihre entzückenden kleinen prallen Brüste in dem weißen Mieder betrachten konnte? Und wieso jubelten die chinesischen Arbeiter einfach weiter? Das war ja wohl das Allerletzte!

»… mir sen mitm Johrgang zamma gwäsa, 's isch amol wieder arg nett gwä, en dem oina Eck sen die Richdige zammagsässa, meine saure Kuddla* sän hervorragend gwä …«

Oha, Dorle hatte das Thema gewechselt. Schnell klinkte ich mich ein.

»Ah, apropos saure Kutteln. Wie kommst du denn am Sonntag nach Gärtringen?«

»Dr Karle brengd mi«, sagte Dorle würdevoll. Ich vergaß immer wieder, dass Dorle nicht mehr Single war, sondern einen zweiundachtzigjährigen Freund hatte, der für kürzere Strecken vor Ort gerne den alten Porsche-Traktor aus seiner Zeit als Landwirt nutzte und für Fahrten nach außerhalb in seinen alten Mercedes stieg, sonntags niemals ohne Hut.

»Schön, dann ist ja alles geklärt«, sagte ich, um zu signalisieren, dass das Gespräch aus meiner Sicht langsam zum Ende kommen konnte. »Wir sehen uns am Sonntag bei Katharina.«

»I han dr abr no gar net vom Weihnachtsbazar verzehlt. Am Sonndich sen wiedr so viel Leit om oin rom, doo kosch net en Ruhe schwätza. Mir hen so arg scheene Dobflabba ghett, on die hot koi Mensch wella.«

Es dauerte dann auch nur noch eine Viertelstunde, bis Dorle die unerklärliche sinkende Popularität des selbstgehäkelten Topflappens auf Weihnachtsbasaren evangelischer Kirchengemeinden in allen Facetten dargestellt hatte und sich verabschiedete. Endlich

---

* Saure Kutteln: Schwäbische Spezialität, die nicht jedermanns Sache ist, da es sich dabei um kleingeschnittenen Rinder- oder Kalbsmagen handelt. Kutteln werden in manchen schwäbischen Gemeinden als Zuwanderungstest eingesetzt. Wer Kutteln nicht ablehnt, erhält eine dauerhafte Aufenthaltserlaubnis.

konnte ich mich meiner Mission des Tages widmen, bevor Lila nach Hause kam. Ich musste mir dringend ein Butzfee-Kostüm basteln.

Ich schlich hinauf in Lilas Zimmer und öffnete die Tür ihres Kleiderschranks. Lila trug gerne Samtkleider, da würde sich doch bestimmt etwas Passendes finden lassen. Am Boden des Schranks lag eine Tüte mit ausgemusterten Klamotten. Das war noch viel besser, ich hatte schon ein schlechtes Gewissen gehabt, heimlich ein Kleid von Lila zu klauen, nachdem ich bereits ihr Lieblings-Seidentuch abgefackelt hatte. Ich kramte ein knallrotes Samtkleid aus der Tüte. Es war schon ziemlich abgewetzt, und natürlich war es mir viel zu weit und deshalb zu lang, und ich trat auf die Säume, aber mit einem Gürtel um die Taille ging es. Die grünen Gummistiefel, die mir Lila geliehen hatte, waren farblich zwar nicht ganz passend, aber Gummistiefel waren ja mittlerweile modisch erlaubt. Dazu noch ein knallroter Lippenstift, und ich würde die aggressive Ausstrahlung besitzen, die man als Hausiererin benötigte. Nun stand meinem ersten Einsatz als Vertreterin von »Butzfee International« nichts mehr im Wege. Morgen früh würde ich einen ersten Versuch starten.

Am späten Nachmittag kreuzten Lila, Harald und der unvermeidliche Wochenend-Wutzky auf. Wutzky ließ vor lauter Begeisterung, mich wiederzusehen, einen besonders freudigen Furz los.

»Die Blumen sind für dich, Lila«, sagte ich. »Ich wollte mich bedanken, für deine Hilfe.«

»Das ist aber lieb«, sagte Lila und strahlte. »So schöne Rosen!« Sie beugte sich über den Strauß, schnupperte und verzog dann das Gesicht, weil sie offensichtlich die falschen Düfte eingeatmet hatte. »Sag mal, bist du heute Abend zu Hause?«

»Ja, klar. Zum Ausgehen bin ich noch viel zu schlapp, und morgen ist ja die Einladung bei Tariks Eltern, da muss ich fit sein. Wieso?«

»Mir dädad dich gern om an Gfalla bitta«, sagte Harald. »Mir dädad gern ens Kino. Dädsch du gega später gschwend mitm Wutzky naus?«* Wutzky kommentierte die Erwähnung seines Namens mit einem flehenden Blick auf den Kühlschrank.

»Äh – klar doch«, sagte ich. Mit Wutzky Gassi gehen, auch das noch!

»Danke«, sagte Lila und strahlte noch mehr. »Du musst dir leider auch selber was zu essen machen, wir gehen vor dem Kino zum Italiener.« Das Telefon klingelte. Lila nahm ab, sah einen Augenblick ziemlich irritiert aus und reichte mir dann das Mobilteil.

»Eine Frau Butzer von Butzfee International ist am Telefon«, sagte Lila. »Ich dachte erst, sie hat sich verwählt, aber sie will dich tatsächlich sprechen.«

»Äh – danke«, sagte ich hastig und verzog mich mit dem Telefon die Treppe hinauf in mein Zimmer.

»Und – wie bist du klargekommen?«, fragte Annegret.

»Na ja, also ich war noch gar nicht unterwegs. Mich hat eine Grippe erwischt, praktisch noch in der Nacht, nachdem ich bei dir war. Ich lag die letzten Tage im Bett. Morgen will ich zum ersten Mal los.«

»Tss. Ich bin bei Wind und Wetter unterwegs, mit Grippe oder Gallensteinen. Entscheidend ist der richtige Verkaufsgeist. Das müssen die Menschen spüren, zu denen du gehst. Dann kaufen sie auch!«

Ich versprach Annegret, mich zu melden, und ging zurück in die Küche.

»Butzfee International?«, fragte Lila. »Was soll das sein?«

»Ach, die Annegret ist vor kurzem vorbeigekommen, um Putzmittel zu verkaufen«, sagte ich ausweichend. Ich hatte nicht die geringste Lust, Details preiszugeben, vor allem vor Harald nicht.

---

* Dädsch bzw. dädschmer: Wenn Sie das hören, wird es gefährlich. Dädschmer, also hochdeutsch »tätest du mir tun«, mag harmlos und irgendwie niedlich klingen, bezeichnet im Schwäbischen aber tatsächlich einen als Bitte getarnten Befehl, der für den, der ihn ausspricht, in der Regel von großer Wichtigkeit ist, so dass die Befehlsverweigerung gravierende Folgen hat. Tun Sie also besser, was von Ihnen verlangt wird.

»Die Annegret. Soso«, sagte Lila. »Und, hast du was gekauft?« Ich schüttelte den Kopf, und zum Glück stellte sie keine weiteren Fragen. Kurz darauf zogen Lila und Harald ab Richtung Kino. Das war die ideale Gelegenheit, um endlich mal wieder eine Salamipizza auf den Speiseplan zu setzen, um meine Genesung zu beschleunigen. So richtig genießen konnte ich die Pizza aber nicht, weil Wutzky sich psychoterrormäßig genau auf der anderen Seite des Tisches aufbaute und mich mit einem Blick fixierte, der deutlich sagte: »Lass es dir ruhig schmecken, während ich hier Hunger leide. Das ist total okay. Du brauchst wirklich kein schlechtes Gewissen zu haben. Die Kinder in Afrika hungern schließlich auch.«

Gegen halb zehn stellte ich mich vor Wutzky hin, der es sich mittlerweile vor dem Gasofen gemütlich gemacht hatte und leise vor sich hinschnarchte.

»Komm, Wutzky«, sagte ich beiläufig und total souverän, so, als sei es für mich das Normalste auf der Welt, mit Hunden Gassi zu gehen. Wutzky schnarchte weiter. Ich war todmüde und wollte schlafen gehen, und das blöde Vieh pennte! »Wutzky, wir gehen jetzt raus!«, sagte ich etwas lauter und bemühte mich, meiner Stimme einen autoritären Klang zu geben. Keine Reaktion. »Wutzky, ich will ins Bett!«, rief ich wütend. Wenn ich nicht mit ihm Gassi ging, würde er bestimmt auf den Küchenfußboden pinkeln! Ich marschierte zum Kühlschrank, riss die Tür auf und brüllte: »Wutzky, Wurst!« Innerhalb von eineinhalb Sekunden war Wutzky aufgesprungen und zum Kühlschrank gerast. Ich konnte die Tür gerade noch rechtzeitig zuwerfen, ohne ihm die Schnauze einzuklemmen. Der Hund warf mir einen Blick zu, der deutlich sagte, was er von Hochverrat hielt.

Das machte mich etwas nervös, als ich ihm die Leine anlegte, so, wie Harald es mir gezeigt hatte. Wutzky stemmte alle viere in unseren Küchenboden. Ich zog und zerrte ihn hinter mir her, bis mir der Schweiß ausbrach. »Wutzky, glaub nicht, dass wir meinetwegen vor die Tür gehen!«, rief ich böse, zerrte ihn über die Schwelle, dann weiter bis zum Anfang der Nachbarshecke, verschränkte dort die

Arme und wartete. Leider hatte ich keine Jacke an, es schneite schon wieder und war bitterkalt. Toll, mit Erkältung! Der Köter schnüffelte erst einmal ausgiebig herum, als wollte er testen, wie lange ich es ohne Jacke aushielt. Endlich hob er sein Bein. Dann legte er einen Sprint hin, um schnell zurück ins Warme zu kommen. Ich stolperte an der Leine hinterher.

»Da war sowieso keine Wurst im Kühlschrank«, sagte ich, ließ Wutzky in der Küche zurück und fiel todmüde ins Bett.

11. Kapitel

I wanna be loved by you
just you
nobody else but you

Wie fühlst du dich?«, fragte Lila, als ich am nächsten Morgen gegen zehn in die Küche schlurfte. Sie trug ihren neuen Jogginganzug, trank Kaffee und las die *taz*.

»Die Nase läuft die ganze Zeit, und der Husten ist auch noch nicht weg, aber ich habe geschlafen wie ein Bär. Mir geht's viel besser.« Ich nahm eine rosa Tasse mit abgeschlagenem Henkel und schenkte mir Kaffee ein. »Wo sind Harald und Wutzky?«

»Vor ein paar Minuten los nach Schorndorf«, sagte Lila. Ihre Stimme klang ungewöhnlich genervt. »Wir wollten eigentlich wieder auf die Waldau zum Tennis. Aber vor einer Stunde hat ihn seine Frau auf dem Handy angerufen, dass sich für heute Morgen überraschend ein Ehepaar aus Hamburg zur Hausbesichtigung angekündigt hat.«

»Schon wieder? Das heißt, es hat eure Samstagsplanung kaputt gemacht.«

»Ja«, sagte Lila knapp. »Den Kochabend hatten wir zum Glück sowieso schon verschoben, weil irgendwie niemand Zeit hatte.«

»Bestimmt haben sie das Haus bald los«, sagte ich, um sie aufzumuntern.

»Das hoffe ich«, antwortete Lila und hatte offensichtlich keine Lust, das Thema weiter zu vertiefen. »Jetzt gehe ich dafür zu meinen Eltern zum zweiten Frühstück. Auf dem Rückweg mache ich den Wochenendeinkauf. Dann kannst du dich noch ein bisschen schonen, bevor du deine Seele an Tarik verkaufst.«

»Prima, danke«, sagte ich und beschloss, Lilas Bemerkung zu ignorieren. Eigentlich war ich fürs Einkaufen zuständig, weil Lila

| 155

kochte. Aber so konnte ich stattdessen endlich meine ersten Erfahrungen als Butzfee sammeln.

Zehn Minuten später verabschiedete sich Lila, und ich konnte ungestört duschen und dann in mein rotes Butzfee-Kleid schlüpfen. In der Kombination mit den breiten Gartengummistiefeln sah ich zwar aus wie eine Mischung aus Schneewittchen und Zwerg, aber Gesundheit ging nun mal vor Schönheit. Die war durch meine fahle Gesichtsfarbe und die ständig laufende Nase sowieso ziemlich beeinträchtigt.

Ich stellte das Notebook auf den Klodeckel im Bad und suchte im Internet nach Bildern von Marilyn Monroe. Ich ummalte meine Lippen dick und knallrot nach ihrem Vorbild, dann übte ich vor dem Spiegel die halb geschlossenen Augen, das Wimperngeklimper und den Schmollmund. Leider hatte ich keine Wimperntusche, aber Klimpern ging auch ohne. Ich verglich mich noch mal mit den Fotos. Die Ähnlichkeit hielt sich leider in Grenzen. Es schien wichtig zu sein, beim Schmollen Zähne zu zeigen. Gut gefiel mir auch die Variante, in der Marilyn mit weit aufgerissenem Mund lachte, die Brust rausgestreckt und den Kopf im Nacken. Weil ich meinem Verkaufstalent nicht traute, hatte ich beschlossen, Butzfee und Marilyn zu kombinieren. »Happy birthday, Mister President«, hauchte ich probehalber in den Spiegel, total lasziv. Ich hoffte, dass ich heute Morgen vor allem Ehemänner antreffen würde, deren Frauen gerade einkauften, und Single-Männer, die Putzen hassten. Hauptsache Männer, die ich mit der Marilyn-Nummer um den Finger wickeln konnte. Ich setzte mich noch ein paar Minuten in die Küche, um mir die zentralen Begriffe aus dem Butzfee-Kosmos einzuprägen. Das Telefon klingelte.

»Und, was macht die Erkältung? Bist du bereit für das große Abenteuer heute Nachmittag? Wir fahre Türkei?«, fragte Tarik.

»Ich muss vorher noch etwas erledigen«, sagte ich.

»Du gehst also nicht zum Friseur?«

»Ich hab keine Zeit. Wegen der Erkältung war ich die letzten Tage zu Hause und habe nichts auf die Reihe gekriegt.«

»Ich hoffe, du stylst dich wenigstens ein bisschen«, sagte Tarik. »Sonst nimmt dir nämlich keiner ab, dass du meine Verlobte bist.«

»Du könntest dich auch einfach etwas weniger stylen. Dann sieht es so aus, als ob du dich mir anpasst.«

»Entschuldige mal, aber du kannst nun wirklich nicht von mir verlangen, dass ich wie ein deutscher Mann rumlaufe, mit schlechtem Haarschnitt, Schlabberklamotten und ohne Aftershave. Außerdem würden mir das meine Eltern erst recht nicht abkaufen.«

Tarik wollte mich gegen drei abholen. Ob der Nachmittag wohl mit Kaffee und Kuchen begann, so wie ein deutsches Familientreffen?

Ich ging vor die Tür und sah nach der Post, fand aber zum Glück nur die von Lila abonnierte Zeitschrift *Die Sozialpädagogin* und keinen Bußgeldbescheid von der Polizei. Es war noch immer knackig kalt. Ich schlüpfte in meinen Anorak und zog Mütze, Schal und Handschuhe an, die komplette Wintermontur eben. Das passte alles nicht so sehr zu Marilyn, ich musste also zusehen, dass ich möglichst schnell hinein in die Wohnungen und aus den dicken Sachen kam. Ich nahm den Alukoffer in die Hand und stapfte los. Ich hatte mir noch gar keine Gedanken gemacht, wo ich anfangen sollte. Nicht zu nah bei uns zu Hause, aber auch nicht zu weit weg.

Ich lief die Schwarenbergstraße hinunter, ohne groß nachzudenken, und bog nach links in die Hackstraße ein. Wahrscheinlich hatte ich in wohlhabenderen Gegenden mehr Chancen auf Verkaufserfolg, weil die Butzfee-Sachen so teuer waren, aber zunächst ging es ja darum, Erfahrungen an der Türe zu sammeln. Außerdem wohnten hier meistens viele Parteien in einem Haus, so dass man gleich mehrere potenzielle Kunden hatte. Ich drückte auf die nächstbeste Klingel. Nichts geschah. Ich drückte noch einmal, wartete noch ein paar Sekunden und probierte dann die Klingel darüber. Fast gleichzeitig antworteten zwei schnarrende Stimmen: »Ja, bidde?«, und ich säuselte in lieblichem Tonfall: »Holla, ich bin die Putzfee!«, so, wie ich es von Annegret gelernt hatte. »Mir kaufad nix!«, tönte es unisono aus der Sprechanlage. Hatte Annegret nicht gesagt, das Wich-

| 157

tigste sei das Überraschungsmoment? Und dass sie bisher in jedes Haus reingekommen war? Aber so schnell würde ich mich nicht entmutigen lassen.

Zehn Häuser weiter war ich immer noch in keine einzige Wohnung eingelassen worden, und meine Stimmung war auf dem Nullpunkt. Entweder waren die Leute nicht da, oder sie weigerten sich, die Haustüre zu öffnen, so dass ich es nicht einmal in den Hausflur der Mehrfamilienhäuser schaffte, von wo aus ich einen strategischeren Standpunkt gehabt hätte. Der Koffer war schwer und meine Füße schon wieder kalt, und so ganz fit war ich auch noch nicht. Für die Passanten war das Überraschungsmoment wohl gegeben, denn sie warfen mir angesichts meines Cross-over-Looks aus Marilyn, Schneewittchen und Zwerg seltsame Blicke zu.

Hmm. Annegret hatte mir Schwäbisch, Singen und Sprüche aufsagen empfohlen. Mit Singen würde ich die Kunden ganz schnell vergraulen, und Schwäbisch redete ich nur, wenn ich aufgeregt war. Also musste ein Reim her. Das war gar kein Problem, weil als Werbetexterin war Reimen ja sozusagen mein Beruf. Als die nächste Sprechanlage knackte, rief ich: »Abrakadabra, die Putzfee ist da! Holladiho, die Putzfee macht froh! Schnuckeldischneck, der Dreck ist gleich weg!«

»Kommad Se ruff!«, rief eine weibliche Stimme. Ein Türöffner summte. Ich konnte es kaum glauben. Es hatte funktioniert, und ich wurde tatsächlich eingelassen? Ich raffte mein Kleid, stürzte in einen Hof und fiel erst einmal über ein rostiges Kinderfahrrad. Ich bahnte mir über Spielzeug, leere Obstkisten und kaputte Stühle den Weg in ein muffiges Treppenhaus. Wo wohnte bloß die Stimme?

»Holla, ich bin die Putzfee!«, trällerte ich aufgeregt und lief die Treppe hinauf. Im ersten Stock war die Tür geschlossen. Zwischen dem ersten und zweiten Stock fiel mir ein, dass ich bei meinem Outfit den Zauberstab vergessen hatte, was die Professionalität meines Auftritts schmälern würde. Im zweiten Stock war die Türe auch zu, aber im dritten stand sie sperrangelweit offen.

»Holla, ist jemand zu Hause?«, fragte ich und klopfte gegen den Türrahmen. »Ich bin die Putzfee!«

»Kommad Se rei!«, rief die Stimme. Ich trat in den Flur und sah mich um. Auf einer schweren, dunkelbraunen Kommode stand ein graues Wählscheibentelefon auf einem Häkeldeckchen. Alles war picobello sauber, und das Parkett schien frisch gebohnert. Auweia. Das war keine gute Kandidatin für Putzmittel. Oder vielleicht gerade?

»Gangad Se schomol durch end Stub!«, rief die Stimme. Vorsichtig drückte ich eine Klinke hinunter und landete in einem altmodischen Wohnzimmer. Esstisch, Stühle, Sofa, eine wackelige Standuhr, noch mehr Häkeldeckchen und kein Stäubchen. Ich blieb unschlüssig stehen, legte Handschuhe, Schal und Mütze auf einen Stuhl und stellte den Koffer daneben. Eine kleine, runzelige Frau in einem schwarzen Kleid tauchte in der Tür auf. Sie sah nicht gerade aus, als ob sie sich die Butzfee-Produkte leisten konnte, aber eine gute Übung war es allemal. Ich straffte die Schultern, warf meinen Kopf à la Marilyn zurück und lächelte so, dass man meine Zähne sehen konnte.

»Griieß Gott!«, rief ich mit gefletschten Zähnen. Ein bisschen Schwäbisch ging schon und schaffte Vertrauen.

»Dr Kaffee laufd scho!«, rief die alte Frau, schlurfte auf mich zu, lächelte ebenfalls und drückte mir die Hand, als würde sie mich schon ewig kennen. »Legad Se doch ab, ond nehmad Se Blatz!«

»Kaffee?«, fragte ich erstaunt und schlüpfte aus meinem Anorak. »Das ist aber nett!«

Der Kaffee würde die Aktion zwar in die Länge ziehen, und bestimmt musste ich mir jetzt erst einmal Krankengeschichten anhören, aber eine gute Atmosphäre war wichtig für ein erfolgreiches Verkaufsgespräch, und ich würde Annegret stolz berichten können, dass ich gleich beim ersten Hausbesuch eingeladen worden war. Die Alte war wieder hinausgeschlurft und tauchte nach ein paar Minuten mit einem Tablett auf. Sie stellte zwei Tassen mit Goldrand, ein Milchkännchen, eine Zuckerdose und ein Tellerchen mit Spitz-

| 159

buben auf den Tisch und verschwand wieder. Spitzbuben! Dreiteilig! Herrlich! Die von Lila hatte ich ja mittlerweile alle aufgegessen! Das Wasser lief mir schon im Munde zusammen, und meine Finger zuckten. Beherrsch dich, Line, flüsterte ich mir selber zu.

Die Alte kam mit einer Kanne zurück, schenkte Kaffee ein, machte eine auffordernde Bewegung Richtung Spitzbuben, beugte sich dann vor und sah mich erwartungsvoll an.

»Ond? Hen Se's drbei?«, fragte sie gespannt.

»Aber natürlich, einen ganzen Koffer voll!«, rief ich und griff nach dem Putzkoffer. Die Spitzbuben mussten leider warten.

»An ganza Koffr voll?«, rief die Frau entzückt.

»Ja, aber erst würde ich gerne mit Ihnen über gigantische Tenside sprechen.«

Annegret hatte mir eingeschärft, den Koffer erst zu öffnen, wenn der Kunde kurz davor war, das Bestellformular auszufüllen.

»Ibr was? Gigandische Tenside?« Die Alte riss entsetzt die Augen auf. »Kommt des jetz au no uff ons zu?«, flüsterte sie.

»Die Kraft aus dem Weltall ist schon längst da«, flüsterte ich beschwörend zurück.

»Ausm Weltall«, murmelte die Alte und sank in sich zusammen. »I han's gwissd, i han's gwissd. On wann genau isch's so weit?«

»Jetzt ist es so weit!«, rief ich dramatisch, öffnete mit Schwung den Alukoffer und zeigte auf die Plastikflaschen. »Sehen Sie, das hier sind nicht etwa normale Putzmittel, sondern Reinigungsprodukte von Butzfee International, nach dem klingonischen Prinzip!«

Die Alte starrte auf die Flaschen und schüttelte verwirrt den Kopf. »I brauch koine Butzmittl. I butz seit Johr ond Dag mit Schmiersoif!«

»Das ist natürlich auch eine schöne Möglichkeit«, sagte ich eifrig. »Aber dann ist ja das Wiederanschmutzungsverhalten viel zu ausgeprägt! Mit unseren Mitteln bleibt der Dreck dauerhaft fern!«

Die Frau sah mich noch immer völlig ratlos an. »I will koine Butzmittel. I will mein Wachturm!«

»Wachturm?«, fragte ich verwirrt. Irgendetwas lief hier nicht so ganz nach Plan.

»Oimol em Monat kommt ebbr vo de Zeige Jehovas vorbei ond brengd mir dr neieschde Wachturm! On noo drengad mir a Dässle Kaffee ond schwätzad en ällr Ruh ibr dr Weltondergang!«

»Das … also das muss ein Irrtum sein. Ich bin nicht von den Zeugen Jehovas. Ich komme von Butzfee International. Und mit dem Weltuntergang kenne ich mich gar nicht aus.«

»Des hätt i mir glei denka kenna, so uffdonnert, wie Sie sen!« Sie sprang empört auf und zog mir mit der einen Hand den noch nicht angerührten Kaffee und mit der anderen den Teller mit den Spitzbuben weg. Und ich hatte noch keinen einzigen gegessen! »Uff Wiedersähn. Odr bessr: Uff Nimmerwiedersähn. Sie hen mi jetz lang gnug vom Schaffa abghalta! Am hella Samschdich Morga! Naus mit Ihne!«

»Ich geh ja schon!«, rief ich, klappte rasch den Koffer zu, schlüpfte in meinen Anorak und sammelte hastig Mütze, Handschuhe und Schal ein. Die Alte war in der Zwischenzeit erstaunlich behende aus dem Zimmer gelaufen, kam mit einem Besen in der Hand zurück und lief drohend damit auf mich zu, als sei ich ein riesiges Ungeziefer.

»Macht sich iber de Weltondergang luschdig! Naus! Naus!«, keifte sie und holte weit aus, um mir mit dem Besen eins überzubraten. Ich packte den Putzkoffer und ergriff die Flucht. Die Alte jagte mich zur Wohnungstür, rammte mir dabei immer wieder den Besen in die Fersen, und es hätte nicht viel gefehlt, und ich wäre auf dem frisch gebohnerten Parkett gestürzt. Panisch rannte ich die Treppen hinunter, ihr lautstarkes Schimpfen immer noch im Ohr. Ich lief über den zugestellten Hof und machte erst halt, als ich endlich draußen auf der Straße war. Vor der Haustür standen zwei Männer in DRK-Jacken und schüttelten auffordernd ihre Spendenbüchsen, als sie mich sahen. »Dritter Stock«, keuchte ich und hielt ihnen die Haustüre weit auf. »Der Kaffee steht schon auf dem Tisch.«

Zwanzig Minuten später saß ich in unserer Küche, trank einen Kaffee und aß Lilas Ausstecherle, um mich für die Spitzbuben zu entschädigen. Na schön, das war jetzt eher schiefgegangen, aber ich würde aus den Erfahrungen lernen und mich beim nächsten Mal geschickter anstellen. Jetzt blieb mir noch etwas Zeit, um mich auszuruhen, bevor ich mich mit der Kleiderfrage für die Elterneinladung auseinandersetzte. Außerdem musste ich unbedingt noch mit Leon sprechen! Es klingelte. Bestimmt Post für Lila. Ich ging zur Haustür und öffnete.

»Hallo, Line.« Vor der Tür stand Tarik. Ich blinzelte ihn verwirrt an.

»Hab ich mich irgendwie vertan? Es ist halb zwei. Wolltest du mich nicht um drei abholen?«

»Ich dachte, ich greife dir beim Styling ein bisschen unter die Arme. Wie ich sehe, war das eine sehr gute Idee.« Sein Blick wanderte von meinem Marilynmund über das viel zu große, durchgeschwitzte Kleid zu den grünen Gummistiefeln, die ich aus Bequemlichkeit noch nicht ausgezogen hatte.

»Ich hatte nicht vor, in diesem Kleid zu kommen.«

»Das beruhigt mich. Lässt du mich rein?« Tarik absolvierte sein übliches Begrüßungsritual mit dem verrutschten Kuss, schlenderte in einer Wolke von Aftershave an mir vorbei in die Küche und drapierte seinen Wollschal und den schwarzen Mantel sorgfältig auf einem Stuhl. Darunter trug er einen makellosen schwarzen Anzug, ein leicht glänzendes schwarzes Hemd und auf Hochglanz gewienerte schwarze Lederschuhe. Er hob die Hand, um sich die Haare zurückzustreichen, hielt inne und seufzte. Mehrere goldene Ringe hatten offensichtlich zur Feier des Tages den Totenkopf-Ring ersetzt.

»Ich vermisse immer noch mein Haar«, sagte er betrübt.

»Das wächst wieder«, antwortete ich ungerührt. »Willst du einen Kaffee?«

»Wie kannst du Kaffee trinken, wenn du doch um drei mit mir verabredet bist?«

»In anderthalb Stunden, Tarik! Um halb drei ziehe ich mich um. Frühestens!«

Tarik schüttelte missbilligend den Kopf. »Wenn du eine türkische Frau wärst, würdest du seit drei Stunden an deinem Outfit, deiner Frisur und deinem Make-up herumbasteln.«

»Bin ich aber nicht. Ich bin der natürliche deutsche Typ. Immerhin bereits geduscht und mit gewaschenen Haaren.«

»Sag mal … nicht, dass es mich was angeht … aber hast du dir eigentlich die Achselhaare rasiert?«

»Tarik!«, rief ich böse.

»Schon gut, schon gut. Was ziehst du an? Nicht, dass ich mich einmischen will. Nur so aus Neugier.«

»Ich dachte an eine saubere Jeans, mein weißes Konfirmationsblüschen und die neuen Schuhe von dir. Damit die potenzielle deutsche Schwiegertochter einen anständigen, soliden Eindruck hinterlässt.«

Tarik sah mich an, als hätte ich ihm gerade beiläufig mitgeteilt, dass ich Godzilla zu seinen Eltern mitbringen würde.

»Das … das geht gar nicht«, flüsterte er. »Willst du mich zu Tode blamieren?«

»Du kennst mich lange genug. Du hast gewusst, worauf du dich einlässt!«, rief ich empört.

»Hast du nichts Schickeres?«

»Doch. Mein schwarzes Schlauchkleid.«

»Meinst du das superkurze Stretchkleid von unserem Beinahe-Sex?«, rief Tarik entsetzt. »Das Kleid, das knapp deinen Po bedeckt?«

»Genau das!«

»Das ist viel zu sexy!«

»Ich dachte immer, du stehst auf sexy!«

»Aber doch nicht, wenn ich dich meinen Eltern vorstellen will!«

»Gretchenlook willst du nicht, und sexy auch nicht. Was willst du eigentlich?«

»Irgendwas dazwischen! Schick, aber nicht übertrieben!«

»Dazwischen gibt's nichts!«, rief ich böse. »Und jetzt ziehe ich das Stretchkleid an, basta!«

»Wozu habe ich dich dann mit Schuhen bestochen? Die passen nicht zu dem Kleid!«

Eine Viertelstunde später stand ich im Bad vor dem Spiegel und überprüfte meinen Look. Ich trug das enge Kleid und die schwarzen

Stiefel mit dem hohen Schaft. Tarik stand hinter mir und raufte sich die nicht mehr vorhandenen Haare.

»Schlampe«, flüsterte er. »Sie werden dich für eine deutsche Schlampe halten. Außerdem sieht man jeden deiner Knochen und jede deiner Rippen.«

Mittlerweile war ich auch nicht mehr so sicher, ob das mit dem kurzen Kleid so eine gute Idee gewesen war. In dem engen Teil konnte ich nicht mal richtig was essen, weil ich sonst herausplatzte, an den Stiefeln waren die Absätze kaputt, und die Feinstrumpfhose hatte eine Laufmasche auf dem Hintern, die zum Glück vom Kleid bedeckt wurde. Aber ich war zu stolz, um jetzt noch einen Rückzieher zu machen. Rasch fuhr ich mir mit einem Kamm durch die kurzen Haare.

»Fertig. Können wir jetzt Kaffee trinken?«, fragte ich.

»Und deine Frisur? Dein Make-up?«, stöhnte Tarik.

»Tarik, ich besitze nur Lippenstift! Dafür brauche ich zwar eine Viertelstunde, aber das mache ich nach dem Kaffee.«

Er schüttelte ungläubig den Kopf. »Puder, Kajal, Rouge, Konturenstift, Wimperntusche, Augenbrauenstift, Lidschatten, Concealer, Parfum, alles Fehlanzeige?«

»Es reicht, dass du stinkst, als seist du in dein Aftershave gefallen. Und ich weiß nicht mal, was Concealer ist.«

»Erstens ist das kein Aftershave, sondern ein sündhaft teures Eau de Toilette, und zweitens, mit Concealer kann man die grauen Schatten unter den Augen verschwinden lassen. Man sieht dir noch deutlich an, dass du krank warst.«

»Nein, ich habe keinen Concealer. Außerdem hast du den nötiger als ich. Du hast Ringe unter den Augen.«

»Tatsächlich?« Tarik streckte alarmiert den Kopf vor und betrachtete sich im Spiegel. »Ach du liebe Zeit. Das sieht ja fürchterlich aus«, murmelte er und kniff sich hektisch in die Haut unter den Augen.

»Hast du wegen einem kreativen Schub mal wieder nachts durchgearbeitet?«

Tarik schüttelte den Kopf. »Ich habe die letzten Nächte schlecht geschlafen. Keine Ahnung, warum. Ich schlafe eigentlich nie schlecht.«

»Gib's zu. Ich fehle dir als Muse.«

»Mag sein.« Tarik grinste. Anscheinend hatte er sein Gleichgewicht wiedergefunden. »Du kannst ja mal für alle Fälle eine Zahnbürste und ein frisches Höschen einpacken.«

12. Kapitel

Mahdi dürdsu, mifrierdsu andfüs oniwürdsogan
Dobleiba, dühnere sögla andsin
Mahdi dürdsu, mifrierdsu anfüs onimüsdano
Losdühsen, wermere sögla andsin
Mahdi dürdsu! Undan cschüs!
Mahdi dürdsu! Denes dsiedso!
Mahdi dürdsu! Mahdi dürdsu!

Eine knappe halbe Stunde später hielt Tarik kurz vor der Stadtbahn-Haltestelle »Milchhof« im Nordbahnhofviertel vor einem mehrstöckigen Haus.

»Da wären wir«, sagte er. »Wir haben meine Mutter hier schon mal abgesetzt, erinnerst du dich? Willst du aussteigen und auf mich warten, damit du keine nassen Füße bekommst? Ich suche einen Parkplatz und komme gleich nach.«

Ich kletterte aus dem Auto, blieb im Schneematsch auf dem Gehweg stehen und sah Tarik hinterher, der mit seinem Mercedes davonbrauste. Ein ganzer Haufen Leute marschierte auf mich zu. Die Frauen schoben Kinderwagen vor sich her oder hielten ältere Kinder an den Händen, die Männer waren mit Tüten und großen Tupperdosen beladen. Neugierige Blicke streiften mich und blieben am Saum des kurzen Kleides kleben. Für alle Fälle murmelte ich einen Gruß, falls es Nachbarn von Tariks Eltern waren.

Kurz darauf tauchte Tarik auf, einen Bilderrahmen unter dem Arm.

»Meine Mutter hat sich schon lange ein Bild von mir gewünscht«, erklärte er. Du meine Güte, Tariks Mutter konnte doch mit seiner verrückten Kunst gar nichts anfangen.

»Ich bin nervös«, flüsterte ich. Eigentlich wollte ich doch nur ein Flugticket. Wieso fühlte sich die Situation so echt an, so, als sei ich wirklich Tariks Verlobte?

»Ach, dafür gibt es überhaupt keinen Grund«, sagte Tarik munter, zog meinen Arm unter seinen und tätschelte beruhigend meine Hand. »Wir sind ja nur im kleinen Kreis, und mit deinem natürlichen Charme wirst du alle um den Finger wickeln. Vergiss nicht zu lächeln.«

Natürlicher Charme? Lächeln? Kein Problem. Wozu hatte ich das Marilyn-Lächeln geübt? Wir kletterten durch den mit Kinderwagen vollgestellten Hausflur hinauf in den vierten Stock bis zu einer Wohnung, vor der ein Berg von Schuhen lag.

»Deine Eltern haben aber viele Schuhe«, sagte ich.

Tarik blickte nachdenklich auf den Schuhhaufen. Dann drückte er auf die Klingel und schob Sekunden später die Tür auf. Lautes Stimmengewirr und Gelächter drang aus der Wohnung.

»Kleiner Kreis?«, sagte ich drohend. Tarik runzelte die Stirn, zog mich hinter sich her in den Flur und ein paar Schritte weiter in ein Wohnzimmer. Dort blieb er so ruckartig stehen, dass ich gegen ihn prallte, und stieß einen unterdrückten Fluch aus.

Das Wohnzimmer bestand im Wesentlichen aus zwei Bestandteilen: Menschen und Essen. Wie passten so unglaublich viele Menschen nur in ein so kleines Wohnzimmer? Sie saßen und standen überall herum, redeten auf Deutsch und Türkisch durcheinander, umarmten sich, lachten, klopften sich gegenseitig auf die Schultern oder brüllten in Handys. Dazwischen krabbelten Kleinkinder und schrien Babys. Ich erkannte ein paar der Leute wieder, die ich vor der Tür getroffen hatte. Wo keine Menschen waren, war Essen. Auf jedem freien Fleck standen riesige Schüsseln und Platten mit Salat, Gemüse und Couscous, dazu Börek und Lahmacun, das kannte ich beides vom Dönerladen. Zwischen den Schüsseln stapelte sich Fladenbrot. Außerdem gab es unzählige Arten von Gebäck, dem man nicht unbedingt ansah, ob es süß oder salzig war. Niemand schien uns zu bemerken.

»Maximal sechs Leute?«, zischte ich Tarik zu. »Da sind doch sogar die Cousinen sechzehnten Grades dabei!«

»Ich wusste nichts davon, ich schwöre!«, zischte Tarik zurück.

Plötzlich zeigte jemand mit dem Finger auf uns und brüllte laut: »Tarik!« Die Gäste erstarrten, und die Gespräche verstummten mit einem Schlag. Die türkische Musik, die aus einem Fernseher drang, war gespenstisch laut zu hören. Dann wogte die Menschenmenge auf uns zu. Panisch machte ich einen Schritt rückwärts Richtung Tür, aber Tarik umklammerte mein Handgelenk wie ein Schraubstock und knurrte: »Lächeln!« Ich zog meine Mundwinkel so weit auseinander, wie ich nur konnte, bevor ich in einer Flut von Umarmungen, Küssen, Händeschütteln und Namen, die ich sofort wieder vergaß, versank. Ich schnappte nach Luft.

Tarik hatte offensichtlich den Schock überwunden, befreite mich aus der Menge und führte mich zu einem Sofa, über dem ein riesiger Teppich mit Elchmotiv hing. Ich hatte gar nicht gewusst, dass es in der Türkei Elche gab. Auf dem Sofa thronte Tariks Mutter, in einen langen grauen Wollrock und eine Bluse und ein Kopftuch aus Seide gekleidet, würdevoll wie damals, als ich sie bei Tariks Vernissage gesehen hatte. Tarik scheuchte die Kinder weg, die auf dem Sofa mit ihren Gameboys spielten, küsste seine Mutter auf beide Wangen und sagte ein paar schnelle Sätze auf Türkisch. Dann schob er mich vor sich. »Mutter, darf ich dir Line vorstellen? Ihr habt euch schon einmal kurz gesehen.«

»Freut mich sehr, Sie zum zweiten Mal kennenzulernen!«, rief ich betont heiter und total unverkrampft. Tariks Mutter streckte mir die Hand hin, doch als ich sie nehmen wollte, versteifte sie sich.

»Küssen«, zischte Tarik. »Du musst die Hand küssen!«

Ich hatte noch nie im Leben eine Hand geküsst, aber schließlich war ich der multikulti-weltoffene Typ, also beugte ich mich artig darüber und küsste.

»Du heißen Line?« Tariks Mutter schüttelte missbilligend den Kopf. »Ab jetzt türkisch Name. Nix deutsch! Du jetzt heißen Fatma, war Name meiner Mama.«

»Äh – wie Sie meinen«, stotterte ich. »Line oder Fatma, das macht ja nun wirklich keinen großen Unterschied.«

Die Mutter klopfte auffordernd neben sich auf das Sofa und rief: »Fatma!« Ich hielt mit beiden Händen den Rocksaum fest, setzte mich kerzengerade hin und nahm das Glas Tee, das mir von irgendwoher in die Hand gedrückt wurde.

Mit großer Geste überreichte Tarik seiner Mutter das Bild. Ich hielt die Luft an. Sie stieß einen entzückten Schrei aus und hob das Bild hoch, so dass alle es sehen konnten. Ich reckte den Hals. Das war nicht die Schocker-Kunst, mit der Tarik sich einen Namen in der Kunstwelt gemacht hatte. Stattdessen zeigte das Bild einen idyllischen Hafen, in dem Fischerboote vor sich hindümpelten und im Hintergrund gerade glutrot die Sonne unterging. Tarik beugte sich über seine Mutter, damit sie ihn küssen konnte, dann quetschte er sich zwischen uns.

»Verräter!«, zischte ich. Tarik grinste, klopfte mir auf den Hintern, tätschelte dann mein Knie, legte schließlich den Arm um mich und säuselte laut:

»Du hast ja so recht, meine Nachtigall.« Dann fing er mit seiner Mutter ein Gespräch auf Türkisch an. Ich atmete auf und nahm vorsichtig einen Schluck von dem Tee. Eigentlich trank ich keinen Tee, aber so pappsüß war er richtig lecker. Mein Blick blieb am Fernseher hängen. Dort lief offensichtlich gerade eine Telenovela. Vor einem plätschernden Brunnen kniete ein Bräutigam und reichte der Braut mit schmachtendem Blick eine Rose. Ein leichter Schleier lag über der Szene, und im Hintergrund schluchzten Geigen. Hoffentlich beachtete mich ab jetzt niemand. Dann konnte ich es mir gemütlich machen und mich von dem Massenauflauf an türkischen Verwandten erholen.

»Lokum?« Eine junge Frau mit hochtoupiertem Haar streckte mir einen Teller hin, auf dem verschiedenfarbige glibberige Würfelchen lagen. Sie trug ein enganliegendes, schwarzes Top, eine elegante Hose, in der ein nicht eben kleiner, wohlgeformter Hintern steckte, hochhackige Schuhe und war geschminkt wie Amy Winehouse.

Ich nahm eine Süßigkeit. Mmmh. Es schmeckte nach Kokosraspeln und Pistazien.

»Das ist die Hochzeit von Dilek und Bekir in Anatolien«, sagte sie und deutete auf den Fernseher. »Schön, nicht wahr? Ich bin übrigens Leyla.«

Sie küsste mich rasch auf beide Wangen und stellte den Teller mit dem Lokum auf meinen nackten Knien ab. Dann ging sie einen Schritt weiter und legte Tarik eine Hand auf die Schulter, und zwar so, dass er gezwungen war, mich loszulassen, um sie zu begrüßen.

»Leyla! Ich habe Line schon von dir erzählt!«, rief Tarik erfreut. Leyla fuhr ihren üppigen Po weit nach hinten aus und beugte sich dann langsam, fast schläfrig nach vorne, so, als sei Tariks Schulter eine Ballettstange, an der sie eine Übung vollführte. Tarik blickte wohlwollend und ausführlich auf die prallen Brüste in dem ausgeschnittenen Top. Sehr fleischig, so wie Tarik es mochte, und ganz zufällig streiften die Brüste beim Aufrichten Tariks Oberkörper.

Wut stieg in mir hoch. Was glaubte die kleine Schlampe eigentlich, wer sie war, dass sie meinen Verlobten anbaggerte, und das nicht nur direkt vor meinen Augen, sondern auch vor den Augen meiner zukünftigen Schwiegermutter? Rasch schob ich mir zwei Lokum-Würfelchen zwischen die Zähne, um mit Walnüssen den Ärger hinunterzuschlucken.

»Line, Leyla ist meine Cousine vierten Grades aus Untertürkheim. Sie hat ein Einser-Abitur, ein Studium mit Auszeichnung und macht gerade bei Daimler in der Personalabteilung eine Waaahnsinns-Karriere. Wir kennen uns, seit wir soo klein waren.« Tarik machte eine Handbewegung Richtung Boden.

»Aus dem Sandkasten, sozusagen«, sagte Leyla, ohne ihren Blick von Tarik zu wenden. »Wenn wir einen gehabt hätten. Tarik bringt jemanden mit, hieß es. Das hat sich natürlich wie ein Lauffeuer herumgesprochen, weil Tarik noch nie jemanden mitgebracht hat. Vor allem waren wir gespannt, wie sie aussieht. Tarik hat ja so einen exklusiven Geschmack.« Leyla drehte den Kopf und sah mir voll ins Gesicht, zog die Augenbrauen hoch und ließ ihren Blick dann langsam, sehr langsam von oben nach unten über meinen Körper wandern. Ich hörte, was sie dachte. Du bist wohl Tariks kleiner Ausrutscher, Modell Flohmarkt statt Edelboutique? Abwrackprämie statt Neuzulassung? Schlagen konnte ich sie nicht, aber verbal eine überbraten, und zwar sofort! Blitzschnell schob ich mir ein weiteres Stück Lokum in den Mund, um Zeit für eine schlagfertige Antwort zu gewinnen. Tarik, der Feigling, schien nichts zu bemerken.

»Erzählt doch mal. Es ist ja alles so aufregend!«, rief Leyla. Ihr Lächeln war so echt wie Dorles dritte Zähne. »Wie habt ihr euch kennengelernt?«

»Bei meiner Vernissage von den *Dönerwelten*«, entgegnete Tarik. »Line kam zufällig reingestolpert. Du warst gerade gegangen.«

»Zufällig, soso. Nun ja, es interessiert sich eben nicht jeder für anspruchsvolle Kunst. Und, war es Liebe auf den ersten Blick?« Sie klimbimperte mit ihren falschen Wimpern. Ein Wunder, dass sie mit drei Kilo Lidschatten überhaupt ihre Augen aufkriegte.

»Liebe auf den ersten Blick?« Ich sah Tarik anklagend an und rückte ein Stückchen von ihm ab. Erst veranstaltete er ein Riesentheater wegen meiner Klamotten, dann lieferte er mich wehrlos geschätzten hundertfünfzig Verwandten aus, und dann ließ er sich von irgendeiner dahergelaufenen, viertgradigen Cousine betören, die ihre Brüste unter seiner Nase baumeln ließ – »Nein!«, rief ich aus und bemühte mich um maximale Arroganz. »Ich musste mich ja zwischen soo vielen verschiedenen Männern entscheiden!« Ha, der Punkt geht an mich, du Börekwachtel, dachte ich triumphierend.

»Brad Pitt, Matt Damon, Johnny Depp oder Tarik, nicht wahr?«, entgegnete Leyla mit sanfter Stimme.

»Natürlich war es Liebe auf den ersten Blick, mein Zuckerschnäuzchen«, sagte Tarik milde und zog mich sehr bestimmt wieder an sich. »Du hast es nur nicht gleich gemerkt.« Er nahm meine Hand, drehte sie um und küsste unendlich langsam meine Handinnenfläche. Dazu sah er mir tief in die Augen. Auweiauweiauwei. Da hatte ich wohl eine bisher unentdeckte erogene Zone. Ich merkte, wie die maximale Arroganz zerfloss wie ein Schneemann in der

Sonne, dachte an Leon und zog Tarik hastig die Hand weg. Tariks Augen bohrten sich in meine und sagten: »Nun spiel schon mit, du Kuh, wenn du ein Flugticket willst!«

»Das muss ja die große Liebe sein, wenn ihr euch so schnell verlobt habt«, sagte Leyla langsam, angelte das Lokum-Tellerchen von meinen Knien, beugte sich damit über mich und murmelte: »Liebe und Tariks dickes Konto, das muss sich ja nicht widersprechen, nicht wahr?«

Aus meinen Ohren begann es zu rauchen. Ich schob das Tellerchen weg, lächelte mit gefletschten Zähnen weiter, rammte Tarik meinen sehr spitzen Ellbogen in die Seite und rief ihm telepathisch zu: »Verteidige mich, du Arsch!« Tarik zuckte zusammen, war aber offensichtlich unempfänglich für Telepathie, weil er nicht weiter reagierte.

»Hast du Zahnschmerzen?«, fragte mich Leyla interessiert. »Außerdem kommt Rauch aus deinen Ohren. Ist das normal?«

»Aber nein, sie hat keine Zahnschmerzen!«, rief Tarik aus. »Sie ist nur wahnsinnig glücklich! Immer, wenn sie glücklich ist, raucht es aus ihren Ohren!« Er drückte mich so fest an sich, dass mir die Luft wegblieb. Ich schubste ihn weg und zog die Mundwinkel noch etwas mehr auseinander, um nicht antworten zu müssen.

»Tränen des Glücks«, befahl Tarik in mein rauchendes Ohr. Ich zog die Nase hoch, was angesichts meines Schnupfens überhaupt kein Problem war, und wischte mir eine imaginäre Träne aus den Augenwinkeln. Von rechts schwebte ein weiterer Teller heran, der von zwei kichernden Mädchen mit unendlich langen, blaulackierten Fingernägeln gehalten wurde.

»Ich bin Hanife«, sagte die eine. »Und ich Latife!«, die andere. »Das musst du unbedingt probieren«, sagte Hanife und deutete auf den Teller. »Baklava und hanim göbegi. Frauennabel«, sie kicherte fürchterlich. Ich stopfte mir einen Frauennabel in den Mund. Essen beruhigte. Immer.

»Wir gehen jetzt in die Küche!«, rief Leyla. »Schließlich muss Line lernen, wie man einen anständigen türkischen Mokka zubereitet.« Mokka zubereiten? Dieser Hexe in der Küche ausgeliefert sein? Niemals!

»Äh – ja, natürlich«, stotterte ich. »Ich wollte schon immer lernen, wie man Mokka macht.« Leyla sprang auf, nahm mich an der Hand und zog mich auf die Füße. Das Gekicher war plötzlich überall, wie von Kobolden.

»Geh nur, mein Tautröpfchen! Bei Leyla bist du bestens aufgehoben!«, rief Tarik, sprang ebenfalls auf, küsste mich auf die Wange und zischte mir ins Ohr: »Das Kleid!« Hoppla, beim schnellen Aufstehen war das Kleid hochgeklappt und klebte mir jetzt auf den Pobacken. Ich klappte es rasch wieder nach unten und spürte, wie ich knallrot anlief. Bestimmt hatten alle nicht nur meinen Hintern, sondern auch die Laufmasche gesehen!

»Ich muss aufs Klo«, flüsterte ich. Ich brauchte dringend eine Auszeit!

»Leyla zeigt dir sicher gern, wo das Klo ist«, sagte Tarik laut.

»Aber natürlich!«, rief Leyla und zog mich hinter sich her. Hanife und Latife trabten hinter uns drein.

Leyla deutete auf eine Tür. »Da ist das Klo. Wir warten hier auf dich.«

»Aber nein, ihr braucht nicht zu warten!«, rief ich hastig. »Ich finde die Küche schon.«

»Wir warten aber gerne«, sagte Leyla liebenswürdig, stellte sich breitbeinig hin wie ein Türsteher und verschränkte die Arme. »In einer fremden Wohnung hat man sich ja so schnell verlaufen.«

Vor allem, wenn sie aus drei Zimmern besteht, dachte ich böse, verschwand im Klo und schloss die Tür ab. Welch himmlischer Frieden! Am liebsten hätte ich den Rest des Tages hier verbracht, aber vor der Tür lauerten Cousinen. Also atmete ich tief durch, ging aufs Klo und quetschte anschließend meine Hände zum Waschen in einen Krug mit Wasser, weil es kein Waschbecken gab. Es gab auch kein Handtuch. Andere Länder, andere Sitten. Mit tropfenden Händen öffnete ich die Tür und zuckte erschreckt zurück. Die Cousinen hatten sich wundersam vermehrt. Mittlerweile mussten es um die fünfzehn Cou-

| 173

sinen verschiedenen Alters und unterschiedlichen Grades sein, die vor dem Klo warteten und sich die Zeit mit ihren Handys vertrieben. Wie viele von ihnen hatten sich Hoffnungen auf Tarik gemacht?

»Wieso hast du so nasse Hände?«, fragte Leyla beiläufig.

Was war das denn für eine komische Frage? »Nun ja, da stand doch ein Krug, und ich habe mir die Hände gewaschen, nach dem Klo«, sagte ich achselzuckend. »Es gab kein Handtuch.«

Vierzehn Cousinen brachen in hemmungsloses Gekicher aus, nur Leyla blieb ernst.

»Nun reißt euch doch zusammen!«, wies sie die Mädchen streng zurecht. »Woher soll sie das denn wissen?«

»Woher soll ich was wissen?«, fragte ich verwirrt.

Leyla räusperte sich. »Du wirst die Gewohnheiten der Menschen mit türkischem Migrationshintergrund nach und nach kennenlernen«, sagte sie in nüchtern-dozierendem Tonfall. »Ich erkläre es dir gerne. Wenn in einer türkischen Familie Wasser auf dem Klo steht, dann ist das nicht für die Hände, sondern für den Hintern gedacht.«

Die Cousinen hingen jetzt prustend aufeinander. Leyla, die scheinheilige Ziege, schüttelte den Kopf, klatschte in die Hände und rief: »Schluss jetzt! Was soll Line denn von uns denken! Ab in die Küche!«

Ab in die Höhle des Löwen, dachte ich grimmig.

Leyla zog mich hinter sich her, kichernde Cousinen folgten, schlugen die Küchentür zu und umringten mich.

»Wie viel verdienst du?«, fragte eine pummelige Frau in einer knallengen Satinhose. Ich sah mich panisch um. Wo war die Feuerleiter?

»Äh – ich weiß es nicht genau, ich hab grad einen neuen Job angefangen und noch kein Gehalt gekriegt«, sagte ich hastig.

»Wirst du konvertieren?«, fragte Leyla zuckersüß.

»Konvertieren? Zum Islam, meinst du?«

»Na ja, wozu denn sonst«, sagte Leyla spöttisch.

»Also, ehrlich gesagt habe ich mir darüber noch keine Gedanken gemacht, ich bin da eher flexibel, und Tarik ja auch, ob Gott, Allah

oder Dalai-Lama, das macht doch jetzt eigentlich nicht so den großen Unterschied.«

»Kannst du Kinder kriegen?«, fragte Hanife, oder war es Latife?
»Keine Ahnung«, sagte ich. »Ich hab's noch nicht probiert.« Wo
war Tarik? Wieso ließ er mich hier allein?

»Wie viele Kinder wollt ihr?«, fragte Latife oder Hanife.

»Mal sehen, wie viel Kinder uns geschenkt werden«, sagte ich
hastig. »Wollten wir nicht Kaffee kochen?«

Leyla musterte mich spöttisch, und ich fühlte mich wie vor einem
amerikanischen Einwanderungsbeamten, der mir nachweisen wollte, dass ich eine Scheinheirat eingegangen war, um an eine Green-
card zu kommen.

Eines der Mädchen fing plötzlich wieder an zu kichern. Sie beugte sich zu Leyla und flüsterte ihr etwas ins Ohr.

»Gülcan ist aus Anatolien zu Besuch und kann nur wenig
Deutsch«, sagte Leyla. »Sie möchte dich etwas fragen, aber sie traut
sich nicht.«

»Ach, nur keine Hemmungen!«, rief ich spontan und bereute es
sofort.

»Das habe ich ihr auch gesagt. Ich habe ihr gesagt, du bist eine
moderne deutsche Frau und in allen Dingen sehr offen.« Sie machte
eine Pause. »Also, Gülcan möchte gerne Folgendes wissen – wie ist
Tarik im Bett?«

Fünfzehn Cousinen johlten wie auf Kommando, fünfzehn Cousinen verstummten und hielten die Luft an, fünfzehn Augenpaare
bohrten sich in meine. Flugticket, Flugticket, Flugticket, flüsterte
ich mir selber zu, während ich langsam rot anlief. Morgen wirst du
zurückdenken und dir sagen: Okay, es war fürchterlich, aber du hast
dir ein Flugticket nach Wuxi verdient.

»Äh ... nun, also ...«, stotterte ich. Wieso fragt ihr nicht Leyla,
dachte ich böse. Sie kann euch bestimmt was von Sandkastenspie-
len erzählen! »Tarik ist ... also er ist ...«

Leyla beugte sich vor. »Weißt du, wir türkischen Frauen haben
keine Geheimnisse voreinander. Und da du ab jetzt quasi zur Fami-

| 175

lie gehört …« Die anderen murmelten zustimmend. Leyla legte ihre Hand auf meine. »Du kannst uns ruhig auch ehrlich sagen, wenn es nicht so klappt«, murmelte sie. »Vielleicht haben wir noch einen Tipp für dich.« Sie zwinkerte mir verschwörerisch zu. Die Rauchentwicklung aus meinen Ohren wurde wieder stärker.

»Tarik im Bett ist …« Ich dachte verzweifelt nach. Ich hatte mal mit Tarik herumgemacht. Das war heiß gewesen. Säähr heiß. Im Augenblick fiel mir aber nur Leon ein, und Intimitäten aus meinem Liebesleben mit Leon von Leyla zerfetzen lassen? Niemals! Ich musste irgendetwas erzählen, das die Neugier befriedigte, aber nicht peinlich war!

»Also – beim letzten Mal hat er für mich gesungen.«

»Gesungen? Tarik? Währenddessen?«

»Er muss sehr verliebt sein«, murmelte Hanife.

»*Sie* muss sehr verliebt sein! Tarik kann überhaupt nicht singen!«, rief Leyla. »Und weiter?«

Leon. Er war der einzige Grund, warum ich hier war. Leon hatte für mich gesungen … »Es … es war der wunderbarste Augenblick in meinem ganzen Leben«, flüsterte ich, schloss die Augen und konzentrierte mich voll auf Leon. »Als Leon für mich sang, wo ich doch die Oper so sehr liebe und immer dachte, er sei unmusikalisch …« Ich seufzte hingerissen.

»LEON? Wieso Leon?«, brüllten fünfzehn Stimmen wie aus einem Mund. O nein. Hatte ich wirklich Leon gesagt?

»Ja. Wieso Leon?«, fragte Leyla drohend. »Tarik. Wir reden von Tarik! Ich glaube, du schuldest uns eine Erklärung.«

»Leon? Also … also ich nenne Tarik Leon. Mein Löwe! Weil er so ein Löwe im Bett ist.«

»Ich glaube dir nicht, dass du Tarik Leon nennst! Ich habe von Anfang an nicht geglaubt, dass ihr verlobt seid!«, rief Leyla.

»Es stimmt aber!«, rief ich verzweifelt. Ade, Flugticket.

»Dann beweise es! Was für eine Zahnpasta benutzt Tarik?« Aha. Leyla hatte den Film mit dem amerikanischen Einwanderungsbeamten auch gesehen.

176

»Woher weißt du denn, was für eine Zahnpasta er benutzt?«, zischte ich.

»Wir kennen uns seit Kindesbeinen, schon vergessen?«, sagte Leyla, ohne eine Miene zu verziehen.

»Und ab und zu frischt ihr eure Bekanntschaft beim gemeinsamen Zähneputzen auf? Ist ja niedlich! Wenn wir zusammen sind, putzt Tarik sich nicht die Zähne!«, rief ich böse.

»Wie bitte? Tarik ist ein Hygienefanatiker!«

»Aber mich macht Küssen mit Knoblauchzehen total an! Bevor wir ins Bett gehen, kaut Tarik eine Knoblauchzehe, und dann macht er mir den Löwen und katapultiert mich in den siebten Himmel!«

Die Cousinen tuschelten aufgeregt.

»Na schön. Dann erzähl uns jetzt, wie ihr zusammengekommen seid, du und Tarik!«

»Nun … äh … also …« Ich dachte an das kitschige Hochzeitsvideo. »Es war ungeheuer romantisch! Ich hatte mich ein paarmal mit Tarik getroffen, es war aber noch nichts passiert zwischen uns. Da stand eines Tages ein Bote mit fünfzig rosaroten Rosen in der Tür. Zwischen den rosaroten Rosen war eine rosarote Karte, auf der nur ein Datum, eine Uhrzeit und das Wort *Fernsehturm* stand. Dort oben warf sich Tarik in einer Vollmondnacht vor mir auf die Knie und erklärte mir mit Blick auf den Stuttgarter Kessel seine unsterbliche Liebe.«

Die Cousinen seufzten ergriffen.

»Ich hätte Tarik für origineller gehalten«, sagte Leyla. Sie zerrte mich unsanft aus der Küche hinter sich her ins Wohnzimmer. Die aufgeregt plappernde Cousinenschar folgte.

»Tarik!«, rief Leyla laut.

»Ach, da seid ihr ja wieder«, sagte Tarik. »Hast du mir einen leckeren Mokka zubereitet, mein Sommerwind?«

Verzweifelt rollte ich mit den Augen, um Tarik zu warnen. Er schien nichts zu bemerken.

»Alle mal herhören!«, brüllte Leyla. Das Gelächter und Gerede brach ab, und alle sahen Leyla an. »Tarik, wir würden gerne wissen, wie ihr zueinandergefunden habt«, sagte sie. »Line ist ja so schüchtern, sie will es uns nicht sagen.«

»Ja, genau!«, »Los, erzähl es uns!«, riefen alle durcheinander.

Tarik warf sich in die Brust und sah sich um, um sich zu vergewissern, dass auch alle zuhörten. Was soll's, dachte ich resigniert. Du stehst kurz vor dem erniedrigendsten Augenblick deines ganzen Lebens. Es gibt Schlimmeres.

»Ach, das war einfach großartig. Ich hatte mich ein paarmal mit Line getroffen, es war aber noch nichts passiert zwischen uns. Da seh ich sie zufällig im *Tango Ocho,* dem Tangoschuppen bei den Wagenhallen, engumschlungen tanzend mit einem anderen Mann. Ich hin, tipp dem Typen auf die Schulter und knurr ihn an: ›Ey, du hast da was, was mir gehört.‹ Der Typ so: ›Ey, Mann, was glaubst du eigentlich, wer du bist?‹ Ich so: ›Ich bin Tarik, und das ist Line, und sie gehört zu mir.‹ Er so: ›Ey, das woll'n wir doch mal sehn.‹ Ich so: ›Genau‹, fahr meine Rechte aus, bumm, der Typ geht zu Boden, Line fällt mir schluchzend in die Arme, wir küssen uns leidenschaftlich, der ganze Laden applaudiert. So war das. Cool, oder?«

Ein paar Stunden später saß ich wieder in Tariks Mercedes. Wir schwiegen die ganze Fahrt über. Tarik schien abwesend.

»Es tut mir leid, dass du meinetwegen dein Gesicht vor deiner Familie verloren hast«, sagte ich schließlich.

»Mach dir nicht so viele Gedanken. Sie veranstalten zwar ein Riesentheater, aber sie lieben mich zu sehr, um mir nicht zu verzeihen, und freuen sich diebisch, dass sie endlich mal wieder genug Stoff zum Tratschen haben. Und eigentlich muss ich dich um Verzeihung bitten, nicht umgekehrt. Ich hätte das nicht von dir verlangen sollen.« Er seufzte. »Dabei habe ich so gut geschauspielert.«

»Na hör mal«, sagte ich empört. »Ist dir das denn so schwergefallen?«

Tarik grinste. »Aber nein, mein Rosenblättchen. Apropos Rosen, nette Geschichte mit den rosaroten Rosen und dem Fernsehturm. Bloß leider gar nicht mein Stil. Viel zu romantisch.«

»Warum hast du mich nicht vor deiner Cousine Leyla gewarnt?«, fragte ich. »Sie ist ein echtes Biest.«

»Was hätte das geändert? Du wärst bloß noch nervöser geworden. Außerdem hat Leyla es nicht leicht gehabt. Sie war schon immer unglaublich wissbegierig und ehrgeizig, aber sie hat drei ältere Brüder, und ihre Eltern stellten sich vor, dass sie eine Ausbildung als Friseurin macht und dann möglichst schnell heiratet. Die Klassenlehrerin in der Grundschule hat ihre Eltern in die Schule zitiert, um ihnen bedauernd mitzuteilen, dass Leyla eine Hauptschulempfehlung bekommt, obwohl sie super Noten hatte. Leyla hat ihren Eltern, ohne eine Miene zu verziehen, gedolmetscht, dass sie wegen ihrer guten schulischen Leistungen dazu verpflichtet wird, das Gymnasium zu besuchen. Der Lehrerin wiederum hat sie gesagt, dass ihre Eltern darauf bestehen, dass sie wegen ihrer guten Noten eine Gymnasialempfehlung bekommt. So hat sie sich aufs Gymnasium geschummelt. Der Gipfel ihres Triumphs wäre es gewesen, mich, das schwarze Schaf der Familie, auf das letztlich doch alle stolz sind, zu heiraten.«

»Deswegen hätte sie mich trotzdem nicht so mies behandeln müssen!«, rief ich aus.

»Ach, du darfst das nicht persönlich nehmen. Sie hätte jede Frau so behandelt, die ihr in die Quere kommt.«

»Das ist ja ungemein tröstlich! Und du hast mich nicht mal verteidigt!«

Tarik hielt vor Lilas Häuschen. »Ich hab einen echten Trost für dich.« Er griff hinter sich und drückte mir dann eine Plastiktüte in die Hand, aus der es köstlich duftete.

»Fatma soll am Sonntag nicht hungern«, sagte er und küsste mich langsam und sehr zärtlich auf den Mund. »Schlaf gut, meine kleine Sumpfdotter.«

13. Kapitel

Keep smilin'
Keep shinin'
Knowin' you can always count on me
for sure
that's what friends are for
In good times
And bad times
I'll be on your side forever more
That's what friends are for

Was ist los mit dir, wieso bist du so früh auf?«, fragte Lila am nächsten Morgen und schlenderte Hand in Hand mit Harald in die Küche. Beide wirkten enorm bumsentspannt. Harald beugte sich hinunter zu Wutzky, um ihn zu knuddeln.

»Ich konnte nicht mehr schlafen«, sagte ich. »Wutzky und ich haben es uns hier gemütlich gemacht.«

»Du und nicht schlafen, das will was heißen«, sagte Lila. »War's so schlimm?«

»Es war ein Alptraum. Abgesehen vom Essen. Das Flugticket nach Wuxi ist jedenfalls abgehakt.« Ich lieferte den beiden einen detaillierten Bericht und sparte keines meiner Missgeschicke aus.

»Kaum hatte Tarik seine Version unseres romantischen Zueinanderfindens vor der kompletten Familie zum Besten gegeben und den Mund zugeklappt, klappte Leyla ihn auf, um mich als Heiratsschwindlerin zu entlarven, die es nur auf Tariks Konto abgesehen hat.«

»On dann?«, fragte Harald gespannt.

»Ich hatte Glück, weil zufällig genau in dem Augenblick der Muezzin-Wecker losging.«

»Dr Muezzin-Weggr?«

»Das ist ein rosa Wecker, der aussieht wie eine Moschee, und anstatt zu läuten, fängt die Kuppel an zu blinken und der Muezzin an zu rufen, und zum Abstellen haut man aufs Minarett. Das Ding macht einen Höllenkrach. Ein Teil der Männer sprang auf wie von der Tarantel gestochen und rannte zum Bad, um sich auf das Gebet vorzubereiten. Leyla brüllte, hochrot im Gesicht: ›Aber sie haben uns angelogen!‹, es hat sie bloß niemand beachtet, weil der Wecker ständig von vorn anfing und sich nicht abstellen ließ. Leyla hat es dann noch mal bei Tariks Eltern probiert, mittlerweile war auch Hasan aufgetaucht, sein Vater. Die sahen aber nur ziemlich erleichtert aus, und die Mutter sagte zu mir: ›Nix Verlobte? Fatma trotzdem essen‹, und brachte mir einen riesigen Teller voller türkischer Leckereien. Den Rest des Abends habe ich das Essen in mich reingestopft und abwechselnd Hochzeitsvideos und Telenovelas geguckt, während Tarik quatschte, er betet ja nicht, und irgendwann blickte er bedeutungsvoll auf meinen Bauch, der vom vielen Essen kugelrund geworden war unter dem engen Kleid, ich sah aus wie schwanger, und dann brachte er mich nach Hause.«

»Uff jedn Fall schmeckt's leckr«, meinte Harald, der gerade ein türkisches Teigteil mampfte.

»Und wieso konntest du nicht schlafen?«, fragte Lila.

»Weil ich so ein schlechtes Gewissen hatte, Leon gegenüber.«

»'s isch doch nix Schlemms bassierd«, sagte Harald.

»Nein. Aber ich hab mich gefühlt wie eine Verräterin.‹

»Kennt Leon die Geschichte denn?«, fragte Lila. Ich schüttelte den Kopf.

»Dann erzähl es ihm. Du hast doch nichts zu verbergen, und danach wirst du dich besser fühlen.«

Lila hatte natürlich recht, wie immer. Ich hatte schon früh am Morgen versucht, Leon zu erreichen, allerdings ohne eine klare Strategie. Leider hatte ich nur eine Mail vorgefunden, in der er mir berichtete, er würde einen Ausflug in den *Garten der Zerstreuung* unternehmen und sich melden, wenn er zurück war. Nun hatte ich

| 181

nicht nur ein schlechtes Gewissen, sondern zermarterte mir auch noch das Hirn, mit wem und wie er sich dort wohl zerstreute.

Nach dem Frühstück ging ich hinauf in mein Zimmer. Zum Sonntagskaffee wollte ich mit Lila nach Gärtringen fahren, um die Weihnachtsfeiertage zu planen, an denen meine Schwester Katharina ihre Flamme Max in New York besuchen würde. Lila hatte versprochen, Dorle und mir am zweiten Weihnachtsfeiertag unter die Arme zu greifen. Sie kannte meine Familie schon ewig. Harald hatte sowieso keine Zeit, weil er eine außerplanmäßige Sonntagssprechstunde mit Prosecco anberaumt hatte, um die wegen seiner Grippe ausgefallenen Termine nachzuholen.

Ich hatte beschlossen, mich bis zu unserer Abfahrt moralisch etwas zu läutern. In Deutschland ging es ja um die Weihnachtszeit herum immer total besinnlich zu, das konnte auch mir nicht schaden. Ich zündete eine Kerze an, setzte mich davor und starrte in die Flamme.

Dass die Trennung von Leon eine Prüfung war, wusste ich ja bereits. Aber offensichtlich bestand die Prüfung nicht nur aus Trennungsschmerz und Sehnsucht, sondern hatte auch einen moralischen Teil! Weil Leon weit weg war, geriet ich ständig in innere Konflikte. Was durfte man denn nun in einer Sehr-weit-weg-Beziehung? Durfte man die Verlobte eines anderen Mannes spielen und sich von diesem zärtlich auf den Mund küssen lassen? Durfte man mit einem Arbeitskollegen, der möglicherweise ein klitzekleines bisschen in einen verknallt war, etwas trinken gehen? Morgen würde ich Micha im Büro wiedersehen und musste mich vorher innerlich strukturieren. Aber wo fand ich die moralische Orientierung, um mich nicht ständig im Alltag zu verheddern? Dorle war moralisch total orientiert, aber sie zu fragen, das konnte ich mir wirklich sparen, weil ich die Antwort schon kannte: »Mädle, Fenger weg vo andre Männer!« Vielleicht sollte ich eine Mail an Richard David Precht schreiben? Der war doch mittlerweile der neue deutsche Oberphilosoph und kannte sich mit moralischen Fragen aus. Die Kunst, männliche Freunde in Stuttgart zu haben, ohne seinen Freund in China zu verraten? Handbuch für unordentliche Sehr-weit-weg-Beziehungen? Aber Precht war ein gefragter Promi und würde mir bestimmt nicht antworten. Eine Liste! Eine Liste musste her. Listen waren immer gut. Außerdem konnte man die klein zusammenfalten, in die Tasche stecken und in moralisch nicht eindeutigen Situationen unauffällig hervorholen.

Ich setzte mich hin und sammelte zunächst einmal alles, was im Bereich »Körperkontakt« erlaubt war. Oben auf der Liste würden die moralisch zweifelsfreien Punkte stehen. Die Liste füllte sich ziemlich schnell:

Liste der Dinge, die mit einem anderen Mann in Stuttgart erlaubt sind, wenn der feste Freund in China ist, Teil 1: Körperkontakt.

Erlaubt ist (Hierarchie):
1. Würdevoll mit der Hand wackeln (im Queen-Elizabeth-Stil)
2. Zuwinken / Zunicken
3. Hand geben
4. High five
5. Schulterklopfen
6. Oberarmwuscheln
7. Freundschaftliche Umarmung
8. Freundschaftlich Arm-um-die-Schulter legen
9. Wangenküsse
10. Ins-Ohr-pusten
11. Ohrläppchen wuscheln
12. Nasereiben nach Eskimo-Art
13. Tief-in-die-Augen-gucken
14. Küsse, die für die Backe gedacht sind, aber ohne eigenes Zutun auf den Mund rutschen

Nicht erlaubt ist (Hierarchie):
1. Zweideutig-ins-Ohr-Raunen
2. Hand-in-Hand-gehen
3. Ohr ablecken

4 a. Ohrküsse

4 b. Nasenküsse

4 c. Absichtliche Mundküsse

4 d. Zungenküsse

5. Busenschmusen

6. Sich-scheinbar-zufällig-unter-der-Gürtellinie-aneinander-Reiben

7. Fummeln unter der Gürtellinie

8. Scheinbar-zufällig-auf-der-Bettkante-herumlungern

9. Sex

Einerseits war ich erleichtert, weil die Liste der Dinge, die erlaubt waren, viel länger war als die der verbotenen Dinge. Aber war die Liste auch stimmig? Am besten machte ich die Gegenprobe. Konnte ich alles, was unter »erlaubt« stand, auch Leon zugestehen? Die Vorstellung, dass er gerade im Garten der Zerstreuung den Oberarm seiner neuen Kollegin aus Feuerbach wuschelte, war gerade noch auszuhalten. Tief-in-die-Augen-gucken fand ich schon schwieriger. Schließlich konnte daraus schnell ein Ohr-ablecken werden! Und dann rutschte die Zunge vom Ohr auf den Mund, dann in den Mund, man schmuste ein bisschen am Busen herum, rieb sich scheinbar zufällig unter der Gürtellinie aneinander, und ruck, zuck saß man auf der Bettkante herum und landete im Bett! Das Risiko war eindeutig zu groß. Ich machte einen dicken Pfeil von Tief-in-die-Augen-gucken hinunter auf die Liste der verbotenen Dinge.

Dann machte ich mich an die zweite Liste.

Liste der Dinge, die mit einem anderen Mann in Stuttgart erlaubt sind, wenn der feste Freund in China ist, Teil 2: Unternehmungen.

Erlaubt ist (Hierarchie):

1. Intellektueller Austausch (Tagespolitik, Energiewende, Promis)

2. Sport machen (Joggen a. d. Blauen Weg, Leuze)

3. Wutzky ausführen (kann der Mann aber auch alleine machen)

4. Auf Demos, ins Kino, Theater, Oper gehen
5. Auf Vernissagen gehen (wenn der Mann will, weil ich selber nie auf Vernissagen gehe)
6. Shoppen gehen (wenn der Mann shoppen will, weil ich selber nie shoppe)
7. Kaffee trinken, Cocktail trinken, Eis essen, Wein trinken (auch wenn anderer Mann verliebt, wichtig dann: Unnahbare Eisprinzessin raushängen, Freund erwähnen)
8. Tanzen gehen
9. Frühstücken (ohne Sex davor)
10. Abendessen (ohne Sex danach)
11. Sauna (ohne Sex im währenden)

Nicht erlaubt ist (Hierarchie):
1. Verlobte spielen (bereits erl.)
2. Sex

Das war ja supidupi! Verlobte spielen war abgehakt, es blieb also eigentlich nur ein absolutes Tabu übrig:
Sex.
Sex mit einem anderen Mann war ja im Moment überhaupt kein Thema! Ich konnte also alles unternehmen, was ich auch mit Leon unternehmen würde. Und Sport war auch kein Thema, weil weder Micha noch Tarik mit mir Sport machen wollten, so wie Leon. Ich musste zwar auf Sex verzichten (grmpf), wurde dafür aber mit einem sportfreien Leben belohnt, bis Leon wiederkam. Dann gab es wieder Sex (Hurra! Bloß wann?), und ich konnte ihm zuliebe auch das Lauf- oder Schwimmtraining wieder aufnehmen. Sehr zufrieden faltete ich den Zettel mit der Liste zusammen und steckte ihn in meine Tasche aus Lkw-Plane. Jetzt konnte mir moralisch gesehen nichts mehr passieren, und ich brauchte Leon auch nicht mehr mit der unsäglichen Verlobungsgeschichte zu beunruhigen. Ich fühlte mich sehr erleichtert.
Ein paar Stunden später stapften Lila und ich durch das Neubaugebiet in Gärtringen. Lila hatte die Ente stehenlassen, weil immer

noch so viel Schnee lag. Sie war die Fahrt über ungewöhnlich schweigsam gewesen.

»Was ist los mit dir?«, fragte ich schließlich. »Bedrückt dich was?« Lila schnaubte. »Ich bin nicht bedrückt, eher genervt. Harald und ich hatten an den letzten Wochenenden kaum Zeit füreinander. Entweder er arbeitet, oder er muss nach Schorndorf, Haus vorführen.«

»Irgendwann ist das Haus doch verkauft und das Thema abgehakt«, sagte ich.

»Schon. Ich finde nur, dass Harald sich von seiner Ex-Frau viel zu viel gefallen lässt. Sie zitiert ihn nach Schorndorf, wann und wie es ihr passt, sie drückt ihm den Hund rein, und er sagt niemals nein. Was ist, wenn das so weitergeht? Haus, Hund, Kinder. Irgendeinen Vorwand wird sie immer finden.«

Auweia. Das klang so, als ob Harald das Paarseminar mit dem Jasagen zur Beziehung doch nötiger hatte als gedacht. Ich traute mich aber nicht, Lila einen Ratschlag zu geben. Schließlich war sie normalerweise die Beziehungsfachfrau und hatte noch nie ein schlechtes Wort über Harald oder seine Ex-Frau verloren.

Ich klingelte an Katharinas Haustür. Eigentlich hatten Katharina und Frank das Häuschen mit Garten gemeinsam gebaut, aber Frank war ausgezogen, als sich meine Schwester in Max verliebt hatte. Für Frank war das ein schwerer Schlag gewesen, denn er und Katharina waren schon seit der Schule zusammen. Ich vermisste Frank überhaupt nicht. Im Laufe der Zeit war er immer ekliger geworden, was sich Lila in ausführlichen Analysen so erklärte, dass er es nicht ertrug, dass seine Frau mit ihren braunen Rehaugen aussah wie Audrey Hepburn, während er in die Kategorie Stinknormalo fiel. Schon vor Jahren hatte Lila prophezeit, dass Katharina irgendwann ausbrechen würde. Ich hatte sie immer für verrückt erklärt. Katharina selbst hatte nämlich nicht die geringste Ahnung davon, wie sie auf Männer wirkte.

»Dorle ist schon da«, sagte ich und deutete auf Karles altmodischen Mercedes. Die Tür wurde aufgerissen, und meine einzige Lieblingsnichte Lena warf sich in meine Arme. Der vierjährige Salomon hingegen stürzte sich sofort auf Lila, dabei sah er sie fast nie! Er und ich, wir konnten einfach nichts miteinander anfangen. Er konnte ja noch nicht mal in vollständigen Sätzen reden! Wir ließen unsere Schuhe und Wintersachen im Flur. Katharina kam aus der Küche und umarmte uns schnell. Sie war nicht geschminkt, trug schlichte Klamotten und sah trotzdem mal wieder fantastisch aus. Warum schlug sie nach unserer grazilen russischen Mutter, während sich bei mir die schwäbischen Vorfahren unseres Vaters durchgesetzt hatten? Die Frauen hatten immer ungewöhnlich wenig Busen und die Männer ungewöhnlich große Füße gehabt. Ich hatte beides geerbt.

»Schön, dass ihr da seid«, sagte Katharina. »Der Kaffee ist gleich fertig. Nehmt doch schon mal die Sahne mit.«

Am Kaffeetisch hinter dem Adventskranz und Dorles legendärem Käsekuchen thronten Dorle und Karle so feierlich, als seien sie die Königin und der König von Saba. Karle trug einen grauen Anzug mit Krawatte und Dorle eine für ihre Verhältnisse geradezu gewagte weinrote Bluse mit einer Seidenschleife. Bis zu ihrer Verlobung an ihrem Achtzigsten hatte sie immer nur Schwarz getragen.

»Mei Mädle!«, strahlte Dorle und küsste mich und Lila tropisch feucht und unterschiedslos ab. Karle erhob sich, deutete eine Verbeugung an und reichte uns würdevoll die Hand. Katharina stellte einen lauwarmen Apfelkuchen auf den Tisch. Apfel- und Käsekuchen! Mit Sahne! Herrlich!

»I soll die vo deim Vaddr grießa«, sagte Dorle. Meine Eltern wohnten bei Dorle ums Eck. Viel Kontakt hatten wir nicht. Auf keinen Fall würde ich Weihnachten nach Hause fahren. Meine russische Mutter verbrachte ihr Leben nämlich mehr oder weniger in ihrem Bügelzimmer. Irgendwie war sie mit der schwäbischen Mentalität von Anfang an nicht so richtig klargekommen. Während mein Vater als Ingenieur bei Bosch schaffte, hörte sie im Bügelzimmer Opernarien oder las Dostojewski, anstatt die Kehrwoche zu machen oder sich um ihre beiden Töchter zu kümmern. Irgendwann übersiedelte sie komplett ins Bügelzimmer.

»Ond, isst se au gscheid?«, wandte sich Dorle an Lila.

»Sie isst alles, was man ihr hinstellt«, sagte Lila. »Wenn man ihr nichts hinstellt, isst sie irgendwelchen ungesunden Mist.«

»Des isch mir so a Beruhigong, dass du regelmäßig ebbes Gscheids kochsch«, sagte Dorle. »Sonschd hätt i gar koi Ruh uff meine alde Däg. Isch se au wieder ganz gsond?«

»Ich denke schon. Ich hab versucht, sie wieder hochzupäppeln, aber kaum dreh ich ihr den Rücken, peng, Tiefkühlpizza.«

»Pizza? A warme Supp', a Grießbreile on Kamillatee fir Kranke!«

Ich blickte von einer zur andern. »Seid ihr bald fertig, ihr zwei?«, fragte ich. »Nett, dass ihr euch um mich sorgt, aber bevor ich bei Lila eingezogen bin, bin ich doch auch nicht verhungert!«

»Nein«, sagte Lila. »Aber nur, weil du morgens Laugenweckle mit Salami und abends Tiefkühlpizza gegessen hast.«

»Mittlerweile ist erwiesen, dass Tiefkühlkost gesünder ist als frische Kost.«

»Erbsen und Möhrchen vielleicht. Aber Pizza? Als du allein gewohnt hast, war deine Haut gelbstichig, deine Augen haben unruhig geflackert, dein Haar war schlaff, und du warst extrem krebsgefährdet, weil die Pizza immer verkokelt war.«

»Krebsgefährdend war der Verkehr in der Reinsburgstraße, nicht die Pizza.«

Eine knappe halbe Stunde später hatte ich zwei Stück Käskuchen, ein Stück Apfelkuchen und einen Berg Sahne verdrückt. Ich half Katharina, die Kuchenteller in die Küche zu tragen.

»Freust du dich auf New York?«, fragte ich vorsichtig. Katharina und ich waren als Kinder unzertrennlich gewesen. Doch in den letzten Jahren hatten wir nur selten über persönliche Dinge gesprochen.

»Ich habe ein schlechtes Gewissen, die Kinder an Weihnachten allein zu lassen. Aber ich freue mich. Sehr«, sagte Katharina leise. »Gleichzeitig habe ich große Angst vor den Konsequenzen. Das wird ja kein Ausflug zum Christmas Shopping, sondern eine Weichenstellung für meine Zukunft. Unsere Zukunft …« Sie räusperte sich. »Danke, dass du dein Weihnachten opferst. Das … das werde ich dir nie vergessen.«

»Schon in Ordnung«, sagte ich schnell. »Jetzt, wo Leon nicht kommen kann, bin ich froh um jede Ablenkung. Wie geht es Lena eigentlich?«

»Ein bisschen besser, denke ich. Sie leidet nicht mehr so unter unserer Trennung und sieht Frank regelmäßig am Wochenende. Sie freut sich riesig, dass du an Weihnachten hier bist.«

Lila brachte das restliche Geschirr in die Küche. »Ich glaube, ihr kommt jetzt besser. Dorle hat ihren Schlachtplan ausgebreitet«, sagte sie.

Auf dem Esstisch lagen lauter kleine Zettel. Dorle hatte ihre Brille aufgesetzt.

»Des isch der Speisebloh. Guggad amol, ob des so en Ordnong gohd.«

Ich nahm die Zettel in die Hand und versuchte, die schnörkelige Schrift zu entziffern.

»Aber Dorle, das kann ja kein Mensch lesen!«, rief ich kopfschüttelnd.

»So han i's halt glernd en dr Schul!«, erklärte Dorle. »Des isch Sütterlin, des isch doch koi Konschd!« Sie deutete auf den ersten Zettel.

»Doo, gugg. Des isch Heilichobend. Doo essa mir Saidawürschdla mit Kardoffelsalat nocham Krabblgoddesdienschd. Am Chrischddag Broda mit Soß' on handgschabte Spätzle. Am zwoida Feierdag Schnitzel mit Brodkardoffla on gmischde Salat. On selberbachene Gutsle ond an Schdolla breng i au. Mr kas nadierlich au anders kombiniera.« Sie schob die Zettel auf dem Tisch hin und her, als würde sie Karten spielen.

»Dorle, das klingt ganz prima«, sagte Katharina. »Es gibt da bloß ein klitzekleines Problem. Lena isst seit ein paar Wochen kein Fleisch mehr.«

»Worom au dees?«, rief Dorle kopfschüttelnd.

»Weil ich nicht möchte, dass Tiere für mich sterben!«, rief Lena.

»Abr du musch doch no wachsa! Du kohsch doch net bloß essa wie an Has!«

»Ich wachse auch so!«

»On was koch ich jetz?«

»Ganz einfach«, sagte Lena eifrig. Am Heiligabend gibt's Spaghetti mit Ketchup, am ersten Feiertag Bratkartoffeln und am zweiten Feiertag …«

»… Tiefkühlpizza!«, ergänzte ich strahlend. Wie vernünftig Lena für ihr Alter schon war!

»Des isch doch koi Weihnachtsessa!«

Die diplomatischen Verwicklungen wegen des Speiseplans dauerten noch eine ganze Weile an, nur Karle hielt sich heraus. Mir war es sowieso egal, solange ich nicht kochen musste. Meine Aufgabe würde darin bestehen, Klein Salomon bei Laune zu halten, was eine echte Herausforderung werden würde. Lena wies mich in Playmobil, Duplo und Holzeisenbahn ein. Es war schon dunkel, als uns Karle mit seinem Mercedes an der S-Bahn in Gärtringen absetzte. Am Hauptbahnhof nahmen wir den Zweiundvierziger und schleppten von der Bushaltestelle schwer an den beiden Tüten, die Dorle uns mitgegeben hatte. Der Rest vom Käsekuchen, selber gemachte Maultaschen, Eier von Dorles Hennen, Hefekranz und Gutsle.

»Dorle meint es wirklich gut mit dir. Ich glaube, wir müssen jetzt erst mal nichts einkaufen«, sagte Lila. »Wir haben ja auch noch die leckeren Reste vom türkischen Fest.« Sie kramte den Haustürschlüssel aus der Tasche. Ich schrie auf. Da war jemand! Eine dunkle Silhouette zeichnete sich vor unserer Haustür ab. Eine Gestalt, in sich zusammengesunken. Lila drückte rasch auf den Lichtschalter an der Wand, und die Außenbeleuchtung ging an. Ein Penner! Ein Penner in einem langen schwarzen Ledermantel.

»Tarik! Um Himmels willen, ist was passiert?«, rief Lila.

Tarik saß auf der Schwelle, den Kopf gegen den Türrahmen gelehnt. Er blinzelte uns im Schein der Lampe an, als würde er uns nicht kennen. Sein Mantel war offen, trotz der Kälte, und er trug nicht einmal einen Schal. War er bekifft? Oder betrunken? Gestern hatte es doch gar keinen Alkohol gegeben. Oder krank? Vielleicht doch die Prostata?

»Ich muss mit euch reden«, murmelte er. »Dringend.«

»Schon wieder?«, rief ich. »Sag jetzt bloß nicht, ich soll noch mal deine Verlobte spielen! Das kannst du nämlich vergessen!«

»Line, lass das jetzt! Komm erst mal rein, Tarik, sonst holst du dir noch den Tod! Wie lange sitzt du schon hier?«

»Keine Ahnung. Zwei Stunden, zwei Tage? Lange. Lines Handy war ausgeschaltet.«

Lila griff nach Tariks Hand, zog ihn hoch und dirigierte ihn sehr bestimmt ins Haus. Dabei drehte sie sich halb zu mir um.

»Du und ich, wir bewerben uns jetzt als Ableger der Heilsarmee«, sagte sie. »Witwen, Waisen und türkische Künstler.« Zuletzt hatte meine Nichte Lena wie ein Häufchen Elend auf dieser Treppenstufe gesessen, nachdem sie wegen der Ehekrise ihrer Eltern von zu Hause abgehauen war.

In der Küche drückte Lila Tarik auf einen Stuhl. Der ließ alles widerspruchslos mit sich geschehen.

»Du bist ja ganz ausgekühlt«, sagte Lila. »Ich mach dir einen heißen Tee. Hast du Hunger?« Tarik schüttelte den Kopf. Lila setzte Teewasser auf und fing an, im Schrank zu kramen.

»Da müsste doch noch irgendwo …«, murmelte sie.

»Es gibt bestimmt noch von dem leckeren Kamillentee«, sagte ich. »Das ist das Beste überhaupt. Bei Erkältungen und wenn jemand durchgefroren ist.«

Tarik warf mir einen Blick zu, der ziemlich deutlich sagte, was er von Kamillentee hielt. Lila zog eine verklebte Flasche aus dem Schrank und stellte sie vor Tarik auf den Tisch. »Der Cognac wird dich aufwärmen, bis der Tee so weit ist.« Sie holte ein Wasserglas aus dem Schrank, goss einen Fingerbreit ein und sah Tarik fragend an. Er nickte schwach, und aus dem Fingerbreit wurde eine halbe Hand. Tarik kippte den Cognac in einem Zug hinunter und streckte Lila das Glas hin. Sie seufzte, goss noch ein bisschen nach und verstaute die Flasche wieder im Schrank. Dann schnitt sie eine Scheibe Vollkornbrot ab, bestrich sie großzügig mit Butter, legte dick Käse darauf, garnierte sie mit Essiggürkchen, schnitt die Scheibe in mundgerechte Teile und stellte Tarik den Teller hin wie einem kleinen Kind. Mit abwesendem Blick begann Tarik damit, sich das Käsebrot in den Mund zu stopfen. Ich stand ein bisschen dämlich herum.

»Nun erzähl doch endlich«, sagte ich und setzte mich Tarik gegenüber. »Was ist los mit dir? Ist was mit deiner Familie? Sind sie sauer auf dich, wegen gestern?«

Tarik schüttelte den Kopf und schluckte das Brot hinunter. »Viel schlimmer«, flüsterte er. »Es ist etwas Schreckliches passiert.«

»Ja. Und was ist das?«, fragte ich weiter.

»Es ist so schrecklich, dass ich nicht darüber reden kann.« Tarik sah mit glasigem Blick durch mich hindurch. Lila stellte ihre selbstgetöpferte Teekanne und drei Tassen auf den Tisch. Es roch nach sehr gesunden, selbstgesammelten Kräutern.

Ich stöhnte. »Na schön, dann geh doch wieder nach Hause! Warum sitzt du mitten im Winter bei uns vor der Haustür wie ein Obdachloser, frierst dir den Hintern ab, obwohl du Stuttgarts schickste Wohnung hast, und willst dann nicht reden?«

»Also wirklich, Line«, sagte Lila vorwurfsvoll. »Wie wär's mit ein bisschen mehr Einfühlungsvermögen? Immerhin ist Tarik dein Freund!«

»Einfühlungsvermögen, *my ass*«, sagte ich. »Als Tarik mich gestern schutzlos seiner Cousine Leyla ausgeliefert hat, hat er ungefähr so viel Einfühlungsvermögen bewiesen wie ein anatolischer Schafsbock.«

Lila setzte sich neben Tarik, sah ihn teilnahmsvoll an und sagte: »Tarik, nichts ist so schrecklich, dass man nicht darüber reden könnte. Hinterher wirst du dich besser fühlen. Geteiltes Leid ist halbes Leid, *and that's what friends are for.*«

»Fragen Sie Dr. Lila Sommer«, murmelte ich, aber so leise, dass es keiner der beiden hören konnte.

»Ich – ich habe mich verliebt«, murmelte Tarik.

»Aber Tarik, das ist doch wunderbar!«, rief Lila aus. »Sich verlieben, das ist doch etwas Schönes!«

Tarik schüttelte entschieden den Kopf. »Nein, das ist es nicht. Es ist etwas ganz, ganz Fürchterliches.«

»Wahrscheinlich hast du dich noch nie verliebt? Richtig verliebt, meine ich. Und deshalb erschreckt es dich. Weil bei deinen Affären sind doch keine echten Gefühle im Spiel, oder?«, sagte ich, um etwas Hilfreiches beizutragen.

»Ihr versteht mich nicht«, flüsterte Tarik. »Das Schlimme ist nicht, dass ich mich verliebt habe. Schlimm ist, in wen.«

»Sie ist verheiratet«, sagte Lila. »Nicht wahr? Außerdem ist sie Katholikin und will, dass du konvertierst.« Tarik schüttelte stumm den Kopf.

Wenn Tarik nicht krank war, dann vielleicht die Frau, in die er sich verliebt hatte? »Sie hat eine unheilbare Krankheit, und euch bleiben nur noch sechs gemeinsame Monate«, schlug ich vor.

Tarik schüttelte unglücklich den Kopf. »Viel, viel schlimmer«, sagte er.

»Ich hab's!«, rief ich triumphierend. »*True love waits!* Sie will keinen Sex vor der Ehe!« Tarik strafte mich mit einem vernichtenden Blick. »Nun spuck's schon aus!«, sagte ich ungeduldig.

Er schloss die Augen, dann atmete er tief ein und wieder aus. »Ich ... ich habe mich in einen Mann verliebt«, murmelte er. »Genauer gesagt, in den Friseur, der mir die Haare geschnitten hat.«

Lila und ich schnappten nach Luft.

»Au Mann, das ist eine echte Neuigkeit«, sagte ich. »Davon habe ich gar nichts mitgekriegt. Und gestern hast du auch keinen Ton gesagt!«

»Ich wusste es ja selber nicht«, flüsterte Tarik. »Es war ... wie soll ich sagen. Ich musste ständig an ihn denken und konnte deshalb nicht schlafen. Und ich kam einfach nicht drauf, warum. Ich wollte es nicht wahrhaben. Aber dann, heute Morgen, im Halbschlaf, ich war ja ausnahmsweise allein, weil wir gestern bei dem Geburtstag waren, habe ich es endlich kapiert. Er hatte so ... so sinnliche Hände. So etwas habe ich bei einer Frau noch nie erlebt. Und seit es mir klar ist, habe ich das Gefühl, komplett durchzudrehen.«

»Aber Tarik, wo ist denn das Problem?«, fragte Lila. »Vielleicht warst du schon immer schwul und wolltest es dir nur nicht eingestehen? Du hast es mit deinen Affären kompensiert.«

»Ich. Bin. Nicht. Schwul!«, brüllte Tarik.

»Natürlich nicht«, sagte Lila und tätschelte Tarik die Hand, als sei sie seine Pflegerin im Altenheim. Gleich würde sie sagen: »So, Frau Nägele, jetz isch femfe, mir gangad jetz ens Bett.«

»Ich habe mich einfach in ihn verliebt. Ich hab mich vorher nie für Männer interessiert!« Tarik stützte die Ellbogen auf dem Tisch auf und verbarg sein Gesicht in den Händen.

»Hmm. Versuchen wir, das mal zu sortieren. Vielleicht ein bisschen so wie ein passionierter Trollinger-mit-Lemberger-Trinker, der seit Jahren jeden Abend sein Viertele schlotzt und dann plötzlich auf Weizen umsteigt, weil ihm der Wein nicht mehr schmeckt?«, fragte Lila.

Tarik schüttelte den Kopf. »Es ist ja nicht so, dass mir die Frauen nicht mehr gefallen«, sagte er. »Wenn sie entsprechend aussehen. Ich habe zum Beispiel gerade ein ganz süßes Erstsemester.« Er machte mit beiden Händen eine Wellenbewegung, die in etwa die Maße 120–60–90 nachzeichnete.

»Und deine Cousine Leyla«, murmelte ich.

»Na, dann hast du einfach deine Palette erweitert«, sagte Lila. »Mal Bier, mal Wein. Ist doch kein Problem. Solange du Kondome benutzt. Du benutzt doch Kondome?«

»Ich könnte mir sogar vorstellen, ihn zu heiraten und Kinder zu bekommen«, flüsterte Tarik. »Das ist doch pervers, oder?«

»Nein, nicht pervers«, sagte Lila. »Nur, trotz aller Fortschritte, rein biologisch gesehen nicht so ganz einfach.«

»Es gibt doch Leihmütter«, sagte ich, um ein bisschen Optimismus zu verbreiten.

Tarik jaulte auf und schlug die Hände vors Gesicht. »Leihmütter! Wie soll ich das bitte meiner Mutter erklären? Sie versucht sich gerade damit zu arrangieren, dass ich mich mit dir verlobt und wieder entlobt habe, und dann komme ich mit Mann und Kind an?«

»Na ja, so schnell geht das ja alles nicht«, sagte Lila. »Erst mal musst du eine passende Leihmutter finden.«

»Sie muss auf jeden Fall Akademikerin sein«, sagte Tarik. »Damit sie intelligenz- und bildungsmäßig meinem Niveau entspricht. Doktortitel wäre schön, hmm, könnte ich aber zur Not darauf verzichten. Weiß man ja eh nicht, ob der echt ist. Hell oder dunkel? Lieber eine Brünette, das passt besser in die Familie. Sonst wird nachher das Kind noch blond, das wäre viel zu auffällig, wenn wir dann im Sommer am Strand von Izmir sind. Nichtraucherin, auf jeden Fall. Sportlich könnte auch nicht schaden. Großer Busen, falls es ein Mädchen wird. Und vielseitige Interessen. Glückliche Kindheit. Fremdsprachen? Mindestens drei.« Tarik sah zum Fenster hinaus und schien uns völlig vergessen zu haben. Ich wedelte mit einer Hand vor seinem Gesicht herum.

»Tarik!«

»Hmja?«

»Tarik, du planst gerade Familie und den Rest deines Lebens mit einem Mann, mit dem du eine knappe halbe Stunde verbracht hast und aus dessen Mund du bisher nur die Worte ›Ist es so kurz genug‹ und ›Danke!‹ vernommen hast! Findest du das nicht ein bisschen voreilig?«

Tarik sah mich an. »Du hast recht«, murmelte er. »Morgen gehe ich wieder mit dir hin. Augenbrauen zupfen.«

Ich stöhnte. »Tarik, von meinen Augenbrauen ist nicht mehr viel übrig. Da gibt es nichts mehr zu zupfen!«

»Stell dich nicht so an. Dann lassen wir eben deine Wimpern färben.«

Wir schwiegen einen Augenblick. Tarik nahm einen Schluck aus der Teetasse und verzog angewidert das Gesicht.

»Vielleicht ist er gar nicht schwul«, sagte ich. Tarik zuckte bei dem Wort »schwul« zusammen. »Dass er Friseur ist, will ja erst mal nichts heißen. Überhaupt, weißt du wenigstens seinen Namen?«

Tarik schüttelte unglücklich den Kopf. »Er hat ihn mir zwar gesagt, aber ich hab ihn sofort wieder vergessen. Kein Türke, so viel ist sicher.«

»Ach, deshalb habt ihr Deutsch miteinander gesprochen«, sagte ich. »Ich hatte mich schon gewundert. Besonders begnadet war er jedenfalls nicht.« Tarik sah mit seiner neuen Frisur aus wie Prinz Eisenherz.

»Doch«, flüsterte Tarik. »Diese Hände ...«

»Jaja, die Hände«, sagte ich ungeduldig. »Die Frage ist doch jetzt, wie kommst du an den Rest vom Kerl ran?«

»Wir schlafen drüber«, sagte Lila. »Das hilft immer. Du nimmst jetzt erst einmal ein heißes Bad, Tarik, damit du dich nicht erkältest.«

»Kann ich heute Nacht hierbleiben?«, fragte Tarik. »Bitte. Ich glaube, ich fühle mich sonst ein bisschen einsam.« Ich verdrehte die Augen. Meine Güte, was war bloß innerhalb eines Tages mit Tarik, Stuttgarts schlimmstem Machomann, passiert?

»Kommt nicht in Frage«, sagte ich. »Wir haben kein Gästebett.«

»Vielleicht könnte ich bei dir auf dem Fußboden schlafen?«

»Du bist doch kein Hund«, stöhnte ich.

»Wir blasen dir die Luftmatratze auf«, schlug Lila vor.

»Blasen klingt gut«, sagte Tarik verträumt.

»Schön, dass ich nicht gefragt werde«, knurrte ich.

Lila ließ Tarik ein heißes Bad ein. Während er sich in der Wanne rekelte, analysierten wir noch ein bisschen die überraschende Wendung in Tariks Liebesneigungen. Dann lief ich schnell in mein Zimmer. Schon wieder so spät! Bevor Leon ins G'schäft ging, musste ich doch unbedingt noch herausfinden, mit wem er sich zerstreut hatte! Leider hatte Leon nicht mehr viel Zeit. Ich gab ihm eine Kurzfassung meiner letzten Erlebnisse. Die Feier bei Tariks Eltern ließ ich aus und erwähnte nur, dass wir den Samstagabend zusammen verbracht hatten. Leon fing gerade an, von sich zu erzählen, als Tarik ohne Vorankündigung hinter mir auftauchte. Wütend drehte ich mich um. Als Tarik kapierte, dass ich am Skypen war, machte er einen Satz zur Seite, weg von der Kamera im aufgeklappten Notebook.

»Was war das denn?«, fragte Leon irritiert.

»Äh, was?«

»Ist Lila bei dir im Zimmer? Ich habe ein Nachthemd gesehen. Ein Nachthemd, das plötzlich aus dem Bild springt. Aber seit wann hat Lila Haare auf der Brust?«

Ich stöhnte. »Das war der große böse Wolf, der Lila gefressen und sich dann ihr Nachthemd angezogen hat.« Tarik stand neben dem Tisch, so, dass Leon ihn nicht sehen konnte, und flehte mit Händen und Augen um Entschuldigung. Er trug ein Nachthemd mit bunten Streublümchen, das an den Oberarmen beinahe von den Muskeln gesprengt wurde und an den Beinen viel zu kurz war. Ich sah ihn böse an und machte mit dem Kopf auffordernde Bewegungen Richtung Tür.

»Was redest du da?« Leon zog die Augenbraue hoch. »Und wieso wackelst du so mit dem Kopf?«

»Das klingt jetzt vielleicht erst mal komisch, aber das ist nicht Lila, sondern Tarik. In Lilas Flanellnachthemd. Du brauchst dich aber gar nicht aufzuregen, es gibt eine ganz einfache Erklärung.«

»Wie bitte? Line, wir führen ja nun eine vertrauensvolle Beziehung. Müssen wir auch, auf die Entfernung. Du hast mir in letzter Zeit viel von Tarik erzählt, immer nur *just friends,* und ich habe mich um Verständnis bemüht. Aber kannst du mir mal sagen, was Tarik um diese Zeit im Nachthemd in deinem Schlafzimmer macht?«

»Er schläft auf dem Fußboden. Auf der Luftmatratze. Es geht ihm nicht so gut.«

»Es scheint Tarik in letzter Zeit ziemlich oft nicht gutzugehen. Aber ich finde nicht, dass er deshalb in deinem Schlafzimmer übernachten muss!« Tarik war mittlerweile auf alle viere gegangen und machte sich daran, hinter meinem Stuhl aus dem Zimmer zu krabbeln.

»Leon«, flehte ich. »Das ist alles ganz harmlos. Tarik, sag ihm, dass alles ganz harmlos ist!«

Tarik sprang hinter mir auf, streckte den Kopf über meine Schulter und winkte Leon zu.

»Hallo, Leon. Freut mich, dich kennenzulernen. Keine Sorge, ich rühre Line nicht an. Ich habe mich gerade in meinen Friseur verliebt. Und weil ich mich so einsam fühle, darf ich hierbleiben. Auf dem Fußboden. Line ist eine tolle Freundin, aber ich will nichts von ihr.«

»Warum schläfst du dann nicht bei dir zu Hause?«, schnappte Leon. »Oder auf dem Küchenfußboden?«

»Weil es nachts in der Küche saukalt wird, wenn der Gasofen abgestellt ist. Leon, bitte sei nicht sauer!«, rief ich unglücklich.

»Ich muss jetzt sowieso los, damit ich nicht wieder in einen endlosen Stau komme. Aber ich finde, du strapazierst in letzter Zeit ganz schön meine Nerven, Line!«

Zehn Minuten später lag Tarik auf der Luftmatratze vor meinem Bett. Ich lag im Bett und starrte an die Decke. Wir schwiegen beide.

»Es tut mir leid«, sagte Tarik schließlich. »Wirklich.«

»Das macht es auch nicht besser«, knurrte ich.

»Ich konnte doch nicht wissen, dass du gerade mit Leon sprichst!«

»Du hast nicht angeklopft!«

»Doch, aber du hast es nicht gehört!«

»Du gefährdest meine Sehr-weit-weg-Beziehung! Und mit der ging es endlich mal wieder steil aufwärts!«

»Ich hab dir schon gesagt, dass es mir leidtut! Verliebte Männer sind nicht schuldfähig!« Tarik fing plötzlich an zu kichern.

»Was ist denn so lustig?«, fragte ich genervt.

»Äh – Spätzle?«

Ich haute mit der Faust auf den Lichtschalter.

Ich war stinkesauer auf Tarik. Und auf Lila, die mich in diese bescheuerte Situation gebracht hatte. Das hatte man davon, wenn man seinen Freunden half! Ich würde mich den ganzen nächsten Tag schlecht fühlen, bis ich wieder mit Leon reden konnte!

»Danke, dass ich hierbleiben darf«, murmelte Tarik kleinlaut ins Dunkel.

»Gute Nacht, Tarik«, sagte ich.

»Ach, du willst schon schlafen?«, sagte er enttäuscht. »Ich dachte, wir reden noch ein bisschen über den Friseur.«

»Tarik, ich bin müde! Und sauer! Außerdem war ich dabei!«

»Genau deshalb. Vielleicht könntest du mir noch kurz deine Eindrücke von ihm schildern? Um sie mit meinen abzugleichen.«

Ich stöhnte. »Tarik, wirklich, ich würde gerne schlafen.«

Ich hörte, wie Tarik hin und her eierte. »Die Luftmatratze ist ein bisschen kurz«, sagte er. »Und sie hat auch nicht genug Luft. In deinem Bett ist es sicher viel gemütlicher.«

»Auf jeden Fall«, sagte ich. »Vor allem, weil ich es für mich alleine habe.«

»Ich bin doch keine Gefahr mehr für dich. Jetzt, wo ich in einen Mann verliebt bin.«

»Vergiss es.«

»Außerdem fühle ich mich immer noch einsam. Ich könnte ein bisschen menschliche Wärme gebrauchen.«

Ich beschloss, nicht mehr zu reagieren und mich schlafend zu stellen. Ich dachte an meine Liste. Dass man in einer Sehr-weit-weg-Beziehung das Bett nicht mit jemandem teilte, der etwas von einem wollte, war ja klar. Durfte man es mit einem Mann teilen, der gerade in wilder Leidenschaft für einen anderen Mann entbrannt war? Nun, man durfte es vielleicht. Aber irgendwie war ich mir ziemlich sicher, dass Leon das anders sehen würde. Ich drehte mich auf die Seite und schlief sofort ein.

»Was machst du hier?«

»Ich übernachte bei dir, hast du das vergessen?«

»Nein, das habe ich nicht vergessen! Aber was machst du in meinem Bett?«

»Aus der Luftmatratze ist die Luft rausgegangen. Der Fußboden ist verdammt hart. Ich dachte, du hast sicher Mitleid mit mir.«

»Nein, ich habe kein Mitleid mit dir! Wegen dir habe ich mich mit Leon gestritten. Wie soll ich ihm erklären, dass du mitten in der Nacht in mein Bett hüpfst?«

»Ich bleibe auf meiner Seite, ich versprech's.«

»So groß ist das Bett nicht, dass man es nach Seiten aufteilen könnte!«

»Ich rühre dich nicht an.«

»Dann nimm deine Hand von meinem Hintern!«

»Ach, das ist dein Hintern? Sorry. Es ist so eng, ich wusste nicht, wohin mit der Hand.«

14. Kapitel

With you is where I'd rather be
but we're stuck where we are
and it's so hard, you're so far
this long distance is killing me
I wish that you were here with me
but we're stuck where we are
and it's so hard, you're so far
this long distance is killing me

Als der Wecker am nächsten Morgen klingelte, lag Tariks Hand immer noch auf meinem Hintern. Ich schob sie weg und krabbelte aus dem Bett. Tarik ließ sich vom Wecker kein bisschen stören, nahm mit einem tiefen Seufzer das ganze Bett in Beschlag und schnarchte weiter entspannt vor sich hin. In dem Blümchennachthemd sah er allerliebst aus, und ich musste grinsen. Dann fiel mir wieder der Streit mit Leon ein, und das Lachen verging mir schlagartig. Ich hatte mich ihm so nahe gefühlt, als er für mich gesungen hatte. Und jetzt hatten wir uns wegen Tarik in die Haare gekriegt, und alles war wieder futsch! Zeit, darüber nachzudenken, hatte ich keine. Ich würde heute Abend versuchen, das Problem zu lösen. Ich sammelte ein paar Klamotten zusammen, schlich aus dem Zimmer und duschte rasch. Lila war schon weg. Meinetwegen konnte Tarik den Rest des Tages in Lilas Blümchennachthemd verpennen! Ich musste zusehen, dass ich ins Büro kam, und durfte mir jetzt erst einmal keine Ausrutscher mehr erlauben.

Mittlerweile waren die Straßen wieder schneefrei, und ich konnte das Rad nehmen. Beim Bäcker Weible kaufte ich mir ein Laugenweckle mit Butter und noch eine Tüte der selbstgemachten Schäumle*, um mit den Kollegen meine Genesung zu feiern.

Unglaublich. Da war ich doch tatsächlich als Erste im Büro! Ich machte meinen Computer an, öffnete irgendeine Datei und verteilte Papier und Stifte auf dem Schreibtisch, damit es so aussah, als sei ich mitten in der Arbeit. Dann drapierte ich die Schäumle in der Kaffeeküche auf einem Teller, machte mir einen Kaffee, zog die Schuhe aus, legte die Füße auf den Schreibtisch und mampfte erst einmal in aller Ruhe mein Laugenweckle. Es war sehr vernünftig, die Arbeit ruhig angehen zu lassen, damit ich nicht gleich wieder einen Rückfall erlitt. Die Eingangstür ging, und ich nahm hastig die Füße herunter. Micha. Ausgerechnet! Der kam doch sonst immer als Letzter! Rasch rief ich mir meine Liste ins Gedächtnis. Bei Gefahr von Verliebtheit, Eisprinzessin raushängen lassen und Freund erwähnen! Ich setzte mich kerzengerade auf meinen Stuhl und versuchte, so eisig zu wirken wie der Gipfel des Annapurna.

Micha blieb vor meinem Schreibtisch stehen. Die Wollmütze trug er schief und mit der Waschanleitung nach außen, seine Jacke war so geknöpft, dass oben ein Knopf zu viel und unten einer zu wenig war, die Hosenbeine waren matschbespritzt, und die Schneeklumpen an seinen Schuhen schmolzen auf den Fußboden ab. Kurz: Er sah haargenau so aus, wie ich im Winter oft aussah. Er strahlte mich an. In den eisigen Höhen des Annapurna begann es zu tauen.

»Hallo, Line. Wie schön, dass du wieder gesund bist. Du bist doch wieder gesund?«, sagte Micha eifrig.

»Ja, klar. Wie lief's hier denn so?«, entgegnete ich betont munter.

Micha zuckte mit den Schultern. »Viel Arbeit. Ist aber nichts Besonderes, so kurz vor Weihnachten. Was ich dich fragen wollte, wir wollten doch mal …«

---

* Schäumle = schwäbisch für Meringue, vgl. a. »Träume sind Schäumle«

»Ich habe Schäumle mitgebracht«, unterbrach ich ihn hastig. Weil die Eisprinzessin versagte, galt es, erst vom Thema abzulenken und dann Leon zu erwähnen.

»Lecker. Wir haben doch mal überlegt, zusammen ...«

In diesem Augenblick ging die Tür auf, und Julia und Suse kamen herein. Uff!

»Julia!«, rief ich erfreut. »Ich hatte schon befürchtet, du kommst gar nicht mehr, nach der Schikane mit dem Keller!«

»Hallo, Line«, sagte Julia. »Ich war wirklich kurz davor, das Praktikum zu schmeißen. Mein Freund hat gesagt, meld dich erst mal krank. Dann hat er gesagt, du musst dich wehren lernen, und mir ein Buch geschenkt von so einer ganz bekannten Management-Tante, es heißt ›Ich wär so gern ein wilder Salat‹. Darin steht, dass in jedem von uns ein total wilder Salat steckt, wir trauen uns nur nicht, ihn rauszulassen. Ich hab mich ja so was von ertappt gefühlt! Ich hab die Übungen durchgearbeitet, meine Körperhaltung vor dem Spiegel geübt und den Rat befolgt, Schwarz zu tragen, weil das respekteinflößend wirkt. Mein Freund sagt, jetzt kann mir nichts mehr passieren!« Julia rückte den Haargummi an ihrem strengen Pferdeschwanz zurecht, zog den schwarzen Rollkragenpulli nach unten, straffte die Schultern und ging hocherhobenen Kopfes an ihren Platz.

Suse sah mich bedeutungsvoll an. »Na, da sind wir aber gespannt«, murmelte sie.

Zehn Minuten später stolzierte Arminia herein, ohne Mantel, im makellosen Hosenanzug und mit glänzenden, völlig schneematschfreien Pumps. Kein Wunder, sie parkte ihren BMW ja auch direkt im Hinterhof. Sie baute sich vor meinem Schreibtisch auf. Leider hatte sie sich als Standort ausgerechnet die Schmelzwasserlache von Michas Schuhen ausgesucht, die ich mittlerweile mit Meringuekrümeln vollgebröselt hatte. Arminia blickte irritiert auf den Fußboden und stieg wie ein Storch aus der Lache.

»Was ist denn das für eine Sauerei auf dem Boden!«, schimpfte sie und wandte sich dann übergangslos an mich. »Gut, dass du wieder da bist. Länger hätten wir nicht auf dich verzichten können. Also los, an die Arbeit!«

»Bin schon dabei«, murmelte ich. Sklaventreiberin! Arminia stöckelte an ihren Schreibtisch und würdigte Julia dabei keines Blickes. Julia stand auf und marschierte so aufrecht wie ein Soldat zu Arminias Platz. Schnell sprang ich auf, ging in die Kaffeeküche und machte mich an der Maschine zu schaffen, um ja nichts zu verpassen.

»Morgenstund' hat Gold im Mund«, sagte Julia und reckte den Kopf noch etwas höher.

»Hallo, Julia. Du bist also auch wieder gesund? Dann kannst du ja weiter den Keller ausmisten.«

»Man soll den Tag nicht vor dem Abend loben.«

»Äh – wie bitte?«

»Wirf die Flinte nicht ins Korn, denn sie spürt wie du den Schmerz.«

»Was soll das?«, fragte Arminia irritiert.

»Eine Kuh macht Muh, viele Kühe machen Mühe!«, rief Julia trotzig und nahm Haltung an.

»So, die Dame ist sich also zu fein?«

»Trautes Heim, Glück allein!«

»Aha. Und was möchtest du tun, wenn du nicht in den Keller willst?«

»Alles neu macht der Mai!«

Arminia schwieg. Julia schwieg auch. Schließlich sagte Arminia: »Na schön. Du kannst Suse unterstützen.«

»Danke. Die Schweine von heute sind die Schinken von morgen.«

Julia ging zu Suse hinüber. Ihre Schultern waren immer noch sehr straff, und auf ihrem Gesicht lag ein glückseliges Lächeln. Ich schnappte nach Luft, Suse schüttelte ungläubig den Kopf, nur Micha schien nichts mitgekriegt zu haben. Das war ja fantastisch! Die schüchterne Julia hatte Arminia kleingekriegt! Das Buch musste ich mir unbedingt besorgen! Bestimmt steckte auch in mir ein wilder Salat, ohne dass ich es wusste.

Ein paar Minuten später tauchte Philipp auf. Er wechselte ein paar höfliche Worte mit mir und ging dann an seinen Schreibtisch. »Philipp, Drucker!«, brüllte Arminia. Micha zuckte zusammen und rutschte tiefer in seinen Schreibtischstuhl. Philipp stand auf, bastelte am Drucker herum und rief dann: »Tut wieder!«

Ich begann, meine Mails abzuarbeiten, behielt Micha dabei aber im Auge. Das war ganz einfach, weil sein Schreibtisch schräg vor meinem stand. Er saß auf seinem Stuhl, sehr aufrecht und konzentriert, und starrte wie gebannt auf den Bildschirm, ohne sich zu bewegen. Eine Zeitlang geschah nichts Auffälliges. Dann näherte sich Philipp von der Kaffeetheke her, mit einem dampfenden Becher in der Hand, und steuerte seinen Schreibtisch an. Er warf einen prüfenden Blick auf Micha und schien beruhigt zu sein, doch genau in dem Moment, als er an Michas Arbeitsplatz vorbeiging, drückte dieser plötzlich seinen (zugegebenermaßen ziemlich süßen) kleinen Hintern nach hinten und beugte sich gleichzeitig nach vorn. Der Bürostuhl rollte ohne Vorwarnung geradewegs in Philipp hinein. Ein Schwall Kaffee ergoss sich auf Philipps weißes Hemd, seine Jeans und nicht zuletzt auf Michas Fast-Glatze. Micha stieß einen Schmerzensschrei aus. Philipp fluchte, riss blitzschnell mit der freien Hand sein versautes Hemd nach oben und wischte Micha damit über den Kopf. Unter dem Hemd kam ein sehr ansehnlicher Waschbrettbauch hervor, mit dem ich so gar nicht gerechnet hätte.

Ich sprang auf. »Ist dir was passiert, Micha? Hast du dich verbrüht?«

Philipp ließ von Micha ab.

»Es ist gar nicht schlimm«, sagte Micha hastig. »Ich bin nur erschrocken.«

»Mach nicht so einen Aufstand, Line«, sagte Philipp gelassen. »So was passiert eben.« Mann, war der cool, obwohl sein Oberteil und seine Designer-Jeans voller Kaffeeflecken waren! Ich sah mich um. Komischerweise schenkte niemand außer mir der Szene Beachtung. Alle arbeiteten so konzentriert weiter, als sei nichts geschehen. Arminia hatte einen kurzen Blick auf die Sauerei geworfen und war dann wieder kommentarlos hinter dem Paravent abgetaucht. Philipp verschwand im Klo und kam nach kurzer Zeit wieder, in der Hand das verfleckte Hemd, auf dem Körper ein frisches weißes T-Shirt. Die Jeans glänzte feucht, offensichtlich hatte er die Flecken ausgewaschen. Völlig entspannt ging er zu seinem Arbeitsplatz, stopfte das Hemd in eine Tüte und holte einen Pulli aus einer Schublade, den er über das T-Shirt zog. Dann holte er sich einen frischen Kaffee, machte einen großen Bogen um Micha und arbeitete weiter, als sei nichts geschehen.

Micha war nach Philipp ins Klo marschiert. Als er wieder herauskam, waren seine wenigen Haare nass. Er warf einen sichtlich nervösen Blick auf mich, setzte sich wieder auf seinen Stuhl, starrte eine Sekunde auf den Bildschirm und fing dann wie ein Verrückter an, auf seine Tastatur einzuhämmern. Er war knallrot am Hals, und das kam bestimmt nicht von dem heißen Kaffee, sondern davon, dass er meinen prüfenden Blick auf sich spürte.

Ich beschloss, mein Superhirn einzuschalten und die Situation zu analysieren. Ich nahm einen Zettel und kritzelte mit einem Bleistift darauf:

1. Micha scheint ein unglaubliches Talent zu haben, Chaos zu produzieren.
2. Philipp scheint zu wissen, dass Micha Chaos produziert, sonst hätte er keine Ersatzklamotten im Büro deponiert. Außerdem hat er sich kein bisschen über Micha aufgeregt, obwohl er sich permanent über seine Freundin aufregt.
3. Nicht nur Philipp scheint zu wissen, dass Micha Chaos produziert, sondern auch alle anderen im Büro. Sonst hätten sie auf den Kaffee-Unfall anders reagiert.
4. Philipps Reaktion mir gegenüber erweckt den Anschein, dass er nicht möchte, dass ich weiß, dass Micha Chaos produziert.
5. Der Kopierer und der Laserdrucker haben ständig Aussetzer, und niemand wundert sich darüber oder hat es mit mir in Verbindung gebracht.

6. Philipp hat einen Waschbrettbauch.
7. Das Chaos, das Micha produziert, erinnert in fataler Weise an eine gewisse Pipeline Praetorius.
8. In Deutschland sind zwei Fälle des Katastrophen-Gens nachgewiesen.

Langsam keimte in mir ein schrecklicher Verdacht.

Der Rest des Tages verlief ohne Zwischenfälle, und Micha versuchte auch nicht mehr, sich mit mir zu verabreden. Die Telefone klingelten ohne Unterbrechung, alle schufteten verbissen vor sich hin, nur Julia erledigte mit einem Dauerlächeln im Gesicht Jobs für Suse. Um halb acht schlich ich aus dem Büro, vollkommen erledigt. Eigentlich hatte ich in eine zweite Runde Butzfee gehen wollen, aber dafür war ich definitiv zu erschöpft, die Erkältung steckte mir noch zu sehr in den Knochen.

Zu Hause fand ich auf dem Herd einen Topf mit Gemüsesuppe, auf dem Tisch einen Zettel von Lila und in meinem Zimmer keine Spur mehr von Tarik, außer einer Luftmatratzenleiche.

»Übernachte bei Harald Gruß Lila P. S. wie lang steht eigentlich der Kochtopf noch im Flur?«, schrieb Lila. Ich schlüpfte in meinen gemütlichen Jogginganzug, wärmte mir die Suppe auf, aß eine Tüte Chips als Sättigungsbeilage dazu, ging dann in den Flur und betrachtete nachdenklich den Kochtopf. Der Topf war definitiv zu groß für unsere Bedürfnisse, er hatte Waldheim-Größe und würde den halben Küchenschrank einnehmen. Weil mir nichts Besseres einfiel, nahm ich ihn mit hinauf in mein Zimmer und stellte ihn mitsamt Marihuana in den Kleiderschrank, dort war Platz genug. Irgendwann war bestimmt Sperrmüll in der Gegend – für den Kochtopf. Ich hatte nicht die geringste Ahnung, was ich mit dem Marihuana tun sollte. Zum Glück war bisher kein Bußgeldbescheid gekommen.

Ich nahm mein Notebook mit in die Küche und schickte Leon eine Mail.

Bin zu hause warte sehnsüchtig dass du dich meldest kuss line ps hoffentlich bist du mir nicht mehr böse????

Plötzlich beschlich mich Einsamkeit. In der Weihnachtszeit hatte man es gerne kuschelig. Wer war da schon freiwillig allein? Was hatte ich von einem Freund, mit dem ich mich zwar unterhalten konnte, der aber ansonsten nur auf einem flachen Bildschirm existierte? Und wie lange würde das so weitergehen? Lila hatte Harald, und Tarik würde sich vielleicht irgendwann mit dem Friseur zusammentun und dann nur noch wenig Zeit für mich haben. Ich dagegen musste nicht nur ohne den echten Leon auskommen, sondern auch noch versuchen, bei unseren Gesprächen möglichst wenig Missverständnisse und Streits zu produzieren, und das unter dem ständigen Zeitdruck, dass Leon auf der anderen Seite der Weltkugel ins G'schäft musste!

Auf einmal ging der Schlüssel in der Haustüre.

»Ich bin's«, rief Lila und stand kurz darauf in der Küche.

»Was ist los, hast du was vergessen?«, fragte ich erstaunt. Lila schüttelte den Kopf. »Ich bin so schrecklich müde, dass ich spontan beschlossen habe, zu Hause zu schlafen.«

»Habt ihr euch gestritten?«, platzte ich heraus. Lila sah nicht nur müde, sondern auch ziemlich wütend und verletzt aus.

»Streiten ist das falsche Wort. Ich habe Harald nur sehr deutlich gesagt, dass ich finde, dass er sich allmählich von seiner Ex-Frau abnabeln sollte.«

»Auweia«, sagte ich. »Wie hat er reagiert?«

»Völlig geschockt. Er meint, ich verstehe das nicht, weil ich nie verheiratet war. Und dass man nach so vielen gemeinsamen Jahren nicht einfach die Leinen kappen kann, vor allem, wenn man noch ein Haus und Kinder hat. Da dachte ich, es kann nicht schaden, wenn er den Rest des Abends ein bisschen ungestört nachdenkt.« Sie ging zum Kühlschrank und schenkte sich ein Glas Milch ein.

»Sei mir nicht böse, aber ich habe keine große Lust, darüber zu reden. Ich gehe gleich ins Bett.«

»Schlaf gut!«, rief ich ihr hinterher. Ach du liebe Zeit! Ich kannte Lila nur als die Ausgeglichenheit in Person. Ich war diejenige, die Beratung brauchte und sie auch bekam. Lila hatte immer alles im Griff. Dass sie selber Paarprobleme hatte, war mal ganz was Neues. Ich fühlte mich ziemlich hilflos.

Ungeduldig blickte ich auf meinen Computer. Warum meldete sich Leon nicht? Ich rief für alle Fälle noch einmal meine Mails auf. Tarik teilte mir mit, dass er noch immer in glühender Leidenschaft für Manolo entflammt sei. Da meine Augenbrauen schon ausreichend gezupft waren, würde er mich am nächsten Abend vom Büro abholen und zum Wimpernfärben einladen. Und als Nächstes eine kleine Brustvergrößerung, dachte ich leicht genervt. Ich ging wieder auf Skype. Hurra, Leon war online!

»Leon, es tut mir so leid!«, rief ich ohne große Einleitung, als er auf dem Bildschirm auftauchte.

»Guten Morgen, mein Schatz. Mir tut es auch leid«, sagte Leon. »Aber ich finde nach wie vor, dass Tarik nicht in deinem Schlafzimmer übernachten muss.«

Wenn du wüsstest, dass er nicht nur in meinem Schlafzimmer, sondern auch in meinem Bett übernachtet hat, dachte ich mit Schaudern. »Ich erzähl es dir einfach von Anfang an«, sagte ich und begann damit, wie wir Tarik vor unserer Haustür aufgelesen hatten. »Siehst du, du brauchst dir gar keinen Kopf mehr zu machen«, schloss ich. »Bist du nicht froh, dass Tarik sich in Manolo verliebt hat?«

Leon sah überhaupt nicht froh aus. Warum antwortete er nicht?

»Ich weiß nicht«, sagte er schließlich leise. »Ich meine, es ist ja nicht so, dass ich dir vorher nicht vertraut hätte. Aber ihr verbringt so viel Zeit miteinander. Als Nächstes wirst du ihm helfen, seinen Friseur zu erobern, stimmt's?«

»Natürlich helfe ich ihm. Morgen gehen wir Wimpern färben. Tarik ist ein enger Freund, es ist doch normal, dass ich will, dass er glücklich wird, oder?«, sagte ich und versuchte, fröhlich zu klingen.

»Der Mann ist erwachsen, Line, und selber für sein Glück verantwortlich! Der braucht keine Mutter Teresa!«

»Mutter Teresa! Geht's noch?«, rief ich ärgerlich. »Du bist ja immer noch eifersüchtig! Selbst jetzt, wo du weißt, dass es gar keinen Grund dafür gibt.«

»Ich habe das Gefühl, alles dreht sich nur noch um Tarik! Ich war mit Tarik essen, deswegen konnte ich nicht mit dir reden. Der arme Tarik, es geht ihm gerade nicht so gut, deshalb übernachtet er in meinem Schlafzimmer. Du lässt dir wegen Tarik die Augenbrauen zupfen und die Wimpern färben. Das hast du für mich nie gemacht! Ich kann den Namen Tarik nicht mehr hören!« Leon presste die Lippen zusammen und musterte mich böse. In mir stieg die Wut hoch. Das war ja wohl total ungerecht!

»Und du? Bringst umgekehrt irgendwelchen Kolleginnen aus Feuerbach bei, mit Stäbchen zu essen, während sie dir schwäbische Koseworte ins Ohr flüstern! Fürzle! Wir Expats müssen zusammenhalten! Ist das vielleicht besser?«

»Mit Stäbchen essen? Fürzle? Was redest du da! Ich kann überhaupt nicht mit Stäbchen essen, ich lasse mir immer Messer und Gabel geben, als Einziger in der Boschkantine! Bist du etwa eifersüchtig? Weil ich ein einziges Mal mit einer Kollegin essen war und gestern einen kleinen Ausflug mit ihr zur *Schlucht der Acht Klänge* im *Garten der Zerstreuung* gemacht habe, während du ganze Abende und Wochenenden mit Tarik verbringst?«

»Schlucht der Acht Klänge?« Das klang ja total romantisch! Hatte ich es doch geahnt! Leon hatte sich mit dem heißen Topf aus Feuerbach zerstreut! Und dann machte er *mir* Vorwürfe?

»Ich finde, dass ich alles Recht der Welt habe, eifersüchtig zu sein, wenn du als Mann einmal mit einer Kollegin essen gehst, die auf Männer steht, während du überhaupt kein Recht hast, eifersüchtig zu sein, wenn ich als Frau regelmäßig mit einem Mann Zeit verbringe, der sich für Männer interessiert!«, brüllte ich und drückte drei Sekunden auf die Netztaste meines Computers.

Zosch. Der Bildschirm erlosch. Ich saß da, mit Tränen in den Augen, und fühlte mich todunglücklich. Wie beschissen war das denn, sich am Computer zu streiten? Und dann auch noch zwei

Tage hintereinander! Und wie sollte man sich versöhnen, wenn man sich nicht einmal in die Arme nehmen konnte? Tiiiief durchatmen. Ich sprang auf, lief im Kreis und holte tief Luft. Das funktionierte überhaupt nicht. Anstatt ruhig zu werden, fing ich an zu schluchzen und bekam Schluckauf. Was war nur los mit Leon und mir? Wir liebten uns doch! Letzte Woche war alles so schön gewesen, und nun schien sich unsere Beziehung im Cyberspace aufzulösen. So konnten wir nicht auseinandergehen. Hoffentlich war Leon noch online!

Ich wischte mir die Tränen ab und drückte wieder die Netztaste. »Pfui! Sie haben das Programm nicht ordnungsgemäß beendet. Windows führt deshalb eine gründliche Systemprüfung durch.« Aarrggh! Windows ließ sich viel Zeit, mein System ausführlich zu prüfen. Endlich konnte ich Skype wieder aufrufen. Das Symbol neben Leons Namen war nicht mehr aktiviert. Wir konnten uns nicht mehr vertragen!

Ich öffnete Outlook. Da war eine Mail, ohne Betreff. Ich öffnete sie mit zitternden Fingern.

Meine Süße. Tut mir so leid, dass wir uns gestritten haben. Bin wahnsinnig spät dran, muss jetzt los. Habe blöderweise abends noch ein geschäftsessen, so dass du mich morgen früh (deutsche zeit) nicht erreichst. Schick mir eine mail, wann wir reden können, ich steh auf, auch mitten in der nacht. Vergiss nicht, dass ich dich liebe, egal, was passiert. Wir stehen das durch. kuss, Leon.

Ich lief aus dem Zimmer und blieb vor Lilas Tür stehen. Nein. Ich konnte sie jetzt unmöglich wecken, sie hatte ihre eigenen Sorgen! Dann sah ich, dass unten am Türspalt Licht aus dem Zimmer drang. Vorsichtig klopfte ich an.

»Bist du noch wach, Lila?«, fragte ich leise.

»Nein. Aber komm trotzdem rein.«

Ich huschte ins Zimmer. Lila lag mit einem zugeklappten Buch in der Hand im Bett. »Ich wollte gerade das Licht ausmachen.«

»Entschuldige«, sagte ich. »Ich weiß, du hast genug eigene Probleme. Es ist nur …« Ich setzte mich auf Lilas Bettkante und fing wieder an zu heulen.

»Nicht so schlimm«, sagte Lila. »Mit meinen Problemen, meine ich. Was ist los mit dir? Leon-Kummer?«

»Ja«, flüsterte ich. »Wir haben uns gestritten. Und jetzt ist er zur Arbeit, und wir konnten uns nicht mehr versöhnen, und ich fühle mich einfach fürchterlich. Lila, ich stehe das nicht durch, auf die Entfernung. Ich bin einfach zu schwach.«

Lila streichelte meine Hand. »Doch, Line«, sagte sie ruhig. »Du stehst das durch, genauso, wie ich das mit Harald durchstehe. Und natürlich ist es schrecklich schwer. Aber weißt du, es ist wie eine Prüfung.«

Ich stöhnte. »Das weiß ich doch. Wie im Märchen.«

»Siehst du? Und Märchen gehen gut aus. Immer. Du musst nur ganz, ganz fest daran glauben. Und du brauchst eine Perspektive. Leon muss sich irgendwann entscheiden. Für dich. Und das bedeutet, er kann nicht jahrelang wegbleiben. Er soll dir sagen, wie er sich das vorstellt. Ob es wirklich zwei Jahre sein müssen. Wann er wiederkommt.«

»Du hast recht«, sagte ich und fühlte mich schon viel besser. Eine Perspektive. Entscheidungen. Eine gemeinsame Zukunft? Mein Herz klopfte.

15. Kapitel

Es lebe der Zentralfriedhof, und alle seine Tot'n.
Der Eintritt is' für Lebende heut ausnahmslos verbot'n,
Weu da Tod a Fest heut gibt die ganze lange Nacht,
und von die Gäst' ka anziger a Eintrittskartn braucht.

Am nächsten Morgen war ich voller Optimismus. Heute Abend würde ich mit Leon unsere gemeinsame Zukunft planen. Ich hatte ihm eine Mail geschickt, dass ich mich um zehn Uhr abends melden würde, fünf Uhr morgens Ortszeit Wuxi, damit wir genügend Zeit zum Reden hatten. Danach würde es uns viel bessergehen. Lila hatte ja so recht! Wir brauchten eine Perspektive! Dieses lockere Mal-schauen-was-die-Zukunft-so-bringt war vielleicht was für desorientierte Bauer-sucht-Frau-Gucker, die abends im Jogginganzug auf der Couch Chips in sich hineinstopften, aber doch nicht für Menschen mit klaren Zielen wie Leon und mich!

Als ich aus dem Bad kam, zog Lila gerade ihren Mantel an. Sie wirkte müde und angespannt.

»Wie geht es dir?«, fragte ich mitfühlend.

»Wird schon«, murmelte sie. »Ich muss los.«

Kurz vor neun war ich im Büro, nach Philipp und Julia. Julia strahlte noch immer. Wahrscheinlich hatte sie den ganzen Abend und die ganze Nacht durchgestrahlt wie eine Glühbirne im Belastungstest. Zwei Minuten nach mir kam Micha, strahlte ebenfalls, als er mich erblickte, und verlor dann deutlich an Leuchtkraft, als er sah, dass die anderen beiden schon da waren.

Ich öffnete mein Postfach. Arminia lud uns in einer Rundmail zum Chinesen ein. Die Zentrale in Hamburg bedankte sich bei ihren Mitarbeitern mit dem Menü *Die sieben Weihnachtswunder* und einem Freigetränk für die Arbeit im vergangenen Jahr. Zum Chinesen! Ausgerechnet! Und ein ganzer Abend mit Arminia!

Micha kam zu meinem Schreibtisch geschlendert, die Hände in den Taschen.

»Hast du schon die Mail von Arminia gelesen?«, fragte er scheinbar beiläufig.

»Wegen des Weihnachtsessens beim Chinesen? Ja. Grau-en-haft!«

»Wieso, isst du nicht gerne chinesisch? Wie sieht es denn mit indisch aus?« Jetzt! Das war die Steilvorlage, auf die ich gewartet hatte, um Micha zu sagen, dass mein Freund in China war!

»Indisch? Keine Ahnung, nie probiert. Aber chinesisches Essen hasse ich!«, sagte ich mit Inbrunst. »Bestimmt müssen wir mit Stäbchen essen! Und worüber sollen wir den ganzen Abend mit Arminia reden? Aber wo wir schon beim Thema China sind …«

»So, die Dame hasst also chinesisches Essen?« Arminia kam hinter ihrem Paravent hervorgeschossen. Das gab's doch gar nicht! Wo kam die denn auf einmal her? Hatte sie absichtlich mucksmäuschenstill hinter ihrer Wand gesessen, um uns zu belauschen?

Arminia verschränkte die Arme, blitzte mich böse an und kam langsam in Fahrt.

»Wahrscheinlich isst die Dame nicht so gerne ausländisch, und Spätzle mit Soß' wären ihr lieber? Maultaschen statt Wan-Tan? Außerdem weiß die Dame nicht, worüber sie den ganzen Abend mit mir reden soll? Hat die Dame noch mehr Probleme? Vielleicht will die Dame, anstatt zum Essen eingeladen zu werden, lieber zu Hause bleiben? Auch nach ihrer Probezeit?«

Ich rutschte tiefer in meinen Stuhl und spürte, dass ich puterrot geworden war.

»Äh – nein, natürlich nicht, Arminia. Ich vertrage nur … die Sojasoße nicht so gut. Aber die kann man ja einfach weglassen. Und natürlich möchte ich gerne hier weiterarbeiten nach meiner Probezeit.« Arminia verschwand schnaubend wieder hinter ihrer Trennwand. Micha sah mich teilnahmsvoll an und schlich an seinen Platz.

Suse tat wie immer so, als hätte sie nichts mitgekriegt. Ich warf einen Blick auf Philipp. In seinen Mundwinkeln hing ein kaum wahrnehmbares Lächeln. So ein Arschkuchen. Bestimmt hatte er gewusst, dass Arminia im Büro war! Julia warf mir eine stumme Kusshand zu, um mich im Club der Geächteten willkommen zu heißen. Aber Julia war nur Praktikantin. Sie hatte keinen Job zu verlieren, so wie ich!

Den Rest des Tages arbeitete ich in stiller Verzweiflung vor mich hin. Ab und zu versuchte ich, Arminias Gehirn mit meinen Botschaften zu programmieren: Line ist eine tolle neue Mitarbeiterin. In meiner ganzen Zeit als Führungskraft habe ich noch nie erlebt, dass fachliches Wissen, Professionalität und herausragende soziale Kompetenzen im Umgang mit Kollegen und Vorgesetzten so eine glückliche Verbindung eingegangen sind. Hoffentlich bleibt sie in unserer Firma, denn sie ist eine echte Bereicherung.

So richtig zu funktionieren schien das nicht, weil Arminia mich den Rest des Tages ignorierte. Um zehn vor sieben ging die Türklingel. Hoffentlich war das nicht Tarik! Wir waren eigentlich um sieben unten am Eingang verabredet. Hastig lief ich zur Tür. Tarik stand in seinem schwarzen Mantel davor und grinste mich an.

»Ist grad ganz schlecht, warte unten«, zischte ich. Tarik ging an mir vorbei, strotzend vor Selbstbewusstsein.

»Ich dachte, ich sehe mir mal an, wo du arbeitest«, sagte er laut.

Nervös sah ich mich nach Arminia um. Sie reckte den Kopf über die Trennwand, runzelte die Stirn und öffnete den Mund, um eine Bemerkung zu machen. Dann fiel ihr die Kinnlade herunter.

»Sie sind doch … Tarik, oder?«, stammelte sie. »Tarik, der Künstler?« Langsam, fast scheu kam sie vollständig hinter dem Paravent hervor und starrte Tarik fassungslos an. Philipp, Julia und sogar Suse reckten neugierig die Köpfe. Ausgerechnet Micha war schon gegangen!

Tarik setzte sein Killerlächeln auf, schlenderte zu Arminia hinüber, deutete eine Verbeugung an und reichte ihr die Hand. »Sie müssen Lines Chefin sein«, sagte er. »Sie schwärmt ja in den höchsten Tönen von Ihnen. Sie wird nicht müde zu betonen, dass sie noch nie erlebt hat, dass fachliches Wissen, Professionalität und herausragende soziale Kompetenzen im Umgang mit Untergebenen so eine glückliche Verbindung eingehen wie bei Ihnen!«

Ach du liebe Zeit! Arminia würde sich garantiert vor Lachen wegschmeißen, nach dem, was ich heute Morgen gesagt hatte!

»In der Tat. Line ist ... eine Bekannte von Ihnen?« Arminias Stimme klang kieksig, ihr Busen wogte. »Das ... das wusste ich nicht. Ich kann Ihnen gar nicht sagen, wie sehr ich Ihre Arbeit bewundere. Ich habe jede Ihrer Ausstellungen gesehen!«

Tarik schloss für einen Moment die Augen, öffnete sie dann wieder mit dramatischem Wimpernklimpern, legte die rechte Hand aufs Herz und sagte inbrünstig:

»Vielen Dank. Wenn Sie das sagen, bedeutet mir das sehr viel. Und ja, Line und ich sind sehr gut befreundet. Sie hat mich zu einigen meiner besten Kunstwerke inspiriert.«

Auf diese Nummer konnte man doch unmöglich reinfallen, oder? Arminia stand da wie vom Donner gerührt, mit offenem Mund. An ihrem Mundwinkel hing ein Speichelfaden.

»Wollen wir los, Line? Einen schönen Abend noch.«

Tarik reichte Arminia noch einmal die Hand und lächelte liebenswürdig. Ich schaltete blitzschnell den Computer aus, schnappte meine Jacke und meine Tasche, murmelte einen Gruß und stürzte zur Tür. Philipps, Julias und Suses Blicke bohrten sich in meinen Rücken.

»Ich fass es nicht«, stöhnte ich, als wir die Treppe hinuntergingen. »Sie hat gesabbert vor Begeisterung!«

»Also, ich fand sie nett«, sagte Tarik.

»Nett? Sie ist ein Biest! Und wie sie dich angeschmachtet hat!«

»Aber Line, das ist doch normal!«

»In diesem Fall bin ich ausnahmsweise mal froh darüber.«

Tarik hatte seinen Mercedes frech im Hof neben Arminias BMW geparkt. Eine Viertelstunde später standen wir vor dem türkischen Friseurschuppen und spähten durch die Scheibe.

»Und – siehst du was?«, flüsterte Tarik. Drinnen ging es genauso wuselig zu wie am letzten Samstag.

»Hinter der Theke steht wieder der dunkelblonde Typ mit den langen Haaren«, sagte ich. »Den Mann deines Herzens sehe ich nicht.«

»Wahrscheinlich ist er oben. Du fragst nach ihm, und ich tue total unbeteiligt. Ich sage kein Wort. Ich bin nur der coole Macker, der will, dass du gut aussiehst, und deine Rechnung zahlt.«

Wir gingen hinein. »Hallo. Was kann ich für Sie tun?«, fragte der dunkelblonde Typ liebenswürdig und schüttelte seine Locken.

»Ich möchte mir gerne die Wimpern tuschen lassen. Und zwar von … ja, wie hieß er denn noch gleich? Er hat Tarik … also meinem Freund hier … am Samstag die Haare geschnitten.«

»Wie sah er denn aus?«

»Gut«, platzte Tarik heraus. Der Blonde grinste. »Alle unsere Friseure sehen gut aus«, sagte er.

»Er war kein Türke, vielleicht hilft das?«, sagte ich.

»Ach, Manolo. Der ist heute nicht da.«

»Wann ist er denn da?«, fragte Tarik eifrig.

Der Blonde zuckte mit den Schultern. »Der ist eigentlich gar nicht hier angestellt. Er ist ein Freund vom Chef und hilft manchmal aus, wenn's klemmt. So wie letzten Samstag. Die Mädels kamen alle auf einmal, um sich für ihre Betriebs-Weihnachtsfeiern aufzuhübschen, da war die Hölle los. Manolo macht eigentlich Grabsteine.«

Aha. Das erklärte den Haarschnitt. »Aber wenn du in den ersten Stock gehst, dann macht Hatice deine Wimpern. Oder sollte es speziell Manolo sein?« Er warf Tarik einen anzüglichen Blick zu. »Äh – nein, Hatice ist total okay«, sagte ich hastig.

Zehn Minuten später standen wir wieder auf der Tübinger Straße. Das Wimpernfärben hatte zwar drei Minuten höllisch gebrannt, aber es hatte nicht so fürchterlich geziept wie das Augenbrauenzupfen.

Tarik musterte mich und sagte: »Also, schaden tun dir diese Verschönerungsaktionen nicht.« Ich stöhnte.

| 217

»Tarik, ich sage dir, jetzt ist Schluss! Ich bin genug verschönert! Und weitergekommen sind wir auch nicht.«

»Doch, natürlich. Ein Steinmetz namens Manolo, das kann man doch googeln.«

»Und wenn er nur angestellt ist?«

»Dann haben wir ein Problem, Houston.«

»Und wenn du ihn findest?«

»Brauchst du einen Grabstein?«

»Nein, Tarik, ich brauche im Moment keinen Grabstein, auch wenn mir Wikipedia wegen des Katastrophen-Gens eine niedrige Lebenserwartung prophezeit! Und Dorle braucht hoffentlich auch noch nicht so bald einen! Und überhaupt, lass uns hier verschwinden, der dunkelblonde Typ beobachtet uns.«

Ich zog Tarik von der Scheibe weg Richtung Tübinger Straße. In zwei Metern Entfernung legte ein schwarzer Transporter mit quietschenden Reifen eine Vollbremsung hin. Das tat auch die Radfahrerin hinter dem Transporter. Fluchend schlug sie einen Haken um das Auto.

»Line, sieh doch nur!« Tarik packte mich aufgeregt am Arm. Auf dem reichlich verbeulten Transporter schwebte eine Engelsfigur gen Himmel, darunter stand in silberner Schreibschrift *Grabmale-to-go Manolo,* und darunter wiederum *Grabsteine für alle Gelegenheiten, Gedenksteine für Tiere.* Die Warnblinkanlage ging an, und Manolo sprang auf der Fahrerseite geschmeidig auf die Tübinger Straße. Er trug einen Blaumann, der mehr grau als blau war. Um seinen Hals baumelte eine Staubschutzmaske, und selbst seine schwarzen Haare waren vom Staub graumeliert. Mit langen Schritten ging er auf den Friseurladen zu, sah uns beide stehen und winkte fröhlich. »Na, alles klar?«, rief er und verschwand im Laden.

Tarik hob die Hände zum Himmel. »Es ist Schicksal!«, rief er aus. »Wir sind füreinander bestimmt! Sonst wäre er doch nicht ausgerechnet jetzt aufgetaucht! Und er hat mich wiedererkannt!«

»Sprich ihn an«, zischte ich. »Er kommt sicher gleich wieder raus. Sag irgendwas!«

Manolo stand jetzt mit dem Rücken zu uns, lümmelte sich auf die Theke und redete mit dem dunkelblonden Typen. Der machte eine Kopfbewegung zu uns hin. Manolo drehte sich um und grinste. Dann verschwand er aus unserem Blickfeld.

»Du kannst ihn direkt nach seiner Handynummer fragen, wenn er rauskommt«, sagte ich. »Er weiß jetzt sowieso Bescheid.«

»Gar nicht nötig. Da steht die Nummer doch!«, rief Tarik und deutete auf den Transporter. Er holte sein iPhone aus der Tasche und gab hektisch die Daten ein. *www.grabmale-to-go.de,* das kann man sich ja sogar merken!«

»Achtung, er kommt!«, rief ich. »Sag was. Irgendwas Intelligentes!«

Manolo kam aus der Tür, blieb vor Tarik stehen und lächelte abwartend. Tarik klappte den Mund auf, machte ein gurgelndes Geräusch wie ein Gully nach dem Gewitter und klappte den Mund wieder zu. Manolo grinste, lief zu seinem Auto, sprang hinein und fuhr davon.

»Das darf nicht wahr sein«, stöhnte ich. »Tarik, das war die Chance deines Lebens! Und du kriegst den Mund nicht auf.«

»Ich … ich hab den Mund schon aufgekriegt«, stotterte Tarik. »Es kam bloß nichts raus.«

»Bloß weg hier!« Der dunkelblonde Typ beobachtete uns noch immer. Ich zog Tarik am Ärmel hinter mir her Richtung Königstraße.

»Ich glaub's einfach nicht! Mir ist kein einziger blöder Anmachspruch eingefallen. Dabei bin ich auf dem Gebiet Vollprofi!«, jammerte Tarik. »Das ist mir noch nie passiert, ich schwöre.«

»Und er hat es dir soo leichtgemacht.«

»Sah er nicht unglaublich sexy aus in dem Blaumann? Und diese Muskeln!«

»Welche Muskeln? Ich habe nichts gesehen, nur Blaumann.«

»Bestimmt hat er Muskeln! Na schön, das ist jetzt dumm gelaufen. Aber er hat mich angesehen. Er ist stehen geblieben! Es besteht also Grund zur Hoffnung, oder?«

| 219

»Ja, schon. Trotzdem weißt du nicht, ob er schwul ist.«

»Er muss ja gar nicht schwul sein, nur auf mich stehen. Wie machen wir jetzt weiter?«, fragte Tarik enthusiastisch. Wir standen vor dem Eiscafé Venedig am Anfang der Königstraße. Ich starrte gedankenverloren auf die Pizzastücke in der Auslage.

Ich dachte an Leon. Er hatte recht. Tarik musste sein Schicksal jetzt selber in die Hand nehmen. »Hör zu, Tarik. Ich habe dir geholfen, Manolo zu finden. Jetzt kannst du alleine weitermachen.«

»Aber Line, ich dachte, wir gehen morgen zusammen zu Manolo und bestellen einen Grabstein.«

»Und wie soll das gehen? Hallo, Manolo, ich hätte gerne ein Grabmal-to-go. Hier ist mein Geburtsdatum, links oben ein Engelchen, lass doch das Todesdatum erst mal weg, wie schnell kannst du liefern?«

»Hmm. Das Problem ist, ich selber kann keinen Grabstein brauchen, weil ich sowieso kein christliches Begräbnis will. Auf dem Hauptfriedhof gibt es Grabfelder für Muslime, Richtung Mekka, aber ich bin ja nicht besonders religiös. Ich dachte mehr an ein Baumgrab auf dem Waldfriedhof. Und als Zeremonie irgendeine Live-Performance. Mit einer schönen Lichtinstallation. Was hast du denn so vor?«

»Tarik, ich weiß, ich bin spät dran, aber ich habe mir darüber noch keine Gedanken gemacht.«

»Und du willst mir wirklich nicht helfen?« Tarik sah enttäuscht aus.

»Ich bin mir sicher, du kommst klar.«

»Okay, Line. Aber jetzt sag ich dir erst mal ganz lieb danke. Weil du mir so geholfen hast. Und ich wünsche dir wirklich, dass mit Leon alles gut wird.« Tarik nahm mich fest in seine kräftigen Arme. Das war nicht mehr die erotische Umarmung von früher, bei der mir das Herz klopfte und es bis in die Zehen kribbelte. Das war eine freundschaftliche Umarmung, in der ich mich getröstet und geborgen fühlte. Tarik schloss die Zeremonie mit einem Oberarmwuscheln ab, das auf jeden Fall auf die Liste der erlaubten Dinge gehörte.

»Du hast was bei mir gut«, sagte er, kniff mich in die Wange, drehte sich um und war nach wenigen Sekunden in der Menschenmenge verschwunden. Ich versuchte vergeblich, ihm mit den Blicken zu folgen. Es fühlte sich an wie ein Abschied.

Ich beeilte mich, nach Hause zu kommen. Lila war weg und hatte mir keine Nachricht hinterlassen. Leider auch kein Essen, aber wir hatten ja noch Dorles hausgemachte Maultaschen, die besten der Welt. Ich briet sie an, schlug Eier darüber, damit man das Verbrannte nicht so sah, und aß türkischen Süßkram dazu. Das ergab hervorragende schwäbisch-türkische-Crossover-Küche! Nach dem Essen nahm ich einen Zettel, um das Gespräch mit Leon vorzubereiten, so, wie Lila es mir geraten hatte. In die Mitte des Zettels schrieb ich »Line und Leon« und malte ein Herzchen darum. Davon ausgehend, malte ich Pfeile in alle Richtungen. Hmm. Was waren die zentralen Punkte? Wie lange Leon noch in dem blöden Wuxi hocken wollte, wann wir endlich zusammen romantischen Paar-Urlaub machten (irgendwas mit sich Anschmachten bei Sonnenuntergang und Kerzenschein, die Terrakotta-Heinis und die Chinesische Mauer konnten mir gestohlen bleiben) und wie wir es schafften, uns beim Skypen nicht ständig in die Haare zu kriegen. Also schrieb ich ans Ende der Pfeile »Entwicklung von Perspektiven«, »Aktive Beziehungspflege« und »Konfliktvermeidung und Kommunikationsverbesserung«. Wir brauchten nur diese Punkte erfolgreich abzuarbeiten, dann war unsere Beziehung wieder tippitoppi!

Punkt zehn war ein verschlafener Leon online. Er sah so süß aus in dem zerknautschten T-Shirt. Wie gern hätte ich ihm jetzt durch die verstrubbelten Haare gewuschelt. Meine Nervosität wuchs. Hoffentlich kriegten wir die Kurve!

»Guten Morgen, Line.« Müde winkte er mit dem Kaffeebecher.

»Leon, es tut mir so leid, dass ich dich abgewürgt habe! Ich habe dich gleich wieder angefunkt, aber du warst schon weg.«

Leon seufzte. Dann grinste er. »War auf jeden Fall mal eine neue Erfahrung, die Tür virtuell zugeschlagen zu kriegen.«

»Ich hab mich schrecklich über mich selber geärgert, und dann war ich so traurig und unglücklich.«

»Ich war auch schrecklich unglücklich. Ich bin's noch immer. Diese blöden Eifersüchteleien, das müssen wir uns wirklich abgewöhnen, damit wir uns nicht ständig streiten.«

»Leon, es gibt wirklich keinen Grund, eifersüchtig auf Tarik zu sein.«

»Eigentlich geht es gar nicht um Tarik«, sagte Leon langsam. »Ich habe nur irgendwie das Gefühl, dass du dich mehr und mehr von mir entfernst. Dass es für dich wichtigere Menschen gibt als mich.«

»Leon, das stimmt doch gar nicht! Aber Tarik ist nun mal aus Fleisch und Blut, während du ...« Ich brach ab. Ich hatte das Gefühl, mir wäre beinahe etwas Fürchterliches herausgerutscht. Etwas, das ich bitter bereut hätte.

»... nur auf dem Computerbildschirm existierst. Ja, und genau so fühle ich mich manchmal. Nicht wie dein Seelengefährte, sondern wie ein netter Bekannter.«

»Nein, Leon!«, rief ich entsetzt. »Mir fehlt nur irgendwie eine Perspektive. Und deshalb dachte ich, wir sollten vielleicht mal über die Zukunft reden. Wie lange du noch in China bleiben willst. Kannst du nicht früher wiederkommen? Sieh mal.« Eifrig hielt ich das Bildchen hoch. Leon streckte den Kopf vor und kniff die Augen zusammen.

»Glaub mir, Line, ich zermartere mir ständig das Hirn über unsere Zukunft.«

»Warum redest du dann nicht mit mir darüber?«

Leon zuckte mit den Schultern. »Du weißt doch, Jungs reden nicht gern über ihre Probleme. Was soll ich auch sagen? Ich habe mich auf zwei Jahre festgelegt, bin erst seit ein paar Wochen hier, und es läuft gerade super für mich. Mein Projekt wird sogar in der Januar-Ausgabe vom *Bosch-Zünder* vorgestellt. Wenn ich durchhalte, bekomme ich danach in Deutschland eine leitende Funktion. Aber wenn ich mein Projekt vorzeitig abbreche, fange ich bei Bosch wieder von vorne an!«

»Zwei Jahre. Das stehe ich nicht durch, selbst mit gemeinsamem Urlaub dazwischen«, sagte ich leise und ohne Leon anzusehen.

»Liebst du mich denn nicht genug, um auf mich zu warten?« Leons Stimme war kaum zu hören. »Danach haben wir doch … hoffentlich ein ganzes Leben zusammen?«

Ich schluckte. Zwei Jahre warten, in geduldiger Liebe, und dann den Rest des Lebens zusammen verbringen? Das klang irgendwie ziemlich endgültig. Und bis in zwei Jahren konnte doch noch wer weiß was passieren! Liebte ich Leon genug? Oder besser – konnte ich für Pipeline Praetorius mit dem Katastrophen-Gen die Hand ins Feuer legen? Die Antwort fiel eindeutig aus. Nein.

Ich sah Leon an. In seinem Blick lag eine Mischung aus ängstlicher Erwartung und Zärtlichkeit, die mir das Herz zerriss. Ich hielt meine Hand vor den Bildschirm. Leon tat dasselbe. Es war schrecklich, sich nicht berühren zu können.

»Natürlich liebe ich dich. Aber zwei Jahre sind so unendlich, unendlich lange …«

Wir schwiegen beide. Ich fühlte mich fies, gemein und treulos.

»Als wir uns am Flughafen versöhnt haben, da war das der glücklichste Augenblick in meinem Leben. Ich war mir sicher, dass uns nichts je wieder auseinanderbringen wird. Aber seither ist da so viel Alltag …«

»… und ich bin kein Teil dieses Alltags mehr«, ergänzte Leon langsam.

»Aber geht es dir denn nicht genauso?«, rief ich verzweifelt. »Kannst du dir vorstellen, noch zwei Jahre eine Beziehung zu führen, die daraus besteht, dass man sich zu seltsamen Tag- und Nachtzeiten erzählt, was man tagsüber erlebt hat, ohne wirklich etwas zu teilen? Ich möchte doch einfach nur neben dir aufwachen, abends zusammen kochen, am Wochenende ins Kino. Stinknormales Paarleben!«

Wieder waren wir stumm. Endlich brach Leon das Schweigen.

»Na schön«, sagte er. »Ich werde versuchen, mit meinem Chef zu reden. Vielleicht lässt er mich schon nach einem Jahr zurück nach Schwieberdingen. Aber dann brauche ich auch eine Perspektive.«

»Und die wäre?« O Gott. Leon wollte doch hoffentlich nicht heiraten?

»Du suchst eine gemeinsame Wohnung für uns. Wenn ich zurückkomme, ziehen wir zusammen.«

»Äh – wir machen was?«

»Wenn wir ein gemeinsames Leben wollen, dann sollten wir vielleicht mit einer gemeinsamen Wohnung anfangen, oder?«

»Ja, natürlich«, stotterte ich. So konkret hatte ich mir das mit der Perspektive nicht vorgestellt!

»Also, was meinst du?«

»Das ... ist eine tolle Idee. Ein bisschen überraschend, vielleicht. Es ist nur ... dann müsste ich ja bei Lila ausziehen.«

Leon grinste. »In der Tat, das müsstest du. Wenn ich zurückkomme, brauche ich ja sowieso eine neue Wohnung. Wir könnten wieder in den Stuttgarter Westen ziehen.«

»Warum nicht«, sagte ich lahm.

»Klingt nicht gerade begeistert. Ich dachte, du wünschst dir eine Perspektive? Ist die Vorstellung, mit mir zusammenzuwohnen, so abschreckend? Ich verspreche dir, dass ich keine stinkenden Socken herumliegen lasse.«

»Nein, natürlich nicht! Ich ... ich muss mich nur erst an den Gedanken gewöhnen.«

»Dann denk darüber nach. Sobald du ja sagst, rede ich mit meinem Chef.«

Keine stinkenden Socken herumliegen lassen? Das war ja wohl das Letzte, was ich Leon versprechen würde.

16. Kapitel

Wir wollten bloß chinesisch essen.
Anfangs lief auch alles glatt.
Doch meine Frau ist wie besessen,
geht erst, wenn sie ihr'n Glückskeks hat.
Mit einem ziemlich breiten Grinsen
hat der Kellner ihn gebracht.
In meinem Darm grollten die Linsen.
Sie hat ihr'n Keks gleich aufgemacht.
Ich lese meinen dann zu Hause,
hab ich noch zu ihr gesagt.
Da rief sie ziemlich laut: »Banause!«
Zu gehn hab ich nicht mehr gewagt.
»Jetzt mach ihn auf und ja nicht schummeln!«
Mein Leiden hat sie nicht gejuckt.
Ich hatte dieses Magengrummeln.
Die Leute haben schon geguckt.
Und wegen diesen dummen Schnöseln
musste ich versöhnlich sein
und auch meinen Keks zerbröseln
Ein Teilchen fiel ins Bier hinein.
Man will ihn nicht essen, soll ihn aber lesen:
Der Glückskeks ist die Rache der Chinesen.

Bis Weihnachten verflog die Zeit nur so. Wir arbeiteten bis zum Umfallen, manchmal bis spät in die Nacht, so dass an weitere Butzfeeaktionen nicht zu denken war. Ein paar Tage vor dem Fest fand unser Weihnachtsessen statt. Micha, Julia und ich hatten vorher abgesprochen, dass wir uns um zehn unter Vorwänden wie »schade, mein letzter Bus fährt gleich«, »ich glaube, ich bekomme

Migräne« etc. verabschieden würden. Philipp, den Verräter, und Suse, die Streberin, hatten wir nicht eingeweiht. Sollten die beiden doch bis Mitternacht mit Arminia hocken bleiben!

Kaum saßen wir, erklärte Arminia dem Kellner, er könne gerne das Besteck wegräumen, wir würden alle mit Stäbchen essen. Weil wir, mit Ausnahme von Arminia, dafür quälend lange brauchten, waren wir um zehn erst beim dritten Gang der sieben Weihnachtswunder. Um fünf nach zehn stieß Micha beim verzweifelten Versuch, mit den Stäbchen Essen aufzunehmen, mit dem Ellbogen die Flasche mit der Sojasoße vom Tisch. Sie zerbrach zu Arminias Füßen und verklebte ihre neuen Stiefel aus hellgrauem Seehundsfell. Der Club der Geächteten hatte ein weiteres Mitglied. Arminia erstellte eine endlose Liste zu erledigender Aufgaben, schickte sie Suse per Mail und verabschiedete sich zur Jahresbumskonferenz.

Von Tarik kam ab und zu ein kurzer Gruß per SMS, das war alles. Dabei brannte ich vor Neugier, wie die Sache mit Manolo weitergegangen war! Lila und Harald schienen sich wieder zusammengerauft zu haben. Jedenfalls machten sie einen ganz normalen Eindruck. Einmal fragte ich vorsichtig nach, aber Lila gab mir eine ausweichende Antwort. Also ließ ich sie in Ruhe.

Die Feiertage kamen und mit ihnen unser Großeinsatz in Gärtringen. Dorle schenkte mir entzückende selbstgehäkelte Topflappen, kochte kopfschüttelnd vegetarisch, kitzelte den aktuellen Stand der Dinge mit Leon aus mir heraus und ließ ab dem Moment in jedem zweiten Satz fallen, dass die Lösung aller meiner Probleme war, sofort zu heiraten. Dann brauchte ich keinen Job mehr, konnte nach China ziehen und unter den neidischen Blicken der Chinesinnen einen Stall voll Kinder gebären.

Salo hatte seine Abneigung gegen mich überwunden, stand jeden Morgen um halb sieben vor meiner Couch und streckte mir strahlend seine Playmobil-Piraten hin. Wenn ich nicht Playmobil spielte, schippte ich Schnee, weil es wie verrückt schneite. Es war Lena zu verdanken, dass ich bis zum Abend des zweiten Weihnachtsfeiertags überlebte, ohne durchzudrehen, aber schließlich war das Leben an Weihnachten eines der schwierigsten. Dagegen war sogar die Aussicht verlockend, am siebenundzwanzigsten Dezember wieder arbeiten zu gehen und Micha zu treffen.

Weil ich so beschäftigt war, hatte ich Leon an Weihnachten nicht einmal vermisst. Jedes Mal, wenn ich an seinen Vorschlag dachte, zusammenzuziehen, stieg leichte Panik in mir hoch. Nicht, dass ich etwas gegen eine gemeinsame Wohnung mit Leon hatte, nur gegen eine Wohnung ohne Lila. Wir hatten es doch so schnuckelig zusammen, vor allem jetzt, wo wir fast jeden Abend in der Küche saßen, Glühwein tranken, Schnulzen guckten und Weihnachtsgutsle in uns hineinstopften! Vor jedem Gespräch mit Leon hatte ich Angst, er würde das Thema wieder anschneiden, weil ich nicht die geringste Ahnung hatte, was ich ihm sagen sollte. Wenn das Skypen mal ausfiel, war ich nicht böse. Immerhin stritten wir nicht mehr.

Lila hatte ich noch nichts erzählt. Solange ich keine neue Wohnung suchte, brauchte ich sie nicht zu beunruhigen. Vielleicht wollte sie ja auch irgendwann mit Harald zusammenziehen und war froh, wenn ich das Zimmer räumte? Oder wir gründeten eine Haus-WG. Dann hätte ich Lila in der Nähe, und sie konnte für uns alle kochen! Dafür würde ich am Wochenende sogar den furzenden Wutzky in Kauf nehmen. Irgendwie war ich mir jedoch ziemlich sicher, dass Leon unter »gemeinsamer Wohnung« weder Lila noch Harald noch Wochenend-Wutzky verstand.

An den Feiertagen hatte ich mir vorgenommen, Micha endlich die Wahrheit zu sagen. Ich würde mit ihm was trinken gehen, aber nur ein Stündchen, und nur zum Schein, dann von Leon erzählen und nahtlos zur Planung der Shampoo-Werbung übergehen. Danach hatte ich hoffentlich meine Ruhe.

Am siebenundzwanzigsten Dezember waren wir zu dritt im Büro. Kaum ging Suse aufs Klo, stürzte Micha an meinen Schreibtisch und zischte aufgeregt:

»Wir wollten doch mal was trinken gehen!«

»Gern. Wie wär's mit morgen?« Micha guckte vollkommen perplex, dann strahlte er.

»Supi!«

»Sollen wir los?«, fragte er am nächsten Abend. Suse war schon weg.

»Warum nicht. Ist ja schon spät«, antwortete ich.

»Ich hätte da eine Idee, wo wir hingehen können«, sagte Micha. »Im Osten. Sind nur ein paar Minuten mit dem Auto, und danach bist du schnell zu Hause. Ist ganz nah bei dir.«

»Das wäre praktisch«, sagte ich. »Man will ja unter der Woche nicht so spät zu Hause sein.« Und außerdem will ich noch mit Leon skypen, aber das würde ich Micha dann in der Kneipe sagen.

Wir stiegen in Michas ziemlich verbeulten Corsa. Ich hatte Chaos erwartet, aber drinnen herrschte penible Ordnung. Es sah sogar aus wie frisch gesaugt. Das hätte ich ihm gar nicht zugetraut. Micha fuhr auf die Adenauerstraße und bog an der Staatsgalerie in den Wagenburgtunnel. Hinter dem Tunnel fuhr er langsamer und hielt schließlich an.

»Da rechts ist es«, sagte er. »Du hattest ja gesagt, dass du gerne indisch isst.« Was hatte ich? *Ganesha Restaurant, Indische und Ceylonische Küche* stand auf dem Schild.

»Ich dachte, wir trinken bloß ein Glas Wein«, sagte ich. »Das ist ja ein richtiges Restaurant!«

»Ach, hatte ich das nicht erwähnt?«, sagte Micha hastig. »Man muss ja irgendwann was essen, so nach der Arbeit. Und ich gehe hier ganz gern hin. Du bist natürlich eingeladen. Außerdem dachte ich, es passt so gut. Der hinduistische Gott Ganesha überwindet alle Hindernisse und garantiert Erfolg in jeder Lebenslage.«

Ich stöhnte innerlich. Das wurde ja immer verfahrener! Jetzt war aus dem Brainstorming endgültig ein Date geworden! Und dabei hatte ich gehofft, mich nach einem Stündchen abseilen zu können! Leon. Sobald wir saßen, musste ich unbedingt Leon erwähnen!

Micha ließ mich aussteigen, und mit einer gewissen Nervosität beobachtete ich, wie er sein Auto in die enge Parklücke zwischen zwei sehr neu aussehende Autos manövrierte. Das machte er aber erstaunlich geschickt, und ich atmete auf. Er kletterte aus dem Auto und blieb mit einem Fuß im Gurt hängen. Wild mit den Armen rudernd, versuchte er, das Gleichgewicht nicht zu verlieren. Dabei fiel ihm der Autoschlüssel aus der Hand. Der Schlüssel versank klirrend in einem Gully, der sich direkt neben dem Auto befand.

»O nein!«, rief ich entsetzt, ging neben dem Gully in die Hocke und spähte in die Tiefe. Von dem Schlüssel fehlte jede Spur. Es war auch viel zu dunkel, um irgendetwas zu erkennen.

»Der Autoschlüssel! Den findest du doch nie wieder!«

Micha kämpfte sich aus den Gurtschlaufen. »Das ... das ist kein Problem«, murmelte er. »Ich habe ein ganzes Set an Ersatzschlüsseln.« Er wurschtelte im Handschuhfach herum, holte einen riesigen Metallring heraus, der an den Schlüsselbund eines Gefängniswärters erinnerte, suchte ihn durch, löste einen Schlüssel vom Bund und schloss damit das Auto ab.

Wir betraten das Restaurant. Buddhas und Göttinnen mit mehreren Armen schmückten als Statuen oder Wandbehänge das Interieur. Wir nahmen an einem Zweiertisch Platz, der eindeutig zu klein war, um Arbeitspapiere auszubreiten. Der Kellner brachte die Karte.

»Der Tittenfisch ... ich meine, der Tintenfisch mit rotem Chili und Tamarindensaft hier ist sehr lecker«, stotterte Micha.

Hatte er wirklich Tittenfisch gesagt? Oder hatte ich mich verhört? Aber warum lief er dann knallrot an und vertiefte sich so intensiv in die Karte, als prüfe er die Doktorarbeit von Ex-Verteidigungsminister zu Guttenberg? Damit nicht noch mehr aus dem Ruder lief, tat ich so, als hätte ich nichts gehört. Ich würde mich professionell geben. Sachlich. Distanziert. Business-woman-mäßig. Erst würden wir über das Projekt sprechen. Dann, beim Essen, durfte es ein bisschen privater werden, und ich würde in den höchsten Tönen und sehr detailliert von Leon schwärmen: wie überaus gutaussehend er war, wie erfolgreich im Beruf! Wir führten eine glückliche Sehr-weit-weg-Beziehung, und wenn Leon aus China zurückkam, würden die Hochzeitsglocken läuten. Das war zwar erfunden, würde Micha aber klarmachen, dass er sich keine Hoffnungen zu machen brauchte. Am Ende des Abends würde ich mir erschöpft, aber stolz und erleichtert auf die Schulter klopfen, weil das Shampoo-Projekt Fortschritte gemacht hatte und etwaige Missverständnisse auf der Beziehungsebene ausgeräumt worden waren, ohne dass Micha das Gesicht verloren hatte. Ich war Miss Diplomatica. Fa-bel-haft!

Ich hatte die Datei mit den Infos zu dem Shampoo ausgedruckt und legte die Unterlagen mit großer Geste auf den Tisch. Das war ja wohl ein eindeutiges Zeichen, dass ich auf der Job-Ebene bleiben wollte, und außerdem ließ Micha dann hoffentlich seine Hände auf der anderen Seite des Papierkrams. Leider hatte ich keine Brille, die ich aufsetzen konnte, um den Beginn des offiziellen Teils zu markieren. Eine Gleitsichtbrille wäre gut gewesen, über deren Rand man intellektuell-konzentriert auf seinen Gesprächspartner gucken konnte.

»Okay«, sagte ich. »Fangen wir an. Mit dem Brainstorming, meine ich. Wir sollen also eine Werbung entwickeln für die Silver Agers. Die Leute, die früher Senioren hießen. Heißt es heute auch schon Silver-Ager-Teller? Na egal. Also für die Silver Ager, oder Best Ager, oder Happy Enders.«

»Happy Enders klingt gut«, seufzte Micha und sah mich an, als sei ich ein riesiger Goldklumpen, den er beim Aufschütteln des Kopfkissens gefunden hatte. Wieder tat ich so, als würde ich nichts merken. Mir war noch gar nicht aufgefallen, dass er eigentlich sehr hübsche Augen hatte. Blau.

»Sollen wir nicht erst was zu essen bestellen?« Micha blätterte in der Karte. »Es gibt ein Menü für zwei.«

»Außerdem müssen wir uns einen Namen für das Shampoo ausdenken. Das Shampoo ist teuer, aber es ist ja auch für die Woopies«, fuhr ich stur fort.

»Woopies?«, fragte Micha mit Blick auf die Karte zerstreut. »Ist das ein Hamburger?«

»Hast du die Unterlagen nicht gelesen? Well-off older people. Wir brauchen also einen Namen, der nach teuer klingt. Nach Golfen, halbem Hummer und Kreuzfahrt, und nicht nach Aktive Senioren in der DAV-Sektion Schwaben und Kuchenbacken.« Micha hatte sich offensichtlich kein bisschen mit dem Thema befasst. Er war aber auch nicht mehr in der Probezeit, hatte keinen Job zu verlieren und war nicht wegen des Brainstormings hier.

»Die Woopies laufen uns nicht davon. Wie wär's mit einem kleinen Aperitif?« Micha strahlte mich an und winkte dem Kellner.

Ich senkte meinen Blick hastig auf die Unterlagen und beschloss, ihn dort zu lassen. »Auf keinen Fall dürfen wir irgendwas mit einer jungen Frau mit langem Haar machen, das sie wild wallend durch die Gegend wirft. So Andy-McDowell-L'Oreal-mäßig. Schließlich werden die Haare mit dem Alter dünner, wallen weniger, und man kann sie nicht mehr so werfen«, sagte ich. »Älteres Haar wird dünner, brüchiger, verliert die Farbe und fällt gerne mal aus. Steht jedenfalls in der Datei.«

»Ich mag dein Haar«, flüsterte Micha. »Es … es wallt nicht. Es ist so kurz. So unaufgeregt.«

»Äh – ja, danke«, sagte ich und hielt den Blick krampfhaft gesenkt. Dass Micha sogar mein dunkles Stoppelhaar mochte, war bedenklich. Irgendwie ging meine Strategie nicht so richtig auf.

»Frau und Shampoo ist überhaupt Klischee«, sagte Micha und versuchte offensichtlich, sich zusammenzureißen. »Wie wär's mit einer Männerwerbung? Mit einem Mann, der zwar wirklich gut aussieht, aber eben nicht wie ein Dressman. Ein Normalo. Einer, der auch auf der Demo gegen Stuttgart 21 rumhängen könnte. Mit Lebenserfahrung im Gesicht. Stichwort Grey is beautiful.«

Grey is beautiful. Lebenserfahrung im Gesicht. Hmm. Irgendetwas hatte ich in der hintersten Schublade meines Gehirns zu diesem Thema abgespeichert, aber ich kam nicht drauf, was es war.

»Das ist es!«, rief ich triumphierend. »Mann! Grau! Lebenserfahrung! Ich habe das perfekte Shampoo-Model für uns! Sir Simon Rattle! Micha, du bist ein absolutes Genie!«

Michas Augen leuchteten. »Genie«, flüsterte er. »Findest du wirklich, dass ich ein Genie bin? Noch dazu ein absolutes? Line, noch nie hast du so was Nettes zu mir gesagt.« Er blickte mich verzückt an, beugte sich über den Tisch und schob den Papierstapel zur Seite. Die Blätter rutschten über die Tischkante und flatterten zu Boden. Ich beugte mich unter den Tisch, knallte dort mit der Stirn gegen Michas Stirn, zuckte zurück und donnerte mit dem Hinterkopf gegen die Tischplatte. Wir tauchten beide wieder auf und rieben uns stöhnend die schmerzenden Köpfe.

»Tut mir leid«, sagte Micha hastig. »Lass nur, ich mach das schon.« Er verschwand wieder unter dem Tisch und sammelte die herumfliegenden Blätter ein. Ich stützte meinen schmerzenden Kopf in die Hände. Dieser Abend gehörte offensichtlich zum Modell »Hat-schlecht-angefangen-und-wird-immer-schlechter«.

Micha kam wieder zum Vorschein, strahlte schon wieder und sagte: »Wir waren dabei stehengeblieben, dass du sagtest, ich bin ein Genie.« Ich will nach Hause, dachte ich. Ich stehe jetzt ohne ein Wort auf und gehe nach Hause.

»Micha, bitte!«, rief ich verzweifelt. »Lass uns beim Thema bleiben!«

»Das Thema. Okay. Welches Thema? Sir Simon Rattle. Sieht gut aus, hat tolle graue Locken, aber ich glaube nicht, dass er sich für Shampoo-Werbung hergibt. Rolex, dafür würdest du ihn vielleicht kriegen.«

»Nicht der echte! Ich habe vor einiger Zeit auf dem Marktplatz jemanden kennengelernt, der sich für Simon Rattle hält, ihm sehr ähnlich sieht und die gleichen schönen grauen Locken hat. Außerdem ist er total nett, und Geld kann er sicher gebrauchen, weil er die Straßenzeitung *Trott-war* verkauft. Das ist einfach genial. Ich versuche gleich morgen, ihn aufzutreiben!«

Der Kellner stellte zwei Gläser Prosecco auf den Tisch, zog Block und Kuli aus der Tasche und sah uns fragend an.

»Wir nehmen das Menü für zwei«, sagte Micha. Ich machte den Mund auf, um zu protestieren, aber der Kellner war schon wieder verschwunden.

»Ist das nicht fabelhaft, wie schnell wir zusammen diese grandiose Werbekampagne entwickelt haben? Ich wusste, dass Ganesha uns

Glück bringt. Wir sind ein unschlagbares Team!« Micha hob feierlich sein Glas. »Auf uns beide! Auf unsere Zukunft!« Das Glas hing abwartend in der Luft. So ging das nicht weiter. Ich schob mein Glas zur Seite und nahm all meinen Mut zusammen. Micha wirkte verwirrt und nahm einen großen Schluck Prosecco.

»Micha, ich muss dir dringend etwas sagen. Ich weiß bloß nicht, wie ich anfangen soll.«

Micha sah mich an wie hypnotisiert. »Line … du musst dir gar keinen Kopf machen. Ich glaube, ich weiß schon, was du mir sagen willst. Ich bin ja so froh, dass du mir endlich vertraust!«

»Ach ja?«, sagte ich verwirrt. Micha griff nach meinen Händen, und ich zog sie weg. Wenn er Bescheid wusste, warum versuchte er dann trotzdem, mich anzubaggern?

»Und weißt du was … jetzt verrate ich dir mein Geheimnis. Du bist nicht allein.«

»Ach so?« Hatte Micha etwa eine Freundin? Er sah sich um, beugte sich dann vor und flüsterte: »Du und ich, wir sind auserwählt …«

»Auserwählt?«

»… wir tragen beide das Zeichen …«

»Zeichen? Was für ein Zeichen?«

»Das Katastrophen-Gen natürlich!«, rief Micha triumphierend. »Ich habe es doch schon längst herausgefunden! Der Wikipedia-Eintrag. Es gibt zwei Menschen in Deutschland mit dem Katastrophen-Gen. *Dich* und *mich!* Ist das nicht fantastisch? Dass wir uns getroffen haben, obwohl Deutschland dreihundertsechzigtausend Quadratkilometer und zweiundachtzig Millionen Einwohner hat? Wir sind Seelenverwandte! Gentechnisch Veränderte! Da staunst du, was?« Micha hatte hektische Flecken im Gesicht. Seine Augen hatten einen fiebrigen Glanz. Es sah gar nicht gesund aus.

»Äh – ja. Micha, das war es aber eigentlich nicht …«

»Line – der wirkliche Grund, warum ich mit dir allein sein wollte, ist nicht das dämliche Sechzehn-Ender-Shampoo.«

»Das ist mir bereits aufgefallen.«

»Ich wollte dir sagen, dass wir füreinander bestimmt sind!«

»Wir sind was? Micha, das ist doch völliger Quatsch!«

»Du und ich, wir tragen beide das Zeichen«, flüsterte er. »Wir haben die Macht ... wie Prinzessin Leia und Luke Skywalker!«

»Das waren Geschwister!«

»Aber erst waren sie ineinander verliebt!«

»Ich bin aber nicht in dich verliebt!«

»Weil du dich gegen deine wahren Gefühle wehrst! Du lässt sie nicht zu!«

Ich stöhnte. »Das stimmt einfach nicht! Das bildest du dir nur ein! Und außerdem haben wir höchstens die Macht, alles kaputt zu machen!«

»Aber Line, verstehst du denn nicht? Zwei katastrophengentechnisch veränderte Menschen können zusammen die Welt verändern! Sogar retten, wenn es mal nötig ist!«

»Gar nichts werden wir retten, im Gegenteil!«

Katastrophen-Gen im Doppelpack? Die Hölle, das waren nicht die anderen, das waren wir! Die Leute würden sich Buttons anstecken, auf denen »Katastrophengentechnik – nein danke!« stehen würde!

Micha packte meine Hände und sah mich eindringlich an.

»Ich habe seit sechs Jahren keine feste Freundin. Sie hauen alle ab.«

»Das kann ich irgendwie verstehen«, murmelte ich.

»Sobald sie vom Katastrophen-Gen erfahren, suchen sie das Weite. Verstehst du denn nicht? Du und ich, wir sind füreinander geschaffen. Vor dir brauche ich mich nicht zu verstellen oder zu verstecken. Du bist die erste Frau in meinem Leben, der ich nichts erklären muss!«

»Micha«, flehte ich. »Lass mich los. So glaub mir doch endlich, ich bin nicht die Frau in deinem Leben!« Jetzt, jetzt war der Moment, ihm endlich zu sagen, dass ich einen festen Freund hatte. Aber war das nicht total demütigend? Es war ja so schon demütigend genug, dass ich Micha zurückwies. Das sollte er erst verdauen.

Nein, jetzt war kein guter Moment. Außerdem war ich mit den Nerven am Ende und wollte nach Hause. Morgen. Ich würde es ihm morgen sagen.

»Du bist meine letzte Chance, Line! Bitte tu mir das nicht an!«

»Micha, es tut mir leid. Ich will dir nicht weh tun. Aber aus uns beiden wird nichts. Und ich glaube, ich gehe jetzt besser.« Ich riss mich los und sprang auf. Micha stolperte ebenfalls auf seine Füße. Er rannte um den Tisch herum, stellte sich mir in den Weg und hob beschwörend die Hände. An den anderen Tischen drehten sich die Gäste nach uns um.

»Bitte, bitte, geh nicht«, flehte er. »Lass uns doch wenigstens zusammen essen. Das Menü für zwei! Ich bringe dich anschließend nach Hause. Deinetwegen habe ich sogar mein Auto geputzt!«

»Nein, Micha.« Ich schnappte meine Jacke.

»Ich fahre dich heim!«

»Nein danke. Ich gehe zu Fuß. Es ist ja nicht weit.«

»Denk wenigstens darüber nach!«, brüllte er mir hinterher. Am Kellner vorbei stolperte ich zur Tür hinaus, das Getuschel der anderen Gäste im Ohr, zutiefst aufgewühlt.

Ich stapfte durch den Schneematsch der Lembergstraße. Eigentlich war es eine wundervolle Nacht wie im Winterwunderland. Allzu viel bekam ich davon aber nicht mit.

Was für ein Schlamassel! Dass sich Micha in mich verknallt hatte, okay. Das hatte ich ja geahnt. Dass der Grund hierfür jedoch war, dass er uns als Schicksalsgefährten sah, gezeichnet, um nicht zu sagen, ausgezeichnet vom Katastrophen-Gen, darauf wäre ich im Leben nicht gekommen. Das machte alles nur noch schlimmer. Ich war nicht nur irgendeine Frau von Millionen Frauen in Deutschland, in die man sich verlieben konnte, sondern die einzig mögliche Partnerin und der Schlüssel zu seinem Glück! War ihm denn gar nicht klar, dass zweimal Katastrophen-Gen auch doppelt so viele Katastrophen bedeutete? Ich wollte mir gar nicht ausmalen, zu was wir gemeinsam fähig waren. Weltrettung? Von wegen. Wahrscheinlich würden wir es hinkriegen, den kompletten Planeten in die Luft

| 235

zu sprengen! Warum hatte ich von allen Werbeagenturen in Deutschland ausgerechnet die erwischt, in der Micha arbeitete? Und wieso mussten die beiden einzigen Träger des Katastrophen-Gens, die statistisch erfasst waren, ausgerechnet in Stuttgart leben? Hier war es doch schon wild genug! Und warum hatte ich Leon nicht schon längst erwähnt?

Ich schloss die Haustür auf. Hoffentlich war Lila früh ins Bett gegangen oder hatte Harald zu Besuch! Ich musste zur Ruhe kommen. Und nachdenken, bevor ich mit Leon redete, um ihn nicht unnötig aufzuregen.

»Hallo, Line! Ich bin in der Küche!«

»Hallo«, sagte ich matt. Lila saß im Kerzenschein in ihrem gepunkteten Bademantel am Tisch, hatte die nackten Beine auf einen Stuhl gelegt und streichelte Suffragette, die schnurrend auf ihrem Schoß saß. Auf dem Tisch lagen Walnussschalen neben der Weinflasche und dem Rotweinglas.

»Schön, dass du nicht so spät kommst. Trinkst du noch ein Glas Wein mit?«

»Äh – ja, klar«, sagte ich und ließ mich auf einen Stuhl fallen. Bloß nichts von Micha erzählen!

»Wie war dein Tag?«, fragte ich.

»Ist irgendwas?«

»Nein, was soll sein?«, sagte ich und schenkte mir Rotwein ein.

»Du wirkst so aufgelöst. Ist was passiert?«

»Nein. Doch.« Ich nahm einen Schluck Wein.

»Lässt du dir jetzt jedes Wort aus der Nase ziehen?«

Ich seufzte. »Nein. Ich hatte nur einen ziemlich schrecklichen Abend. Ich war mit Micha in einer Kneipe. Das heißt, ich dachte, wir gehen in eine Kneipe und reden über das Shampoo-Projekt. Es war aber ein Restaurant. Und wir haben zwar über die Arbeit geredet, aber danach hat er mir eröffnet, dass er auch das Katastrophen-Gen hat. Mein Verdacht hat sich leider bestätigt.«

»Oje«, sagte Lila. »Das ist keine gute Nachricht. Ihr beide, im gleichen Büro … da kann ja alles Mögliche passieren!«

»Ja«, sagte ich verzweifelt. »Aber ich brauche diesen Job. Ich kann doch deshalb nicht kündigen!«

»Du musst ja nicht gleich kündigen. Schlaf doch erst mal drüber.«

»Das ist noch nicht alles«, sagte ich düster. »Micha glaubt, wir seien wegen des Katastrophen-Gens füreinander bestimmt. Er meint, ich sei die Frau seines Lebens.«

»Das macht es ja noch komplizierter! Vor allem, wenn ihr eng zusammenarbeiten und ein gemeinsames Projekt auf den Weg bringen müsst.«

Ich nickte und fühlte mich leidend.

»Sag mal, Line, und dass du einen festen Freund hast, beeindruckt Micha nicht?«, fragte Lila langsam.

»Äh ... nein, komischerweise nicht«, stotterte ich und spürte, dass ich knallrot wurde. Wieso fand Lila eigentlich immer sofort den wunden Punkt?

Sie sah mich an und kniff die Augen zusammen.

»Er weiß doch sicher, dass du einen festen Freund hast?«, fragte sie drohend.

»Ich hab ihn jedenfalls nie ermutigt«, sagte ich trotzig. »Ich habe mir nichts vorzuwerfen.«

»Das war nicht meine Frage. Weiß er es, oder weiß er es nicht?«

»Also, so ganz sicher bin ich mir da jetzt nicht, ob ich es so explizit ganz genau erwähnt habe, also ich meine, normalerweise macht man das ja auch nicht, das klingt doch total blöd, man sagt doch nicht, du, ich habe übrigens einen festen Freund, der heißt Leon und lebt gerade in China, deswegen sieht und hört man ihn nie, nein, so was sagt man doch nicht!«

»Doch, Line! Das sagt man!« Sie stöhnte. »Ich fass es nicht. Ich fass es einfach nicht! Frau Praetorius wundert sich, dass sich Schnuckelmicha mit dem Katastrophen-Gen in sie verguckt, hat aber ganz zufällig vergessen zu erwähnen, dass sie eine feste Beziehung hat!«

»Ich fand es irgendwie nicht nötig. Ich will doch nichts von ihm!«

»Dann hättest du es ihm doch auch sagen können!«

»Ich wollte es ja. Die ganze Zeit schon wollte ich es ihm sagen. Aber es hat irgendwie nie gepasst. Außerdem hätte er dann doch sicher gedacht, warum hält sie's jetzt für nötig, das extra zu erwähnen, wenn sie nichts von mir will, will sie etwa was von mir?«

»Nein, Line, das hätte er nicht gedacht! Männer denken nicht um fünf Ecken wie Frauen! Er hätte gedacht, schade, sie ist in festen Händen, dann hat es auch keinen Zweck, sich Hoffnungen zu machen, Katastrophen-Gen hin oder her! Gib's zu! Du wolltest dir ein Hintertürchen offen lassen!«

»Wollte ich nicht!«

»Wolltest du doch! Sonst hättest du es erwähnt!«

»Es hat sich nicht ergeben! Ich wollte ihn nicht verletzen!«

»Ach, und du meinst also, je später du es ihm sagst, desto weniger verletzt es ihn?«

»Nein, natürlich nicht!«

»Line, jetzt mal ganz ehrlich: Hast du dich in Micha verknallt?«

»Lila, das ist doch völliger Schwachsinn! Es wäre doch Selbstmord! Ich fand ihn irgendwie süß, bisher, aber da wusste ich auch noch nicht sicher, dass er das Katastrophen-Gen hat, und natürlich ist es schmeichelhaft, dass er mich attraktiv findet, jetzt, wo Leon so weit weg ist, aber verliebt, nein, ich bin nicht verliebt! Vor allem nicht nach diesem grauenhaften Abend! Micha ist wie ein großer Bruder für mich, nur kleiner!«

Lila sah mich an und seufzte tief. »Und trotzdem hast du ihm nichts gesagt!«

»Ich wollte ja. Heute Abend. Ich hatte einen exakten Plan! Aber der ging irgendwie schief. Und dann kam diese völlig überraschende Liebeserklärung, und weil ich ein taktvoller, sensibler Mensch bin, der auf die Gefühle anderer Rücksicht nimmt, werde ich es ihm morgen sagen, wenn sich die Situation wieder etwas entspannt hat und wir im Büro sind, wo man sich keine emotionalen Ausbrüche leisten kann!«

»Line, erst Tarik, jetzt Micha. Wer mit dem Feuer spielt, kommt darin um! Was ist mit Leon?«

Ich seufzte. »Wir zerbrechen uns gerade den Kopf, wie es weitergehen soll.«

»Wie stellt er es sich denn vor?«

»Er überlegt, ob er schon nach einem Jahr zurückkommen kann, vorausgesetzt, es bringt ihm keine beruflichen Nachteile.«

»Aber Line, das ist doch wunderbar! Ihr macht ausführlich Urlaub zusammen, dann ist das Jahr rum wie nix!«, rief Lila enthusiastisch.

»Ja, klar«, murmelte ich. Das Jahr ist rum, und du hast eine Mitbewohnerin weniger.

In meinem Zimmer zog ich meine Liste hervor. Leider stand nicht darauf, wie ich mich verhalten sollte, wenn der Mann, mit dem ich einfach nur etwas trinken gehen wollte, der Meinung war, ich sei die one-and-only-dreamwoman-in-the-world.

Langsam drehte ich durch. Ich brauchte dringend einen zuverlässigen Hinweis darauf, wie meine Zukunft mit Leon aussehen würde. Eine Vorhersage, die mir half, mich für oder gegen das Zusammenwohnen zu entscheiden. Am besten was Chinesisches, passend zu Wuxi! Die Wettervorhersagen waren ja mittlerweile zuverlässiger geworden, aber wie sah das mit den Schicksalsvorhersagen aus? Im Idealfall sollte die Vorhersage mindestens die nächsten zwei Jahre umfassen und möglichst positiv sein. Voller Sonnenschein und Mondnächte, Vogelgezwitscher und Händchenhalten und definitiv ohne andere Männer, Frauen und Katastrophen-genetisch ausgelöste Katastrophen. Wie wäre es mit einem chinesischen Horoskop, oder sollte ich lieber einen chinesischen Weissager befragen? Hmm. Das war vermutlich alles ziemlich teuer. Da musste es doch billigere Methoden geben! Plötzlich fielen mir die chinesischen Glückskekse ein, die es im Chinarestaurant nach dem Weihnachtsessen gegeben hatte. Der Keks hatte nach nichts geschmeckt, trotzdem hatte ich ihn aufgegessen, und wir hatten die Sinnsprüche verglichen, die einem irgendwelche fernöstlichen Weisheiten nahebrachten, die jahrtausendealt und deshalb auf ihre Tauglichkeit getestet waren. Supi! Gleich morgen würde ich mir in einem Chinaladen drei

| 239

Glückskekse kaufen und darauf hoffen, dass mir das Schicksal den Weg wies.

Ich lief noch einmal in die Küche und fand in den »Gelben Seiten« einen Asia-Laden in der Breuninger-Unterführung, neben dem Lidl, das lag fast auf dem Weg zur Arbeit. Ich ging ins Bett und sagte mir, dass es überhaupt keinen Grund gab, ein schlechtes Gewissen zu haben, weil ich das Skypen mit Leon ausfallen ließ. Wenn ich das Glückskeks-Orakel abwartete, würde sich das Gespräch doch gleich viel konstruktiver gestalten.

Am nächsten Morgen rutschte und schlitterte ich mit dem Rad ins Bohnenviertel. Nach dem Monsterschneesturm an Heiligabend waren die Straßen immer noch nicht richtig geräumt. Ich stellte das Rad ab, ging in die Unterführung und las im Vorbeigehen die Schlagzeile an einem Kiosk. »Weil die Erde eiert: Alle Horoskope falsch? BILD sagt Ihnen, ob Sie ein neues Sternzeichen brauchen.« Oje, hoffentlich hatte das keine Auswirkungen auf meine Glückskeks-Vorhersage!

Leider wurden Glückskekse nur in einer großen Tüte mit hundert Stück zu 16,95 Euro angeboten. Das war irgendwie ziemlich viel Glückskeks und ziemlich viel Geld dafür, dass ich märchenmäßig nur drei Stück brauchte, um mehr über mein Schicksal zu erfahren.

Vor dem Laden öffnete ich ungeduldig die Tüte. Die Kekse waren einzeln in Drachenfolie verpackt, und auf der Folie war eine rote chinesische Pagode abgebildet. Sehr hübsch. Ich schloss die Augen, konzentrierte mich auf Leon und mein Schicksal und angelte blind nach einem knisternden Glückskeks. Natürlich sah er aus wie alle anderen Kekse auch. Mein Herz klopfte. Gleich würde ich erfahren, wie es mit Leon und mir weiterging! Ich riss die Folie auf, brach den hörnchenförmigen Keks in zwei Teile, klaubte den Spruch heraus und schob mir die beiden Keksflügelchen in den Mund, um die Hände für den Sinnspruch freizuhaben. Ich rollte das Zettelchen auseinander.

Die Weisheit des Lebens besteht im Ausschalten der unwesentlichen Dinge.

Okay, das war jetzt nicht so wirklich schicksalsmäßig, denn bestimmt war damit der Fernseher gemeint. Ich fühlte mich ertappt. Tatsächlich guckte ich immer noch viel zu viel *Biene Maja* auf Nostalgie-TV. Hier war wohl zumindest ein zweiter Versuch nötig.

Ein jeder kehre vor seiner eigenen Tür, dann wird die ganze Straße sauber.

Na so was. War das wirklich ein chinesischer Spruch? Das klang eher nach einer schwäbischen Kehrwochen-Weisheit. Damit konnte ich nun wirklich gar nichts anfangen. Unsere Nachbarn in der Neuffenstraße waren von der toleranteren Sorte und hatten sich noch nie darüber beklagt, dass Lila und ich keine Kehrwoche machten. Dritter Versuch.

Ein Dummkopf, der arbeitet, ist besser als ein Weiser, der schläft.

Schön, auch das passte zu meiner Situation. Als ich arbeitslos gewesen war, hatte ich viel zu viel gepennt. Aber ich wollte keine Ist-Beschreibungen, sondern Auskünfte über meine Zukunft! Okay. Dass mit der magischen Zahl drei musste man ja nicht so eng sehen. Eine Katze hatte schließlich sieben Leben und Schneewittchen sieben Zwerglein.

Dem Sparsamen fällt es leichter, sich ans Verschwenden zu gewöhnen, als dem Verschwender, sich zum Sparen aufzuraffen

Schon wieder ein Spruch, der sich an die Schwaben richtete! Langsam war ich wirklich genervt, und außerdem ging mir die Vertilgerei auf den Keks.

Wie rasch ist Abschied genommen, wie lange dauert es zum Wiedersehen!

Ja doch, das wusste ich bereits! Der Abschied von Leon hatte ungefähr fünf Minuten gedauert, und seither wartete ich, das musste man mir doch nicht auch noch reinreiben! Ich wurde immer wütender. Jahrtausendealte Weisheiten, da lachten doch die Hühner! Wie eine Bekloppte begann ich, Folien aufzureißen, Glückskekse mit meinem berühmten Pipeline-Praetorius-Faustschlag zu zertrümmern und dämliche Sinnsprüche zu zerknüllen.

Glück ist das Einzige, was sich verdoppelt, wenn man es teilt.

War das jetzt ein Plädoyer fürs Zusammenziehen? Dann begannen sich die Sprüche zu wiederholen. Das war doch Betrug! Für 16,95 Euro konnte man doch wohl hundert individuelle Sprüche erwarten!

Mr sott en Narra koi halbferdichs Gschäft säh lassa.[*]

Was war das denn? Hatten sich die Chinesen jetzt endgültig mit den Schwaben verbündet? Jetzt reichte es mir wirklich. Ich warf die Tüte auf den Boden und trampelte auf den Glückskeksen herum, dass es nur so knackte und krachte. Die Chinesen und die Schwaben, alle konnten mir gestohlen bleiben mit ihren doofen Weisheiten!

»Isch älles en Ordnong bei dir?« Vor mir stand ein Penner mit zwei großen Mischlingshunden und sah mich beunruhigt an. Die Hunde schnüffelten an den Glückskeksresten. Langsam kam ich wieder zu mir und blickte etwas bedröppelt auf das Chaos aus Drachenfolie, Kekskrümeln und Zettelchen zu meinen Füßen.

»Äh – ja«, sagte ich und spürte, wie mir die Röte ins Gesicht stieg. Hastig bückte ich mich und fegte die größeren Überreste meines Tobsuchtsanfalls in die Tüte. Dabei blieb mein Blick an einem Sinnspruch hängen.

---

* Übers. Unqualifizierten Menschen sollte man keine unfertigen Arbeiten präsentieren.

Die Ente, die ihren Bürzel übers Feuer hält, wird sich verbrennen.

Ich war zwar keine Ente, aber die Sprüche waren ja auch immer etwas verschlüsselt. In jedem Fall handelte es sich um eine Warnung. Eine Warnung, dass ich mit dem Feuer spielte, und das Feuer hieß Micha. Eindeutiger ging es doch wohl nicht! Und hatte Lila nicht wörtlich gesagt, dass ich mit dem Feuer spielte?

Das Glückskeks-Orakel hatte gesprochen. Ich musste Micha endlich reinen Wein einschenken, und nicht nur das. Es war Zeit, ein klares Zeichen zu setzen. Lila hin oder her: Noch heute würde ich Leon mitteilen, dass ich mit ihm zusammenziehen würde. Genug gezögert und gezauselt! Leon und ich würden dahin zurückkehren, wo alles angefangen hatte – in den Stuttgarter Westen. Ich würde Leon bei seiner Rückkehr mit einer günstigen, renovierten Altbauwohnung mit Stellplatz, Balkon und Stuck an der Decke überraschen, mit einer schwerhörigen und halbblinden Vermieterin im Hochparterre, die weder meine dröhnende Musik hörte noch sah, wenn man es mit der Kehrwoche nicht so genau nahm, und uns sonntags zum Zwetschgenkuchen mit Sahne hereinwinkte! Samstagabends würden wir Lila und Harald einladen, Harald würde Bordeaux mitbringen, und Leon würde auf dem Gasgrill für uns alle grillen. War das nicht eine großartige Perspektive?

Äußerst zufrieden marschierte ich zu meinem Fahrrad zurück. So schwer war es doch gar nicht, sich qualifizierten Rat zu holen. Nun musste ich meine Entscheidung im nächsten Schritt nur noch konsequent umsetzen. Dynamisch ging ich die Treppe zu unserem Büro hinauf. Je näher ich der Türe kam, desto schleppender wurde mein Schritt. Ich holte tief Luft und trat ein.

Micha und Suse waren beide schon da. Micha drehte sich nicht einmal richtig um und murmelte einen Gruß. Seine beiden Ohren liefen schweinchenrosa an. Vor Suse konnte ich nicht offen reden. Aber es war ja mittlerweile normal, Beziehungen per Mail zu klären oder per SMS Schluss zu machen. Als Erstes schrieb ich an Leon.

Leon, mein Liebster, ich habe mich entschieden. Ich suche uns eine kuschelige Wohnung im Westen. Falls du es dir nicht anders überlegt hast, weil du musst schon reichlich bekloppt sein, dass du mit mir zusammenziehen willst, obwohl ich das Katastrophen-Gen habe. Wir brauchen in jedem Fall eine Hausratversicherung.

Als Nächstes schrieb ich an Micha.

Micha, tut mir echt leid, ich hätte dir schon längst sagen sollen, dass ich einen festen Freund habe. Er arbeitet gerade in China, aber Ende des Jahres kommt er wieder, und dann ziehen wir zusammen in den Westen und heiraten. Aus uns wird nichts. Du findest bestimmt eine nette Frau, die nichts gegen Katastrophen-Gene hat. Du musst es ihr ja nicht vor der Hochzeit sagen. Viel Glück. Line.

Nachdem ich beide Mails abgeschickt hatte, fühlte ich mich großartig, weil ich das Glückskeks-Orakel so rasch umgesetzt hatte, aber so gehörte sich das nun mal für einen Menschen mit einer gewissen Reife und Lebenserfahrung. Nun konnte ich konzentriert arbeiten! Alle zwei Minuten sah ich nach, ob ich eine Antwort bekommen hatte. Michas Ohren waren von Hellrosa zu Chilirot übergegangen. Von ihm kam die erste Antwort.

Hallo, Line, dein Freund ist eine Verzögerung, aber kein Hindernis. Eines Tages wirst du einsehen, dass wir füreinander bestimmt sind, lieber heut als morgen, dann ersparst du uns beiden viel Zeit und Ärger, ich kann aber auch warten, kein Problem, hab gestern das Menü für zwei auch allein aufgegessen. Micha.

Ich stöhnte innerlich. Irgendwie klang das nicht so, als sei meine Botschaft angekommen und als würde ich ab jetzt meine Ruhe vor Micha haben. Ich machte Outlook zu, ging aufs Klo und machte Outlook wieder auf, um nachzusehen, ob Leon geschrieben hatte. Nach ein paar Minuten kam eine Mail.

Line, mein Liebes, ich freu mich riesig, ich versuche gleich, meinen Chef noch zu erwischen, meldest du dich heute Abend?

Ach du liebe Zeit! Musste Leon gleich so furchtbar konsequent sein und sofort zu seinem Chef rennen? Das hätte doch auch noch morgen gereicht!

Ich beschloss, Micha zu ignorieren. Da Suse auch nicht gerade der Typ war, mit dem man zwischendurch ein Schwätzle hielt, herrschte den Rest des Tages Grabesstille im Büro. Das war ja kaum auszuhalten, hoffentlich war Lila zu Hause und nicht mit Harald unterwegs! Sie hatte sich einen Tag Urlaub nehmen wollen.

Unser Häuschen lag im Dunkeln. Das sah schlecht aus. Ich ließ im Flur Tasche und Jacke fallen, ging in die Küche, machte das Licht an – und erschrak zu Tode. Lila saß in sich zusammengesunken am Küchentisch, in der Hand ein zerknülltes Taschentuch, das Gesicht rot verquollen vor lauter Weinen.

»Um Himmels willen, Lila!«, rief ich und blieb wie angewurzelt stehen. »Was ist passiert? Ist jemand gestorben? Ist was mit deinen Eltern?«

»Er ist zu ihr zurückgegangen«, flüsterte sie.

»Wer? Wohin?«, fragte ich verwirrt. Ich kapierte überhaupt nichts.

»Sie … sie hat ihm heute erklärt, dass sie ihn immer noch liebt. Und dass sie ihn wiederhaben will.«

»Lila, das … das glaube ich einfach nicht!« Ich kniete vor ihr nieder und nahm ihre Hände. »Aber er ihr hat doch sicher gesagt, dass sie sich zum Teufel scheren soll!«

»Nein«, schluchzte Lila. »Nein, das hat er ihr nicht gesagt.« Sie zog die Hände weg, schlug sie vors Gesicht und begann, vor sich hinzuwimmern, so erbärmlich, dass es mir eiskalt den Rücken hinunterlief. Ich nahm sie in die Arme und hielt sie ganz fest. Ein paar Minuten blieben wir so. Dann löste sich Lila aus der Umarmung und schneuzte sich. Ich ging zur Spüle, ließ ein Glas Wasser einlaufen, stellte das Glas neben Lila auf den Tisch und zog einen Stuhl heran.

»So. Und jetzt von vorne.« Lila nahm einen Schluck Wasser, wischte sich mit dem Ärmel übers Gesicht und begann stockend, zu erzählen.

»Sie haben sich viel gesehen in letzter Zeit, wegen des Hausverkaufs. Und dann, endlich, hatten sie einen Käufer. Heute Morgen war der Notartermin. Dort hat sie den Verkauf platzenlassen. Sie ist in Tränen ausgebrochen und hat gesagt, dass sie das Haus nicht hergeben will, dass sie durch den neuen Freund gemerkt hat, dass sie Harald immer noch liebt und sich nichts sehnlicher wünscht, als dass alles wieder so wird wie früher.«

»Aber darauf kann er doch unmöglich eingegangen sein!«

Lila redete weiter, monoton, so, als müsste sie eine Zeugenaussage in einem Mordfall machen.

»Wir waren heute Mittag in seiner Wohnung verabredet, er wollte Champagner kalt stellen, ich hatte ja extra Urlaub genommen und mich riesig darauf gefreut. Ich wusste doch, wie sehr ihn die Situation belastete, die ständige Fahrerei nach Schorndorf, die Treffen mit seiner Ex. Kein Käufer war ihr gut genug, keiner hat ihr genug Geld geboten, Harald hätte schon viel früher ja gesagt. Jedes Mal, wenn er aus Schorndorf zurückkam, hat er über sie abgekotzt. Und so zog es sich hin. Ich dachte, wenn der Hausverkauf endlich über die Bühne ist, dann schafft er es vielleicht auch, sich mehr abzunabeln.«

»Und dann?«

»Er rief an, sagte, es wird später, war total nervös am Telefon, ich hab sofort gemerkt, dass irgendwas nicht stimmt, und saß dann hier wie auf Kohlen. Endlich kam er angeschlichen. Und dann hat er gesagt, dass er mich liebt, aber seine Ex-Frau auch, und dass er nach dem Notartermin mit ihr im Bett gelandet ist. Ich hab ihn nur angestarrt und gestammelt: »Nein, das glaube ich nicht, das glaube ich einfach nicht.«

»Lila, ich … ich … ich weiß nicht, was ich sagen soll. Das kann doch nicht wahr sein! Er kann doch nicht einfach mir nichts, dir nichts alles wegwerfen, was er mit dir hat!«

»Doch«, flüsterte Lila. »Doch. Er wirft es einfach weg.«

»Aber du musst doch irgendetwas geahnt haben?«

Lila nickte heftig. »Ich habe es gespürt. Ich bin ja nicht doof. Aber jedes Mal, wenn ich versucht habe, ihn darauf anzusprechen, dass sich zwischen uns irgendwas verändert hat, hat er abgewehrt und gemeint, das bildest du dir ein. Und vorhin, als ich ihn dann gefragt habe, wie es jetzt weitergehen soll, da dachte ich, gleich nimmt er mich in den Arm und sagt: Lila, es tut mir so unendlich leid, es war ein Rückfall, die Situation beim Notar hat mich überfordert, Stephanie war völlig hysterisch, ich bin schwach geworden. Aber er hat mich nur angesehen und gar nichts gesagt.«

»Und dann?«, fragte ich leise und strich Lila über den Arm.

»Dann hat er gesagt, dass er nicht weiß, was er tun soll. Dass seine Ex-Frau seit der Trennung depressiv ist und ihn braucht. Mehr als ich, weil ich ja so stark bin. Außerdem kommen seine Töchter in die Pubertät, und damit kann er sie nicht alleinlassen.« Sie fing wieder an zu schluchzen. Ich stand auf, kramte in der Schublade nach einer Packung Tempos und legte sie ihr hin.

Lila schneuzte sich, pfefferte das durchgerotzte Taschentuch auf den Boden und rief wütend: »Das hat man davon, wenn man stark ist! Die Männer gehen dann zurück zu ihren Heulsusen! Ich hab ihm gesagt, er muss sich entscheiden. Und zwar sofort. Dass ich nicht geduldig zu Hause sitze und warte, bis er von seinem Gänseblümchen die Blätter abgerupft hat. ›Ich liebe Juliane, ich liebe Stephanie …‹«

»Was hat er dazu gesagt?«

»Er hat gesagt, dass er sich nicht entscheiden kann. Dass er uns beide liebt und keine von uns beiden verlieren möchte.«

»Na toll. Und dann?« Das war ja kaum auszuhalten!

»Hab ich meinen letzten Rest an Stolz zusammengenommen und gesagt, zwei Frauen kannst du nicht haben, und außerdem, mich hast du schon verloren. Verschwinde, und lass dich hier nie wieder blicken, das habe ich nicht nötig, entweder du willst mich, oder du lässt es bleiben. Ich werde nicht um deine Liebe betteln.«

Ich sah Lila erschüttert an. Was für ein Drama! »Wie hat er reagiert?«

»Er hat mich mit einem Hundeblick angesehen, als sei er Wutzky. Dann hat er gesagt, dass es ihm unendlich leidtut, und ist gegangen. Ich musste all meine Willenskraft zusammennehmen, um ihn nicht zurückzurufen.«

»Und das war's?«, fragte ich ängstlich. Eigentlich wollte ich die Antwort nicht hören.

»Das war's«, flüsterte Lila. »Ich hab gedacht, spätestens wenn er im Auto sitzt, wird ihm klarwerden, was er da angerichtet hat, und er wird wiederkommen. Er ist auch zurückgekommen, aber ich habe es erst später gemerkt. Er hat seinen Hausschlüssel in den Briefkasten geworfen. Deutlicher geht es nicht, oder?«

»Er wird Vernunft annehmen«, sagte ich und versuchte, überzeugend zu klingen. »Du wirst sehen, er kommt wieder.«

»Und selbst wenn«, wisperte Lila so leise, dass ich mich vorbeugen musste, um sie zu verstehen. »Er hat mich so unendlich verletzt, ich weiß gar nicht, ob ich ihn wiederhaben will. Und als ich hier saß und es langsam dunkel wurde, konnte ich nur noch denken: Lieber Gott, mach, dass das nicht wahr ist, bitte, bitte, lieber Gott, lass es einen Alptraum sein, aus dem ich gleich wieder erwache, lieber Gott, mein Kind, was mache ich nur mit meinem Kind …«

»Kind. Was für ein Kind?«, rief ich entsetzt.

»Ich bin schwanger. Ich weiß es seit ein paar Tagen und wollte es Harald heute zur Feier des Tages sagen.«

Scheiße. Scheiße. Scheiße.

17. Kapitel

If you're tossing and you're turning and you just can't fall asleep
I'll sing a song beside you
And if you ever forget how much you really mean to me
Everyday I will remind you
Find out what we're made of
When we are called to help our friends in need
You can count on me like one, two, three, I'll be there
And I know when I'm needed
I can count on you like four, three, two, and you'll be there
'cause that's what friends are supposed to do, oh yeah

Ich saß an Lilas Bett. Ich wollte sie nicht alleine lassen. Nachdem sie die Bombe mit der Schwangerschaft hatte platzenlassen, war sie zu einem wimmernden Häufchen Elend zusammengeschnurzelt. Sie war nicht mehr ansprechbar gewesen.

»Ich … ich bringe dich jetzt ins Bett«, hatte ich gesagt. »Dann mache ich dir eine Wärmflasche, und du versuchst zu schlafen. Okay?« Lila hatte wortlos genickt. Normalerweise sagte ich Lila nie, was sie tun sollte. Ich nahm sie am Arm und führte sie sanft hinauf in ihr Zimmer.

»Du ziehst dich jetzt aus und legst dich hin, ich mache so lange die Wärmflasche«, sagte ich. Ich lief hinunter, stellte den Wasserkocher an und schaffte es, die Wärmflasche mit dem heißen Wasser zu füllen, ohne mich zu verbrühen. Dann rannte ich wieder hinauf. Lila lag mittlerweile auf dem Bett, in ihren Kleidern, mit dem Gesicht zur Wand. Irgendwie schaffte ich es, ihr Schuhe und Strümpfe auszuziehen, sie unter die Decke zu bugsieren und ihr die Wärmflasche an die Füße zu schieben. Dann lief ich wieder hinunter in die Küche, holte ein Glas Wasser und fand im Badschränkchen tatsächlich Schlaftabletten.

»Hier, nimm das«, sagte ich und tippte Lila sanft an der Schulter an. Sie drehte sich um.

»Was ist das?«, murmelte sie.

»Eine Schlaftablette mit abgelaufenem Verfallsdatum«, sagte ich. »Ich weiß, dass du so was normalerweise nicht nimmst. Aber heute ...«

»Aber ... das Baby ...«, flüsterte Lila. Dann nahm sie die Tablette, schluckte sie hinunter und trank das Wasser in einem Zug aus. »Ich bin so froh, dass du da bist«, murmelte sie und krümmte sich wieder zusammen wie ein Embryo. Ich blieb sitzen und streichelte ihr den Rücken, bis ihr Atem ruhig und gleichmäßig ging.

»Du warst schließlich auch immer für mich da«, flüsterte ich. »Wir kriegen das hin, mach dir keine Sorgen.«

Es zerriss mir das Herz, Lila so zu sehen. Sie war doch immer die Starke, die Vernünftige, die für alle Probleme eine Lösung hatte. Sie machte sich keine Illusionen über die Menschen, sondern lebte pragmatisch mit ihren Schwächen. Gleichzeitig halfen ihr ein gesunder Optimismus und viel Humor, mit diesen Schwächen umzugehen. Nun erlebte ich zum ersten Mal, dass sie völlig zusammenbrach.

Plötzlich kam mir ein anderer, schrecklicher Gedanke. Wann würde das Baby auf die Welt kommen? Wahrscheinlich irgendwann im Herbst. Vermutlich ein paar Wochen oder Monate, bevor Leon zurückkam. Leon, mit dem ich zusammenziehen wollte. Das ging jetzt nicht mehr. Lila brauchte mich. Die gemeinsame Wohnung mit Leon musste warten.

Ich wurde schrecklich nervös. Was, wenn Leon schon mit seinem Chef gesprochen hatte? Und ich sagte ihm jetzt ab? Ojeojoejoeoje. Ich musste unbedingt noch mit jemandem reden. Aber nicht mit Leon!

Leise schlich ich aus dem Zimmer und die Treppe hinunter. Wie spät mochte es sein? Bestimmt schon lange nach Mitternacht. Mein Magen begann, laut und fordernd zu knurren. Kein Wunder, nach der Anspannung. Plötzlich hörte ich noch ein Geräusch, ein Kratzen oder Scharren. Es kam von draußen. Vielleicht war Harald zurückgekommen? Aufgeregt stürzte ich zur Haustür, riss sie auf und lauschte mit klopfendem Herzen hinaus in die Nacht. Fröstelnd stand ich in der eiskalten Winterluft. Bildete ich mir das ein, oder war da ein Schatten? Und waren das nicht Schritte, die sich auf dem knirschenden Schnee rasch entfernten? Ich lauschte angestrengt. Die Katze strich um meine Beine.

»Suffragette, hast du an der Tür gekratzt? Du hast doch eine Katzenklappe!«, sagte ich leise und beugte mich zu ihr hinunter. »Gut, dass du kommst. Lila braucht dich jetzt.« Suffragette tapste hinter mir die Treppe hinauf, huschte in Lilas Zimmer und rollte sich am Fußende des Betts zusammen. Ob ich Lila erzählen sollte, dass jemand an der Tür gewesen war? Lieber nicht. Erstens war ich mir nicht sicher und würde ihr vielleicht nur falsche Hoffnungen machen, und zweitens musste Harald schon etwas mehr auffahren, wenn er Lila wiederhaben wollte, als nachts ums Haus zu schleichen!

Ich ging in die Küche, die zum Glück noch wohlig warm war, weil ich den Gasherd nicht zurückgedreht hatte. Im Kühlschrank fand ich noch fettig glänzende Salami, machte mir ein dickes Brot und schmierte flächendeckend Senf drauf, damit ich die Gammelsalami nicht sah. Hungrig biss ich hinein, nahm das Telefon und ließ mich erschöpft auf den nächsten Küchenstuhl fallen. Es klingelte und klingelte und klingelte. Endlich meldete sich eine knurrige Stimme.

»Line, es ist mitten in der Nacht!«

»Ich weiß. Aber du gehst doch oft spät ins Bett, und das ist ein Notfall. Und ich dachte, wenn du mit Manolo im Bett liegst, gehst du sowieso nicht ran.«

Tarik seufzte. »Mit Manolo im Bett, schön wär's. Ich lebe seit Wochen enthaltsam. Seit meinem siebzehnten Lebensjahr hatte ich nicht mehr so lange am Stück keinen Sex! Ich sehe mir Manolos Grabsteine an und heuchle Bewunderung. Ich gehe mit Manolo gepflegt essen und rede über Weine, von denen ich keine Ahnung habe. Wir schauen uns anspruchsvolle Stücke im Theater an, die mich kein bisschen interessieren. Wir gehen ins Kino. Manchmal gehen wir ins *Rubens* am Hans-im-Glück-Brunnen. Das ist ein Schwulen-Treff. Waschbrettbäuche, Muskeln, Aftershave, gepflegte Klamotten, und ich sterbe tausend Tode.«

»Weil die Männer so gut aussehen?« Es tat gut, mit Tarik zu reden. Es lenkte mich ab.

»Nein. Weil alle Männer Manolo anbaggern!« Aha. Zumindest schien die Frage eindeutig geklärt, ob Manolo schwul war.

»Und bisher ist nichts passiert?«

»Überhaupt nichts! Wir verabschieden uns mit Küsschen, Küsschen an der Haustür. Wenn ich anfange zu fummeln, wehrt er höflich, aber bestimmt ab. Line, ich werde wahnsinnig. Keine Frau hat mich jemals so zappeln lassen!«

»Warum hast du dich dann nicht mal gemeldet?«

»Weil mich diese Werbekampagne komplett absorbiert. Ich muss mich so altmodisch um Manolo bemühen, als seien wir in einem Roman von Jane Austen.«

»Ich brauche deine Hilfe. Lila ist schwanger.«

Ich berichtete Tarik in knappen Worten, was geschehen war, und ließ auch das Leon-Dilemma nicht aus. Tarik sagte nicht viel dazu, weil er zu müde war, versprach aber, am nächsten Abend vorbeizukommen. Ich schärfte ihm ein, Lila nichts von meinen Problemen mit Leon zu erzählen.

Nach dem Telefonat ging es mir ein klitzekleines bisschen besser. Wenigstens hing ich jetzt nicht mehr ganz allein in dem Lila-Leon-Schlamassel! Ich warf noch einmal einen Blick in Lilas Zimmer. Sie schlief tief und fest, auch die Katze rührte sich nicht. Ich stellte den Handywecker auf die maximale Lautstärke, plazierte einen zusätzlichen Wecker auf dem Schrank und fiel in einen bleischweren Schlaf.

Der kombinierte Höllenlärm von Handy und Wecker riss mich um acht aus den Träumen. Ich taumelte aus dem Bett, fegte den Wecker vom Schrank und blieb dann einen Moment erschöpft auf der Bettkante sitzen. Ich fühlte mich wie gerädert. In meinen wirren Träumen war alles riesig gewesen: die schreienden Babys, die rennenden Babyflaschen und die rumpelnden Zahnarztbohrer. Über alledem war Leon geschwebt, wie ein riesiger Vollmond, und hatte mich stumm und vorwurfsvoll angesehen.

Draußen wurde es langsam hell. Ich lauschte einen Moment an Lilas Zimmertür, lief hinunter in die Küche, kramte den Zettel mit den wichtigen Telefonnummern aus der Schublade und rief in Lilas Wohngruppe an. Ich erklärte, Lila läge mit einer Grippe und hohem Fieber im Bett und könne heute und Silvester nicht arbeiten. Danach hatte sie sowieso frei. Dann kochte ich eine Kanne Kaffee, schmierte hastig zwei Butterbrote, stellte alles mit Lilas Lieblingstasse auf ein Tablett und legte eine Nachricht dazu.

Ich habe bei der Arbeit angerufen, dass du krank bist. Ich sehe zu, dass ich nicht so spät nach Hause komme. Wenn irgendwas ist, ruf mich auf dem Handy an. Tarik kommt heute Abend vorbei. Kuss, Line.

Ich schlich mit dem Tablett in Lilas Zimmer. Die Katze huschte zur Tür hinaus. Lila dagegen rührte sich nicht. Offensichtlich hatte die Schlaftablette für einen Knockout gesorgt.

Eine halbe Stunde später war ich im Büro. Dort herrschte die gleiche ausgelassene Friedhofsatmosphäre wie am Tag zuvor. Außerdem hatte ich eine Mail von Leon, die zu meinen Träumen passte. Er wundere sich doch ein bisschen, dass ich ihm erst per Mail verkünden würde, mit ihm zusammenziehen zu wollen, dann aber offensichtlich keine Zeit hatte, um diese wichtige Entscheidung persönlich mit ihm zu besprechen. Ich schrieb sehr knapp zurück, dass etwas Unvorhergesehenes passiert sei und ich mich am Abend melden würde. Vorwürfe aus mehreren tausend Kilometern Entfernung, nach allem, was gestern passiert war, und nachdem ich schon die ganze Nacht Leons vorwurfsvolles Mondgesicht ertragen hatte, darauf hatte ich jetzt wirklich keine Lust! Immer wieder wanderten meine Gedanken zu Lila.

Um kurz vor sechs murmelte ich einen Gruß und hastete aus dem Büro. Den halben Arbeitstag an Silvester musste ich noch überstehen, danach war Wochenende, und in der nächsten Woche würden Arminia, Philipp und Julia aus dem Urlaub zurück sein. Diese Aussicht war geradezu verlockend.

Ich eilte nach Hause. Tarik hatte versprochen, sich um Essen zu kümmern, damit ich mich ganz Lila widmen konnte. Im Haus war alles still. Ich schlich die Treppe hinauf und klopfte leise an Lilas Zimmertür.

»Komm rein«, sagte sie. Das Zimmer lag im Dunkeln. Ich schaltete das Licht an. Lila lag im Bett und trug noch immer die Kleidung vom Vortag. Der Fußboden war mit gebrauchten Taschentüchern übersät, die Luft stickig und verbraucht. Immerhin waren die beiden Brote verschwunden und die Kaffeekanne leer. Ich ließ mich auf der Bettkante nieder. Lila setzte sich auf. Sie sah fürchterlich aus. Ungelenk strich ich ihr über das wirre Haar.

»Wie fühlst du dich?«

»Ich habe mich noch niemals besser gefühlt«, sagte Lila bitter. »Danke, dass du bei der Arbeit angerufen hast.«

»Hast du etwas gegessen, abgesehen von den Broten?«

»Nein. Ich hatte aber auch keinen Hunger.«

»Tarik kommt gleich und bringt was zum Essen mit. Ich hoffe, das ist okay.«

Lila zuckte mit den Schultern. »Mir völlig egal.« Sie starrte durch mich hindurch.

»Sag mal … warum hast du Harald eigentlich nicht gesagt, dass du schwanger bist?«

»Ich konnte es nicht«, flüsterte sie. »Ich will doch, dass er mit mir zusammen ist, weil er mich liebt, und nicht, weil ich ein Baby bekomme. Sein Baby …« Die Tränen fingen wieder an zu fließen.

»Wie ist es überhaupt passiert?«, fragte ich.

»Die Schwangerschaft?«, schniefte Lila. Ich nickte.

»Kondom geplatzt«, sagte sie. »Ich nehm keine Pille, ich wollte gern natürlich verhüten. War bisher auch nie ein Problem.«

254 |

»Dann könnte er doch etwas ahnen«, sagte ich.

Lila schüttelte den Kopf. »Ich hab ihm gesagt, ich hätte gerade sowieso keine fruchtbaren Tage. Ich muss mich verrechnet haben.«

»Aber du musst es ihm sagen«, drängte ich. »Es ist schließlich genauso sein Baby wie deines! Oder überlegst du dir vielleicht ...«

Lila schüttelte noch heftiger den Kopf. »Du weißt, dass ich niemals abtreiben könnte. Ich werde das Kind bekommen. Irgendwann werde ich es Harald sagen. Aber weder heute noch morgen noch übermorgen. Und du, Line, darfst dich auf keinen Fall einmischen und glauben, du müsstest hinter meinem Rücken mit Harald reden. Versprichst du mir das?« Sie sah mich durchdringend an. Ich schluckte. Tatsächlich war mir der Gedanke gekommen.

»Wenn du es nicht möchtest ... Ich verspreche es dir.«

»Weißt du, erst habe ich gedacht, oje, wahrscheinlich will er keine Windeln mehr wechseln und keine schlaflosen Nächte mehr. Und dann ... dann war ich mir eigentlich sicher, dass er sich freut.«

Sie rutschte schluchzend unter die Bettdecke. Es klingelte.

»Lila«, sagte ich hilflos zu der bebenden Bettdecke, »das wird Tarik sein. Vielleicht möchtest du einfach in einer Viertelstunde herunterkommen, wenn du dich ein bisschen beruhigt hast? Du musst unbedingt etwas essen.«

Ich lief die Treppe hinunter. Tarik schob sich, mit Tüten und Taschen beladen, an mir vorbei und gab mir im Vorbeigehen ein stinkelangweiliges Küsschen auf die Wange. Offensichtlich war die Ära der erotischen Verrutschküsse zu Ende. Schade eigentlich. Tarik marschierte in die Küche und begann, den Inhalt der Tüten auf den Esstisch zu häufen.

»Fladenbrot, Tomaten, Oliven, Zaziki, eingelegte Artischocken, gefüllte Paprika, gefüllte Peperoni, Schafskäse, Rotwein ...«, deklamierte er stolz.

»Das hast du aber sehr ernst genommen, das mit dem Essen«, sagte ich und blickte etwas ratlos auf den riesigen Berg.

»Ich war beim Türken. Wie geht's Lila?«

»Nicht gut«, seufzte ich. »Ist ja aber auch kein Wunder. Ich hoffe bloß, sie kommt zum Essen runter. Sie hat mir gerade erklärt, dass sie nicht will, dass Harald etwas von der Schwangerschaft erfährt.« Ich stellte Teller und Gläser auf den Tisch.

»Findest du das richtig? Harald würde Lila doch niemals hängenlassen, wenn er von dem Baby wüsste«, sagte Tarik, während er das Zaziki in eine Schüssel umfüllte.

»Lila will es nun mal nicht. Sie will, dass er ihretwegen zurückkommt, nicht wegen des Babys.«

»Ich könnte es ihm ja sagen.«

»Das wirst du nicht tun! Ich habe ihr hoch und heilig versprechen müssen, dass ich mich nicht einmische!«

»Du hast es versprochen. Ich nicht.« Tarik grinste unverschämt.

»Tarik, bitte!«

»Schon gut, schon gut. Wie wäre es mit einem anonymen Hinweis, dann brichst du dein Wort nicht?«

Ich stöhnte. »Tarik, Lila ist doch nicht doof! Sie redet nie mehr ein Wort mit mir, wenn sie das herausfindet!«

»Blöd ist auch, dass sie so dick ist. Selbst wenn er sie mal zufällig an der Ecke Landhausstraße sieht, wird er nicht merken, dass sie schwanger ist.«

»Tarik, also wirklich, es reicht!«

»Aber ich mag dicke Frauen!«, rief Tarik empört. »Viel lieber als solche Streichhölzer wie dich! Das war überhaupt nicht böse gemeint.«

»Sehr schmeichelhaft« sagte ich sarkastisch. »Und jetzt halt die Klappe, ich hole Lila.«

Ein paar Minuten später kam Lila müde in die Küche geschlichen.

»Ab sofort stehst du unter meinem persönlichen Schutz!«, rief Tarik theatralisch und breitete seine Arme weit aus.

Lila seufzte und ließ sich auf einen Stuhl sinken. »Dass du mich beschützen willst, ist nett, Tarik. Ich wüsste jetzt nur nicht, wovor.«

»Ich hab's! Manolo und ich, wir adoptieren das Baby! Das ist die Lösung! Dann brauchen wir keine Leihmutter zu suchen. Du und Harald, ihr seid schließlich beide Akademiker.«

»Fachhochschule«, sagte Lila. »Danke, Tarik. Das ist wirklich lieb von dir. Aber Line und ich haben beschlossen, das Kind gemeinsam aufzuziehen.«

Ich fuhr alarmiert hoch. Was hatten wir beschlossen? Gemeinsam Lilas Kind großzuziehen? Wieso konnte ich mich daran nicht erinnern? Okay, ich war bereit, bei Lila wohnen zu bleiben. Aber dabei hatte ich mehr an moralische Unterstützung gedacht. Lila glaubte jetzt nicht wirklich, dass ich nachts Fläschchen machen und Windeln wechseln würde? Auf jeden Fall war jetzt sicher nicht der richtige Zeitpunkt, um mit Lila zu diskutieren.

Während Tarik sich vergeblich mühte, gute Stimmung zu verbreiten, aß Lila schweigend ein paar Bissen, bedankte sich dann höflich und verschwand wieder nach oben. Tarik sah ihr kopfschüttelnd nach.

»Das hat sie wirklich nicht verdient«, sagte er.

»Wahrscheinlich hat Haralds Ex das von Anfang an so geplant«, sagte ich finster. »Sie hat den Hausverkauf hinausgezögert, um Harald möglichst oft zu sehen.« Ich seufzte. »Tarik, was soll ich bloß mit Leon machen? Ich kann Lila jetzt nicht hängenlassen.«

»Meinst du wirklich, Lila würde von dir erwarten, dass du hier wohnen bleibst, wenn sie wüsste, dass du eigentlich mit Leon zusammenziehen willst?«

»Nein, das würde sie nicht. Aber stell dir das doch mal vor! Harald weg, ich weg, und sie ganz alleine hier im Haus mit einem Baby. Das kann ich ihr nicht antun! Außerdem, wie soll sie allein die Miete bezahlen?«

»Also ich an Leons Stelle wäre trotzdem ganz schön in meinem Stolz verletzt. Hmm. Vielleicht könnte ich mit Manolo für eine Weile hier einziehen?«

»Tarik, du hast sie doch nicht mehr alle! Du kennst Manolo kaum, weißt überhaupt nicht, ob aus euch beiden was wird, und planst ihn mal eben als Ersatzpapi ein?«

Tarik zuckte mit den Schultern und grinste. »Das wird schon noch. Manolo will mich bloß testen. Er glaubt mir nicht, dass es mir ernst ist, und denkt, ich gebe irgendwann auf. Aber da hat er sich getäuscht.«

Irgendwann zog Tarik ab. Am nächsten Abend wollte er mit uns Silvester feiern. Sofern man unter diesen Umständen von Feiern reden konnte, aber es ging ja vor allem darum, Lila beizustehen. Manolo war mit ein paar schwulen Kumpels auf eine Skihütte gefahren, hatte Tarik erklärt, das sei schon ewig ausgemacht gewesen, und es gäbe keine freien Betten mehr, und war nicht darauf eingegangen, als Tarik beteuerte, dass er eigentlich kein eigenes Bett benötigte. Jetzt saß ich vor meinem Computer. Ich wusste, dass ich mit Leon reden musste. Und hatte schrecklichen Schiss davor.

Endlich wagte ich es, Skype zu starten. Leon war online.

»Hallo, Line«, sagte er ruhig und lehnte sich zurück. Er trug ein elegantes Sakko, das ich nicht kannte, und dazu eine Krawatte. Er sah unglaublich attraktiv aus, sehr distanziert und kein bisschen so, als würde er es mir leichtmachen wollen. Am besten sagte ich ihm rundheraus, dass ich nicht mit ihm zusammenziehen würde.

»Hallo, Leon«, murmelte ich. Leon musterte mich abwartend. Ich musste es ihm sagen! Jetzt! Gleich! Bloß: Wie?

»Was ist denn passiert?«

»Lila ist schwanger, was eigentlich nicht so schlimm wäre, bloß ist Harald zu seiner Ex-Frau zurückgegangen. Das war ein riesiges Drama gestern. Lila ist völlig verzweifelt«, platzte ich heraus.

»Die Arme!«, rief Leon betroffen. »Das hätte ich Harald nicht zugetraut.«

»Niemand hätte das Harald zugetraut.«

»Fang von vorn an. Ich will alles wissen.« Ich schilderte Leon zunächst ausführlich den gestrigen Tag. Danach holte ich tief Luft, um ohne weitere Umschweife zum Thema »Zusammenziehen« überzuleiten.

»Kein Wunder, hast du gestern nichts von dir hören lassen. Ich dachte schon, du machst einen Rückzieher!«, rief Leon, lockerte seine Krawatte und sah sichtlich erleichtert aus. »Ich habe schon mit meinem Chef gesprochen. Willst du wissen, was er gesagt hat?«, fragte er fröhlich.

O nein. Ich hatte den richtigen Moment für mein Geständnis verpasst.

»Ja, klar«, sagte ich matt.

»Er sagt, das ist überhaupt kein Problem, ich kann das Projekt von Schwieberdingen aus weiterbetreuen, schließlich kenne ich dann die Gegebenheiten in Wuxi, und es gibt ja Videokonferenzen und Internet, vielleicht muss ich ab und zu mal hinfliegen, aber im Prinzip kann ich im November wieder zurück nach Deutschland. Das ist weniger als ein Jahr. Ist das nicht großartig?« Leon strahlte über das ganze Gesicht. Mir wurde schlecht.

»Das ist toll. Ich ... ich muss dir etwas sagen.« Meine Stimme zitterte.

Die Freude verschwand wie auf Knopfdruck aus Leons Gesicht.

»Ja?«, sagte er, und es klang fast drohend.

»Ich ... ich kann doch nicht mit dir zusammenziehen. Jedenfalls erst mal nicht. Bis du wiederkommst, hat Lila ihr Baby. Ich kann sie doch jetzt nicht im Stich lassen!«

»*Wie bitte?!* Sag mir, dass ich mich verhört habe!«

»Es ... es tut mir so leid«, flüsterte ich. »Ich verspreche dir, wir suchen uns eine gemeinsame Wohnung, sobald Lila alleine klarkommt. Dafür hast du doch sicher Verständnis, oder?«

Leon holte tief Luft und öffnete den Mund, als würde er gleich losbrüllen. Dann strömte die Luft wieder aus ihm heraus, als sei er ein Luftballon. Er sackte in sich zusammen und schwieg.

»Leon ... sag doch was, bitte ...«, bat ich nervös.

»Ich verstehe es ja«, sagte er endlich. »Irgendwie. Lila hat sich schließlich immer um dich gekümmert, das war für mich auch beruhigend zu wissen, und jetzt ist es umgekehrt, und sie braucht dich. Aber ich habe mich so wahnsinnig, wahnsinnig gefreut, als deine Mail kam. Ich dachte wirklich, jetzt geht es vorwärts mit uns beiden. Und was soll ich nun meinem Chef sagen? Pustekuchen, meine Freundin hat es sich anders überlegt, ich bleibe doch noch ein bisschen in China?«

»Aber Leon, so meine ich das doch gar nicht«, flehte ich. »Ich finde es großartig, wenn du nächsten November zurückkommst, bloß suchst du dir erst mal eine eigene Wohnung. Und dann, nach einer Weile, suchen wir in Ruhe zusammen! Das ist doch sowieso viel besser, nachher gefällt dir die Wohnung nicht, die ich miete.«

»Line, ich würde niemals an einer Wohnung rummäkeln, die du ausgesucht hast!«

»Aber das wäre doch nicht so schlimm, wenn du erst mal allein wohnst! Wir können uns dann doch trotzdem regelmäßig sehen. LAT, living apart together, das machen alle modernen Paare! Das ist total hip! Dann müssen wir uns auch nicht wegen meiner stinkenden Socken streiten, die überall rumliegen.«

Leon runzelte die Stirn und schüttelte dann entschieden den Kopf.

»Wenn ich ein Jahr früher zurückkomme als geplant, dann tue ich das deinetwegen. Unseretwegen! Und dann möchte ich mit dir zusammenziehen, damit wir ausprobieren können, ob wir es miteinander aushalten. Du wirst nächstes Jahr dreiunddreißig. Ich will nicht hip sein. Line, ich will Kinder, und ich will sie mit dir. Wir haben nicht mehr ewig Zeit!«

»So alt ist dreiunddreißig doch gar nicht, und außerdem bin ich gar nicht sicher, ob ich Kinder haben will«, sagte ich unglücklich.

»Du musst es auch noch gar nicht wissen. Aber wenn wir das Zusammenwohnen ausprobieren wollen, bevor wir uns Gedanken über Kinder machen, dann müssen wir jetzt damit anfangen.«

»Du hast dich schon längst entschieden, oder? Für dich ist alles so klar. Ich wünschte, es wäre mir auch so klar!«, rief ich verzweifelt.

Leon nickte. »Ja, Line. Ich habe mich längst entschieden. Für dich. Aber wie sieht das bei dir aus?«

»Wenn ich ehrlich bin … ich weiß es nicht. Das Leben ist so voller unterschiedlicher Möglichkeiten. Ich habe schreckliche Angst, einen Fehler zu machen!«

»Ich glaube, jetzt sind wir beim eigentlichen Knackpunkt. Lilas Schwangerschaft ist nicht der Grund, warum du nicht mit mir zusammenziehen möchtest. Du willst dich einfach noch nicht festlegen. Kann das sein?« Seine Stimme klang sachlich. Aber er sah unendlich traurig aus.

»Du vertraust mir nicht«, flüsterte ich.

»Vielleicht ist es das«, sagte Leon langsam. »Vielleicht glaube ich nicht, dass du es auf Dauer mit einem netten, langweiligen Ingenieur aushältst. Du hast einmal gesagt, du wolltest wild und gefährlich leben. Es ist nicht der intellektuelle Unterschied zwischen uns, den du so oft und gerne betonst. Es ist die Entscheidung, die du nicht treffen willst. Ich weiß, was ich mir wünsche. Ich will nicht wild und gefährlich leben! Ich will mit dir zusammenwohnen und sonntags bei Dorle Käsekuchen essen. Irgendwann Kinder haben, ein Haus vielleicht, zum Urlaub in den Schwarzwald oder an die Nordsee. Mir mit dir zusammen die Nächte um die Ohren schlagen, wenn die Kinder krank sind, bei der Schulaufführung stolz neben dir in der Aula sitzen. Irgendwann graue Haare bekommen und die ersten Zipperlein, und mit dir darüber lachen. Das ist es, was ich will.«

Irrte ich mich, oder standen in Leons Augen Tränen? Ich schluckte. Schluckte und schwieg, zutiefst erschüttert. Was sollte ich auch sagen?

»Was machen wir jetzt?«, flüsterte ich schließlich.

»Ich weiß es nicht«, sagte Leon. Er klang müde. »Jedenfalls muss ich in drei Minuten los. Wie wäre es, wenn wir uns ein paar Tage Zeit zum Nachdenken geben? Damit wir beide zur Ruhe kommen. Wir skypen, mailen und telefonieren nicht. Was hältst du davon?«

»Kein Kontakt?«

»Kein Kontakt.«

»Nicht mal eine klitzekleine SMS?«

»Nicht mal eine klitzekleine SMS.«

»Wie lange?«

»Sagen wir – zehn Tage? Bis zum neunten Januar.«

»Ist das nicht schrecklich lange? Außerdem ist Silvester dazwischen.«

»Ich glaube, es wird uns guttun. Um herauszufinden, was wir wirklich wollen.«

Du meinst, damit ich herausfinde, was ich will, dachte ich bitter. Du weißt es ja sowieso.

»Und was erwartest du dann von mir, am neunten Januar?«

»Ich möchte einfach nur wissen, wie du zu mir stehst und wie es mit uns weitergehen soll. Sonst nichts. Und ich denke auch noch mal nach, schließlich hat sich die Situation durch Lilas Schwangerschaft verändert. Und dann reden wir darüber.«

»Na schön«, sagte ich leise. »Dann wünsche ich dir jetzt schon mal ein gutes neues Jahr.« Ich spürte, wie die Tränen in mir hochstiegen.

»Das wünsche ich dir auch, meine Süße«, flüsterte Leon. »Bitte sag Lila ganz liebe Grüße von mir. Und vergiss nicht: Ich liebe dich.«

»Ich ... ich liebe dich auch«, sagte ich. Dann war Leon weg.

Ein paar Minuten saß ich einfach nur da. Ich fühlte mich unendlich traurig. Stimmte das, was Leon sagte? Dass Lilas Schwangerschaft nur ein Vorwand war, weil ich mich nicht festlegen wollte? Ich wusste es nicht. Ich wusste eigentlich gar nichts mehr. Nur, dass das Leben im einundzwanzigsten Jahrhundert eine ziemlich komplizierte Angelegenheit war. Viel komplizierter als früher jedenfalls. Da hatte man geheiratet, Kinder gekriegt, war gestorben, bumm. Heute war die Auswahl an verschiedenen Leben so groß, dass man ständig Angst haben musste, eines zu verpassen, das aufregender und wilder war als das, das man hatte. War das Leben denn nicht viel zu kurz, um sich auf ein einziges festzulegen? Man konnte natürlich auch alles dem Zufall überlassen. Aber was, wenn man an der Losbude des Lebens eine Niete zog?

18. Kapitel

Moon River
wider than a mile
I'm crossing you in style
Someday

Am nächsten Morgen schaffte ich es nur deshalb, mich zur Arbeit zu schleppen, weil ich wusste, dass ich nach einem halben Tag wieder nach Hause durfte. Lila war wach gewesen, und ich hatte ihr einen Kaffee ans Bett gebracht. Sie trug noch immer die gleichen Klamotten, war bleich und sah fürchterlich aus.

Mittags stand Suse plötzlich im Mantel vor mir, gab mir steif die Hand und wünschte mir einen guten Rutsch. Na toll! Jetzt war ich mit Micha allein. Ich schaltete rasch den Computer aus und raffte meine Sachen zusammen. Micha drehte sich an seinem Schreibtisch um.

»Ich muss auch los«, sagte ich hastig. »Also dann, einen guten Rutsch. Wir sehen uns am Montag.«

Micha sah mich an, als hätte er Mitleid mit mir.

»Das nächste Silvester werden wir gemeinsam feiern«, sagte er ruhig, drehte sich um und starrte wieder auf seinen Bildschirm. Mir verschlug es die Sprache. Warum fiel mir keine schlagfertige Antwort ein? Der Typ lebte ja wohl komplett auf seinem eigenen Planeten! Ohne ein weiteres Wort drehte ich mich um, ging aus dem Büro und ließ die Tür krachend ins Schloss fallen.

Auf dem Heimweg kaufte ich eine Flasche Sekt und ein paar Tüten Chips. Silvester ganz ohne Sekt, das ging einfach nicht – auch wenn ich nicht recht wusste, worauf wir anstoßen sollten. Tarik war unglücklich, weil Manolo, umgeben von Waschbrettbäuchen, ohne ihn Silvester feierte, ließ es sich aber nicht anmerken. Ich war un-

| 263

glücklich, durfte es mir Lila gegenüber aber nicht anmerken lassen, weil sie sowieso schon gigasuperunglücklich war. Micha war vermutlich auch unglücklich, auch wenn das nicht mein Problem war, und selbst wenn ich mit Harald kein Mitleid hatte, konnte ich mir nicht vorstellen, dass er im Moment besonders glücklich war. Gab es eigentlich noch irgendjemanden in meiner Welt, der unter achtzig war, eine glückliche Liebesbeziehung hatte und sich auf das Jahr 2011 freute?

Wir verbrachten das düsterste Silvester aller Zeiten. Tarik hatte eine Flasche Champagner mitgebracht und holte sie um elf aus dem Kühlschrank.

»Lasst uns was trinken gegen die Schwermut!«, rief er aus. Lila schüttelte müde den Kopf.

»Trinkt ihr nur. Ich gehe ins Bett.« Sie schlich zur Küchentür und drehte sich noch einmal um.

»Und wisst ihr was?«, flüsterte sie. »Ich vermisse sogar diesen furzenden, stinkenden Köter. Könnt ihr euch das vorstellen?«

»Jetzt reicht's mir aber«, rief Tarik, als sie verschwunden war. »Los, wir ziehen uns jetzt dick an und gehen hoch auf die Uhlandshöhe!«

Ich war zwar nicht besonders scharf darauf, in die Kälte hinauszuziehen, andererseits hatte Tarik recht. Hey, heute war Silvester, nicht Weltuntergang! Außerdem war die Uhlandshöhe einer der besten Aussichtspunkte in Stuttgart und ideal für das Neujahrs-Feuerwerk. Wir packten Champagner, Chips und zwei Plastikbecher ein und waren kurz vor zwölf oben. Hier hatten wir im Spätsommer gepicknickt, Lila, Harald und ich. Hatte Harald damals nicht sehr überzeugend erklärt, dass Ex-Freundinnen eine schleichende Gefahr darstellten, weil die Männer zu schwach waren?

Um Mitternacht brach auf der Uhlandshöhe die Hölle los. Böller krachten uns um die Ohren, Raketen zischten in den Himmel, Korken knallten, Flaschen liefen über, und wildfremde Menschen warfen sich in unsere Arme. Tarik schubste die kichernde Frau weg, die an ihm klebte, und umarmte mich stattdessen fest.

»Du wirst sehen, alles wird gut«, murmelte er in mein Ohr. »Mögest du ein glückliches Jahr haben, Pipeline Praetorius mit dem Katastrophen-Gen.«

»Das wünsche ich dir auch«, brüllte ich gegen den Lärm an. »Mögest du glücklich werden mit Manolo, Super-Tarik!«

Am späten Vormittag saß ich in meinem ausgeleierten Jogginganzug in der Küche und dirigierte die Wiener Philharmoniker mit dem Kochlöffel. Normalerweise sah ich mir das Neujahrskonzert mit Lila an, wir dirigierten gemeinsam und grölten am Schluss den Radetzkymarsch mit. Lila war aber noch gar nicht aufgestanden. Die Musik vertrieb meine Trauer darüber, dass es Lila so schlechtging und ich Leon nicht einmal ein gutes neues Jahr wünschen konnte. Das Telefon klingelte. Zum zweiten Mal. Vor ein paar Minuten hatte mein Vater seinen jährlichen Anruf absolviert und mir steif Grüße von meiner russischen Mutter ausgerichtet.

»Mädle, i wensch dr a guads Neis on Goddes Säga. Bleib gsond, ess gscheid on bass uff di uff, ond uff dein Leon au, weil so an Pfondskerle fendsch nemme en deim Aldr.«

»Äh – vielen Dank, Dande Dorle. Ich wünsche dir auch ein gutes neues Jahr, und pass gut auf dich auf, und auf deinen Karle auch, weil so einen tollen Typen findest du nicht mehr in deinem Alter«, stichelte ich.

»I muss au koine Kendr mee kriega«, gab Dorle würdevoll zurück.

»Ich hoffe jedenfalls, wir feiern dieses Jahr deine Hochzeit.«

»Des hoff i au, dass mr dei Hochzich feirad.«

Es klingelte an der Tür.

»Dorle, ich muss Schluss machen, es hat geklingelt«, sagte ich und war nicht unglücklich darüber, keine weiteren Statements zu eventuellen Hochzeiten mit Leon abliefern zu müssen, die im Moment unwahrscheinlicher waren denn je.

»Des isch d'Katharina«, sagte Dorle. Ich legte das Telefon weg und ging zur Tür.

»Katharina! So eine Überraschung!«

| 265

Katharina stand mit einer großen Schachtel unter dem Arm in der Tür und umarmte mich. Sie trug einen Wintermantel, den ich nicht kannte und in dem sie aussah wie Lara aus Dr. Schiwago. Bestimmt New York.

»Ich wünsche dir ein gutes neues Jahr, Schwesterherz!«, rief sie.

»Wo sind die Kinder?«

»Bei einer Nachbarin. Ich wollte unbedingt kurz vorbeischauen und mich bei dir bedanken.«

»Komm rein. Ich bin ja soo gespannt!«, rief ich.

»Ich habe euch eine Schwarzwälder Kirsch gebacken«, sagte Katharina und stellte die Schachtel auf dem Küchentisch ab. »Wo ist Lila?«

»Sie ist … im Bett. Mit Grippe«, sagte ich und drehte den Fernseher leise. Ich hatte keine Lust, schon wieder die ganze traurige Geschichte aufzuwärmen. »Ich mache Kaffee, okay? Und dann musst du erzählen.«

Katharina sah fantastisch aus wie immer. Normalerweise war ihre Haut vornehm blass, jetzt hatte ihr Gesicht einen rosigen Schimmer. Ich stellte zwei Teller auf den Tisch, aber Katharina winkte ab. Dafür schnitt ich mir ein riesiges Stück ab. Eine ganze Schwarzwälder Kirschtorte für mich alleine! Vielleicht fing das Jahr doch nicht so schlecht an.

»Superlecker«, mampfte ich. Der Biskuit hatte genau die richtige Menge Kirschwasser. »Und jetzt leg los.« Hoffentlich wurde das zur Abwechslung eine glückliche Geschichte.

Katharina sah verklärt in die Ferne. Wahrscheinlich zum Empire State Building.

»Es war wunderschön«, flüsterte sie. »Und gleichzeitig … gleichzeitig so unwirklich. Wie im Film. Er wohnt in Soho, in so einem Haus mit Feuerleitern außen dran, da meinst du, du spielst bei *Frühstück bei Tiffany* mit. Er hat sich so bemüht, hat mir die ganze Stadt gezeigt. Wir sind aufs Empire State Building, da fiel mir *Schlaflos in Seattle* ein, die letzte Szene. Sind Schlittschuh gefahren, auf dieser Schlittschuhbahn mit dem riesigen glitzernden Weihnachtsbaum am Rockefeller Center. Und dann der Central Park. *Hair.* Man kennt das alles und kennt es doch nicht. Und dann dachte ich, wie soll das gehen hier, mit den Kindern? Max hat ein Loft, traumhaft schön, aber das ist im Prinzip ein großer Raum, völlig ungeeignet für eine Familie, dafür geht schon die Hälfte seines Gehalts drauf, und Mehrzimmerwohnungen sind in Manhattan unbezahlbar. Außerdem hat er Lena und Salo nie gesehen, wir haben uns ja immer heimlich getroffen, ich weiß doch gar nicht, ob er mit ihnen klarkommt, oder die Kinder mit ihm. Und dann soll ich die Kinder aus allem herausreißen, was sie hier haben, Schule, Kindergarten, Lenas Freundinnen, Musikschule. Kein Garten mehr zum Spielen, kein Freibad, nicht mehr einfach die Räder nehmen und über die Felder, sondern unter Mamas ängstlichem Blick am Wochenende in den Park, weil es viel zu gefährlich ist, ein Kind unbeaufsichtigt zu lassen? Das kann ich den Kindern nicht antun. Ich bringe es einfach nicht übers Herz. Außerdem hätte ich keine Arbeit.«

»Das klingt alles ... sehr vernünftig«, sagte ich und schob mir die Deko-Kirsche in den Mund, die ich mir bis zuletzt aufgespart hatte. »Trotzdem ... du hast doch auch Gefühle. Ein Recht, glücklich zu sein. Du liebst ihn doch, oder?«

Sie schwieg. In ihren Augen standen Tränen. Dann sagte sie leise: »Ja, ich liebe ihn. Aber wenn ich mit ihm zusammenbleiben wollte, müsste ich die Kinder zurücklassen. Ich müsste Frank das Sorgerecht übertragen. Und der Preis ist mir zu hoch.

Am vorletzten Tag waren wir in einer superschicken Bar im wasweiß-ich-wievielten Stock irgendeines Wolkenkratzers, unter uns das Lichtermeer Manhattans, es gab einen Pianisten, und wir tanzten, er hielt mich ganz fest und sah mich so verliebt an, und ich fühlte mich begehrt und schön, so, wie ich mich immer fühlte, wenn ich mit ihm zusammen war. In jeder Faser meines Körpers spürte ich, dass ich lebendig war. Mit Frank hatte ich mich seit Jahren gefühlt, als sei ich tot. Und plötzlich fing ich an zu weinen und konnte nicht mehr aufhören, weil ich wusste, es ist alles nur ein

Traum, und am nächsten Abend werde ich nach Deutschland zurückfliegen, und es wird vorbei sein.«

»Aber Katharina ...«, sagte ich und schluckte. »Es war doch kein Traum, du warst doch dort, du hast es erlebt, warum glaubst du nicht daran? Er macht dich glücklich, wie selten gibt es das? Warum hältst du dein Glück nicht fest?«

Katharina schüttelte ungeduldig den Kopf, als sei ich eine Vierjährige, der man gerade zum dritten Mal erklärte, warum sie Serafin nicht seinen Bagger wegnehmen und ihm damit eine überbraten durfte.

»Er hat mich nur angesehen und ganz liebevoll gesagt: Komm, wir gehen nach Hause, und du erzählst mir, was los ist. Dann sind wir in seine Wohnung gefahren, und ich habe ihm gesagt, dass ich das nicht kann, dass wir keine Zukunft haben. Er sah so unendlich traurig aus. Und das Schlimmste war, dass er es verstanden hat. Ich musste nichts mehr erklären. Und er hat auch geweint. Und dann hatten wir noch einen letzten, einen allerletzten Tag miteinander, und wir sind von morgens bis abends durch Manhattan gelaufen und haben fast kein Wort gesprochen, in der Nacht hatte es geschneit, und die Stadt war so schön, wir haben uns aneinandergeklammert und sind gelaufen bis zur völligen Erschöpfung. Und dann hat er mich zum Flughafen gebracht, und wir brauchten es nicht laut auszusprechen, dass wir uns nicht mehr wiedersehen. Und ich saß im Flugzeug und habe nur geweint, geweint und geweint, und irgendwann kam die Stewardess und brachte mir einen Whisky und sagte: Ich weiß nicht, warum Sie so traurig sind, aber trinken Sie den, und versuchen Sie zu schlafen.« Sie lächelte ein unendlich trauriges Lächeln.

»Und dann bin ich in Frankfurt in den Zug gestiegen und in Stuttgart in die S-Bahn, und ich habe gedacht, das Leben ist kein Kinofilm mit Happy End in New York, das Leben ist Vaihingen, Rohr, Böblingen, Gärtringen. Das ist meine Heimat.«

»Das klingt irgendwie so ... so ... resigniert«, sagte ich. »So, als ob du kein Recht hättest auf deine Träume, dein Glück. Kannst du denn nicht beides haben? Kann Max denn nicht wieder in Deutschland arbeiten?«

Katharina schüttelte den Kopf. »Er ist von seiner New Yorker Firma gerade erst befördert worden. Außerdem hat er sein Leben dort, seine Familie, seine Freunde, genauso wie ich mein Leben hier. Ich kann das nicht von ihm verlangen, dass er alles aufgibt. Und resigniert, nein, so sehe ich das nicht. Ich akzeptiere einfach, dass man nicht alles haben kann im Leben. Ich habe doch die Kinder, meine Arbeit. Vater wird auch nicht jünger, Dorle erst recht nicht, und es ist schön, wenn ich dich ab und zu sehe. Und ohne Max hätte ich nie gemerkt, wie unglücklich ich mit Frank war. Ich werde jetzt einfach versuchen, eine Weile auf eigenen Füßen zu stehen.«

»Es tut mir so leid«, murmelte ich. »Du tust mir so leid.«

Katharina warf ihr wundervolles Haar zurück und wischte energisch die Tränen weg. »Dafür gibt es überhaupt keinen Grund«, sagte sie. »Ich werde die Tage in New York niemals vergessen. Wenn ich nicht gefahren wäre, wäre ich jeden Morgen aufgewacht und hätte gedacht, du hattest die Chance deines Lebens, und du hast sie nicht genutzt. Und ich kann dir nur sagen: Man muss die Liebe festhalten. Auch die mit Fehlern und Macken.«

»Warum bleibst du dann nicht bei Max?«, fragte ich vorsichtig. Ich war es nicht wirklich gewohnt, sehr persönliche Dinge mit meiner Schwester zu teilen.

»Ich rede nicht von Max. Ich rede von Frank.«

»Frank? Gerade eben hast du noch gesagt, wie unglücklich du mit ihm warst! Je länger ihr zusammen wart, desto schlechter hat Frank dich behandelt!«

»Ja. Aber es gehören immer zwei dazu. Ich glaube, Frank hat sich mir gegenüber immer minderwertig gefühlt.«

»Das ist doch auch kein Wunder. Ich habe nie verstanden, warum du dir ausgerechnet deinen pickeligsten Schulfreund ausgesucht hast, wo du nahezu jeden Mann hättest haben können.«

»Frank hat mir irgendwann vorgeworfen, ich hätte ihn nie richtig geliebt. Ich hätte ihn bloß geheiratet, weil ich so schnell wie möglich aus unserer durchgeknallten Familie herauswollte. Dass es mir gar nicht um ihn ging.«

»Das ist doch völliger Schwachsinn!«

Katharina sah mich ganz ruhig an. »Nein, Line, das ist kein Schwachsinn. Frank hatte recht. Ich hatte genug, ich wollte raus. Eine russische Mutter, die sich den ganzen Tag im Bügelzimmer verschanzt, als ob sie keine Kinder hätte. Ein Vater, der es zu Hause nicht aushält und sich in seiner Arbeit bei Bosch vergräbt. Eine Großtante, die es zwar gut mit einem meint, einen aber den ganzen Tag mit pietistischer Moral vollpumpt. Eine Schwester, die eine Katastrophe nach der anderen produziert. Es war verdammt anstrengend.«

Das tat weh. »Es ... es tut mir leid«, sagte ich.

Katharina strich mir scheu über die Hand. »So war das nicht gemeint«, sagte sie zärtlich. »Du konntest doch nichts dafür, und ich hätte mir niemals eine andere Schwester gewünscht. Und irgendwie haben wir ja auch immer zusammengehalten, du und ich. Sonst hätte ich das doch gar nicht ausgehalten. Aber es stimmt, ich wollte abhauen von zu Hause. Ich hätte ja auch nach Berlin gehen können, ein Haus besetzen, oder nach Goa, aussteigen. Aber eigentlich wollte ich nur ein stinknormales Spießerleben. Vielleicht war ich irgendwann mal verliebt, aber es ging mir nicht um Frank. Dass er darüber zynisch wurde, wer will es ihm verdenken?«

»Das ... das kommt jetzt ziemlich überraschend«, sagte ich langsam. »Hast du mit Frank darüber gesprochen?«

Katharina schüttelte den Kopf. »Irgendwann werde ich es ihm sagen. Ich brauche noch ein bisschen Zeit, und Frank auch. Er ist jetzt in einer Männergruppe, macht irgendwelche Übungen und lernt, über seine Gefühle zu reden. Das kann ihm nicht schaden.« Sie grinste und wurde gleich darauf wieder ernst.

»Wenn du kannst, Line ... dann halte die Liebe zu Leon fest. Du wirst nichts Besseres finden. Du wirst niemand Besseres finden! Liebe ist kein Gefühl im Bauch über ein paar Monate hinweg. Liebe ist, sich auch nach Jahren noch etwas zu sagen zu haben und den

Respekt voreinander nicht zu verlieren. Liebe ist, miteinander Kinder großzuziehen, ohne dabei komplett durchzudrehen.«

Ich spürte, wie Katharinas Worte etwas tief in mir drinnen anrührten. Andererseits nervte es mich gewaltig. Erst Dorle, dann Katharina! Alle redeten davon, dass ich Leon festhalten und Kinder mit ihm kriegen sollte. Niemand schien auf die Idee zu kommen, dass ich selber gar nicht so scharf darauf war! Im Augenblick weigerte ich mich, darüber nachzudenken. Schließlich hatte ich noch acht Tage Zeit.

19. Kapitel

Ich schäle, schneide, schnipple, mariniere
Ich klopfe, hacke, würze und püriere
Die besten Teile leg ich ein in Wein
Wart nur, Vincent: Dich krieg ich schon klein.
Vincent gibt's heute zum Essen
Und beim Kochen kann sich keine mit mir messen
Vincent wird sich nie von mir entfern'
Ich habe ihn nun mal zum Fressen gern.

Am Montag musste ich schon wieder ins Büro, nach dem feiertagsärmsten Weihnachten und Silvester aller Zeiten. Arminia war braungebrannt, bestens gelaunt und sogar nett zu Julia. Offensichtlich war die Jahresbumskonferenz auf Lanzarote ein voller Erfolg gewesen. Sie bestand darauf, dass wir alle um halb zehn mit französischem Champagner auf das neue Jahr anstießen, ließ etwa siebenmal beiläufig fallen, dass die Flasche dreiundfünfzig Euro gekostet hatte, und wollte zum Glück nicht gleich wissen, wie weit Micha und ich mit der Shampoo-Kampagne gekommen waren. Philipp war von seiner Nil-Kreuzfahrt ebenfalls braungebrannt zurückgekehrt, dafür beschissener Laune, ebenso wie Micha. Julia stürzte sich sofort wieder voller Elan in die Arbeit mit Suse. Ich kippte zwei Gläser Champagner auf leeren Magen in mich hinein, und plötzlich war die ganze Leon-Lila-Krise nicht mehr so schlimm.

Als ich nach Hause kam, war Lila in ihrem Zimmer. Dort war sie meistens. Sie war jetzt seit fünf Tagen nicht mehr aus dem Haus gegangen. Sie lag im Bett, auf dem Bett oder saß in der Küche, ohne zu reden. Sie duschte nicht, trug immer noch die gleichen Klamotten, und ihre Haare waren fettig. Sie roch mittlerweile ziemlich streng, aber ich traute mich nicht, etwas zu sagen. Es war seltsam genug, mich um sie kümmern zu müssen. Ihre Lethargie machte mir allmählich Angst. An Neujahr hatte ich Pizza in den Ofen geschoben und am zweiten Januar für uns beide Döner geholt. Sie aß mechanisch ein paar Bissen, ohne zu reden, und schob dann den Teller zerstreut weg. Wenn ich versuchte, mich mit ihr zu unterhalten, reagierte sie entweder gar nicht oder sagte:»Mmmh«,»Jaja« oder»Hast du was gesagt?«. Sie hatte auch schon ein paar Kilo abgenommen. Dabei sollte sie doch zunehmen!

Andererseits lenkte mich die Sorge um Lila von meinen eigenen Problemen mit Leon ab. Die ersten Tage meiner Nachdenkzeit waren schon verstrichen, und ich hatte noch kein bisschen nachgedacht. Meistens überlegte ich, wie schrecklich es war, nicht mit Leon reden zu dürfen, und ob er es wohl sehr schlimm finden würde, wenn ich mich schon vor dem neunten Januar meldete. Ich ließ es dann aber doch bleiben, weil ich nicht die geringste Ahnung hatte, was ich ihm sagen sollte. Außerdem wollte ich nicht, dass er mich für charakterschwach hielt. Noch sechs Tage ...

»Wenn das mit Lila so weitergeht, schleppe ich sie zum Psychiater!«, sagte ich zu Tarik, der jeden Abend anrief, um sich zu erkundigen, wie es ihr ging. Auch Lilas Mutter rief jeden Abend an. Aber Lila wollte niemanden sehen und mit niemandem reden.

Ich konnte nicht schon wieder Pizza in den Ofen schieben. Lila musste vernünftig essen, und das auch noch für zwei. Ich musste also im Grunde genommen für drei kochen. Da kamen eigentlich nur Nudeln in Frage! Die waren gesund, und man konnte beim Kochen nicht so viel falsch machen. Abgesehen davon, gaben unsere Vorräte außer einer Packung Vollkornspaghetti auch nichts her. Die waren wenigstens nahrhaft. Wir hatten eine nicht mehr ganz frische Paprika, Käse zum Reiben und Ketchup. Das war doch gar nicht so schlecht! Morgen musste ich unbedingt einkaufen.

Ich stellte einen großen Topf mit Wasser auf den Gasherd und sprang rasch unter die Dusche. Arminia hatte die Heizung im Büro so hochgedreht, dass wir alle geschwitzt hatten, als säßen wir vollständig bekleidet in der Sauna. Weil das Wasser sicher schon kochte, sparte ich mir nach der Dusche den Weg nach oben, wickelte mich rasch in Lilas rosa Bademantel, der an einem Haken im Bad hing, und lief in die Küche.

Wie viel Spaghetti brauchte man für drei Personen? Ich öffnete die Packung, schüttete die Nudeln ins blubbernde Wasser und blieb vor dem Topf stehen. Reichte das? Ich beugte mich über den Topf, rührte mit dem Kochlöffel um und blickte nachdenklich auf die Spaghetti, die um den Kochlöffel herumschwammen. Ich lauschte angestrengt. Kam Lila gerade von sich aus die Treppe heruntergeschlurft? Gott sei Dank. Obwohl. Wahrscheinlich fand sie es nicht so toll, dass ich ihren Bademantel geklaut hatte. Plötzlich wurde es an meinem rechten Handgelenk warm. Sehr warm.

Es dauerte einen Moment, bis ich kapierte, dass der Bademantel-ärmel Feuer am Gasherd gefangen hatte, während ich im Topf rührte. Ich ließ den Kochlöffel fallen und machte einen Schritt zurück. Ungläubig starrte ich auf die kleine Flamme, die sich in den Ärmel fraß. Eine kleine Flamme, die langsam größer wurde. Feuer. Ich brannte! Ich war wie gelähmt. Das Einzige, was ich tun konnte, war schreien.

»Hilfe!«, schrie ich aus Leibeskräften. »Hilfe, ich brenne! Lila, hilf mir! *Hilfe!*« Die Flammen schlugen jetzt am Ärmel hoch. Mit der linken Hand packte ich den Kochlöffel und schlug damit auf den brennenden Ärmel ein.

Lila kam in die Küche gestürzt, packte den herumstehenden Putzeimer und holte Schwung. Wosch. Ein Riesenschwall Wasser traf mein Gesicht, ich schluckte und hustete. Ein kleiner Wasserfall lief mir über Schulter und Arm.

Ich war gelöscht. Die Flammen waren aus. Ich sah an mir herunter. Der Bademantelärmel, oder besser das, was von ihm übrig war, hatte sich in einen schwarzen, verkokelten Fetzen verwandelt. Eine braune, stinkende Brühe tropfte von mir herab. Lila zerrte mich zum Spülbecken, drehte das kalte Wasser voll auf und schubste meinen Arm unter das fließende Wasser.

»Wie gut, dass ich den Putzeimer nicht weggeräumt habe«, murmelte ich.

»Verdammt, Line. Erst fackelst du mein Zweit-Lieblings-Seiden-tuch ab, und jetzt meinen Bademantel, und dich selber noch dazu!«, brüllte Lila.

»Entschuldige«, stotterte ich. »Bitte, reg dich nicht auf. Das ist nicht gut, in deinem Zustand!«

»Ich will mich aber aufregen! Man kann nicht mal in Ruhe ein paar Tage depressiv sein, wenn man mit einer wandelnden Kata-strophe zusammenwohnt! Zieh meinen Bademantel aus, und zwar sofort!«

»Ist ja gut, ist ja gut«, murmelte ich, schlüpfte aus dem Bademan-tel und ließ ihn auf den Boden fallen. Es war scheißkalt in der Kü-che, so splitterfasernackt und mit einem Arm unter dem kalten Wasserstrahl.

»Und jetzt raus aus meiner Küche! Geh ins Bad und kühl deinen Arm, damit du keine Brandwunden kriegst!«

»Ich geh ja schon. Ich bin ja schon weg!«

Lila öffnete die Schublade und holte unser größtes Messer heraus. Wir benutzten es eigentlich nie, weil es ein Fleischmesser war und Lila meist vegetarisch kochte.

Ich ging langsam zur Tür und blickte ängstlich zurück. Konnte ich Lila alleine lassen?

»Harald«, zischte sie. »Ich stelle mir einfach vor, es sei Harald.« Wie eine Verrückte begann sie, die Paprika zu zerkleinern, und drehte sich dann wütend zu mir um. »Hab ich nicht gesagt, raus hier? In einer halben Stunde gibt's Essen!«

Ich floh ins Bad und angelte auf dem Weg dorthin das Handy aus meiner Umhängetasche. Ich wickelte mir ein Handtuch um, hielt den rechten Arm unters fließende Wasser und rief mit der linken Hand Tariks Nummer auf.

»Was gibt's Neues von meinem Kind?«, fragte Tarik munter.

»Die werdende Mutter zerkleinert gerade in der Küche ihren Ex-Freund.« Ich erzählte Tarik, was geschehen war.

»Kluger Schachzug, Line«, lobte Tarik. »Damit hast du Lila wach-gerüttelt.«

»Das war kein kluger Schachzug«, rief ich verzweifelt. »Das ist einfach so passiert!«

»Ach, interessant«, sagte Tarik. Irgendwie hatte er die Sache mit dem Katastrophen-Gen noch nicht so richtig verinnerlicht.

Ich hielt den Arm lange unters kalte Wasser und untersuchte dann meine Wunden. Ich hatte eine Brandwunde in der Größe eines Zwanzig-Cent-Stücks am Handgelenk. Sonst war mir wie durch ein Wunder nichts passiert. Ich stellte mich noch einmal kurz unter die Dusche, weil mir so kalt war und um die Putzbrühe abzuwaschen, zog dann frische Klamotten an und spähte vorsichtig vom Flur aus in die Küche.

»Mach die Sauerei auf dem Fußboden weg«, sagte Lila, ohne sich vom Herd umzudrehen. Ich beeilte mich, ihrer Aufforderung nachzukommen. Beim Essen unterhielt sich Lila fast normal mit mir, ohne das Thema H. zu erwähnen. Zum Glück fragte sie auch nicht nach L.

Nach dem Essen murmelte ich, dass es vielleicht eine gute Idee sei, wenn Lila mal wieder duschte. Sie sah mich seltsam an und verschwand wenig später im Bad. Ich war schrecklich erleichtert. Offensichtlich ging es allmählich wieder aufwärts.

Am nächsten Abend zischte ich nach der Arbeit sofort in die Küche. Ein paar Minuten später kam Lila anmarschiert. Ja! Ja! Ja! Sie hatte ihre Haare gewaschen und trug saubere Klamotten!

»Was machst du da?«, fragte sie.

»Siehst du doch. Ich futtere Essiggurken mit Marmelade. Köstlich! Wie süßsauer beim Chinesen.«

Lila musterte mich nachdenklich. »Interessante Kombination«, sagte sie.

»Ja, nicht wahr«, mampfte ich. »Leider haben wir nur Vierfruchtmarmelade. Pflaumenmus hätte bestimmt viel besser zu den Gurken gepasst.«

»Pflaumenmus. Aha. Wie kommst du denn da drauf?«

»Keine Ahnung. Ich war auf dem Weg nach Hause und hatte plötzlich diese Vision. Von einer Essiggurke, die ich in ein Glas

Pflaumenmus tunke. Ich konnte es kaum aushalten, bis ich zu Hause war. Deswegen liegt auch meine Jacke noch im Flur auf dem Boden. Ich musste sofort zum Kühlschrank.« Wie eine Drogenabhängige hatte ich den Kühlschrank aufgerissen, das Gurkenglas herausgezerrt, das Marmeladenglas aus dem Schrank geholt, beide Gläser mit zitternden Fingern aufgeschraubt und – endlich! – die erste Gurke tief in die Marmelade getaucht und dann glückselig in den Mund geschoben, aber das erzählte ich Lila nicht.

»Schon mal probiert? Schmeckt echt lecker. Ich finde sowieso, man sollte beim Kombinieren von Speisen etwas unkonventioneller werden. Als Nächstes probiere ich Snickers mit Ketchup oder Mayo.«

Lila sah mich nachdenklich an. »Aha. Was hat das zu bedeuten?«

»Keine Ahnung. Dass es mir schmeckt? Dass es ein ganz besonders guter Spreewaldgurken-Jahrgang war?«

»Line, ich brauche dir wohl nicht zu sagen, in welchem Moment ihres Lebens Frauen seltsame Essensvorlieben entwickeln. Vor allem einen Heißhunger auf Gurken. Auch wenn ich das bisher von mir nicht behaupten kann.«

»Klar, weiß ich doch. Aber kannst du mir mal verraten, von wem ich schwanger sein soll? Seit ich mich von Leon getrennt habe, war ich mit keinem Mann im Bett, und das ist nun schon einige Wochen her.«

Obwohl. So ganz stimmte das nicht. Mir wurde plötzlich heiß und kalt.

»Und wenn es von jemand anderem ist?«

»Und wer … wer sollte das sein?«, stotterte ich.

Lila kniff die Augen zusammen und schwieg einen Moment. Dann sagte sie: »Nun, zumindest ein Mann hat in deinem Zimmer übernachtet.«

»Ja, und diese großartige Idee kam von dir, falls du das vergessen haben solltest! Aber da ist nichts passiert. Tarik hat ja auf der Luftmatratze geschlafen.«

»Als ich morgens in dein Zimmer kam, um die Luma aufzuräumen, war sie platt. Tarik ist nicht zufällig nachts in dein Bett gekrabbelt?«

| 277

»Äh – doch. Aber das war total harmlos. Wie Brüderlein und Schwesterlein.«

»Brüderlein und Schwesterlein sind auch nicht immer harmlos miteinander. Bist du ganz sicher?«

»Natürlich bin ich mir sicher!«, protestierte ich. »Ich werde doch wohl wissen, was in meinem Bett passiert, beziehungsweise nicht passiert ist!«

Wenn ich allerdings genauer darüber nachdachte, war ich mir gar nicht mehr so sicher. Ich konnte mich zwar an nichts erinnern. Aber das wollte ja nicht unbedingt etwas heißen. Vielleicht hatte ich es verdrängt? Wie die Marquise von O? Mit dem Unterschied, dass mich Tarik niemals gegen meinen Willen anfassen würde. Außerdem stand er jetzt auf Friseure. Aber lösten Frauen im Bett bei Tarik nicht Reflexe aus? Und vielleicht hatte ich ihn sogar ermuntert? Schließlich war ich auf Entzug. Und hatte deshalb ziemlich oft erotische Träume gehabt, wenn ich vor dem Einschlafen mit Leon geturtelt hatte. Vielleicht hatte ich von Sex mit Leon geträumt, tatsächlich aber mit Tarik geschlafen? Ojeojeoje! Wenn ich nun schwanger war, würde mir Leon doch niemals glauben, dass ich ihn gar nicht betrogen hatte, weil ich eigentlich mit ihm im Bett gewesen war und nicht mit Tarik! Dann war es endgültig aus.

Ich sprang auf und rannte nervös um den Tisch herum. Schwanger, ich? Von Tarik! Nein! Bitte nicht! Leon! Mein neuer Job! An allem war das Katastrophen-Gen schuld. Es hatte sich verstärkt! Jetzt verursachte es sogar schon Schwangerschaften!

Lila sah mich noch immer abwartend an. »Du bist dir also nicht ganz sicher. Könnte es denn sein, so von der Zeit her?«, fragte sie.

Ich rannte immer noch nervös um den Tisch. »Keine Ahnung. Ich führe da nie so richtig Buch.«

»Dann hast du zwei Möglichkeiten. Entweder du sprichst mit Tarik, oder du machst einen Schwangerschaftstest.«

»Ich warte erst mal ab. Wirklich, Lila, das ist doch verrückt! Ich kann gar nicht schwanger sein. Das ist eine Soscheschwa!«

»Und was soll das sein?«

»Solidaritätsscheinschwangerschaft! Passiert oft, wenn nicht-schwangere Frauen mit schwangeren Frauen zusammenwohnen! Man kriegt ja auch seine Tage gleichzeitig!«

»Warum rennst du dann um den Tisch wie ein aufgescheuchter Hase? Hast du sonst was bemerkt? War's dir morgens schlecht?«

»Gestern Morgen war mir schlecht. Das könnte aber auch an der Packung Saure Stäbchen liegen, die ich nachts noch gegessen habe.«

Ich lief zum Schrank und riss die Tür auf. »Da war doch irgendwo dieser Cognac, den du Tarik zur Beruhigung angeboten hast.«

»Wenn du schwanger bist, darfst du keinen Alkohol trinken.«

»Das ist mir wurscht!«

»Dann nehme ich auch einen.«

»Finger weg! Im Gegensatz zu mir bist du wirklich schwanger.«

»Im Gegensatz zu dir bin ich wirklich erwachsen.«

Ich holte zwei Wassergläser aus dem Schrank, goss Lila und mir einen ordentlichen Schluck Cognac ein und leerte mein Glas in einem Zug. Schmeckte gar nicht so schlecht, das Zeug, und die Welt sah auch gleich wieder rosiger aus. Bevor ich nachschenken konnte, nahm mir Lila die Flasche weg.

»Nichts da«, knurrte sie. »Einer reicht, in deinem Zustand.«

»In *deinem* Zustand, meinst du wohl! Ich bin in keinem Zustand!«, jaulte ich. Lila sah mich zweifelnd an und nippte an ihrem Cognac.

»Ich brauche jetzt was zu essen, sonst bin ich betrunken. Ich habe übrigens eingekauft.« Sie holte Käse und Butter aus dem Kühl-schrank und schnitt ein paar Scheiben Brot ab. Sie zog die Butterdose zu sich heran, schnitt der Länge nach große Scheiben von der Butter und tapezierte damit lückenlos ihr Brot.

»Jetzt ist sowieso alles egal«, sagte sie düster. »Da kann ich auch noch mal zehn Kilo zunehmen.«

Ich sah sie zweifelnd an. »Schön, dass du wieder mehr isst, aber wenn ich das machen würde, würdest du sagen, das ist eine Trotzre-aktion, die niemandem etwas bringt.«

»Das ist mir piepegal.«

Ich seufzte. Irgendwie hatte ich das Gefühl, dies würde eine sehr, sehr lange Schwangerschaft für uns beide werden. Hoffentlich erwartete Lila nicht, dass ich sie zum Geburtsvorbereitungskurs begleitete und Hecheln lernte! Da hockten wir nun, zwei schwangere Frauen. Was war nur aus unserer fröhlichen WG geworden?

Später, in meinem Zimmer, nahm ich den Zettel mit der *Liste der Dinge, die mit einem anderen Mann in Stuttgart erlaubt sind, wenn der feste Freund in China ist, Teil 2: Unternehmungen, Nicht erlaubt ist (Hierarchie),* und setzte unter Punkt 2 (Sex) einen Punkt 3: Sex mit einem anderen Mann haben, während man vom Sex mit dem Freund träumt. Moralisch nicht unbedingt verwerflich, kann aber ungeahnte Folgen haben (Schwangerschaft).

Einerseits glaubte ich nicht wirklich, dass ich schwanger war. Aber was, wenn doch? Noch fünf Tage, und dann Leon eine Schwangerschaft beichten? Und selbst wenn nicht – wenn ich Leon sagte, dass ich definitiv nicht mit ihm zusammenziehen würde, ja, dass ich nicht den blassesten Schimmer hatte, wie ich mir meine Zukunft vorstellte und welche Rolle er darin spielte, wie würde er reagieren? Würde er mit mir Schluss machen? Ich wollte Leon nicht verlieren! Aber ich fühlte mich so schrecklich überfordert. Er wusste so genau, was er wollte, und ich überhaupt nicht. Noch fünf Tage. Fünf Tage waren lang. Erst einmal musste ich klären, ob ich schwanger war. Dann würden wir weitersehen.

20. Kapitel

Das bisschen Haushalt macht sich von allein, sagt mein Mann
Das bisschen Haushalt kann so schlimm nicht sein, sagt mein Mann
wie eine Frau sich überhaupt beklagen kann
ist unbegreiflich, sagt mein Mann

H ast du mit Tarik geredet?«, fragte Lila am nächsten Morgen. Sie war im Nachthemd in die Küche gekommen (schließlich war ihr Bademantel ruiniert) und hatte mit mir einen Kaffee getrunken. Allmählich schien sie ins Leben zurückzukehren.

»Ich habe keine Lust auf peinliche Diskussionen«, sagte ich. »Ich hole mir in der Mittagspause einen Schwangerschaftstest. Hoffentlich gibt es etwas, das weniger entwürdigend ist, als auf ein Stäbchen zu pinkeln.«

Weil das Thema etwas delikat war, hatte ich beschlossen, nicht in die Apotheke am Ostendplatz zu gehen, wo ich ab und zu homöopathische Kügelchen für Lila abholte, sondern in eine Apotheke in der Nähe der Agentur, wo mich niemand kannte. Vor mir waren zwei Kunden. Der eine wurde von einer Frau, der andere von einem Mann bedient. Während die Frau eifrig zwischen den Regalen umherhuschte, redete der Mann ohne Punkt und Komma auf einen älteren Kunden ein. »Also, zom Antibiodikum empfähl i Ihne an Mageschoner drzu, des zahld Kass' abr net, on Vitamine, die zahld Kass' au net, on wenn Se ferdich sen mit Einemme, no missad Se Ihr Darmflora wiedr uffbaua, weil die isch noo kabud …«

Der alte Mann nickte zu allem, und das Häufchen mit Arzneimitteln auf dem Tresen wurde immer größer. Ich musste unbedingt zusehen, dass ich von der Apothekerin bedient wurde. Ich stellte mich auf ihrer Seite an. Beide Kunden zahlten gleichzeitig, aber der

| 281

Mann vor mir begann mit der Apothekerin ein Gespräch über die Grippewelle.

»Kommad Se doch rieber«, sagte der Apotheker eifrig und winkte. Mist! »Was derf 's denn sei?«

»Ich hätte gerne einen Schwangerschaftstest«, flüsterte ich.

»Was wellad Sie?«

»Einen Schwangerschaftstest«, murmelte ich ein kleines bisschen lauter.

»An Schwangerschaftsteschd!«, brüllte der Apotheker. Der alte Mann drehte sich im Hinausgehen interessiert nach mir um. »I zeig Ihne amol, was älles gibt!« Er ging zu einem Regal, schaufelte sich einen Stapel Packungen in verschiedenen Größen auf die Arme, warf sie vergnügt auf den Tresen und hielt mal diese, mal jene Schachtel hoch.

»Sähn Se, doo gibd's an Haufa Auswahl! Sen Se scho Ibrd Zeit odr net? Wellad Se ganz sichr sei odr net? Wellad Se viel odr wenich ausgäba?«

Ich starrte hilflos auf die vielen bunten Schachteln.

»Äh – ich will eigentlich wenig ausgeben«, stotterte ich. »Und sicher sein wäre praktisch.«

»Doo gibd's ebbes ganz Neis. Billich ond ohne Klo. Kaugummis. Vier Schdick zwoi Eiro femfaneinzig. Pfeffermenzgschmack. Fir de Schnelltest.«

»Stresstest, meinen Sie wohl«, murmelte ich.

»Die funktionierad so: Wenn Se schwanger sen, wird's Kaugummile rosa. On wenn net, hellblau. Bloß, wenn's rosa isch, noo däd i fir älle Fäll' nomol an zwoida Teschd macha. Weil, so billich wie des isch, ischs halt au net ganz zuverlässig. Aber wenn's hellblau isch, noo sen Se uff koin Fall schwanger. Rosa hoißd abr net audomadisch, dass a Mädle wird.«

»Gut, die nehm ich«, sagte ich hastig, legte drei Euro hin und nahm die Packung. Die Kaugummis sahen ganz normal aus.

»Derf's sonschd no ebbes sei? Folsäure, Eisa, Calciom, Jod, Magnesiom, Vitamin A, B on D, falls Se schwanger send? I schdell Ihne gern a Päckle fird Erschversorgong zamma.«

»Äh – danke, erst mal nicht«, sagte ich und machte mich zur Flucht bereit.

»Ond wenn's Kendle doo isch, kriegad Se Pröbla, Cremla on Wendla. Sie kenndad au hier kaua. Dauert ja net lang. Noo wissa mrs glei.«

Ich trat den Rückzug an. So schnell ich konnte, floh ich aus der Apotheke.

»Sie kriegad no femf Cent! Ond a Päckle Tempo omsonschd!«, brüllte mir der Apotheker hinterher.

Ich lief zurück in die Heusteigstraße, blieb kurz vorm Bäcker Hafendörfer stehen und sah mich dann nach allen Seiten um. Zweihundertfünfzig Meter Sicherheitsabstand von der Apothekentür sollten ausreichen. Nicht, dass der Mann noch hinter mir hergerannt kam, um mich beim Kauen zu observieren! Ich löste einen Kaugummi aus der Folie, beäugte ihn misstrauisch und stopfte ihn in den Mund. Vom Geschmack her unterschied er sich nicht von einem normalen Pfefferminzkaugummi. Ich kaute. Und kaute. Und traute mich nicht, das Ergebnis anzusehen. Blau oder rosa ... Wie lange musste man kauen, um ein verlässliches Ergebnis zu erzielen? Ich drehte die Packung um. »Kauen Sie mindestens eine Minute.« Die war bestimmt schon längst vorbei. Gleich würde ich Bescheid wissen, ob sich mein Leben für immer veränderte. Langsam führte ich die Hand zum Mund. Meine Finger zitterten. Bitte nicht, bitte nicht ... Ich wollte Leon nicht verlieren! In dieser Sekunde haute mir jemand kräftig auf den Rücken. Ich stolperte nach vorn, und schwups, hatte ich reflexartig den Kaugummi verschluckt. Ich musste husten. Der Kaugummi war weg.

»He, Line! Was stehst du bei der Kälte hier herum?«, rief Philipp fröhlich aus.

»Und wieso haust du mir auf den Rücken?«, sagte ich anklagend. »Ich bin doch nicht dein Kegelbruder!« Jetzt konnte ich noch mal von vorn anfangen.

»Du bist doch sonst ein guter Kumpel«, sagte Philipp achselzuckend. »Das fand ich eigentlich immer positiv, bisher. Dass du nicht so ein Weichei bist wie unsere Suse, die ihren Namen ja nicht ganz zu Unrecht hat. Kommst du mit zurück ins Büro?«

»Ja, gleich«, sagte ich.

»Krieg ich einen Kaugummi?«, fragte Philipp und deutete auf die drei Kaugummis in der Folie. »Ich hab beim Metzger ein belegtes Brötchen mit Zwiebeln gegessen und so einen blöden Geschmack im Mund.«

»Klar, nimm doch«, sagte ich, reichte ihm die Packung und fing innerlich an zu heulen. Da ging er hin, der zweite Kaugummi. Aber ich konnte Philipp doch wohl schlecht sagen, dass er gerade einen Schwangerschaftstest machte! Er drückte einen Kaugummi aus dem Plastik und schob ihn sich in den Mund. Wir liefen Richtung Büro.

»Zeig doch mal her«, bat ich.

»Was?«

»Den Kaugummi«, sagte ich.

»Willst du ihn zurückhaben?«, grinste Philipp und schob den Kaugummi vor die Zähne, so dass ich die Farbe erkennen konnte. Rosa.

»Herzlichen Glückwunsch«, murmelte ich. Seine Freundin würde sich freuen.

»Was?«

»Ach, nichts.«

Wir gingen zusammen die wenigen Meter zum Büro.

»Hast du dich eigentlich gut bei uns eingelebt?«, fragte Philipp plötzlich. Das war das erste Mal überhaupt, dass er irgendetwas Persönliches zu mir sagte.

Ich zuckte mit den Schultern. »Eigentlich schon. Ich würde gern dableiben. Ich bin mir bloß nicht sicher, ob Arminia mich übernehmen will.«

»Ach, da mach dir mal keine Sorgen. Arminia macht einen auf Eiserne Lady, aber das ist nur Show.« Er grinste fies. »Außerdem kann sie es sich gar nicht leisten, dich rauszuschmeißen, bei der vielen Arbeit.«

Philipp drückte die Tür zum Büro auf. Ich beschloss, den zweiten oder besser gesagt, dritten Kaugummi auf dem Klo zu kauen. Da konnte ich wenigstens sicher sein, dass mir niemand in die Quere kam. Ich hängte den Anorak über meinen Schreibtischstuhl und schloss mich im Klo ein. Dann drückte ich den Kaugummi aus der Folie, sah auf die Uhr und kaute. Nach einer guten Minute riss ich mir den Kaugummi todesmutig aus dem Mund. Das durfte doch nicht wahr sein. Das Ding war rosa! Ich starrte hilflos darauf, und weil ich nicht wusste, wohin damit, schob ich es zurück in den Mund und kaute weiter. Kalter Schweiß lief mir den Rücken hinunter, Gedankenfetzen jagten durch meinen Kopf. Ich fischte den Kaugummi wieder heraus. Immer noch rosa! Hektisch lief ich vom Klo zum Waschbecken und zurück. Mein Herz raste.

Jemand klopfte an die Tür. »Line, wie lang bist du noch da drin? Du bist doch da drin? Machst du jetzt Mittagspausenverlängerung auf dem Klo, auf meine Kosten?«

»Ich … ich bin gleich fertig, Arminia!«, rief ich hastig. Es war mir völlig egal, was Arminia von mir dachte. Ich musste Klarheit haben! Hatte der Apotheker nicht gesagt, wenn der Test positiv war, konnte man sich nicht hundertprozentig darauf verlassen? Ich warf den rosa Kaugummi in den Mülleimer und holte den allerletzten Kaugummi aus der Packung. Ich kaute. Es klopfte. Ich riss mir den Kaugummi aus dem Mund. Hellblau! Ich war nicht schwanger! Oder doch? Ich musste noch mal in die Apotheke. Einen Pinkeltest holen. Und zwar jetzt gleich. Diese Spannung hielt ich nicht aus!

Arminia bollerte gegen die Tür. Verzweifelt hockte ich mich aufs Klo, weil die Nervosität auf meine Blase drückte, und registrierte dann fassungslos, dass ich ganz eindeutig nicht schwanger war. Leider hatte ich auch keinen Tampon dabei.

Drei Minuten später taumelte ich aus dem Klo. Aufgelöst, verschwitzt und sehr, sehr erleichtert.

»Wie siehst du denn aus!«, rief Arminia. »Hast du Durchfall? Hoffentlich sind jetzt keine ansteckenden Keime im Klo.«

»Nein … nein … es ist alles in Ordnung«, murmelte ich. »Mir … mir ist kurz schlecht geworden. Jetzt geht's mir wieder gut.«

Ich schlich an meinen Schreibtisch und spürte Arminias zweifelnden Blick, der sich in meinen Rücken bohrte. Micha drehte sich um und sah mich ebenfalls prüfend an. Ich starrte auf meinen Computer und tat so, als ob ich es nicht bemerkte. Ich war nicht schwanger. Ich fühlte mich unendlich erleichtert. Ich schrieb eine schnelle SMS an Tarik,

Nein, du wirst nicht Vater.

Nachdem ich sie abgeschickt hatte, kam mir plötzlich in den Sinn, dass ich ihm gar nichts von meinem Verdacht erzählt hatte. Egal. In jedem Fall konnte ich mich jetzt die nächsten vier Tage in Ruhe auf mein Gespräch mit Leon vorbereiten.

Ich hätte mich so gerne von Lila beraten lassen! Sie hätte sicher einen Ausweg gewusst. Aber dann hätte ich ihr erzählen müssen, dass Leon mit mir zusammenziehen wollte, gerade jetzt, wo es ihr ein klitzekleines bisschen besserging. Nein, das konnte ich ihr jetzt nicht antun!

In dem Moment fiel mir plötzlich ein, dass ich Harald noch immer dreihundertzwanzig Euro schuldete. Igitt! Ich wollte keine Schulden bei Harald, dem Schrecklichen! Ich musste so schnell wie möglich das Geld auftreiben. Ich würde es in einen Umschlag tun und in den Briefkasten der Zahnarztpraxis werfen, kommentarlos und mit Todesverachtung. Für den nächsten Abend musste ich unbedingt einen Butzfee-Einsatz einplanen. Annegret hatte noch mal angerufen und war sichtlich pikiert gewesen, dass ich noch immer keine weiteren Verkaufsversuche gestartet hatte.

Für meinen nächsten Einsatz würde ich mir eine wohlhabendere Gegend aussuchen. Halbhöhenlage! Auf der Halbhöhe würden die Küchen nur so blitzen. Dort kochten die Menschen auf Kochinseln mit glänzenden Oberflächen oder in stilvollen Landhausküchen. Ich würde mal hier entspannt darüberwischen, mal da lässig über ein Stäubchen wedeln und nebenher gepflegt über Stephen Hawking und die Welligkeit des Raums philosophieren. Gelangweilte Halbhöhenhausfrauen, die gerade einen Anruf aus der Kanzlei ihres erfolgreichen Mannes bekommen hatten (»Schatz, es wird heute später«), würden sich über ein bisschen menschliche Ansprache freuen und mir beim Verkaufsgespräch einen Espresso aus ihrem nigelnagelneuen Coffeemaker anbieten, und dazu ein paar Amarettini, frisch aus der Toskana! Aus Mitleid würden sie mir dann etwas abkaufen, ohne aufs Geld zu gucken, weil es auf der Halbhöhe auf ein paar lächerliche fünfzig oder hundert Euro für ein Putzmittelchen und einen Butzlomba nicht ankam. Wieso war ich so dumm gewesen, mein Glück im Stuttgarter Osten zu versuchen, wo die Leute viel ärmer waren? Ein Abend Halbhöhe, und ich war alle meine Geldsorgen los! Ich durfte nur nicht in die Nähe der Villa Reitzenstein, sondern musste mich in die andere Richtung orientieren.

Am nächsten Tag nahm ich den Butzkoffer mit ins Büro und wunderte mich etwas, dass der Hafendörfer zuhatte, das Haus von außen abgeschlossen war und sich drinnen niemand blicken ließ, bis ich endlich kapierte, dass ich komplett verpennt hatte, dass heute Dreikönigstag war. Am Feiertag hausieren zu gehen war schlecht. Ich versteckte den Butzkoffer unter dem Schreibtisch, ging wieder nach Hause und verbrachte den Rest des Tages damit, krampfhaft zu vermeiden, über Leon und mich nachzudenken. Drei Tage Zeit war ja auch noch ganz schön viel.

Am Freitag zog ich nach der Arbeit im Treppenhaus mein Butzfee-Kostüm an, fuhr mit der U14 vom Österreichischen Platz zum Hauptbahnhof und stieg dort in einen Bus, auf dem als Ziel »Killesberg« stand. Das klang vielversprechend, selbst wenn mir der Killesberg als Taco-Verkäuferin schon einmal wenig Glück gebracht hatte. Der Bus schraubte sich am Bürgerhospital vorbei in die Höhe, und ich ignorierte die seltsamen Blicke der Leute, die wohl noch nie eine Putzfee gesehen hatten. Vielleicht lag es auch an meinem Marilyn-Schmollmund, den ich mir ohne Spiegel geschminkt hatte. An der Haltestelle »Kriegsbergturm« hatte ich den Eindruck, halbhoch genug zu sein, stieg aus und bog nach links in eine Straße ein. An jeder zweiten Villa prangten durchgestrichene »Stuttgart-21«-Kleber. Seit der Kampf um Stuttgart 21 tobte, war die Halbhöhe offensichtlich auch nicht mehr das, was sie mal war.

Ich lief an ein paar Backsteinhäusern vorbei, die nicht aussahen, als hätten sie eine Kochinsel, und bog dann nach links in die Eduard-Pfeiffer-Straße ein. Diese Villen entsprachen schon mehr meinen Vorstellungen. Ich beschloss, die großen Schuppen abzuarbeiten, die auf der linken Straßenseite etwas versetzt nach unten lagen und unter denen die Lichter der Stadt bis weit ins Neckartal hinaus funkelten, und wählte als Erstes ein Haus, vor dem ein Porsche, ein Mercedes, ein Geländewagen und ein Smart für die Gäste parkten, wie sich das auf der Halbhöhe gehörte. Das Haus war hell erleuchtet, die einsame Hausfrau schien sich daheim vor dem Flachbildschirm zu langweilen, und um sich nicht gar so einsam zu fühlen, hatte sie sämtliche Lichter angemacht. Es gab zwei Klingeln. Ich drückte die obere und wartete. Nichts rührte sich. Ich versuchte es mit der unteren. Die Sprechanlage schnarrte.

»Was isch?« Eine männliche Stimme, barsch. Vielleicht der Butler, der ungebetene Gäste abwimmeln sollte? »Holla, ich bin die Putzfee!«, tirilierte ich. Erstaunlicherweise summte es, und das Törchen ging auf. Ich war mir ganz sicher: Das war der Anfang einer Halbhöhen-Erfolgssträhne. Jetzt musste ich den Butler nur noch so lange bearbeiten, bis er mich zu seiner einsamen Herrin vorließ.

Leider fand ich kein Licht, also raffte ich mein Kleid und stolperte durch die Dunkelheit eine steile Treppe hinunter, wo ich mich etwas ratlos auf einer Art Brücke vor einem pompösen, hell erleuchteten Eingang wiederfand. Alles war still. Ich klopfte gegen die schwere Holztür. Nichts regte sich. Irgendwo bellte ein Hund.

»Hierher!«, brüllte es plötzlich von unten. Einen Stock tiefer war eine Tür aufgegangen, im Licht sah ich eine kräftige Gestalt. Das musste der Butler sein. Ich fand ein Treppchen, das von der Brücke nach unten führte. Wahrscheinlich war das der Dienstboteneingang. Ich kletterte nach unten.

»Guten Tag, ich bin die Putzfee!«, säuselte ich noch einmal. »Ich würde Ihren Herrschaften gerne meine Putzmittel vorführen.« Der Mann hatte die Arme wie Winnetou vor der Brust verschränkt, musterte mich schweigend und winkte mich dann herein. Er trug eine ausgebeulte Jogginghose und darüber einen ansehnlichen Bauch, der aus einem verwaschenen Breitripp-Unterhemd quoll, hielt in der Hand eine Bierdose und sah leider kein bisschen nach Halbhöhe aus. Aber davon durfte ich mich jetzt nicht irritieren lassen, schließlich konnte es sich ein Butler nach Feierabend auch in informeller Kleidung gemütlich machen. Obwohl das unrasierte Gesicht, der Schmutzwäschenberg, die überall herumfliegenden Werbeprospekte und die dreckigen Gummistiefel im Flur eher nach Messie aussahen. Vielleicht war das ja der Gärtner?

»Äh – könnten wir vielleicht nach oben gehen?«, fragte ich munter.

»Des sen meine Vermieter«, blaffte der Typ. Na gut. Wenn die einsame Halbhöhenhausfrau nicht öffnete, blieb mir wohl nur die Einliegerwohnung. Leider wusste ich nicht mal, wie der Kerl hieß, und irgendwie hatte ich die Vorstellungsrunde versemmelt. Ich ging in den Butzfee-Modus.

»Wo ist die Kü-ü-üche?«, säuselte ich. Der Mann kniff die Augen zusammen, sah mich an, als sei ich nicht ganz bei Trost, und deutete dann stumm hinter sich. Ich flog in die Küche, klappte den Putzkoffer auf und begann zu singen, wobei ich mich bemühte, die *Königin der Nacht* zu imitieren: »Der Dreck isch ons net einerlei, mir butzad älles sauber ond rei!«

Der Mann kam hinter mir drein, hielt sich die Ohren zu und stöhnte. Bestimmt war er zeit seines Lebens noch nie in der Oper gewesen! Ich sah mich um. Ach du liebe Güte. In dieser Küche war aber schon lange nicht mehr geputzt worden! Auf dem Boden herrschte ein heilloses Durcheinander aus Bierflaschen, Pizzakartons und Red-Bull-Dosen. Der Herd war verkrustet. Die Spüle stand voll mit dreckigem Geschirr und sah aus, als sei sie seit dem Mittelalter nicht mehr mit einem Putzlappen in Berührung gekommen. Es roch nach Bier, altem Fett und Schweiß.

Der Mann ließ sich auf einen wackeligen Stuhl fallen und öffnete eine Bierdose. Das Bier zischte heraus, lief über seine Hand und tropfte dann auf den Boden. Er schleckte es ab, spreizte die Beine, grinste anzüglich, sagte: »Dann butzad Se amol schee«, und schrubbte dann ausführlich zwischen seinen Beinen herum, um seinen Worten Nachdruck zu verleihen.

Was sollte ich jetzt bloß tun? Offensichtlich ging der Typ davon aus, dass ich seine Drecksküche auf Vordermann brachte. Ich würde hier schuften, er würde entspannt zusehen, sich köstlich dabei amüsieren, und dann würde er mir garantiert nichts abkaufen! Aber wenn ich das Gesicht nicht komplett verlieren wollte, konnte ich jetzt nicht mir nichts, dir nichts wieder verschwinden. Da half nur eins: Ich musste die Aktion abkürzen. Der klingonische Backofenreiniger musste mich retten.

»Ich … ich wollte Ihnen vor allem unseren fantastischen Backofenreiniger ans Herz legen«, sagte ich und riss die Backofentür auf. »Mit der Kraft aus dem Weltall!«

Auf einem Blech lag eine mumifizierte Salamipizza. Ich schluckte. Das war ja wie bei uns zu Hause! Ich beförderte die Pizza mit spitzen Fingern in den Müll, dann öffnete ich mit großer Geste den Putzkoffer und kramte darin herum. Das musste das Backofenspray sein. Ich ging in die Hocke, hielt die Dose in den Ofen, drückte auf den Sprühknopf und sah euphorisch zu, wie die schwarze, verkrustete Schicht im Ofen allmählich von unschuldigem weißen Schaum bedeckt wurde, wie nach einem Schneefall im Winter. Das konnte doch nicht einmal diesen Einlieger-Prol kaltlassen! Ich spürte seinen Blick auf meinem Hintern.

»Das nimmt sogar die alte Schicht weg vom falschen Putzen. Nicht, dass ich Ihnen einen Vorwurf machen möchte, aber wenn man falsch putzt, dann türmt sich das so auf«, zwitscherte ich und stöhnte innerlich, weil ich mir selber zuhören musste. Aber das war immer noch besser als das vielsagende Schweigen des Prols.

»Sehen Sie, nur noch ein paar Minuten einwirken lassen, und

gleich ist der Backofen blitzeblank! Während Sie entspannt ein Bier trinken, macht der klingonische Backofenreiniger die Arbeit!«

Nun musste der Backofen eigentlich eingesprüht genug sein. Ich ließ den Knopf der Sprühflasche los. Leider kam noch immer Schaum aus der Dose, weil sich der Knopf verklemmt hatte. Das war schlecht, weil der ganze Ofen mittlerweile voll war mit weißem Schaum, und nicht nur das, der Schaumberg wurde wie von Geisterhand größer, breitete sich aus und waberte allmählich aus dem Ofen heraus. Das war doch nicht normal! Ich sprang auf, und weil ich nicht wusste, wo ich die Dose hinhalten sollte, hielt ich sie vor den Ofen und hatte auch dort innerhalb von Sekunden einen riesigen Schaumberg produziert. So viel Schaum konnte doch gar nicht in so einer winzigen Dose sein! Ich machte einen hektischen Hüpfer hin zur Spüle, aber auch die füllte sich in Windeseile mit Schaum, während gleichzeitig der Schaum auf dem Boden in die Höhe und Breite wuchs. Verzweifelt rüttelte ich an dem Sprühknopf. Mittlerweile sah die halbe Küche aus wie ein Wintersportort. Das war kein Backofenspray, das war ein Alien aus dem All! Gleich würden Hände aus dem Schaum des Schreckens nach mir greifen und mich in den Backofen hineinziehen!

»Jetzt langt's aber!«, brüllte der Typ, den ich in meinem einsamen Kampf Superwoman gegen Schaum irgendwie komplett vergessen hatte. Er sprang so heftig von seinem Stuhl auf, dass er ihn dabei umwarf, war mit zwei Sätzen an der Spüle und riss mir die Dose aus der Hand.

»Passen Sie bloß auf!«, rief ich beschwörend. In dem Moment stellte das Alien den Betrieb ein. Nur noch ein paar Tröpfchen liefen an der Dose herunter.

»Es ... es hat aufgehört!«, strahlte ich. »Alles im grünen Bereich! Die Dose ist leer!« Der Kerl knurrte, hielt die Dose hoch, musterte sie argwöhnisch und rüttelte am Sprühknopf.

Tssssss. Ein kräftiger weißer Strahl entwich aus der Dose, traf den Typen mitten im Gesicht und verwandelte es in einen Schaumteppich, auf dem ein Kleinflugzeug hätte notlanden können. Offensichtlich war die Dose doch noch nicht leer gewesen. Er stieß ein Gebrüll aus wie ein verwundeter Bär, versuchte, mit den Händen den Schaum vom Gesicht zu wischen, und wankte wie Frankenstein junior auf mich zu, die Augen zusammengekniffen und die Arme drohend ausgestreckt, als wollte er mich erwürgen.

»Sie! Wenn i Sie end Fenger krieg! I mach Hackfloisch aus Ihne!«
Ich wich zurück. »Das ist jetzt aber total ungerecht!«, rief ich anklagend. »Sie haben sich doch selber angesprüht!«

Ich floh. Ich packte den Butzfeekoffer, stolperte durch die Schaumberge, die sich weiter über Fußboden, Pizzakartons und Bierflaschen ausbreiteten, stürzte aus der Wohnung und die kleine Treppe hinauf auf die Brücke. Die Haustür zur Villa stand offen. Im hell erleuchteten Eingang stand eine nicht mehr ganz junge Frau in Wollkostüm und Pumps.

»Haben Sie vorher geklingelt?«, fragte sie freundlich. »Kommen Sie doch herein, zufällig habe ich gerade Zeit, bei meinem Mann wird's später. Haben Sie etwas zu verkaufen?«

»Äh – nein, das hat sich erledigt«, stammelte ich. Es reichte mir mit Halbhöhe, ein für alle Mal. Und nicht nur das: Ich erklärte meine Butzfee-Karriere für gescheitert und beendet.

Eine gute Stunde später saß ich erschöpft in unserer Küche. Lila war zum Glück schon im Bett, so dass mir peinliche Geständnisse erspart geblieben waren. Ich würde Annegret noch heute sagen, dass sie sich jemand anderes suchen musste, der ihr Teufelszeug verkaufte. Ich nahm das Telefon, wählte ihre Nummer und berichtete ihr in knappen Worten, was passiert war.

»Was war das für ein Schaum, Annegret?«, schloss ich. Annegret schwieg einen Moment, dann seufzte sie.

»Line, du hast doch diesen ganzen Quatsch mit der Kraft aus dem Weltall nicht wirklich geglaubt, oder?«

»Äh – na ja, so halb«, stotterte ich. »Dein Haus und alles … das wirkte so echt …«

»Du glaubst doch nicht im Ernst, dass ich in dieser Bruchbude wohne? Das war das Haus einer befreundeten Geistheilerin. Ich

wohne in einer frisch renovierten Maisonette-Wohnung im Bohnenviertel. Und die Putzmittel – ich bitte dich. Für die Vorführung
kaufe ich beim Discounter billige Putzmittel und fülle sie um in die
grünen Vorführflaschen. In den Flaschen, die verkauft werden, ist
verdünnte Neutralseife.«

Ich schnappte nach Luft. »Aber … das ist doch Betrug!«, rief ich
entgeistert.

»Betrug. Was für ein hässliches Wort«, entgegnete Annegret milde. »Man kann hervorragend mit Neutralseife putzen. Das funktioniert und ist sehr umweltfreundlich. Die Leute werden also gar
nicht betrogen. Im Gegenteil, ich leiste einen wichtigen Beitrag für
die Umwelt.«

»Und das Backofenspray?«

»Ich benutze zum Vorführen echtes Spray und verkaufe dann
Haarschaum. Davon musst du versehentlich eine Flasche in die Finger bekommen haben.«

»Ich fasse es einfach nicht!«, rief ich ärgerlich.

»Line, also wirklich. Wie naiv bist du eigentlich? Beim Putzen
geht es nicht um das Mittel. Es geht um Emotionen. Um Leidenschaft! Ich hatte von Anfang an das Gefühl, dass dir das komplett
abgeht. Das schwäbische Putz-Gen, das in Stuttgart so großartige
Dinge wie die Kehrwoche und ›Let's Putz‹ hervorgebracht hat!
Ohne dieses Gen kann man auch nichts verkaufen!«

Wenn du wüsstest, was ich für Gene habe, dachte ich mit Schaudern. Laut sagte ich: »Das Putz- und Kehrwochen-Gen geht mir in
der Tat komplett ab.«

»Dann sollten wir die Zusammenarbeit beenden. Schade. Ich
hatte große Hoffnungen in dich gesetzt.«

Ich legte auf. Ich war stinkewütend, weil Annegret mich betrogen
hatte. Außerdem hatte sie die Zusammenarbeit beendet, dabei hatte
ich das tun wollen! Und Geld hatte ich auch keines verdient. Wie
kam ich jetzt möglichst schnell an dreihundertzwanzig Euro? Harald war bäh, und ich wollte nicht bei ihm in der Schuld stehen. Da
gab es nur noch eine Lösung: Ich musste das Marihuana verticken.

Das war zwar vielleicht nicht die legalste Methode, um an Geld zu kommen, und ich durfte Lila oder Leon auf keinen Fall einweihen, aber loswerden wollte ich das Zeug ja sowieso. Morgen war Samstag. Das war sicher ein guter Tag für einen kleinen Drogendeal. Auch wenn Marihuana eigentlich gar keine richtige Droge war. Kokain, Heroin, oder diese neumodischen synthetischen Pillchen, die die Kids in den Discos schluckten, das war gemeingefährlich. Ein kleines Hasch-Pfeifchen ab und an war dagegen moralisch nicht verwerflich. Ich würde das Marihuana verkaufen, danach Harald den Umschlag mit dem Geld einwerfen, und dann hatte ich den Kopf frei, um den ganzen Sonntag darüber nachzudenken, was ich Leon am Abend sagen würde. Das war mein bester Plan seit langem!

21. Kapitel

Rudolph, the red-nosed reindeer
had a very shiny nose
and if you ever saw it
you would even say it glows

Am nächsten Morgen holte ich Brötchen beim Bäcker an der Ecke Schwarenberg / Urachstraße, damit Lila anständig frühstückte. Vor einem Haus in der Schwarenbergstraße stand abholbereiter Sperrmüll. Die Sachen sahen ausnahmslos noch richtig gut aus. Unglaublich, was die Leute im reichen Stuttgart so alles wegwarfen! Praktischerweise konnte ich hier nachher den Kochtopf loswerden. Dann gab es ein Beweismittel weniger. Ich fand eine geschwungene Vase, die Lila vielleicht gefallen würde, und nahm sie mit.

»Frühstück!«, rief ich munter in die Küche, wo Lila beim Kaffee saß. Sie war zwar immer noch nicht wieder ganz die Alte, aber nicht mehr so deprimiert und plante, am Montag wieder zur Arbeit zu gehen.

»Schau mal, ist die Vase nicht hübsch?«, fragte ich eifrig. »Vom Sperrmüll.«

»Line, das ist lieb gemeint, aber schau dir mal die Form von der Vase an. Bikonkav, wie ein Atomreaktor! In der Mitte schmal und oben und unten fett! Philippsburg in Kleinformat. So was kommt mir nicht ins Haus!«, rief Lila.

»Bikonkav, soso. Dann stelle ich sie eben in mein Zimmer«, sagte ich beleidigt. Nicht, dass ich der Vasentyp war. Ich legte die Brötchentüte auf den Tisch und goss mir Kaffee ein.

»Ich fahre nachher zu meinen Eltern und bleibe über Nacht«, sagte Lila und nahm sich ein Laugenweckle aus der Tüte. »Ich habe keine große Lust, schließlich ist Cannstatt ums Eck, aber meine

| 295

Mutter macht sich so schreckliche Sorgen um mich und will mit mir reden. Also werde ich ihr klarmachen, dass ich das Kind bekommen werde, und mich bis morgen Abend bekochen und betüteln lassen. Was hast du denn so vor?«

»Ach, nichts Besonderes«, sagte ich ausweichend. »Vielleicht Tarik treffen.« Das war ja hervorragend! Wenn Lila weg war, konnte ich unbeobachtet das Marihuana loswerden und den ganzen Sonntag lang über meine Zukunft mit Leon nachdenken, vollkommen konzentriert und ungestört! Irgendwie machte mich der Gedanke leicht nervös.

Lila verabschiedete sich eine gute Stunde später. Ich ging in mein Zimmer, stellte die Vase auf den Schreibtisch und holte den Kochtopf aus dem Schrank. Das Marihuana ruhte in seiner großen Plastiktüte unschuldig auf dem Grunde des Topfes. Hoffentlich hatte es kein Verfallsdatum! Ich stopfte die Tüte in meine Umhängetasche. Jetzt gab es bloß noch ein klitzekleines Problem. Ich hatte nicht die geringste Ahnung, wo in Stuttgart Marihuana verkloppt wurde. Früher war ich ab und zu am Rotebühlplatz angesprochen worden, da, wo es zur S-Bahn runterging, aber dort waren heute am Samstag bestimmt zu viele Leute unterwegs.

Mittlerweile konnte man ja alles googeln. Ich gab »Drogenumschlagplatz Stuttgart« ein und fand gleich als zweiten Eintrag einen Chat, in dem ein User kommentierte, »dass man auf dem morgendlichen Weg zur Arbeit durch den Park alle hundert Meter angesprochen wurde, ob man Drogen kaufen möchte. Das war in den 90ern. Wahrscheinlich weil unsere Firma direkt neben der Uni war«. Das reichte mir schon. Mit Park musste der Stadtgarten hinter der Uni gemeint sein. Vielleicht galt das ja heute immer noch? Es war zumindest ein Anhaltspunkt. Ich würde es einfach probieren. Etwas Tarnung war bestimmt nicht schlecht. Ich fand in Lilas Schrank eine Pudelmütze mit Rudolph, dem rotnasigen Rentier drauf, die mir ein bisschen zu groß war, mich aber hervorragend tarnen würde.

Ich hängte mir meine Tasche um, nahm den Kochtopf in beide Hände und stellte ihn auf dem Weg zur Stadtbahn zu den anderen

Sperrmüllsachen. Irgendwie tat es mir fast leid um ihn, weil er mich an Simon erinnerte. Ein Vorhang bewegte sich in dem Haus. Seit man sich für den Sperrmüll individuelle Termine geben lassen musste, stellte jeder seinen Kruscht zu fremdem Sperrmüll dazu, was diejenigen nicht erfreute, die den Termin angemeldet hatten, weil der Gehweg sich dann über Nacht in eine Müllhalde verwandelte. Aber schließlich hatte ich zum Ausgleich auch etwas weggenommen. Ich sah zu, dass ich verschwand.

Ich fuhr vom Ostendplatz zum Stöckach und stieg dort in den Vierzehner zum Friedrichsbau um. Ich zog mir die Wollmütze tief ins Gesicht und ging zwischen dem Friedrichsbau-Varieté und dem Denkmal von Häberle und Pfleiderer die Treppe hinauf zum Börsenplatz und rechts an der L-Bank Baden-Württemberg vorbei Richtung Park. An den Parkplätzen entlang lief ich bis zum K2 und K1, den beiden Uni-Hochhäusern, und blieb auf dem Platz zwischen den Gebäuden stehen, um erst einmal die Lage zu sondieren. Studenten waren keine zu sehen, aber heute war ja auch Samstag. Hinter der Uni führte der Weg direkt in den Park hinein. Ich ging langsam und sah mich suchend um. Die meisten Leute schienen stinknormale Passanten zu sein. Ein kleiner Typ kam mir entgegen, die Hände in einer kurzen, schwarzen Daunenjacke vergraben. Er hatte ein kantiges Gesicht, hochstehende, wasserstoffblonde Haare und trug zu seiner schwarzen Jeans einen Gürtel mit Silberschnalle.

»Wilsch ebbes kaufa«, zischte er, als wir auf gleicher Höhe waren. Hurra. Offensichtlich war meine Ortswahl goldrichtig gewesen!

»Nein, eigentlich nicht«, stotterte ich. »Ich will ehrlich gesagt verkaufen.«

»Bass bloß uff!«, sagte er böse. »Mir kennad koine Reigschmeckte* braucha, mir hen hier onsre Gebiete verdeild. Dort driba isch

---

* Reigschmeckte: Bezeichnet normalerweise Nicht-Schwaben, die sich in Schwaben niedergelassen haben und des Schwäbischen nicht mächtig sind, überwiegend mit innerdeutschem Migrationshintergrund.

der Grasdackel, der isch fürs Marihuana zuständig. Ond i ben dr Haschisch-Heiner.«

»Freut mich. Ich bin nur heute hier, und danach sehen Sie mich nie wieder, ich schwöre«, sagte ich hastig. »Bitte informieren Sie doch auch Ihre Kollegen entsprechend.«

Der Typ sah mich misstrauisch an und ging dann weiter. Hoffentlich gab er dem Grasdackel Bescheid! Ich ging noch ein paar Schritte, unschlüssig, wie ich mich nun verhalten sollte, ohne den Ärger der anderen Dealer auf mich zu ziehen. Ich war nervös. Auf der rechten Seite war die Terrasse einer Pizzeria. War der Besitzer nicht auf offener Straße erschossen worden? Links standen im Kreis angeordnete Holzklötze auf den Schneeresten. Sie sahen aus wie abgesägte Mülleimer, waren aber wohl als Sitzplätze gedacht. Ich setzte mich auf einen der Klötze. Von hier aus konnte ich fast alle Fußwege observieren. Lange konnte ich nicht sitzen bleiben, es war schweinekalt am Hintern.

Und nun? Ich sah mich um. Fußgänger hasteten vorbei, ohne mich zu beachten, nur der Haschisch-Heiner und der Grasdackel beäugten mich aus verschiedenen Ecken des Parks. Dann sah ich, wie Heiner ein Handy ans Ohr hielt. Sekunden später zog der Grasdackel ein Telefon aus der Tasche und lauschte. Ojeojeoje. Die beiden verabredeten doch hoffentlich keine Messerattacke auf mich?

Weil mir immer noch niemand Beachtung schenkte, zog ich die Tüte mit dem Marihuana ein kleines bisschen aus meiner Umhängetasche, nur gerade so weit, dass jemand, der sich damit auskannte, sofort Bescheid wissen würde. Das schien zu funktionieren. Ein Mann kam schnurstracks auf mich zu. Er trug Jeans, Parka und eine Wollmütze, die er tief in die Stirn gezogen hatte. Mützen zur Tarnung schienen im Drogengeschäft durchaus üblich zu sein. Wow, was für ein attraktiver Mann! Und er schien wirklich zu mir zu wollen! Und nicht nur das, aus irgendwelchen Gründen schien er auch stinkesauer auf mich zu sein, weil er mich bitterböse anfunkelte. Oje! Bestimmt war ich wieder einem Dealer in die Quere gekommen. Ich sprang auf.

Vor mir stand Simon. Ich hatte ihn noch nie in Zivil gesehen. Er sah verdammt gut aus in Jeans.

»Hallo, Simon«, stotterte ich und stopfte die Marihuana-Tüte blitzschnell zurück in meine Tasche. »Was für eine nette Überraschung. Bist du auf dem Weg zu einem Einkaufsbummel in der Königstraße?«

»Line, bitte sag mir, dass du nicht das tust, von dem ich vermute, dass du es gerade tust!«, zischte Simon. Junge, Junge. Er war richtig schlechtgelaunt.

»Äh, was glaubst du denn, was ich tue?«, fragte ich nervös.

»Ich denke mal, dass du gerade versuchst, Marihuana zu verkaufen! Marihuana von einem gewissen Georg, stadtbekannt als Kleindealer, und trotzdem haben wir komischerweise in seinem Auto nichts gefunden! Line, ich habe mich für dich eingesetzt. Nur deshalb hast du keinen Bußgeldbescheid bekommen! Und jetzt enttäuschst du mich so!«

»Es tut mir leid«, murmelte ich und schlug den Blick nieder. »Ich brauche das Geld.« Es war mir nicht egal, was Simon von mir hielt. Es war mir überhaupt nicht egal.

»Line, das ist jetzt wirklich kein Spaß mehr. Und Kleinstmengen für den Hausgebrauch sind das auch nicht! Du machst dich strafbar, und zwar richtig! Du wirst mir jetzt sofort diesen Stoff geben«, sagte Simon drohend. »Und zwar dalli, dalli!«

Ich zögerte einen Moment. Das ganze schöne Geld, einfach futsch? Ich wollte ja kein Geld. Nur keine Schulden mehr bei Harald dem Schrecklichen!

»Line, ich sag's nur noch einmal, gib mir sofort das Marihuana! Und dann rate ich dir: Hau ab, so schnell du kannst!«

»Abhauen? Wieso denn?«

»Siehst du den Mann dahinten, mit dem Pudel an der Leine? Und die Frau, die da drüben auf der anderen Seite läuft, mit einer Tochter im Teenie-Alter?«

»Äh – wo jetzt?«

Simon stöhnte. »Ich kann wohl schlecht mit der Hand drauf deuten!«

Ich sah mich vorsichtig um. Der Grasdackel und der Haschisch-Heiner waren nicht mehr zu sehen. Von der Unibibliothek her kam ein Mann mit einem Pudel, und von links näherte sich eine blonde Frau, die sich zu einem halbwüchsigen Mädchen gedreht hatte, so dass ich sie nicht richtig sehen konnte.

»Jetzt sehe ich sie!«

»Der Mann mit dem Pudel ist mein Kollege Willi Wibele. Der Pudel ist unser bester Drogenhund. Und die Frau mit der angeblichen Tochter kennst du.«

Mir schwante Fürchterliches.

»Vanessa«, murmelte ich und zog mir die Bommelmütze tiefer ins Gesicht. »Glaubst du, sie hat mich erkannt?«

»Mit der Mütze wahrscheinlich nicht. Vielleicht solltest du noch wissen, dass sie den letzten Hundert-Meter-Lauf bei den Polizeiwettspielen Baden-Württemberg gewonnen hat, außerdem den schwarzen Gürtel in Karate besitzt und keine großen Sympathien für dich hegt. Vanessa und Willi gehen davon aus, dass wir gerade einen Preis aushandeln, und warten nur darauf, dass ich ihnen ein Zeichen gebe, damit sie zugreifen können. Mich verhaften sie gleich mit, damit ich nicht auffliege. Das wäre in deinem Fall hinfällig, weil Vanessa weiß, dass wir uns kennen. Aber ich werde dich nicht schützen, und wenn sie dich erwischen, dann hat dieses Gespräch zwischen uns beiden niemals stattgefunden. Hast du mich verstanden?«

So ein Mist! Vanessa würde sich ins Fäustchen lachen, wenn sie mich in die Finger kriegte!

»Okay. Du gibst mir jetzt diesen Beutel. Und dann verschwindest du, und wir sehen uns niemals wieder, ist das klar?«

»Niemals?«, sagte ich und schluckte. Es war ja nicht so, dass ich wirklich etwas von Simon wollte. Aber ganz kalt ließ er mich auch nicht. Vor allem jetzt, wo Leon so weit weg war. Simon sah mich an, seufzte und wirkte zum ersten Mal ein bisschen weniger abweisend.

»Glaub mir, für meinen Seelenfrieden, meine berufliche Karriere und dein Vorstrafenregister ist es das Beste«, murmelte er.

»Bist du denn jetzt verlobt oder nicht?«, fragte ich leise. Simon schüttelte nur müde den Kopf. Hieß das jetzt, dass es mich nichts anging oder dass er tatsächlich nicht verlobt war? Ich öffnete den Mund, um noch etwas zu sagen, traute mich dann aber doch nicht. Für einen Moment sahen wir uns stumm an.

»Danke«, sagte ich leise. Dann nahm ich den Beutel aus meiner Tasche, drückte ihn Simon in die Hand, drehte mich um, stürmte los und sah aus den Augenwinkeln noch, wie Simon einen Arm hochriss.

»Polizei, stehen bleiben!«, brüllte jemand. Ich war ziemlich kopflos nach rechts losgestolpert. Nur weg von Vanessa! Eigentlich hatte ich panische Angst vor Hunden, aber Vanessa war schlimmer als jeder Pitbull. An ein paar Spielgeräten vorbei rannte ich quer über den Rasen. Bei jedem Schritt knallte die Tasche aus Lkw-Plane schmerzhaft gegen meine Hüfte, die Mütze rutschte mir ständig über die Augen, und ich war schon jetzt schweißgebadet. Mein Gott, war ich beschissen in Form! Hundebellen. Oje, Willi hatte seinen Drogenhund losgelassen! Das Bellen kam rasch näher. Schneller, schneller! Vor mir war eine Straße, dreispurig. Der Verkehr rauschte. Mussten die ausgerechnet jetzt alle zum Einkaufen fahren? Wohin nur? Wo war Vanessa? Bloß nicht umdrehen, damit sie mein Gesicht nicht sah!

Jetzt hatte mich der Pudel erreicht, kläffte mich wütend an und schnappte nach meinen Hosenbeinen. Ich stürzte wieder los, nach rechts Richtung Agip-Tankstelle, wobei ich ständig über den Pudel stolperte, der vor mir oder hinter mir bellte und nach meinen Unterschenkeln schnappte. Er war klein, lila und geföhnt. Die Tarnung war super. Ich wäre niemals auf die Idee gekommen, dass das ein Polizeipudel war! Verzweifelt starrte ich auf die Verkehrsflut, während ich nach dem Pudel kickte. In der Straßenmitte war ein mit Büschen und Bäumen bewachsener Streifen, durch den ein kleiner Pfad führte. Auf der anderen Seite war das Katharinenhospital. In den endlosen Krankenhausgängen war es sicher ein Leichtes, unterzutauchen, bloß, wie kam ich lebend rüber?

»Halt, Polizei!«, hörte ich Vanessa keifen. Es klang beunruhigend nahe. Da! Eine winzige Lücke im Verkehr! Ich holte tief Luft und spurtete quer über die Straße. Bremsen quietschten, ich sah wutverzerrte Gesichter, hörte Flüche, spürte eine Stoßstange, hörte das Jaulen des Pudels, aber es war ja nun wirklich nicht meine Schuld, wenn er mit seinem Leben spielte!

Irgendwie schafften wir es beide unverletzt. Ich rannte durch die Büsche, Kampfpudel am Bein und Pudelmütze über den Augen, kreuzte die Gegenfahrbahn, die zum Glück autofrei war, und lief an den wartenden Taxis vorbei durch eine sich automatisch öffnende Tür hinein ins kathedralenartige Foyer des Katharinenhospitals. Ich blieb schwer atmend stehen und sah mich verzweifelt um. Ich hatte brennendes Seitenstechen, aber schließlich war ich auch schon mindestens fünfhundert Meter gerannt.

Am Ende des Foyers war eine Cafeteria, ein Stück davor ging es eine breite Treppe hinauf. Wenn ich die Treppe hochlief, fand ich bestimmt ein gutes Versteck, aber dazu fehlte mir die Puste. Ob Vanessa sich wohl in den Verkehr stürzen würde? Ich drehte mich vorsichtig um. Noch war sie nicht zu sehen. Der Pudel sprang wie ein Pingpong-Ball vor mir auf und ab und kläffte wie verrückt.

»Isch des Ihr Hond? Hond sen hier verboda!« Aus einem Kabuff am Eingang kam eine Frau marschiert und sah mich böse an.

»Nein! Das ist nicht mein Hund! Er verfolgt mich!«, rief ich wahrheitsgemäß.

Die Frau warf mir einen zweifelnden Blick zu und packte den Polizeipudel resolut am Halsband. Der Pudel wand sich und schnappte. Unendlich erleichtert, dass das Pudelproblem delegiert war, ging ich total unauffällig in schnellem Schritt, aber ohne zu rennen, an ein paar Bäumen und den Tischen der Cafeteria vorbei bis zum Ende des Foyers. Dort versteckte ich mich hinter einer hohen blauen Wand zwischen dem Parkautomaten und dem Defibrillator und versuchte, wieder zu Atem zu kommen. Ein Mann im weißen Kittel ging mit einem Tablett an mir vorbei und musterte mich seltsam. Ich quetschte mich an die blaue Wand und spähte vorsichtig dahinter hervor. Vanessa kam gerade zur Tür hereingelaufen und wandte sich an die Frau von der Pforte, die noch immer mit

302 |

dem kläffenden Pudel rang. Die zuckte mit den Schultern. Offensichtlich hatte sie vor lauter Pudel nicht weiter auf mich geachtet. Vanessa sah sich suchend um und rannte dann Richtung Treppe. Zum Glück war sie in Zivil, sonst würde ihr doch jeder gleich verraten, wo ich steckte! Vanessa lief, mehrere Stufen auf einmal nehmend, die Treppe hinauf. Super, mein Plan ging auf! In dem Moment riss sich der Pudel los und schoss laut kläffend durch das Foyer auf mich zu. »Scheißköter!«, kreischte die Frau von der Pforte und nahm die Pudelverfolgung auf. So ein Mist! Ich spurtete wieder los, zwischen den Tischen der Cafeteria hindurch und in die automatische Drehtür am Ausgang hinein. Der Pudel quetschte sich in letzter Sekunde mit in mein Drehtür-Abteil und verbiss sich auf Kniehöhe in meinem Hosenbein. Es gelang mir mit Müh und Not, ihn abzuschütteln und aus dem Drehtür-Spalt hinaus ins Freie zu springen. Glück gehabt, der Pudel war dringeblieben! Leider hatte er nicht nur meine Jeans, sondern auch mein Knie angenagt. Ich humpelte die Treppe hinunter und riss die Tür des nächstbesten Taxis auf.

»Fahren Sie sofort los, irgendwohin!«, brüllte ich, sprang hinein und duckte mich auf der Rückbank unter den Sitz. Schräg über mir drehte sich der Taxifahrer hinter seiner Bild-Zeitung um und musterte mich. Ich sah ein Goldkettchen und schwarze Brustbehaarung, dann zog ich mir die Mütze über die Augen, damit er mich später auf dem Fahndungsfoto nicht wiedererkannte. Im Radio dudelte Volksmusik. Bestimmt SWR 4.

»Bin isch nixe dran. Musch du gehe nach vorn zu erschde Taxi in Schlange«, sagte der Taxifahrer.

»Bitte fahren Sie los, es ist ein Notfall! Ich geb Ihnen auch zehn Euro extra!«, flehte ich und spähte vorsichtig über den Rand des Seitenfensters. Vanessa kam gerade aus der Krankenhaustür, sah sich suchend um und rannte dann hinter dem kläffenden Pudel die Stufen hinunter.

»Zehn Euro nix viel für krieg isch Haufe Ärge mit schwäbische Kollege!«, sagte der Taxifahrer, schlug aber trotzdem seine Bild-

Zeitung zu. Er startete den Motor, und das Auto setzte sich in Bewegung. In dem Moment riss Vanessa die Seitentür auf. Dicht an meinem Ohr kläffte der hysterische Köter. Ich warf mich wieder auf den Boden, die Arme schützend vor dem Gesicht.

»Stehen bleiben, Polizei!«, kreischte Vanessa.

»Polizei? Entschuldigung, abe glaub isch dir nixe!«, brüllte der Taxifahrer und beschleunigte.

Ich hörte Keuchen, das Trommeln von Schuhen auf dem Asphalt und das Kläffen des Pudels. Gleich würden Vanessa oder der Pudel ins Auto springen! Ich beschloss, mich tot zu stellen.

»Willsch dich umbringe!«, brüllte der Taxifahrer und beschleunigte. Ich tauchte für eine Millisekunde auf, für einen winzigen Moment traf sich mein Blick mit dem Vanessas durch die offene Autotür, dann erwischte ich den Griff und schlug die Tür krachend zu. Oje, hoffentlich hatte sie mich nicht erkannt! Vanessa rannte noch ein paar Meter hinter dem Auto her und blieb dann fluchend zurück. Ich kletterte langsam auf den Sitz. Ich hatte es geschafft!

»Voll krass! Immer Verruckte vor Krankehaus! Polizei? Hat ja net mal Uniform! Wo du wolle?«, fragte der Taxifahrer.

»Am liebsten Memphis«, sagte ich erschöpft. »Wenn das nicht geht, fahren Sie doch bitte am Lindenmuseum rechts ein paar Meter den Berg hoch. Und da würde ich dann irgendwo aussteigen.«

»Wie bidde?«, fragte der Taxifahrer ungläubig.

»Ich hab nur fünfzehn Euro dabei«, murmelte ich.

»Krieg isch wege fümfzehn Euro ganz viele Ärge mit schwäbische Kollege!«

Zwei Stunden später saß ich in unserer Küche. Ich war fix und fertig. Ich hatte mir am Ostendplatz einen Döner geholt, mich danach in die Badewanne gelegt und Lilas halbverbrannten Bademantel angezogen. Meine Jeans hatte der Pudel so zerfetzt, dass ich sie wegwerfen musste. Seine kleinen, fiesen Zähne hatten Abdrücke und blutige Stellen auf meinen Knien und Waden hinterlassen. Weil wir kein Desinfektionsmittel hatten, hatte ich die Stellen mit Cognac desinfiziert und danach zur Beruhigung einen hinunterge-

304 |

kippt. Ich wollte heute niemanden mehr sehen und hören. Ich würde ein paar alte Flipper-Folgen auf Nostalgie-TV ansehen und dann ins Bett gehen. In diesem Moment klingelte es. Ich zögerte. Dann ging ich zur Tür.

Im Schein der Lampe am Eingang standen zwei Polizisten. Aus einem Reflex heraus wollte ich die Tür gleich wieder zuschlagen. Aber es hatte ja sowieso keinen Zweck. Vanessa hatte mich erkannt. Das Spiel war aus. Es reichte ja, die Abdrücke auf meinen Knien mit dem Gebiss des Polizeipudels abzugleichen!

»Ist das Ihr Topf?«, fragte einer der Beamten und hielt mit beiden Händen den Kochtopf hoch. Ich schluckte. Meine Güte, hatte die Polizei schnell kombiniert! Ich nickte ergeben und hielt meine Hände nach vorne.

»Ja, das ist mein Topf. Das heißt, eigentlich ist es Georges Topf. Wollen Sie mir Handschellen anlegen?«, murmelte ich. Die beiden sahen sich belustigt an.

»Nein, ganz so dramatisch ist es nicht. Aber vielleicht dürfen wir einen Moment hereinkommen?«

»Bitte.«

Die beiden Beamten folgten mir in die Küche und setzten sich. Dass die Stuttgarter Polizei so schnell ermittelte! Oder hatte mich Simon doch verraten? Es konnte nicht anders sein. Bei dem Gedanken wurde ich plötzlich sehr traurig.

»Haben Sie heute Morgen diesen Topf in der Schwarenbergstraße vor einem Haus abgestellt?«, fragte einer der Beamten.

»Ja«, sagte ich. »Da war Sperrmüll. Ich weiß, dass man eigentlich nichts dazustellen darf, aber es war ja nur ein Topf.«

»Sperrmüll. Soso.« Die beiden grinsten sich an.

»Das war kein Sperrmüll. Das war ein Umzug. Und die Frau, der die Sachen gehören, hat Sie angezeigt, weil Sie eine wertvolle chinesische Vase aus der Hong-Dynastie entwendet haben.«

»Hong-Dynastie?«, platzte ich heraus. »Ich dachte, das sei Philippsburg-Dynastie! Dann sind Sie gar nicht wegen dem Ma…« Ich brach ab und schlug mir mit der Hand auf den Mund.

»Ja?«, fragte der Beamte interessiert.

»Ach, nichts. Das mit der Vase war ein Missverständnis. Ich dachte wirklich, das ist Sperrmüll!«

»Das haben wir uns fast gedacht.«

»Ich hole die Vase sofort!«

Ein paar Minuten später hatte ich den Beamten die Vase ausgehändigt und mich tausendmal entschuldigt. Ermattet und sehr erleichtert sank ich auf meinen Stuhl. Was für ein Tag!

Nun gab es nichts mehr zu tun. Ich war keine Butzfee mehr, war das Marihuana los, und Lila war aus dem Haus. Es gab überhaupt gar nichts mehr, was mich davon abhalten konnte, die nächsten vierundzwanzig Stunden über Leon und mich nachzudenken. Großartig.

Ich verbrachte eine unruhige Nacht. Ich erwachte davon, dass ich mit den Füßen nach einem imaginären Pudel kickte. Danach konnte ich nicht mehr einschlafen, dabei war es erst halb acht. Am Sonntag! Draußen war es noch dunkel. Ich stand auf, ging hinunter in die Küche, stellte den Gasherd an und setzte mich mit einem Kaffee an den Küchentisch.

Ich fühlte mich elend. Heute war der 9. Januar. Seit zehn Tagen hatte ich nicht mit Leon gesprochen. Er saß auf der anderen Seite der Weltkugel, wartete auf ein Lebenszeichen von mir, und ich musste jetzt endlich nachdenken.

Ich dachte fünf Minuten nach. Dann fiel mir innerlich die Decke auf den Kopf. Ich hatte nicht den geringsten Plan, was ich Leon sagen sollte. Ich vermisste ihn entsetzlich. Warum konnte ich nicht einfach nur mit ihm reden, ihm alles erzählen, was mir in den letzten Tagen Schreckliches zugestoßen war, anstatt fundamentale Gespräche über unsere Zukunft zu führen? Aber Leon wollte etwas anderes von mir hören.

Ich konnte ihm sagen, dass ich mit ihm zusammenziehen würde. Das war beziehungstechnisch die einfachste Lösung, freundschaftstechnisch würde es Lila vor den Kopf stoßen.

Ich konnte ihm sagen, dass ich zwar zunächst nicht mit ihm zusammenziehen wollte, mich aber freuen würde, wenn er im Herbst zurück nach Stuttgart käme, um mit mir eine LAT-Beziehung, »living apart together«, zu führen. Das war total hip, lilatechnisch die beste Lösung, würde aber Leon vor den Kopf stoßen.

Aber wollte ich denn überhaupt, dass Leon meinetwegen früher zurückkam? War das nicht viel zu viel Verantwortung? Was, wenn es nachher doch schiefging mit seiner Karriere bei Bosch, und ich war schuld daran? Und wenn es mit uns dann auch nicht funktionierte, hatte Leon gar nichts mehr! Dann saß er als Hamburger in Stuttgart herum und würde es hassen! Er konnte doch nicht einmal Schwäbisch!

Und selbst wenn es nicht schiefging: Der Rest meines Lebens würde vorgezeichnet sein. Früher oder später würden wir uns ein Dach über dem Kopf teilen, Kinder bekommen, in eine Neubausiedlung ziehen. War ich wirklich schon so weit? Wenn ich mich für Leon entschied, endgültig und ohne Wenn und Aber, dann war das doch eine Entscheidung gegen alles andere, was das Leben sonst noch auf Lager hatte! Und dabei gab es doch diesen Teil in mir, der wild und gefährlich leben wollte. Wenn ich ganz ehrlich war, dann liebte dieser dunkle, gut gehütete Teil in mir sogar das Katastrophen-Gen und all die Aufregung und den Nervenkitzel, die es mir bescherte. Wollte ich darauf wirklich verzichten?

Leon war fantastisch. Er war liebevoll, zuverlässig, hatte einen großartigen Humor und war total vorhersehbar. Aber schließlich gab es auch noch andere Männer. Tarik war ausgeschieden, aber Simon … immer traf ich Simon, wenn es richtig wild und gefährlich wurde … Damit würde dann endgültig Schluss sein.

Vielleicht brauchte ich einfach noch etwas Bedenkzeit? Schließlich war das die wichtigste Entscheidung meines Lebens. Die traf man nicht mal so eben!

Ich würde einfach noch einen Tag warten. Bestimmt fiel mir bis zum nächsten Tag eine großartige Lösung ein, die alle Seiten zufriedenstellte.

22. Kapitel

There must be fifty ways to leave your lover
Fifty ways to leave your lover

Am nächsten Abend setzte ich mich vor den Computer, um endlich mit Leon zu reden. Er hatte mir mittlerweile eine Mail geschickt und mehrere SMS. *Warum meldest du dich nicht?*

Ich öffnete Skype. Leon war online und saß bestimmt wie auf Kohlen. Ich bewegte den Mauszeiger auf *Videoanruf*. Dann spürte ich, wie Panik in mir hochstieg. Ich wusste noch immer nicht, was ich Leon sagen sollte! Nur ein Mausklick. Ein Mausklick, und alles würde gut werden. Meine Hand zitterte. Ich ließ die Maus los.

Ich hatte zehn, mittlerweile sogar elf Tage Zeit gehabt und war kein bisschen weitergekommen. So konnte ich Leon doch nicht gegenübertreten! Leon, der so genau wusste, was er wollte. Dass er mich wollte! Er würde so wahnsinnig enttäuscht von mir sein. Nein, es war besser, zu warten und erst dann mit Leon zu reden, wenn ich mehr Klarheit hatte.

In den nächsten Tagen dachte ich endlich nach. Ich zog mich in mein Zimmer zurück und grübelte. Ich stellte Listen auf, die für oder gegen das Zusammenziehen mit Leon sprachen. Ich versuchte, meine Gefühle zu analysieren. Ich stellte mir die dämlichste aller Fragen, die man manchmal in Vorstellungsgesprächen gestellt bekam, nämlich die, wo ich in fünf Jahren sein wollte. Wollte ich mit Leon verheiratet sein und zwei Kinder haben? Wollte ich ein aufregendes Leben irgendwo im Ausland führen? Wollte ich mit Lila und ihrem Kind in einer WG zusammenwohnen? Das Einzige, was sich von allein erledigte, war Karriere, des Katastrophen-Gens wegen.

Ich grübelte und grübelte, aber ich kam einfach nicht weiter. Je länger ich nachdachte, desto mehr Angst bekam ich. Angst davor, mich falsch zu entscheiden, Angst, etwas zu tun, das ich später bitter bereuen würde. Der Entscheidungsdruck legte sich auf meine Brust. Erst war er wie eine Feder, die sich beim Atmen leicht auf und ab bewegte. Dann wurde aus der Feder ein Kieselstein, und schließlich ein Backstein, der mir die Luft abschnürte, sobald ich anfing nachzudenken.

Ganz allmählich legte sich eine dumpfe Schwere über mein Leben. Hundert-, nein, tausendmal saß ich an meinem Computer, sah, dass Leon online war, und war zu gelähmt, um mit ihm zu reden.

Leon bombardierte mich mit Nachrichten per Handy oder Mail. Irgendwann hörte ich auf, sie zu lesen, und löschte sie blitzschnell. Weil ich ganz genau wusste, wie schlecht sich Leon fühlen musste, fühlte ich mich selber immer schlechter.

Aus den Tagen ohne Leon wurden Wochen, dunkle, kalte, seelenlose Wochen. Lilas hartnäckige Fragen wehrte ich radikal ab. Umgekehrt reagierte sie mit eisigem Schweigen, wenn ich sie fragte, wann sie H. endlich die Wahrheit über ihre Schwangerschaft gestehen wollte. Zum ersten Mal gab es in unserer Freundschaft Tabus. Nur mit Tarik konnte ich offen reden, aber Tarik verbrachte viel Zeit mit Manolo, der ihn nach wie vor zappeln ließ. Tarik war jedoch wild entschlossen, nicht klein beizugeben.

Dorle machte sich schreckliche Sorgen und rief in regelmäßigen Abständen an, aber ich wartete entweder darauf, dass der Anrufbeantworter ansprang, oder ließ mich verleugnen, um keine bohrenden Fragen beantworten zu müssen. Nach einer Weile hatte Lila keine Lust mehr, für mich zu lügen, sagte Dorle offen, dass ich nicht ans Telefon ging, und fing an, mit ihr über ihre Schwangerschaft zu reden. Offensichtlich hatte Dorle die Rolle der Trösterin übernommen. Ich war eifersüchtig, irgendwie. Irgendwie war es mir aber auch egal, so wie mir alles egal war. Selbst der feste Vertrag, den mir Arminia mittlerweile gegeben hatte, war mir egal.

Eines Abends hielt ich es nicht mehr aus. Ich schämte mich so fürchterlich, dass ich beschloss, Leon zu sagen, dass ich mich endgültig von ihm trennen würde. Nicht, weil ich es wirklich wollte, sondern weil ich ihm nicht länger weh tun wollte. Leon hatte es nicht verdient, dass ich ihn so mies behandelte. Er verdiente eine Frau, die ihn aufrichtig liebte, und keine, die sich nicht entscheiden konnte.

Aus einem Impuls heraus öffnete ich Skype, und ohne lange nachzudenken, klickte ich Leons Namen an. Es dauerte ein, zwei Minuten. Dann tauchte Leons Gesicht auf, unscharf zunächst, dann immer schärfer. Dieses Gesicht, das ich seit einer gefühlten Ewigkeit nicht mehr gesehen hatte.

Und in dem Moment, als ich Leon sah, ging eine Erschütterung durch mich wie ein Erdbeben, und ich wusste endlich, was ich wollte. Nein, das stimmte nicht. In Wirklichkeit wusste ich es schon sehr, sehr lange. Ich hatte längst genug. Genug davon, hin und her zu eiern, mich treiben zu lassen, mich nicht festzulegen. Genug von Katastrophen, Chaos und Affären.

Niemals, niemals würde ich mich von diesem Mann trennen. Diesem wunderbaren, liebevollen, unendlich geduldigen Mann mit dem herrlich spöttischen Grinsen. Auch wenn dieses Grinsen im Moment total ausgeknipst war und nur Trauer in seinem Gesicht zu lesen war. Es gab nichts, was ich mir mehr sehnlicher wünschte, als mit ihm zusammen zu sein. Alles andere würde sich finden.

All dies schoss mir durch den Kopf, während Leon und ich uns stumm ansahen. Er war schmal geworden. Schmal vor lauter Kummer, den ich ihm zugefügt hatte. Aber damit war jetzt Schluss! Ich würde das Geld für einen Flug zusammenkratzen, irgendwie, und noch heute Nacht einen Flug nach Wuxi buchen!

»Leon …«, sagte ich atemlos. »Ich muss dir etwas sagen …« Leon hob die Hand.

»Bitte, sag nichts«, sagte er leise. »Hör mich erst an.«

»Ja?«, sagte ich angstvoll. Leon schwieg und senkte den Blick. Dann sah er mich an, ganz ruhig, und sehr, sehr traurig.

»Ich weiß nicht, was vorgefallen ist. Ich weiß nur, dass ich Tage und Wochen auf diesen Moment gewartet habe. Tage und Wochen habe ich gehofft, von dir zu hören, seit Wochen kann ich nicht mehr schlafen und nicht mehr essen. Und jetzt bin ich am Ende. Ich kann nicht mehr. Ich werde mich nicht mehr melden. Ich hoffe, du wirst glücklich, Pipeline Praetorius. Leb wohl.«

Ich starrte Leon an, vollkommen entsetzt, öffnete den Mund, um zu protestieren, um ihm endlich zu sagen, wie sehr ich ihn liebte. Aber Leon war schon weg.

Ich blieb sitzen wie gelähmt. Ich hatte zu lange gewartet. Es war zu spät. Leon wollte mich nicht mehr. Und konnte ich es ihm verdenken?

Er würde nicht zu mir zurückkehren. Ich würde nie mehr neben ihm einschlafen, nie mehr neben ihm aufwachen und als Allererstes sein unverschämtes Grinsen sehen. Ich würde nie mehr ins Leuze gehen und faul am Beckenrand kleben und die Liegewiese nach knackigen männlichen Hinterteilen abscannen, während Leon seine Bahnen zog und mich damit neckte, dass ich so unsportlich war. Ich würde Leon nie mehr damit aufziehen, dass er nur den *Kicker* las und die *Vier Jahreszeiten* ausschließlich für eine Pizza hielt. Wir würden nie mehr gemeinsam zu Dorle fahren, Käskuchen essen, und ich würde mich nie mehr diebisch freuen, dass die beiden sich so gut verstanden, obwohl sie nicht die gleiche Sprache sprachen. Ich hatte den Mann verloren, der mir Heimat und Vertrauen war, der mich so nahm, wie ich war, der mich liebte mit all meinen Schwächen und mit meinem Katastrophen-Gen.

Ich hätte ein Leben mit Leon haben können. Ich hatte es ja schon gehabt. Meinetwegen wäre Leon früher aus China zurückgekommen! Aber weil ich so dämlich war, hatte ich es nicht geschafft, mein Glück zu halten. Ich hatte mir alle Möglichkeiten offenhalten wollen, und darüber die beste aller Möglichkeiten verloren.

Super, Line, dachte ich bitter. Wie fühlt es sich an, wenn man mit Anfang dreißig weiß, dass das Beste schon vorüber ist? Wenn man den Rest seines Lebens Zeit hat, zu bereuen? Natürlich, da würde es andere Männer geben. Sie würden andere Namen tragen, aus anderen Bundesländern kommen, und irgendwann würde der Schmerz nachlassen und die Erinnerung verblassen. Irgendwann.

Ich konnte nicht einmal weinen.

23. Kapitel

Kalter Wind in meinem Herzen
Kalter Wind in meinem Haar
Kälter als hier unten wird's nicht mehr
und niemals wird's so werden, wie es war

Die Wochen vergingen. Der Frühling kam wie jedes Jahr, und es war der traurigste Frühling meines Lebens. Lila wurde schwerfällig und immer schöner.

Eines Abends klingelte es. »Erwartest du jemanden?«, fragte Lila und ging Richtung Haustür.

»Eigentlich nicht«, sagte ich achselzuckend. »Es könnte natürlich Tarik sein. Der kommt ja ganz gern mal unangemeldet.«

Lila kam wenig später zurück. »Komisch. Da war niemand«, sagte sie.

Es klingelte wieder. »Lass nur, ich geh schon«, sagte ich, marschierte zur Haustür und öffnete. Keiner da. Vielleicht ein paar Kids, die sich einen Spaß machten? Für alle Fälle lugte ich um die Hausecke. Es raschelte.

»Warte, Line!«, raunte eine Stimme aus dem Gebüsch.

»Warum versteckst du dich in den Büschen, Tarik?«, fragte ich. Tarik kletterte aus dem Gebüsch und zerrte irgendetwas hinter sich her. Etwas Größeres. Viel erkennen konnte ich nicht. Plötzlich lief das Irgendetwas auf mich zu, warf mich um und schleckte mir das Gesicht ab. Am anderen Ende der Leine hing ein sichtlich überforderter Tarik.

»Wutzky!«, stöhnte ich und versuchte, die leidenschaftlichen Zungenküsse abzuwehren. »Tarik, was um Himmels willen macht der Hund hier?«

»Ist alles in Ordnung, Line?«, rief Lila von drinnen.

»Jaja!«, rief ich atemlos. »Alles okay!«

»Was soll das?«, zischte ich, während Tarik mir auf die Beine half.
Wutzky drängte sich entzückt an mich und schob mir die Schnauze
zwischen die Beine.

»Ich habe Wutzky entführt. Um Harald hierherzulocken.«

»Du hast Wutzky entführt?«, rief ich entgeistert.

»Ja. Aus dem Flur der Zahnarztpraxis. Ich gehe schon seit einer
halben Stunde um den Block, um Zeit zu schinden. Ich bin fix und
fertig. Das Vieh bewegt sich freiwillig keinen Meter vorwärts.«

»Hast du sie noch alle?« Ich klopfte meinen dreckigen Hintern
ab.

»Hör mal, weißt du, wie sehr ich meinen inneren Schweinehund
überwinden musste, um diesen furzenden Köter anzufassen?«,
zischte Tarik empört.

»Ich verstehe nicht, was das soll!«

»Harald und Lila müssen sich endlich treffen. Früher oder später
wird er hier anrücken, du wirst schon sehen.«

»Du hast mir versprochen, dich nicht einzumischen!«

»Hab ich nicht. Ich habe versprochen, nichts zu verraten, und daran habe ich mich gehalten.«

Tarik schubste mich zur Haustür hinein, drehte sich um und sagte drohend: »Und du bleibst brav hier, und bist ein lieber Hund,
sonst bist du morgen Salami. Haben wir uns verstanden, Kumpel?«
Er behielt das Ende der Hundeleine in der Hand, gab Wutzky, der
schon auf der Türschwelle stand und mit hineinwollte, einen kräftigen Tritt und schloss dann blitzschnell die Haustür, so dass die Leine in der Tür eingeklemmt war. Von draußen war ein herzzerrei-
ßendes Jaulen zu hören.

»Was hast du vor?«, flüsterte ich.

»Harald wird denken, der Köter sei abgehauen, und irgendwann
auf die Idee kommen, dass er zu Lila gelaufen ist«, flüsterte Tarik
und ließ die Hundeleine los. »Und dann muss er klingeln, wenn er
die Leine will.«

»Du bist doch völlig durchgeknallt«, murmelte ich ungläubig.
»Das wird niemals funktionieren!«

| 313

Tarik rollte wild mit den Augen, sah mehrmals bedeutungs-schwanger in Richtung Küche und rief dann laut und gestelzt:

»Ein Gläschen Wein wäre wirklich nett, danke!«

»Tarik, das warst also doch du!«, rief Lila. »Wo hattest du dich denn versteckt?«

»Ich ... ich hatte was im Auto vergessen«, sagte Tarik, schlender-te in die Küche und küsste Lila. »Du siehst wunderschön aus. Wie geht es meinem Baby?«

Durch die Haustür drang Geheule. Offensichtlich war es Wutzky draußen zu ungemütlich.

»Was ist das?«, fragte Lila stirnrunzelnd.

»Ein ... ein Motor«, sagte Tarik. »Ein aufheulender Motor. Bei der Kälte springen Wagen ja oft schlecht an.« Er schloss die Küchen-tür. »Was ist jetzt mit diesem Wein, den du mir anbieten wolltest, Line?«, sagte er laut.

»Aber klar doch«, sagte ich ebenfalls laut. »Da müsste doch noch ein Fläschchen sein, irgendwo!«

Lila blickte erst Tarik, dann mich argwöhnisch an. »Was soll das Theater? Warum schreit ihr so?« Das Heulen von draußen wurde lauter. »Und was ist das für ein Geheule?«

»Also ich hör nix«, brüllte Tarik.

»Ich auch nicht«, sagte ich hastig.

»Ihr verarscht mich doch«, sagte Lila ungeduldig und ging Rich-tung Küchentür.

Tarik rannte an ihr vorbei und warf sich vor die Tür.

»Nein, Lila, bleib hier!«, rief er theatralisch. Lila schob ihn zur Seite. »Ihr benehmt euch, als seien wir in einem schwäbischen Schwank!«, rief sie ärgerlich und öffnete die Tür.

Tarik ließ sich auf einen Stuhl fallen. »Scheißköter«, murmelte er düster. »Macht alles kaputt.«

»Was ist denn das hier in der Tür?«, rief Lila. Dann ging die Haustür auf, und sie stieß einen gellenden Schrei aus.

»Also so furchterregend ist Wutzky nun auch wieder nicht«, sag-te ich.

»Was machst du hier?«, brüllte Lila.

»Was machd mei Hond hier?«, brüllte eine männliche Stimme, die eindeutig nach Harald klang.

»Scheint funktioniert zu haben«, sagte Tarik und wirkte auf einmal sehr zufrieden.

Drei Sekunden später kam Wutzky in die Küche galoppiert, stemmte ein paar Meter vor dem Gasofen die Pfoten in den Boden, schlitterte das letzte Stück, krachte in den Ofen, ließ sich fallen und stieß erst einen zufriedenen Seufzer und dann einen lauten Furz aus. Lila stürzte hinter ihm drein, dicht gefolgt von Harald. Sie warf sich auf einen Stuhl, verbarg das Gesicht in den Händen und fing an zu schluchzen. Harald blieb mit baumelnden Armen hilflos vor dem Stuhl stehen. Er sah erbärmlich aus. Er musste stark abgenommen haben, denn der Zahnarztkittel schlackerte um seinen Körper, sein Gesicht war eingefallen, und unter seinen Augen lagen tiefe Schatten. Mit abgetrageneren Klamotten wäre er unter der Paulinenbrücke bei den Pennern nicht aufgefallen.

»Wir verschwinden dann wohl besser«, murmelte ich und ging auf Zehenspitzen zur Tür, Tarik im Schlepptau.

»Nein, ihr bleibt gefälligst hier! Ich will nicht mit diesem Monster alleine sein!«, schluchzte Lila, hob den Kopf und blickte Harald zum ersten Mal direkt an.

»Du … du bisch schwanger«, flüsterte Harald erschüttert und ging in die Knie.

»Woher weißt du das?«, rief Lila wild. »Bin ich so fett?«

»I säh's en deine Auga. Bei meiner Ex han i's au gsäh, no bevor sie's selbr gwissd hot!«

»Deine Ex interessiert mich einen Dreck!«

»Mei Ex isch mei Ex blieba! Faschd! Außer dem oina Mol! I han's bereut! So-fort! I han d'ganze Zeit en dr Landhausstroß gwohnd on net en Schorndorf, ganz alloi, bloß mitem Wutzky! On du bisch schwangr, des glaub i oifach net!«

»Und ich glaube dir nicht, dass du es sofort bereut hast! Du hast doch noch am gleichen Abend den Hausschlüssel eingeworfen!«, schluchze Lila.

»I ben abr mitta en dr Nachd zrückkomma on han versuchd, de Schlüssl wiedr ausm Briefkaschda zu angla, mit Draht. Abr noo hot Line d'Hausdier uffgmachd!«

»Das warst also doch du, an der Haustür!«, rief ich aus und ließ mich auf den nächsten Stuhl fallen.

»Wie bitte? Du hast Harald nachts gehört und mir nichts davon erzählt?«, keifte Lila wütend über den Tisch.

»Ich war mir doch nicht sicher! Die Geräusche hätten auch von der Katze stammen können!«

»On du hosch mir verschwiega, dass du schwanger bisch!«

»Keine Sorge, ich will keine Unterhaltszahlungen von dir!«, schrie Lila. »Ich ziehe das Kind alleine groß! Line wird mir dabei helfen!«

»Äh – ja, klar«, sagte ich und bemühte mich, Zuversichtlichkeit auszustrahlen.

Harald warf mir einen zweifelnden Blick zu. Plötzlich ertönte von irgendwoher die Melodie von »Uff dr schwäbsche Eisebahne«. Harald fischte mit abwesendem Blick ein Handy aus seinem Zahnarztkittel.

»Noi, i mach heut koine Wurzlbehandlonga meh ferdich!«, blaffte er ins Handy, drückte einen Knopf, pfefferte das Telefon auf den Küchentisch, warf sich dann direkt vor Lilas Stuhl auf beide Knie und reckte beschwörend die Hände zum Himmel.

»Juliane, seit dem oglücksselige Dag kann i an nix meh anders denka, bloß no an di! I schdand mitem Bohrer en dr Hand doo wie feschdgfrora on woiß nemme, was i macha soll! I mach Füllunge en gsonde Zäh! I han scho an Haufa Patienda verlora!«

»Mir kommen die Tränen!«, brüllte Lila wütend. »Weißt du, was ich durchgemacht habe in den letzten Wochen? Und du hast dich kein einziges Mal gemeldet!«

Harald ließ seinen Kopf auf Lilas Oberschenkel fallen und umfasste mit beiden Armen ihre Hüften. Lila starrte auf ihn hinunter, ohne zu reagieren.

»Weil i mi gschämd han. Wie no nie en meim ganza Läba. On du bisch doch so schdolz. I han denkd, du verzeisch mir nie.«

Schweigen trat ein. Harald klammerte sich weiter an Lila. Die guckte in die Luft. Mein Blick klebte voller Angst an Lila. Sie musste sich einfach mit Harald versöhnen!

»Lila, du bisch die Liebe meines Läbens!«, rief Harald beschwörend. »On doo dren isch mei Bäby!« Er hielt sein Ohr an Lilas Bauch und lauschte verzückt.

»Also, ich finde, das klingt überzeugend«, sagte Tarik. »Willst du es dir nicht wenigstens überlegen, Lila?«

»Du halt dich da raus!«, rief Lila böse.

»Ist ja gut, ist ja gut«, sagte Tarik und hob beschwichtigend die Hände. Wieder war es still. Lila schien angestrengt nachzudenken. Tarik ging zum Schrank und begann, darin herumzukramen.

»I mach älles, om's wiedergutzumacha!«, rief Harald verzweifelt und packte Lilas Hände. Sie zog sie nicht weg. Zum allerersten Mal trat ein Hoffnungsschimmer in Haralds Augen.

»Du wirst als Allererstes Line ihre Schulden erlassen«, zischte Lila.

»Niemals!«, rief ich ärgerlich. »Dazu bin ich zu stolz!«

»Ich scheiß auf deinen Stolz! Wenn du dich nicht um mich gekümmert hättest, als es mir so hundeelend ging, wäre ich in den Neckar gesprungen!«

»Ehrlich?« Ich schluckte.

»Ehrlich!«

»Nadierlich erlass i dr Line ihre Schulda, on i werd ihr ewig dankbar sei! I mach älles, was du willsch! Hauptsach, du nemmsch mi wiedr zrück!«

»Als Zweites wirst du Himmel und Hölle in Bewegung setzen, um den tupfengleichen Bademantel zu kaufen, den Line abgefackelt hat. Du weißt schon, den rosa Bademantel mit den lila Punkten.«

Harald guckte etwas verwirrt.

»Lila, schwangere Frauen sind vielleicht manchmal etwas irrational. Willst du dir nicht etwas Vernünftiges wünschen?«, sagte Tarik und stellte die Cognacflasche auf den Tisch. »Goldene Ohrringe zum Beispiel, als Geldanlage. Ein Cabrio. Einen Urlaub in der Karibik? Ich meine, so eine Chance kriegst du nicht so schnell wieder.«

Es klingelte wieder. »Ich geh schon«, sagte Tarik.

»Tarik, erwarten wir noch jemanden?«, fragte ich drohend.

»Nicht direkt«, antwortete er, verschwand und schloss die Küchentür hinter sich. Ich lief hinter ihm her und riss die Küchentür wieder auf.

»Hallo«, sagte Tarik ins Dunkel hinaus. »Ich bin Tarik.«

»Das dachte ich mir fast«, antwortete eine Männerstimme. »Du bist ja ziemlich oft hier. Ist sie …«

»Komm doch rein. Wir haben gerade so ein kleines Treffen. Da passt du gut dazu, denke ich.«

Lila und ich sahen uns verwirrt an. Wer war das? Ich kannte die Stimme. Aber das war völlig unmöglich. Tarik stand in der Küchentür. Seine breite Gestalt verdeckte ein paar Momente lang die Person, die hinter ihm stand. Dann trat Tarik zur Seite.

»Hallo, Line«, sagte Leon leise.

»Leon …«, stotterte ich, sprang auf und starrte Leon an, als sei er eine Erscheinung. Er sah größer aus, als ich ihn in Erinnerung hatte. Größer, schmaler und sehr ernst. Er trug einen Mantel, den ich nicht kannte, und einen schicken Koffer in der Hand. Mein Herz krampfte sich zusammen.

»Das … das kann doch gar nicht sein … ich dachte, du bist in China …« Ich wollte auf ihn zustürzen. Mich in seine Arme werfen. Ihn um Verzeihung anflehen. Aber ich traute mich nicht. Schließlich war ich es gewesen, die brutal, radikal und ohne jede Erklärung den Kontakt zu ihm abgebrochen hatte, und dann hatte er mir gesagt, dass er mich nicht mehr haben wollte. Also blieb ich einfach stehen, wo ich war, und fühlte mich entsetzlich elend.

»Wie … wieso …«, stotterte ich.

»Tarik hat mir gemailt.«

»Tarik hat dir gemailt?« Ich drehte mich zu Tarik um. »Wieso schickst du Leon Mails? Und wo hast du überhaupt seine Adresse her?«, rief ich.

»Aber Line, Püppchen, dein Laptop ist doch nicht mal passwortgeschützt«, sagte Tarik milde. »Das ist wirklich leichtsinnig. Da können Daten jederzeit in falsche Hände geraten.«

»Hast du sie noch alle? Du schnüffelst in meinem PC herum?«

Tarik hob die Hände. »Zuckerstückchen, das war erst der Anfang.«

»Was soll das heißen?«, fragte ich drohend.

»Das soll heißen, er hat mir eine Mail geschickt und behauptet, du hättest eine tödliche Krankheit, nur noch drei Monate zu leben und wolltest mir die Wahrheit verheimlichen«, sagte Leon.

»Du hast *was* gemacht, Tarik?«, rief ich ungläubig.

»Na, irgendwie musste ich den Kerl doch hierherkriegen. Das war ja nicht mehr mit anzusehen, wie du dich zerfleischt hast vor lauter Kummer, und dass ihr Hilfe brauchtet, war doch mehr als offensichtlich! Da fiel mir ein, wie besorgt du damals warst, als du dachtest, ich hätte Prostatakrebs. Ich dachte, Leon wird sich genauso um dich sorgen.«

»Wegen Prostatakrebs?«

»Ich bin ja nicht blöd. Tuberkulose.«

»Und du hast ihm geglaubt?«, fragte ich Leon. Leon schüttelte den Kopf.

»Nein. Für alle Fälle habe ich dann aber Dorle angerufen. Ich habe zwar nicht jedes Wort verstanden, aber sie meinte, sie wüsste nichts von einer tödlichen Krankheit, würde sich aber schreckliche Sorgen um dich machen, weil du auf ihre Anrufe nicht reagierst. Freut mich übrigens, dich kennenzulernen, Tarik. So persönlich, meine ich, und nicht nachts vor dem Bett meiner Freundin herumkriechend.«

»Es wird nicht wieder vorkommen«, sagte Tarik würdevoll. »Ich werde auch nicht mehr drin schlafen. Sonst denkt sie wieder, sie sei schwanger von mir. Und meine Verlobte spielen muss sie auch nicht mehr.«

Leon zuckte sichtbar zusammen. »Das möchte ich schwer hoffen«, sagte er schließlich.

Ich stöhnte. »Wieso mischst du dich in meine Beziehung ein, Tarik?«, rief ich wütend.

»Weil du es alleine nicht geregelt kriegst! Du tauchst komplett ab, nur weil dein Freund mit dir zusammenziehen will. Das ist doch krank! Und Lila und Harald kriegen es auch nicht geregelt, wenn man ihnen nicht ein bisschen unter die Arme greift!«

»Zusammenziehen? Ihr wolltet zusammenziehen? Wieso weiß ich davon nichts?«, kreischte Lila ungläubig.

»Nein, Lila! Ich will nicht mit Leon zusammenziehen! Ich würde dich niemals mit dem Baby im Stich lassen!«, rief ich.

»Line, kannst du mir mal sagen, was diese ›Ich-opfere-meiner-Freundin-mein-eigenes-Glück-weil-ich-so-edel-hilfreich-und-gut-bin‹-Scheiße soll?«, brüllte Lila wütend zu mir herüber.

»Ich dachte mir fast, dass du diese Art Opfer nicht von Line erwartest«, sagte Leon und lächelte Lila an. »Andererseits konnte ich Line auch verstehen. Du siehst übrigens strahlend schön aus. Die Schwangerschaft steht dir.«

»Danke«, sagte Lila und lächelte zurück. »Es ist auch wirklich schön, dich zu sehen. Ich hoffe, du kannst ein Weilchen bleiben.«

»Hallo, Harald«, sagte Leon zu Harald, der immer noch auf Lilas Oberschenkeln klebte, sich dort aber ganz wohl zu fühlen schien. Lila schenkte ihm keine Beachtung.

Es klingelte wieder.

»Das wird RTL sein«, sagte Tarik. »Sie wollten das hier filmen.«

»Wie bitte?«, brüllten Lila und ich wie aus einem Mund.

»Das war ein Witz«, sagte Tarik und ging zur Tür. »Ich habe wirklich keine Ahnung, wer das ist.«

»Stell es doch bei Facebook ein, dass wir hier eine Party feiern!«, schrie ich wütend.

Ich war so schrecklich aufgewühlt. Nach all den Monaten der Trennung stand ich hier, nur ein paar Meter von Leon entfernt, redete irgendwelchen Mist und hatte nicht den geringsten Plan, wie ich mich verhalten sollte. Leon stand noch immer am selben Fleck, den Koffer in der Hand, als würde er gleich wieder gehen, und sah mich stumm an, aber ich konnte seinen Blick nicht lesen. Er wollte mich nicht mehr haben, das war alles, woran ich mich erinnerte. Ich konnte das nicht ertragen, all dieses Durcheinander, das hier in unserer Küche herrschte, und das Durcheinander in meinem Herzen. Nichts wie weg hier, und zwar sofort, raus, irgendwohin, wo ich in Ruhe nachdenken konnte, zur Tür hinaus, vorbei an Leon, dessen fassungsloser Blick sich in mein Herz und meinen Rücken bohrte –

»Mädle, wo willsch na?« Ich stolperte blind gegen einen Körper. Pralle, fleischige Arme hielten mich fest. So wie sie es getan hatten, seit ich ein kleines Mädchen gewesen war. Ich fing an zu heulen.

»Schschsch, Mädle. Älles wird gud.« Dande Dorle hielt mich fest. »Abr fortlaufa gilt net. Komm, hock di noo.«

Dande Dorle führte mich zurück zu meinem Stuhl, drückte mich sanft darauf und reichte mir ein frisch gebügeltes Taschentuch, in das ich hineintrompetete. Dann drehte sie sich um und nahm Leon fest in die Arme. »Des isch abr schee, dass du komma bisch«, murmelte sie. Leon drückte ihr links und rechts einen Kuss auf die Wange und sah sie liebevoll an. Ich wünschte mich an Dorles Stelle.

Tarik nahm Dorle den Mantel ab, schob ihr einen Stuhl hin und winkte Karle herein, der etwas verlegen in der Tür stand und seinen Hut hin- und herdrehte. Dorle ließ sich schwer schnaufend auf dem Stuhl nieder.

»So. I woiß net, was mit dir los isch, aber offasichdlich ben i grad no rechzeidich komma. I däd scho gern wissa, wie's om de Leon on di schdohd.«

»Ich diskutiere doch nicht vor allen Leuten meine Beziehung!«, brüllte ich.

»Hallo? Gibt es hier noch irgendwelche Geheimnisse? Außerdem wurde meine Beziehung gerade auch öffentlich diskutiert!«, rief Lila.

»On vielleicht kenndad mr des jetz erschd amol ferdichmacha?«, flehte Harald. »Weil, lang halt i des nemme aus.« Lila starrte an die Decke, als sei Harald Luft.

Dorle wandte sich an Lila.

»Juliane, a klois Kendle brauchd sein Vaddr.«

»Ja, das braucht es. Aber keinen Vater, der bei der erstbesten Gelegenheit mit seiner Ex-Frau ins Bett hüpft«, zischte Lila.

»Aber es tut ihm doch leid«, wandte Tarik ein.

»Juliane, wenn er's vo ganzem Herza bereit, noo soddsch em nomool a Schoos gäba. Weil so a Läba isch lang, wemmr ällaweil alloi isch, des lass dr gsagt sei, on jedr macht amol an schlämma Fählr. Abr des kaa mr verzeiha, weil onsr Herrgott em Hemml vergibd ons onsre Sünda au.«

»Ich hab das jetzt nicht wirklich verstanden«, sagte Tarik. »Aber ich schätze mal, Dorle ist auch dafür, dass du Harald verzeihst. Wie sieht es bei den anderen aus?«

Leon, Karle und ich hoben zustimmend die Hand.

Alle sahen Lila gespannt an. Harald war aufgesprungen, lief ein paar Meter von Lila weg, drehte sich um und starrte sie mit irrem Blick an.

»Na schön«, flüsterte Lila. In ihren Augen standen Tränen. »Aber erst mal nur sechs Monate auf Bewährung.«

Harald stieß einen gurgelnden Schrei aus, war mit drei riesigen Schritten bei Lila und fegte sie in seine Arme.

»Guter Anfang«, nickte Tarik zufrieden. »Das hast du gut gemacht, Tarik. Und nun zu dir, Line. Dein Freund fliegt Hals über Kopf von China zu dir, und du willst abhauen. Das ist nicht nett. Das ist gar nicht nett!«

»Ich weiß, dass es nicht nett ist«, flüsterte ich und schneuzte mich noch einmal.

»Line, du schdosch dr sälbr em Wäg. Des isch scho emmr so gwä. Doo bisch wie dei Muddr. Abr langsam soddsch amol erwachsa wärda!«, rief Dorle. Sie winkte Leon und deutete auf den Stuhl mir gegenüber. Leon stellte den Koffer ab und setzte sich. Ich senkte nervös den Blick.

»Line«, sagte Leon leise. »Warum hast du dich wochenlang nicht bei mir gemeldet?« Seine Stimme klang rauh.

Dorle, Tarik, Karle und Leon sahen mich abwartend an, während Harald und Lila mit Knutschen und Fummeln beschäftigt waren. Ich holte tief Luft.

»Also …«

»Ja?«, sagte Leon.

»Nun spuck's schon aus!«, rief Tarik.

»Mir war so mulmig vorm Zusammenziehen. Als dann das mit der Schwangerschaft passierte, war ich total erleichtert, dass ich einen Grund hatte, das Zusammenziehen hinauszuschieben«, murmelte ich leise.

»Das wundert mich jetzt nicht wirklich«, sagte Leon. »Bloß wolltest du es nicht hören.«

»Typisch!«, rief Lila zwischen zwei Küssen. »Hättest du es mit mir besprochen, ich hätte es dir gleich auf den Kopf zugesagt!«

»On noo?«

»Dann wolltest du von mir wissen, wie ich zu dir stehe, und ich hatte nicht den geringsten Plan, was ich dir sagen sollte. Und von Tag zu Tag wusste ich es weniger. Und irgendwann habe ich mich nur noch geschämt, weil ich dich so verletzte.«

»I doch au!«, rief Harald und küsste Lila weiter ab.

»Und jeden Tag dachte ich: Heute schicke ich dir eine Mail. Oder ich rufe dich an. Und so ging Tag um Tag vorüber. Und irgendwann, als ich mich wirklich, wirklich geschämt habe, da wollte ich mich von dir trennen. Aber als ich dich dann gesehen habe, beim Skypen, da habe ich gemerkt, dass ich dabei war, den größten Fehler meines Lebens zu begehen. Aber noch bevor ich es dir sagen konnte, hast du gesagt, dass du mich nicht mehr haben willst. Und ich konnte es ja verstehen. Wer will schon eine Frau, die so unentschlossen ist? Die sich so kindisch benimmt und sich einfach nicht mehr meldet? Und dann habe ich dich nur noch unendlich vermisst, und es tat nur noch weh.«

Ich machte eine Pause. Es war so schrecklich anstrengend, ehrlich zu sein. Zu mir selbst und zu Leon. Niemand sagte etwas. Lila und Harald knutschten nicht mehr. Alle sahen mich an. Ich senkte den Blick wieder und sagte leise:

»Irgendwann fiel mir ein, wie Dande Dorle einmal erzählte, wie sie mit Karle auf einer Bank gesessen hatte, auf der Schwäbischen

Alb, schweigend, in stiller Eintracht, und sie sah so glücklich aus, als sie das erzählte. Damals dachte ich, für Dorle mag das in Ordnung sein, aber mein Leben zu zweit stelle ich mir doch etwas wilder und aufregender vor. Aber als mir dann klarwurde, dass ich niemals als alte, schrumpelige Frau auf einer Bank sitzen würde, deinen Arm um meine Schulter, ohne zu reden, weil reden gar nicht nötig ist, wurde ich so unendlich wehmütig und traurig wie noch nie zuvor in meinem ganzen Leben.«

Ich schwieg und wagte es immer noch nicht, Leon anzusehen.

»Wahrscheinlich willst du mich sowieso nicht mehr haben«, murmelte ich. »Also ich, an deiner Stelle, würde mich nicht mehr haben wollen.«

Tarik stöhnte. »Hallo? Geht's noch? Leon fliegt um die halbe Welt deinetwegen, und du fragst dich, ob er dich noch haben will? Könntet ihr zwei jetzt bitte mal zum Ende kommen? Zu einem glücklichen Ende?«

Dorle stupste mich in die Seite. »Mädle, jetz bisch du dran. Versau's net!«

Ich stand auf. Meine Knie gaben nach, als sei ich gerade aus einer Achterbahn ausgestiegen, meine Hände waren feucht, und wo mein Herz sich gerade befand, wusste ich nicht. Ich ging um den Tisch herum und blieb schlotternd vor Leon stehen. Leon sprang von seinem Stuhl auf und machte dann einen Satz rückwärts, als hätte ich eine ansteckende Krankheit. Kein guter Anfang.

»Ich … also ich … ich wollte nur noch sagen, dass ich dich liebe, Leon«, sagte ich nervös. »Ich möchte dich ziemlich gerne wiederhaben. Natürlich nur, wenn das in Ordnung ist für dich.«

Leon sagte nichts. Bestimmt hatte er es sich anders überlegt. Dann kam er langsam auf mich zu. Ich hatte mein Herz wiedergefunden. Es hing in meinem Hals und machte einen Heidenlärm.

»Weißt du …«, begann Leon schließlich leise. »Damals, als du den Strip beim Skypen abgezogen hast, dachte ich: Eine Frau, die es riskiert, sich komplett lächerlich zu machen für den Mann, den sie liebt, die gibt man nicht mehr her.«

»Interessant«, sagte Tarik.

»Na ja, eigentlich wollte ich mich gar nicht lächerlich machen«, murmelte ich.

»Als du dich dann nicht mehr gemeldet hast ... ich hatte das Gefühl, es reißt mich in der Mitte auseinander. Und dann hast du dich gemeldet, aber da hatte ich keine Kraft mehr. Dann kam die Mail von Tarik, und ich dachte, vielleicht besteht doch noch Hoffnung für uns beide. Und nach dem, was du gerade gesagt hast, denke ich: Das klingt gar nicht schlecht für den Anfang nach einem Ende.«

Und dann machte Leon einen allerletzten Schritt auf mich zu und nahm mich in die Arme, während um uns herum der Jubel losbrach. Lautes, triumphierendes Indianergeheul, und ein dröhnendes »Halleluja!« von Dorle. Die Welt um mich herum löste sich auf, und es gab nur noch Leon und mich.

»Sag mal, Tarik ... warum hast du dich eigentlich so um die Rettung unserer Liebesleben bemüht?«, fragte ich fünf Minuten später erhitzt, als ich es zum ersten Mal schaffte, aus Leons Armen wieder aufzutauchen.

»Tsss«, sagte Tarik. »Es war doch offensichtlich, dass ihr Hilfe von jemandem braucht, der sich mit solchen Sachen auskennt. Das Elend mit euch beiden war ja auf Dauer nicht mit anzusehen! Und Lilas Elend auch nicht! Außerdem habt ihr mir ja auch geholfen, als es um Manolo ging, da wollte ich mich ein bisschen revanchieren.« Tarik plusterte sich auf wie ein Gockel.

»Manolo«, sagte ich bedauernd. »Nun müsst nur noch ihr beide glücklich werden.«

Tarik grinste. »Mach dir um mich mal keine Sorgen«, sagte er.

Es klingelte. Wir sahen uns an.

»Wer fehlt denn jetzt noch? Eigentlich sind alle da«, sagte ich. Hoffentlich stand nicht Simon vor der Tür!

»Alle«, nickte Lila.

»Bis auf ...«, sagte Tarik und ging zur Haustür.

»Darf ich euch Manolo vorstellen, Sohn andalusischer Einwanderer? Manolo ist meine neue Muse. Der Muserich für den Musel-

| 325

mann. Oder wie heißt das? Ist ja auch egal. Auf jeden Fall: Anatolien und Andalusien sind eine Verbindung eingegangen, die hoffentlich lange halten wird.« Manolo stand in Jeans, Lederjacke und Cowboystiefeln in unserer Küche und grinste, packte Tariks Hand und riss sie in Siegerpose nach oben. Wir brachen in neuerliches Geheul aus.

»Wie hast du das denn geschafft?«, rief ich.

»Das bleibt unser kleines Geheimnis. Vielleicht nur so viel: Rosarote Rosen und der Fernsehturm spielten eine nicht unerhebliche Rolle. Und nun: Lasst uns feiern!«, rief Tarik triumphierend.

Wir hatten alles aufgefahren, was unsere Vorräte hergaben. Der Tisch war vollgestellt mit Apfelsaft, Cola, »Cannstatter Zuckerle«, Cognac, Chips, Erdnüssen, Essiggurken, Marmelade und Dande Dorles Käsekuchen, den sie für alle Fälle mitgebracht hatte. Dazwischen standen Gläser in allen Größen und Ausführungen, weil wir, abgesehen von den schicken Weingläsern von Harald, keine einheitlichen Gläser besaßen. Wir aßen, tranken, redeten und lachten durcheinander, während auf Haralds speziellen Wunsch im Hintergrund die Stones wummerten, was nicht einmal Dorle störte, und Wutzky hundeselig von Stuhl zu Stuhl lief, weil er von allen großzügig gefüttert wurde.

Ich sah über den Tisch. Ich sah Harald, der immer wieder das Ohr an Lilas Bauch legte, ungläubig und staunend, und dann den Kopf hob, um sie zärtlich zu küssen, und ich sah, dass die steile Sorgenfalte auf Lilas Stirn zum ersten Mal seit Wochen verschwunden war. Ich sah Tarik, der Manolos Hand hielt, noch ein klitzekleines bisschen verschämt und mit einem Lächeln im Gesicht, das ich nicht kannte. Dande Dorles Hand ruhte auf dem Tisch, Karles runzlige Hand lag auf der ihren, und Dorle lächelte mir zu, eine Träne der Rührung im Augenwinkel. Leon brauchte ich nicht anzusehen. Ich spürte seine Nähe bis in jede Faser meines Körpers. Er hatte seinen Arm um mich gelegt, ab und zu murmelte er mir etwas ins Ohr, was nur für uns beide bestimmt war, oder er berührte mich ganz leicht, und mein ganzer Körper fing an zu beben, und ich wusste, dass wir es nicht mehr allzu lange aushalten würden, hier zu sitzen, und dass es heute Nacht laut werden würde in den beiden Schlafzimmern.

Ich sah über den Tisch, sah und spürte all diese Menschen, die mir so viel bedeuteten, und wünschte mir, dass dieser Augenblick niemals zu Ende gehen würde.

Es war der glücklichste Augenblick meines Lebens.

Epilog

Well the sun is surely sinking down
But the moon is slowly rising
So this old world must still be spinning 'round
And I still love you

So close your eyes
You can close your eyes, it's all right
I don't know no love songs
And I can't sing the blues anymore
But I can sing this song
And you can sing this song
When I'm gone

Leon und ich saßen nebeneinander, so dicht, dass sich unsere Schultern berührten. Ich hielt seine Hand ganz fest umklammert. Bestimmt tat es ihm weh, aber er protestierte nicht. Es tat so gut, diese echte, warme Hand zu spüren, anstatt auf einem Computerbildschirm Tapser zu hinterlassen, auch wenn die echte Variante ein bisschen glitschig war. Ich würde Leon nie mehr loslassen. Na ja, jedenfalls die nächste halbe Stunde nicht.

Der Standesbeamte räusperte sich. Leon drehte den Kopf ein kleines bisschen zur Seite und lächelte mich an. Dieses Lächeln! Es haute mich jedes Mal aus den Socken, weil Leon es sich für ganz wenige, ganz besondere Momente aufsparte. Es war so unendlich zärtlich, ganz anders als sein übliches breites Grinsen, und brachte etwas in mir zum Schmelzen, von dem ich gar nicht wusste, dass es tiefgefroren auf dem Grunde meines kleinen, ängstlichen Herzchens lag, wie eine Packung Spinat mit abgelaufenem Verfallsdatum im hintersten Eck der Tiefkühltruhe. Bumm. Bumm. Ich taute nicht nur auf, mein Herz klopfte auch so laut wie früher Frau Müller-Thurgaus Besenstiel gegen die Zimmerdecke, wenn ich über ihr mal wieder zu laut Musik gehört hatte.

»Du siehst so süß aus in dem Kleid«, wisperte er. »Obwohl du mir bei deiner Live-Performance gestern, nur mit Saugnapfhaken bekleidet, eigentlich noch besser gefallen hast.«

»Ich bin ja so aufgeregt«, flüsterte ich.

»Wieso«, flüsterte Leon zurück. »Du bist es doch nicht, die heiraten muss.«

»Lila heiratet ja nicht, weil sie muss, sondern aus Liebe. Es ist soo romantisch«, seufzte ich.

»Na ja, es gibt romantischere Orte für eine Juli-Hochzeit als das Stuttgarter Rathaus. Eine Bosch-Kollegin hat in der Damaszener-halle der Wilhelma geheiratet.«

»Klar. Es ist nur … dass die beiden es doch noch geschafft haben. Nach der ganzen Ich-geh-zurück-zu-meiner-Ex-Frau-Nummer von Harald und dem Dann-werd-ich-eben-alleinerziehende-Mutter-Drama von Lila. Überhaupt. Wenn wir Dorles Hochzeit in zwei Wochen auch noch halbwegs über die Bühne bringen, ist alles gut ausgegangen. Trotz Katastrophen-Gen …«

Leon zog mich an sich, küsste mich sanft hinters Ohr, und die Sonne schmolz die letzten Eisreste. »Ich wäre wahnsinnig gern bei Dorles Hochzeit dabei. Aber noch mal kurz von China rüberfliegen, das geht nun wirklich nicht.«

»Hauptsache, du bist jetzt da«, flüsterte ich und umklammerte Leons Hand noch ein bisschen fester. Ich hatte Lila nicht verraten, dass Leon zu ihrer Hochzeit kommen würde. Ein Tag Flug, zwei Tage Stuttgart, ein Tag Flug. Sie hatte sich wahnsinnig gefreut. Und ich erst …

Vorne hatte der Standesbeamte die Zeremonie begonnen. Mit erschütterter Stimme erzählte er etwas vom langen gemeinsamen Läben, das in der Regel geprägt war von Mühsal, Leiden und schwären Priefungen, die es gemeinsam zu beschdehen galt, und führte als positives Beispiel seine eigene Ehe an, die nur deshalb auf dreiundvierzig erfolgreiche, monogame Ehejahre zurückblicken konnte, weil sich seine Frau ihm immer brav untergeordnet hatte. Lila und Harald sahen sich verliebt an, hörten dem Standesbeamten kein bisschen zu und platzten schier vor Glück. Na ja, bei Lila bestand vor allem die Gefahr, dass sie aus ihrem Kleid platzte. Sie war so rund wie ein Kugelfisch. Aus ihrem Outfit hatte sie ein großes Geheimnis gemacht. Ich hatte damit gerechnet, dass sie sich als letzte Hommage an ihr Single-Dasein in ein Vier-Personen-Zelt hüllen würde, lilafarben natürlich. Das war jedenfalls die Art von Kleidung, die sie in den letzten Wochen ihrer Schwangerschaft getragen hatte. Wie groß war meine Überraschung gewesen, als Lila am Morgen aus dem Bad marschiert war, rückwärts, um den Effekt nicht zu versauen, und mich unschuldig bat, den Reißverschluss ihres cremefarbenen, taillierten Satinkleids hochzuziehen. Ich bekam den Reißverschluss erst zu, als Lila die Luft anhielt, und als sie sich endlich umdrehte, fielen mir beinahe die Augen aus dem Kopf.

Der Ausschnitt des Kleides war so weit, dass man fast die Brustwarzen sehen konnte. Ihr Busen, wegen der Schwangerschaft noch üppiger als sonst, wurde nur von unten von einem Bügel-BH in der Körbchengröße 125F gestützt, der aussah wie ein Hauch von Spitze, tatsächlich vermutlich einen eingearbeiteten Stahlträger besaß und so die Brüste in eine absolut perfekte runde Form brachte, vollkommen symmetrisch, wie zwei zum Abschuss bereite Kanonenkugeln.

»Unglaublich«, japste ich. Ich hatte Lila schon häufig nackt gesehen, das blieb ja nicht aus, wenn man zusammenwohnte, aber überhaupt noch nie mit einem Ausschnitt. »Alle werden auf deinen Busen glotzen.«

»Großartig, nicht? Einmal im Leben will ich ein Sexsymbol sein, bevor ich muttermilchaufsaugende Still-BHs vom dm-Markt trage«, rief Lila triumphierend. »Und jetzt hilf mir in meine Schuhe!« Sie ließ sich auf einen Stuhl fallen und deutete auf eine Schachtel, in der ein Paar knallrote Stöckelschuhe mit hohem Absatz lagen. An ihre Füße kam sie schon lange nicht mehr.

Als Harald mit Leon kam, um uns abzuholen – Lila und ich hatten schon lange einen Junggesellinnenabend geplant, nur wir beide, so dass ich Leon schweren Herzens für die Nacht bei Harald einquartiert hatte, aber erst, nachdem wir gemeinsam einen String-Tanga gebastelt und ausführlich im Lotterbett herumgelümmelt hatten –, ließ er seinen Kopf verzückt auf die Kanonenkugeln sinken, was die Braut mit einem albernen Kichern quittierte. Harald hob den Kopf, um Lila zu küssen. Seine Augen waren verquollen, die Fliege hing schief, und das Hochzeitshemd war nicht richtig in der Hose verstaut. Lila wedelte mit der Hand vor seinem Mund herum. »Puuh. War wohl ein langer Abend, was?«

»Alles meine Schuld«, krächzte Leon. Seine Stimme klang ein bisschen wie eine rostige Gartenschere. »Monatelang nur chinesisches Bier ...«

»Bitte erheben Sie sich.« Lila kam nur mühsam mit Haralds Hilfe auf die Beine und schwankte ein bisschen hin und her, bis sie das Gleichgewicht auf ihren Stöckelschuhen gefunden hatte. Harald sah Lila so verzückt an, als könne er immer noch nicht glauben, dass sie ihm verziehen hatte, schluchzte auf und sagte mit bebender Stimme »Ja«. Lilas Stimme dagegen war fest und vergnügt.

Das Trauzimmer wurde von einem Schluchzbeben der Stärke sieben erschüttert. Ich heulte wie ein Schlosshund in Leons schickes Hemd hinein, Lilas Mutter schneuzte und schniefte, und Tarik trompetete laut in ein blütenweißes Taschentuch, während Manolo ihm die andere Hand tätschelte. Vor der Hochzeit hatte sich Tarik noch aufgeplustert wie ein Pfau und sämtlichen Gästen erklärt, dass diese Trauung überhaupt nur deshalb stattfand, weil er rechtzeitig beherzt in den Lauf der Liebesdinge eingegriffen hatte.

Endlich erklärte der Standesbeamte die Zeremonie für beendet, und Harald gab Lila unter allgemeinem Seufzen einen langen, leidenschaftlichen Kuss. Das Ende kriegte ich nicht mehr mit, weil Leon mich in seine Arme fegte und ebenfalls küsste, als nähmen wir an einem Kuss-Wettbewerb teil.

»Schnell, wir müssen raus«, rief ich atemlos. »Das Rosenspalier!«

Wir rannten aus dem Raum, Leon, Tarik, Manolo, Lilas Arbeits-
kolleginnen, Haralds Töchter, seine Sprechstundenhilfen und ich,
stolperten übereinander und schafften es gerade noch rechtzeitig,
im Gang ein Spalier aus langen, roten Rosen zu bilden. Lila und
Harald hielten sich an den Händen, strahlten um die Wette und
tanzten unter dem Spalier hindurch. Na ja, Lila bewegte sich mehr
wie die Elefantendame Molly aus der Wilhelma.

Das Brautpaar postierte sich vor dem großen Panoramafenster,
um die Glückwünsche entgegenzunehmen. Kameras klickten, ein
Kumpel von Harald ließ die ersten Sektkorken knallen und füllte
Plastikbecher. Ich hatte mir noch eine klitzekleine zusätzliche Überraschung für meine beste Freundin ausgedacht, von der ich niemandem erzählt hatte, nicht einmal Leon. Als die letzten Hochzeitsgäste
das Spalier passiert hatten, ließ ich rasch meine Rose fallen, zerrte
ungeduldig eine Handvoll Wunderkerzen aus einer Schachtel und
kramte in der Tasche meines Kleides nach dem Feuerzeug. Ich war ja
so stolz auf mich, ich hatte an alles gedacht! Ich drückte Leon eine
Wunderkerze in die Hand, hielt das Feuerzeug daran und entzündete
dann meine eigenen Kerzen. Endlich fingen sie Feuer. Ich hob den
funkenschlagenden Strauß hoch wie ein kleines Feuerwerk und wedelte damit. Leon zögerte einen winzigen Augenblick, dann grinste
er und tat es mir mit seiner Wunderkerze nach. »Das Brautpaar – es
lebe hoch!«, brüllte ich triumphierend. Die Hochzeitsgesellschaft
stimmte in die Hochrufe ein, klatschte und johlte. Lila lachte und
winkte mir mit ihrem Brautstrauß zu. Hurra! Die Überraschung war
gelungen! Was war ich für eine tolle Freundin!

Plötzlich brach ein ohrenbetäubender Lärm los. Das Heulen einer Sirene, scheinbar aus dem Nichts, erfüllte jeden Winkel des Rat-
hauses. Die Hochzeitsgäste sahen sich ratlos an, begannen dann
aufgeregt zu schnattern und stopften sich schließlich die Finger in
die Ohren, vorausgesetzt, sie hatten die Hände frei. Überall gingen
Türen auf, aus denen Menschen gerannt kamen. Ein Mann im Anzug warf sich im Laufen eine gelbe Warnjacke um, legte vor Leon
und mir eine Vollbremsung hin und brüllte:

»Was schdandad Sie so bleed rom! Raus, abr sofort! Des isch an Feieralarm!«

Leon packte ihn am Arm und hielt ihn fest. »Hören Sie …«, rief er eindringlich. »Es gibt kein Feuer!« Er deutete erst auf die verkohlten Kerzengerippe in meiner Hand und dann an die Decke. Ich stöhnte. Großartig. An der Decke war eine kleine runde Öffnung. Ich hatte meine Wunderkerzen direkt unter dem Feuermelder abgefackelt.

»Des isch dodal egal!«, schrie der Mann. »Vorschrifd isch Vorschrifd, so hemrs glernd en dr Feieralarmerschdhelferschulong! Sofort 'naus ausem Radhaus!«

Der Feuerschutzmann stürmte auf die Hochzeitsgesellschaft zu und machte Bewegungen, als würde er einen Haufen Hühner auf den Hof scheuchen. Nur widerstrebend setzte sich die Truppe in Gang. Ich rannte zu Lila und Harald hinüber.

»Lila, es tut mir so leid!«, brüllte ich gegen den Sirenenlärm an. »Es ist alles meine Schuld! Die Wunderkerze …« Lila sah mich ungläubig an. Dann begannen ihre Schultern zu beben, und sie fing an zu lachen. Das brachte sie auf den hochhackigen Schuhen wieder aus dem Gleichgewicht, so dass sie sich mit einer Hand an Harald festhalten und mit der anderen ihren hüpfenden Bauch abstützen musste. In Windeseile verbreitete sich die Nachricht, und auch das Lachen breitete sich aus wie ein hochansteckendes Virus. Die ganze Hochzeitsgesellschaft lachte so sehr, dass Bäuche wackelten, Hüte in Schieflage gerieten und Handtaschen von Schultern rutschten.

Der Feueralarmersthelfer sah ratlos auf den kichernden Haufen, knallrot im Gesicht, und drehte endlich wütend ab. Wir liefen die breiten Rathaustreppen hinunter, hielten uns die Seiten und lachten, lachten. Von überall her strömten Menschen aus ihren Büros, gingen aufgeregt gestikulierend die Treppen hinunter und musterten uns erstaunt. An jeder Ecke standen Leute mit knallgelben Jacken und versuchten mit großer Ernsthaftigkeit, den Strom zu kanalisieren. Noch immer gellte die Alarmsirene ohrenbetäubend durchs Rathaus. Leon wandte sich an eine der gelben Westen. »Stellen Sie das doch endlich ab!«, brüllte er gegen den Lärm an.

»Goht net! Des kah bloß d'Feierwehr!«

Vor dem Rathaus hatte sich bereits eine große Menge versammelt. Da waren Rathausangestellte, eine Schulklasse und eine weitere Hochzeitsgesellschaft mit einem unglücklich guckenden, weil noch ungetrauten Brautpaar. Mit Tatütata raste ein Feuerwehrauto heran, hielt mit quietschenden Reifen vor dem Rathaus und spuckte eine große Anzahl Männer in voller Montur aus, die mit Autorität an uns vorbeistürmten. Lila stand neben mir und deutete auf die Feuerwehrmänner. Seit sie mit Lachen angefangen hatte, hatte sie nicht mehr damit aufgehört. Plötzlich hielt sie mitten im Lachen inne, riss die Augen weit auf, stöhnte laut und klammerte sich an Harald. Lila stöhnte wieder, Harald hielt sie besorgt fest und blickte dann ungläubig auf den kleinen See, der sich zu ihren Füßen gebildet hatte. Harald nahm Lila fest in die Arme und rief dann laut und triumphierend:

»Schatz, du hast zu viel gelacht. Jetzt will unser Baby wissen, was da draußen so lustig ist!«

Leon und ich saßen auf der Rathaustreppe. Ich hatte meinen Kopf an seine Schulter gelehnt, Leon hatte sein Jackett ausgezogen und seine Krawatte gelockert. Ich war erschöpft. Erschöpft vom vielen Lachen und vom vielen Weinen und von all der Aufregung. Harald war zu Lila in den Krankenwagen geklettert und mit Blaulicht davongebraust. Die Feuerwehr war wieder abgerückt, ein sehr wichtig aussehender Mann hatte das Rathaus wieder freigegeben, und das wartende Brautpaar war erleichtert hineinmarschiert. Dann hatte der Schutzwestenmann meine Personalien aufgenommen und auf meine bange Frage, was denn nun passieren würde, stumm mit den Schultern gezuckt. Die Hochzeitsgesellschaft hatte sich ohne Brautpaar in ein Café in der Nähe aufgemacht, um sich dort so lange zu betrinken, bis das Baby auf der Welt war, was laut Lilas Mutter nicht allzu lange dauern konnte, weil Lilas Wehen bereits in kurzen Abständen kamen. Wir hatten versprochen, in ein paar Minuten ins Café nachzukommen. Haralds Kumpel hatte uns eine halbvolle Sektflasche in die Hand gedrückt.

»Was für eine Hochzeit«, murmelte ich. »Meinst du, die brummen mir eine Strafe auf?«

»Keine Ahnung«, sagte Leon und nahm einen Schluck aus der Sektflasche. »Falls ja, übernehme ich die für dich. Ich hätte es ja vielleicht noch verhindern können.«

»Was soll das heißen?«, fragte ich ungläubig.

»Na ja. Es ist nicht so, dass mir der Feuermelder nicht aufgefallen wäre.«

»Das ist doch nicht dein Ernst!«, stöhnte ich.

»Doch. Da war es aber schon zu spät. Und ich wollte dir den Spaß nicht verderben.«

»Toll. Ganz toll. Das war kein Spaß, das war ein Wehenbeschleuniger! Lila hat erst in zwei Wochen Termin, und jetzt verpasst sie auch noch ihr eigenes Fest! Und wer ist schuld daran?«

»Line, ich schwöre dir, noch nie hat die Welt eine Braut gesehen, die so viel gelacht hat. Und das ist doch einfach wunderbar, schließlich war der Mutter am Anfang ihrer Schwangerschaft eher zum Heulen zumute. Das wird ein fröhliches Kind.«

»Andere kriegen ihr Happy End. Und Frau Praetorius kriegt stattdessen eine Geldstrafe, die ihr Freund hätte verhindern können, aber er amüsiert sich halt so gern über ihr niedliches kleines Katastrophen-Gen!« Ich rückte ein bisschen von Leon ab und sah ihn anklagend an.

Leon schüttelte den Kopf. Er sah jetzt plötzlich sehr, sehr ernst aus. So ernst, dass es mir fast ein bisschen Angst machte.

»Nein, Line. Auch Frau Praetorius kriegt ihr Happy End. Wenn sie möchte.« Er nahm meine Hand. Ach du liebe Güte. Was würde das denn werden?

»Pipeline Praetorius mit dem Katastrophen-Gen ...«, flüsterte Leon, machte eine Pause und sah mir tief in die Augen.

»Äh – ja?«, fragte ich nervös. »Ich glaube, ich muss aufs Klo.«

336

»… möchtest du meine Frau werden, wenn ich im Herbst aus China zurückkehre?«

»Ist das ein Heiratsantrag?«, flüsterte ich. »Ich fühle mich etwas benommen. Das muss die Hitze sein.«

»Nein«, sagte Leon todernst und legte den Kopf schief. »Ich versuche gerade, dir einen Bosch-Kühlschrank der Energie-Effizienzklasse A plus, plus, plus anzudrehen.«

»Dann ist es also ein Heiratsantrag?«

»Ist es.«

»Äh … muss ich das sofort entscheiden?«, stotterte ich. »Du weißt doch, ich tue mich immer etwas schwer mit Entscheidungen, die so etwas schrecklich Endgültiges haben.«

Leon sah mich an. Oje, hoffentlich hatte ich es jetzt nicht wieder versaut? Es war ja nicht so, dass ich ihn nicht liebte. Aber heiraten? Das hatte so etwas … Definitives. So etwas Bis-dass-der-Tod-euch-scheidet-Mäßiges. Und fingen bei den meisten Leuten mit der Heirat nicht die Probleme an? Wenn Romeo und Julia nicht gestorben wären, wären sie dann heute noch zusammen?

Leon grinste sein Leon-Grinsen.

»Warum grinst du jetzt so blöd?«, fragte ich beleidigt.

»Weil das nicht ernst gemeint war.«

»Wie bitte?«, sagte ich böse. »Du machst mir einen Antrag und meinst es nicht ernst?«

»Ich wollte sehen, wie du reagierst. Ich dachte, du sagst bestimmt, kann ich zehn Tage Bedenkzeit haben und dir die Antwort mailen?«

»Du machst dich über mich lustig!«

»Nur ein klitzekleines bisschen. Weißt du, ich würde dich sofort heiraten. Aber ich würde es momentan nicht wagen, dir einen Antrag zu machen, weil ich Angst hätte, dass du wieder solche Panik schieben würdest, dass es gleich wieder vorbei wäre mit uns beiden.«

»Dann war es also doch kein Antrag?«

»Sagen wir mal so: Es war ein Antrag, auf den du jederzeit zurückgreifen kannst, wenn du dich nervlich dazu in der Lage fühlst. Ein Antrag auf Vorrat.«

»Das finde ich … etwas verwirrend.«

»Wieso? Du weißt jetzt, dass ich dich jederzeit heiraten, aber nicht fragen würde, weil es mir zu riskant ist. Wenn du mich heiraten willst, musst du mir nur Bescheid geben.«

»Aber dann muss ich ja letztlich dir den Antrag machen!«, platzte ich heraus.

Leon legte den Kopf schief. »Das kann man so sehen. Oder auch nicht. Im Augenblick ist doch nur wichtig, dass ich dich grundsätzlich heiraten würde. Ich hoffe, du freust dich.«

»Ich … ich freue mich ja auch«, sagte ich. »Ich meine … ich fühle mich natürlich total geehrt und so … es ist nur … ich hätte dann einfach Angst, unsere Geschichte ist zu Ende.«

Leon schüttelte den Kopf, grinste wieder und blickte mich dann unendlich zärtlich an. Mein Herz klopfte.

»Keine Sorge, Line. Unsere Geschichte, die fängt jetzt eigentlich erst richtig an.«

Anhang

Stuttgarter Nachrichten 16. 5. 2009

Die gute Nachricht

Das Rathaus steht noch

Diese Hochzeit wird nicht nur das Brautpaar nicht so schnell vergessen. Auch 250 Kindern und zahlreichen städtischen Angestellten wird der Freitag zwar nicht als schönster, aber doch als einer der aufregendsten Tage ihres Lebens in Erinnerung bleiben. Denn um 10 Uhr schrillte im Rathaus plötzlich der Feueralarm – die Kinder, die bei einer Preisverleihung im Großen Saal saßen, gaben genauso Fersengeld wie das Brautpaar im Trauraum und die Mitarbeiter. Auf dem Marktplatz fand sich die verwirrte Menschenmenge zusammen. Doch die Feuerwehr konnte schnell Entwarnung geben: Eine einfache Wunderkerze, bei der Eheschließung entzündet, hatte den Feueralarm ausgelöst. Wenn das mal keine heiße Liebe ist, die da ihre Funken sprühen ließ. Die Frischvermählten müssen aber keine Konsequenzen fürchten – das Rathaus steht ja noch. Und alle anderen haben was zu erzählen. (vmö)

Spätzleblues

Du warsch mei Spätzle
On jetzt han i de Blues
Du warsch mei Schätzle
On jetzt seng i de Blues

On wärsch du net mei Schätzle gwä
Dann könnt i jetzt noch Spätzle säh
I han de Spätzleblues ...

Du hosch mr wehdoo
Drom han i jetzt de Blues
Du hosch mr wehehehedoo
Drom seng i jetzt de Blues

On wärsch du net mei Schätzle gwä
Dann könnt i jetzt noch Spätzle säh
I han de Spätzleblues ...

(immer schluchzender)

On wärsch du net mei aller-allerliebschdes Spätzle gwä
No däd mers jetzt au net so sau-sau-saumäßig weh

Spätzleschätzle, yeah
Schätzlespätzle, yeah

Text und Musik: Elisabeth Kabatek und Susanne Schempp

Lines String-Tanga zum Selberbasteln

In Kaufhäusern in Schwaben wird man vergeblich nach Tangas suchen, weil man aus Tangas bekanntermaßen keine Putzlumpen machen kann. Wer auf einen String-Tanga trotzdem nicht verzichten will, kann sich diesen ganz einfach selber basteln. Ein selbstgebastelter Tanga aus einer kastenförmigen Unterhose ist deutlich billiger als ein gekaufter Tanga (ganz ehrlich, wieso wollen Sie für soo wenig Stoff soo viel Geld ausgeben?).

Lange Winterabende eignen sich besonders für diese kleine Bastelarbeit, die keine besonderen Vorkenntnisse erfordert. Ein selbstgebastelter String-Tanga ist auch ein schönes Mitbringsel und ein deutlich persönlicheres Weihnachtsgeschenk als eine Krawatte, ein Paar Socken oder ein Geschirrtuch.

Kaufen Sie sich eine Billig-Unterhose vom Wühltisch, oder sehen Sie Ihre Bestände durch. Am besten eignen sich natürlich schwarze oder rote Unterhosen. Gelb ist eher ungeeignet, ebenso alles, was ein Muster aufweist – wenn Sie am Ende nur einen String übrig haben, sieht man das Muster sowieso nicht mehr. Nehmen Sie eine Stoffschere, falls Sie so was besitzen. Und jetzt geht's los!

Es lassen sich zwei Varianten zuschneiden, eine beinbetonte und eine hüftbetonte Variante.

Variante 1 (beinbetont):

1. Legen Sie die Unterhose so vor sich, dass der Beinausschnitt nach links und der Hosenbund nach rechts zeigt. Schneiden Sie jetzt von rechts den Hosenbund ab und auf Tangabreite zu (vielleicht können Sie den abgeschnittenen Streifen noch für irgendwas verwenden).

2. Drehen Sie die Unterhose jetzt um 90 Grad, so, dass der Hosenbund zu Ihnen zeigt. Schneiden Sie ein Dreieck ab, aber nur

von der oberen Seite, und lieber erst mal nicht zu viel, mehr abschneiden geht immer, weniger nicht!

3. Drehen Sie die Unterhose um, und verfahren Sie auf der anderen Seite genauso. Mit diesen beiden Stoffresten können Sie schon richtig was anfangen.

4. Jetzt geht es an die Feinarbeit. Schneiden Sie so viel Stoff weg, wie Sie möchten. Achten Sie dabei darauf, nicht versehentlich Bein oder Bund durchzuschneiden. Dann können Sie den Tanga nämlich wegschmeißen.

Fertig! War doch ganz einfach! Am besten gleich anprobieren!

Es kann sein, dass diese Variante des String-Tangas schlecht auf der Hüfte hält. Aber das Ding ist ja auch nicht für die Ewigkeit gedacht.

Variante 2 (hüftbetont):

Legen Sie die Unterhose so vor sich, dass beide Beinausschnitte zu Ihnen zeigen. Schneiden Sie den String-Tanga so zu, dass Sie den Hosenbund stehenlassen und den Stoff von links und rechts zur Mitte hin abschneiden. Lassen Sie eine Tangabreite Stoff stehen, und schneiden Sie jetzt beide Seiten nach unten weiter ab, bis Sie auf der anderen Seite oben wieder angekommen sind. Dann schneiden Sie von dort wieder nach außen.

Probieren Sie einfach ein bisschen herum. So finden Sie schnell heraus, welche Variante Ihnen besser gefällt bzw. besser steht.

Noch ein kleiner Tipp zum Abschluss: Laden Sie doch einfach ein paar Freundinnen zum Mädelsabend ein, machen Sie es sich bei einem Gläschen Prosecco und etwas zu knabbern gemütlich, und basteln Sie ganz entspannt gemeinsam String-Tangas.

Songzitate

Die Zitate am Kapitelanfang stammen aus folgenden Liedern:

1. Kapitel	*I say a little prayer*	Text: Hal David, Musik: Burt Bacharach
2. Kapitel	*Schicke Schuhe*	Text: Angelika Farnung, mit freundlicher Erlaubnis der Autorin Musik: Kurt Weill (Mack the Knife)
	Somethin' stupid	Geschrieben von C. Carson Parks gesungen von Frank und Nancy Sinatra
3. Kapitel	*Samson*	Text und Musik: Regina Spektor
4. Kapitel	*Spätzlesong*	Eric Gauthier http://www.youtube. com / watch?v=BAIniypu5Y4
5. Kapitel	*Männer*	Herbert Grönemeyer
6. Kapitel	*Jedes Töpfchen find' sein Deckelchen*	Musik: Heino Gaze, gesungen von Liselotte Pulver in dem Film *Kohlhiesels Töchter*
7. Kapitel	*Smoke two joints*	Bob Marley

8. Kapitel	*The coldest days of my life*	The Chi-Lites
9. Kapitel	*Oben bleiben*	Rap: Borna (Borna Cesljarevic)
10. Kapitel	*Te recuerdo, Amanda*	Víctor Jarra
	Everything	Michael Bublé
11. Kapitel	*I wanna be loved by you*	Text: Bert Kalmar, Musik: Herbert Stothart und Harry Ruby. Gesungen von Marilyn Monroe in dem Film *Manche mögen's heiß*.
12. Kapitel	*Dürdsu*	Text und Musik: Ernst Mantel, mit freundlicher Erlaubnis des Autors
13. Kapitel	*That's what friends are for*	Burt Bacharach, Carole Bayer Sager
14. Kapitel	*Long distance*	Bruno Mars
15. Kapitel	*Es lebe der Zentralfriedhof*	Wolfgang Ambros
16. Kapitel	*Das Glückskeks Martyrium*	Text: Volker Doberstein Musik: Stephan Marc Schneider
17. Kapitel	*Count on me*	Bruno Mars

18. Kapitel	*Moon River*	Aus dem Film *Frühstück bei Tiffany* Text: Johnny Mercer Musik: Henry Mancini
19. Kapitel	*Essen*	Text: Anette Heiter, Musik: Susanne Schempp (Salt Peanuts), mit freundlicher Erlaubnis der Autorin
20. Kapitel	*Das bisschen Haushalt*	Text: Hans Bradtke, Musik: Henry Mayer gesungen von Johanna von Koczian
21. Kapitel	*Rudolph, the red-nosed reindeer*	Text: Robert L. May Musik: Johnny Marks
22. Kapitel	*Fifty ways to leave your lover*	Paul Simon
23. Kapitel	*Wenn du lachst*	Juli
Epilog	*You can close your eyes*	Text und Musik: James Taylor

Danksagung

Beim Schreiben hockt frau ziemlich einsam vor dem Computer und rauft sich die Haare. Drum herum braucht's deshalb ein Netzwerk aus praktischer, moralischer und freundschaftlicher Unterstützung, um nicht die Nerven zu verlieren. Ich danke allen, die Teil dieses Netzwerkes sind und mit mir reden, singen, wandern oder Schwarzwälder Kirschtorte mampfen, vor allem dann, wenn die Nerven doch mal verlorengegangen sind.

Wie immer haben Johanna Veil und Andrea Witt den »Spätzleblues« als Allererste gelesen und mich mit Feedback, Kritik und ordentlicher Rechtschreibung unterstützt. Nilgün Tasman hat mir viele wertvolle Hinweise für die Feier bei Tariks Eltern gegeben. Ulrich Onken und Karin Heidenreich haben den Wikipedia-Eintrag zum Katastrophen-Gen verwissenschaftlicht. Ulrich Onken und Brigitte Walz haben überdies ihre Kontakte nach Basel genutzt, um den Basler Dialekt authentisch wiederzugeben. Andrea Winter hat mir erlaubt, ihre Hochzeitswunderkerzengeschichte aus dem Rathaus Stuttgart im »Spätzleblues« zu verwenden. Das fabelhafte Rezept für handgeschabte Spätzle stammt von Jürgen Burkart. Außerdem danke ich Heike Kuhk-Hanisch, Marco Luz, Anne Mottl, Harald Bihlmeier und Konstanze Höchsmann sehr herzlich, aber wofür, das verrate ich nicht.

Ich danke Susanne Schempp, Bernhard Birk, Johanna Veil und Frank Baumgärtner vom Technik-Team für die Unterstützung, treue Begleitung und schöne Musik bei den Lesungen und dafür, dass sie nie die Nerven verloren haben, selbst wenn wir fünf Minuten vor Lesungsbeginn noch im Stau standen. Ebenso danke ich allen Buchhandlungen und Bibliotheken, die uns eingeladen haben, insbesondere denjenigen, die nicht die Nerven verloren haben, wenn wir fünf Minuten vor Lesungsbeginn noch nicht da waren.

Der Droemer-Knaur-Familie danke ich für die überaus herzliche Aufnahme und für den großen Enthusiasmus, mit dem sie sich darangemacht hat, den Schwaben-Kosmos in der ganzen Buchrepublik bekannt zu machen, und das, obwohl Droemer in München sitzt! Mein ganz besonderer Dank gilt meiner Lektorin Michaela Kenklies, die so wunderbar ist, dass ich sie im nächsten Buch erfinden müsste, wenn es sie nicht schon gäbe.

Ich danke allen Exilschwaben, die mir aus der ganzen Welt Mails geschickt haben. Haltet durch, auch wenn das Leben ohne Laugenweckle, Brezel und Spätzle hart ist. Besonders herzlich danken möchte ich jedoch all denjenigen, die zu meinen Lesungen gekommen sind: Fürs Zuhören und Lachen, für die vielen kleinen Gespräche beim Signieren, für die Anekdoten, für Lob und Kritik und dafür, dass sie (fast) nie eingeschlafen sind.

Elisabeth Kabatek